우리는 모두 같은
꿈이 있습니다

지구촌에 희망 심은
닥터 윤경일 이야기

우리는 모두 같은
꿈이 있습니다

서교출판사

지구촌에 희망 심은
사람 이야기

  이웃 사랑에 대해서 말은 많이 하지만 실천이 부족한 우리, 눈을 뜨고도 보지 못하고 귀가 있어도 듣지 못하는 무관심을 성찰할 틈도 없이 이기적으로 살아가면서도 시간이 없다고 푸념하는 이들에게 이 책은 사랑의 '죽비'처럼 나태하게 잠든 의식을 일깨운다. 조금의 관심만 있으면 지구촌의 가난한 형제들에게 큰 희망을 줄 수 있다고. 한 톨의 쌀, 한 방울의 물이 되겠다는 다짐으로 어서 일어나라고 우리 모두를 초대한다.

  〈한끼의식사기금〉을 설립한 닥터 윤경일의 체험적 이야기를 한 번 읽어보는 것만으로도 우리는 각자의 자리에서 사랑의 전달자, 실천가 되고 싶은 아름다운 갈망을 갖게 된다.

이해인 수녀·시인

 들어가는 글

왜 나는 가난한 지구촌을
도우려 하는가?

"우리나라에도 불우한 이웃들이 많은데, 왜 그리 잘
알지도 못하는 곳을 도우려 하세요? 그 멀고 위험한 지역까지 손수 찾아
가면서…."

구호활동을 위해 지구 반대편 오지까지 강행군을 마다하지 않는 내게,
많은 사람들이 묻곤 한다. 사실, 의아해 하는 그들의 반응은 조금도 이
상할 것이 없다. 그런데 과연 먼 곳에 살고 있다는 것이 무관심해도 된
다는 변명이 될 수 있는가? 옆집에 살든, 지구 반대쪽에 살든 모두 다 같
은 이웃이다. 옆집에 어려운 이웃이 있다면 당연히 도와야 하는 것처럼
먼 곳의 이웃도 마찬가지다. 도움의 우선순위가 물리적 거리에 의해 결
정되어서는 안 된다는 것이다.
나는 학창시절부터 의료봉사활동을 하며 나눔에 대한 가치를 생각해왔
다. 2004년 여름, 우연히 참석하게 된 마리아폴리에서 강렬한 빛과 같

은 영감을 얻었다. 지구 곳곳에는 가난한 사람들을 도와주는 차원을 넘어 재산을 공유하며 사는 공동체가 있다는 것을 알았고, 가난과 재난지역의 아이들을 원격 입양하는 방식도 있다는 것을 알게 되었다. 그 후 국적과 인종을 뛰어넘는 나눔에 대한 열망의 불씨가 가슴 속에서 타오르기 시작했다. 정신과 의사인 내 삶의 주된 터는 진료실이다. 나는 정신질환을 앓고 있는 이들을 치료하는 것을 보람으로 여기며 살아왔다. 하지만 그날의 영감이 나를 더 넓은 세상의 더 가난한 이들에게로 이끌기 시작한 것이다. 그리하여 2004년 11월 토종 국제구호단체인 〈한끼의식사기금〉을 창립하기에 이르렀다.

지난 12년을 돌이켜보면 나는 주어진 연간 휴가의 대부분을 에티오피아, 짐바브웨, 미얀마, 방글라데시, 캄보디아, 인도네시아 등지의 가난한 구호현장에서 보냈다. 그곳에서 우리와 똑같은 존엄성을 가진 사람들이 굶주림 때문에 쓰레기통에 머리를 들이밀고 먹을 것을 뒤지는 장면을 여러 번 목격했다. 어디 그뿐이랴? 에이즈 등의 질병과 기아로 죽어가는 어린 생명들도 수없이 만났다. 공동묘지에서 살아갈 수밖에 없는 사람들, 성폭행으로 미혼모가 되어 고통 속에 살아가는 나이 어린 엄마들, 식수가 없어 구정물을 먹고 사는 사람들, 비소가 섞인 물을 마시며 신음하는 사람들도 있었다. 절대빈곤층이라고 불리는 그들의 삶을 가까이서 체험하면서, 나눔은 단지 수혜자만을 위한 일이 아니라는 사실을 깨닫게 되었다. 지구촌의 가난한 이들에게 사랑의 손길로 희망을 전하는 일. 그것이야 말로 나 자신의 내적인 보람과 인간적 가치를 키우는 가장 훌륭한 방법이었으며, 이제는 누구보다 나 자신에게 가장 고귀한 일이 되었음을 고백하고 싶다.

〈한끼의식사기금〉 본부 사무국에는 다섯 명의 상근직원이 있고, 해외 3개 지부에는 20여 명의 현지 직원이 근무하고 있다. 이것은 수많은 후원자들의 성원이 아니었다면 결코 이룰 수 없었을 결실이다. 창립총회 당시 멀리 아프리카에서 날아와 격려해 주셨던 유우금 수녀님, 현지 구호활동에 헌신적으로 참여해 주신 활동가님들, 엘레나와 갈로이 아단 등 포콜라레 대표들, 나의 변함없는 친구이자 동역자인 김희균 이사, 아낌없이 후원금을 내어 주신 김병철 대한전문건설협회 부산광역시회장님 등 수많은 분들께 진심으로 감사드린다. 그리고 뒤에서 말없이 내가 하는 일을 지지하는 아내와 두 딸 수지, 수현이에게도 사랑한다는 말을 하고 싶다.

2016년 3월

지은이

방글라데시

1

라즈크리시나뿔이여, 더 이상 외롭지 않다

삼살 방글라데시의 지부장 마슈카와 함께 다카에서 차로 여섯 시간 정도를 달렸다.
도착한 곳은 브라만바리아(방글라데시의 지명으로 우리의 '도'에 해당)였다.
우리는 도로가 사라지는 지점에서 내려 걷기 시작했다.

라즈크리시나뿔이여,
더 이상 외롭지 않다

육지로부터 고립되는 외딴 마을

삼살 방글라데시(한끼의식사기금 방글라데시 지부 명칭)의 지부장 마슈카와 함께 다카(방글라데시의 수도 명칭)에서 렌터카를 타고 여섯 시간을 달렸다. 도착한 곳은 브라만바리아다. 우리는 도로가 사라지는 지점에서 내려 천천히 걷기 시작했다. 습도가 높은 데다 지열로 인해 등에 땀방울이 배어들기 시작했다.

"마슈카, 도대체 목표 지점이 어디야?"

그녀가 싱긋 웃으며 대답했다.

"대표님, 더는 못 걸으시겠어요?"

한참을 걸었지만 사방은 끝없이 펼쳐진 논 밭뿐이었다. 마슈카가 손가락으로 지평선 끝자락을 가리켰다. 그러자 그 지점에 희미하게 살짝 올라온 언덕이 보이기 시작했다.

우리는 모두 같은 꿈이 있습니다

"저기가 목적지인가. 한 시간은 족히 더 가야 하겠네."

어느 지점에 이르자 걸어갈 수 있는 길도 끊어졌다. 거기서부터 강이었다. 곤돌라처럼 생긴 검은 배에 조심스레 올라탔다. 배가 미끄러지듯 앞으로 나아가자 미풍이 얼굴을 부드럽게 스쳤다. 땡볕에서 터벅터벅 걸어왔던 길과는 전혀 다른 풍경이 펼쳐졌다. 청아한 소리로 지저귀는 새들, 수면 위로 날갯짓하는 나비들, 이따금씩 퍼드덕거리는 물고기들. 노를 저으면 잠잠했던 물결이 동심원을 그리며 곱게 퍼져 나간다. 이보다 더 멋진 영화촬영지가 또 있을까. 낭만 속에 잠겨 있는데 갑자기 '와' 하는 환호성이 들려왔다. 마을 어귀에서 우리 일행을 발견한 사람들이 외치는 소리였다.

라즈크리시나뿔 마을은 오지라는 말이 딱 어울린다. 주민들은 농사를 지으며 살아간다. 대부분 소작농이어서 수확한 곡물의 상당부분을 주인에게 바쳐야 한다. 허리가 휘게 농사를 지어도 정작 본인들은 끼니조차 제대로 챙겨먹을 수 없는 형편이다.

우기가 깊어지면 지대가 낮은 이 마을에는 물이 가득 들어차기 시작한다. 육지로부터 고립된 외딴 섬이 되는 것이다. 농사짓던 땅은 모두 물속으로 사라져 버려 주민들은 물고기를 잡아 연명하는 어부로 변한다. 외부와의 교류가 거의 없어 타 지역에 비해 여러 모로 낙후될 수밖에 없다. 술탄뿔 유니온(유니온은 방글라데시 행정단위로 우리의 '면'에 해당한다)에 속하는 이 마을에는 560여 명의 사람들이 거주하고 있다. 방글라데시인은 무슬림이 대부분인데 반해 이들은 소수 종교인 힌두교도들이다. 글을 읽을 줄 아는 사람은 약 2퍼센트에 불과하고, 화장실을 갖춘 집은 겨우 10퍼센트 정도다. 간단한 의료 시설이나 문화 시설은 전혀 없다. 대나무로 지은 허름한 건물이 마을의 유일한 학교인데 이마저도 주민들이 어렵게 돈을 모아 지었다고 한다. 볼품없는 건물이지만 마을의 모든 아이들이 공부를 하기 위해서 그곳으로 등교한다. 삶은 열악하지만 자식을 위한 부모들의 교육열만큼은 강하다는 것을 미루어 짐작할 수 있다. 마을 주민들은 나를 보자마자 이구동성으로 아이들을 위한 학교를 지어달라고 한다. 그뿐만 아니라 교장 선생님 살림 칸은 내 손을 붙잡고 간곡하게 사정했다.

"우리 마을에는 아무 것도 없습니다. 텔레비전도 컴퓨터도 없어요. 밤에는 별빛과 호롱불만 비춘답니다. 그래도 우리는 자식들에게 가난의 대물림을 끊을 수 있을까 노력하고 있습니다. 무엇보다 제대로 된 학교가 필요합니다."

마을의 학교를 방문해 보니 차마 학교라고 말하기가 민망했다. 벽은 대나무로 얼기설기 엮어져 있어 바람이 불면 흙먼지가 교실로 들이닥쳤다. 비가 오면 양철지붕 사이로는 빗물이 줄줄 샜고, 맨흙으로 된 교실 바닥에는 삐거덕거리는 긴 나무의자들이 어수선하게 놓여 있었다. 부옇게 낡은 칠판은 학생들이 얼마나 열악한 환경에 처해 있는지를 보여주기에 부족함이 전혀 없었다. 더 이상 학교를 이대로 내버려두어서는 안 된다는 생각이 뇌리를 스쳤다.

우여곡절 끝에 지어진 새로운 학교

주민 대표들과 삼살 방글라데시 스태프들이 회의를 거듭한 결과 신축 건물 설계도가 만들어졌다. 4개월 후면 3개의 교실과 교무실, 화장실과

우리는 모두 같은 꿈이 있습니다

라즈크리시나뿔 학교 아이들을 위한 통학용 보트

식수 펌프가 갖추어진 아담한 학교가 들어설 것이다. 건축공사에 착수하자 주민들은 바쁜 수확기 중에도 당번을 정해서 작업을 적극 도왔다. 주민들의 땀방울이 시멘트와 모래 속으로 녹아들면서 공사는 착착 진행되어 갔다. 그런데 공정률이 40퍼센트에 달할 때쯤, 결코 일어나서는 안 될 엄청난 비극이 벌어졌다. 지부장 마슈카는 다급한 목소리로 본부에 긴급 상황을 알려왔다.

"신축 중이던 학교 건물이 붕괴됐습니다. 이런 일이 생기리라고는 꿈에도 생각조차 못했습니다. 이제 어떡하면 좋을까요?"

그녀는 넋이 나간 사람처럼 같은 말만 반복했다. 건축 전문가의 지휘 아래 공사를 진행했건만. 지반이 약한 데다 하루에도 몇 번씩 장대 같은 폭우가 쏟아졌다고 한다. 바람까지 강하게 불던 어느 날 강변에 있던 북쪽 담벼락이 힘없이 무너져 내린 것이었다. 연쇄적으로 다른 구조물도 모두 부서지고 말았다. 현장으로 달려 나온 주민들이 땅을 치며 대성통곡을 했다.

새로운 학교에 대한 기대가 컸던 사람들은 비탄에 빠졌다. 방글라데시 정부는 물론이고 어느 NGO도 쳐다보지 않던 오지 마을 라즈크리시나뿔에 한국의 한 국제구호단체의 손길로 이제야 자식들을 제대로 가르칠 수 있다는 희망이 생겼는데 이게 웬 날벼락인가. 어떤 이는 울부짖기도 하고, 어떤 이는 "우리에게 애초에 희망이란 단어는 없었어."라며 자조 섞인 푸념을 늘어놓기도 했다. 고혈압으로 고생하던 살림 칸 교장은 그만 몸져누워 버렸다. 건축 현황을 수시로 체크하는 등 과로가 누적된 데다 급작스런 건물 붕괴에 그만 혈압이 급격히 높아진 것이다. 그는 절대

안정을 취하지 않으면 안 될 위급한 상황이었다.

　나는 이대로 포기할 수 없었다. 위기상황일수록 침착하게 대응해야 했다. 붕괴 사고가 발생한 시간은 저녁 9시경이었다. 다행히 공사가 끝난 이후의 시간이라 다친 사람은 없었다. 만약 인명 사고라도 발생했으면 어찌 할 뻔 했나. 아무도 다치지 않은 것을 다행으로 여겼다. 이어 좌절에 빠진 주민들을 다독여 나갔다.

　"이번에 불행한 사건을 겪었습니다. 그러나 우리는 포기할 수 없습니다. 희망은 아직 살아 있습니다. 지금의 고통이 곧 아름다운 결실로 다가올 것입니다. 어떠한 어려움이 따르더라도 여러분의 꿈이 사라지지 않도록 함께해 나가겠습니다."

　야호! 마을 학생들이 신났다. 부모들도 덩달아 만세를 불렀다. 학교를 다시 짓기로 결정한 나는 온갖 방향으로 방안을 모색했다. '사랑의 스카프와 넥타이'를 제작해 판매하여 기금을 마련했다. 또 뜻있는 기업체의 지원도 받았다. 그렇게 해서 부족한 예산을 간신히 확보했다. 드디어 그해 가을, 라즈크리시나뿔 초등학교는 그렇게 완공되었다. 라즈크리시나뿔 마을이여, 더 이상 외롭지 않으리라.

준공식 행사

　두 번째 라즈크리시나뿔 방문이다. 마을에 들어서자 학생들과 주민들이 나를 기다리고 있었다. 사실, 가난한 나라를 방문할 때마다 가장 부담스러운 것이 있다. 학교 등 복지시설을 지어준 후에는 항상 기념 축하행사를 여는데 그때마다 커다란 환대를 받는 일이다. 나는 이런 대접

아이들이 물살을 가로질러서 학교에 가고있다. 마치 물 위를 걷는 듯한 모습이다.

에 익숙하지 않다.

　학교 신축 준공식 행사가 시작되었다. 마을은 온통 축제 분위기다. 전통 악기 연주와 함께 학생들의 공연이 펼쳐졌다. 환영사, 축사가 끝나고 교장 선생님의 인사말과 학교 운영 보고가 이어졌다.

　"우리 학교는 전체 150명 학생 중 약 50명이 몇 킬로미터 떨어져 있는 무도뿔에서 통학하고 있습니다. 그렇지만 출석률은 거의 100퍼센트입니다. 방글라데시에서는 흔치 않은 일로 다른 지역에 귀감이 되고 있어요. 이렇게 열악한 환경이지만 브라만바리아 교육청 주최로 열린 학업평가시험에서도 우리 학생들이 1, 2등을 모두 차지했지요. 또 졸업생 중 여덟 명의 학생들이 정부 시험을 통과하여 고등학교에 진학하게 되었습니다."

우리는 모두 같은 꿈이 있습니다

성과를 듣고 보니 새삼 라즈크리시나뿔 마을의 학구열이 대단하다는 걸 느낄 수 있었다.

환영 행사가 끝나고 학교 운영위원회가 열렸을 때, 나는 교사들에게 몇 가지 궁금한 점을 물어보았다.

"학생들에게 가장 중요한 게 교과서인데 국가에서 무상으로 제공해 주나요?"

"저희 학교는 정부에서 인가를 받지 못한 학교예요. 극히 일부만 지원해 줍니다. 실제 보내온 책들을 보면 최소한으로 정해진 기준보다 훨씬 적게 보내 줘요."

"그럼 아이들은 어떻게 공부하나요?"

"모두들 형편이 어렵다보니 새 책을 구입하는 경우는 없어요. 헌책을 돌려서 보고 있답니다."

교사 현황에 대해서도 물었다. 모두 인근 지역 출신이란다. 하지만 정규 대학을 나온 사람은 한 사람뿐이었다. 그러나 아이들을 생각하는 마음은 사범대학을 나온 사람 못지않았다. 운영회의 중 한 교사는 아이들의 등교 여건에 관해서 말했다.

"많은 아이들이 먼 마을에서 등교를 하고 있습니다. 비가 많이 오는 날이면 수영을 해서 학교에 오는 아이들도 있어요. 그러면 옷도 책도 다 젖어 버립니다."

이를 어쩌나. 학교 건물이 완공되고 준공식까지 성공적으로 마쳤으나 그것으로 모든 문제가 다 해결된 것은 아니었다.

아이들은 이제 통학용 보트를 타고 학교에 갈 수 있게 되었다.

학교가 즐거운 아이들

학교 운영회의에서 제기된 문제를 해결해야 했다. 매년 6월이 되면 이 지역은 쏟아지는 비에 강물이 불어 넘친다. 아이들은 바지와 치마가 흠뻑 젖은 채 교실에 들어오는 것이 일상이다. 교사 중 한 명이 작년 우기 때에 촬영했다는 영상을 보여 주었다. 영상 속에서 아이들은 마치 축지법을 쓰는 기인처럼 물 위를 걷고 있었다. 그 와중에도 책이 젖을까봐 손을 들어 머리 위에 올리거나 옷 속에 품은 채 물길을 헤쳐 나갔다. 비가 더 많이 오는 날에는 아예 수영을 해서 등교해야 하니 손발이 물에 퉁퉁 불어 있기도 했다. 때로는 물속에서 미끄러져 다치기도 하는데 마음이 아파 차마 보기가 힘들 지경이었다.

아침식사도 거른 채 헤엄쳐서 학교에 오는 아이들을 상상해 보라. 수

우리는 모두 같은 꿈이 있습니다

업시간에 졸음이 몰려오기 일쑤다. 그래도 아이들은 학교에 다닐 수 있다는 즐거움으로 강을 건넌다. 그런 아이들이 족히 수십 명에 달했다. 우기 초입에는 물속을 걸어서라도 등교할 수 있다. 그러나 우기가 더 진행되면 수심은 더욱 깊어져 인근 무도뿔 마을에서 통학하는 아이들은 등교를 할 수 없는 지경에 놓인다. 이 문제를 어떻게 하면 좋을까. 고민 끝에 통학용 배를 떠올렸다.

'사랑의 보트'를 제작하여 마을에 보내주니 더 이상 학생들은 헤엄을 치지 않아도 되었다. 옷이 물에 젖지 않게 되었다. 또 수업시간에 졸지 않아도 되었다. 먼 마을에서도 소문을 듣고 여러 명의 아이들이 추가로 라즈크리시나뿔 학교에 다니게 되었다.

물 위를 걸어서 등교하는 아이들의 사진은 매우 인상적이라, 한동안 코이카(한국국제협력단) 본부 건물 복도에 걸려 있었다. 활짝 웃는 사진 속 아이들은 언제 봐도 맑은 영혼을 드러낸다.

비소에 오염된 물을
마시는 사람들

갈수록 심각해지는 물 사정

우리가 쉽게 구할 수 있는 물이 다른 곳에서는 귀중한 자원이 아닐 수 없다. 우리가 시원하게 샤워를 하고 있을 때 지구촌 어디선가는 물 부족으로 큰 고통을 받고 있다. 한 사람이 하루에 마시고 씻고 요리하는 데 쓰는 물의 양은 약 20리터이고, 생존을 위해 필요한 최소량은 하루 2리터 정도다. 선진국에 사는 한 사람이 5분간 샤워를 하는 데 사용되는 물의 양은 최빈국에 사는 한 사람이 하루 종일 사용하는 양보다 훨씬 많다.

지구상에 있는 수자원 중 실제 사용할 수 있는 양은 해수와 빙하를 제외하면 고작 1퍼센트밖에 되지 않는다. 그 1퍼센트의 구성을 보면 70퍼센트가 관개용이고 식수는 8퍼센트밖에 안 된다. 하지만 물 사용 속도는 인구 증가 속도보다 두 배나 빠르게 진행되고 있다.

우리는 모두 같은 꿈이 있습니다

깨끗한 물의 공급은 인간의 기본권으로 보장되어야 한다. 하지만 지구촌 현실은 그렇지 못하다. 사람들이 도시로 몰리면서 수요가 급증하지만 노후화되고 부실한 상수도 시스템은 그대로 방치되는 실정이라 수인성 질환의 주된 원인이 되고 있다. 개발도상국에서 발생하는 질병의 80퍼센트는 오염된 물에서 기인하는 것으로 알려져 있다. 생활환경에서 나오는 배설물, 부패된 쓰레기, 가축 분뇨가 제대로 처리되지 못하면 수인성 질병을 양산해 낸다. 독자 여러분은 물 문제로 인해 사망하는 사람이 전쟁으로 인한 사망자보다 훨씬 많다는 사실을 알면 깜짝 놀랄 것이다. 우리나라에서는 설사병으로 죽는 예가 거의 없지만 가난한 개발도상국에서는 설사병으로 죽는 경우가 다반사다. 인구 증가, 환경오염, 기상 이변 등으로 1인당 물 사용이 점차 줄어들면서 세계 곳곳에서 물 분쟁이 빚어지고 있다. 상황은 갈수록 격화될 것이다. 세계미래회의는 물 값이 석유 가격보다 더 비싸지는 현상이 벌어져 물이 부족한 국가끼리 전쟁이 발발할 가능성이 높다고 전망했다. 반기문 유엔 사무총장도 스위스 다보스포럼에서 물은 건강과 안전, 경제성장과 인권, 국가 안위를 위협하는 가장 중요한 요소가 됐다고 말한 바 있다.

인체는 70퍼센트가 물로 이루어져 있고, 체중의 10퍼센트에 해당하는 수분만 소실돼도 중증 탈수 상태에 빠져 생명이 위험해진다. 사람이 물을 전혀 마시지 않으면 일주일도 버티지 못하고 사망에 이른다. 이렇게 중요한 물이지만 사람들은 그 고마움을 모르고 살아간다.

방글라데시, 캄보디아, 네팔, 짐바브웨, 에티오피아 등 그동안 내가 다녀본 저개발 국가 중 물 문제로부터 자유로운 나라는 한 곳도 없었다. 한국에서는 아파트 단지에서 가끔 물탱크 청소를 할 때나 단수가 된다. 하루만 물이 나오지 않아도 식기를 씻을 수 없고 샤워를 할 수 없고 화장실도 사용할 수 없는 등 우리의 일상생활은 큰 불편을 느낀다. 진짜 물이 부족한 곳에서는 이와는 아주 다른 차원의 문제가 생겨난다. 물이 없어서 학교에 가질 못하고, 발가락이 썩고 실명하는 등 질병이 악화되기도 한다. 심지어 물을 확보하기 위해 총탄이 날아간다. 물 부족과 전혀 상관없어 보이는 끔찍한 상황들이 벌어지는 것이다.

물 부족으로 가장 고통 받는 계층은 가난한 사람들이다. 오늘날 세 사람 중 한 명은 오염된 물을 마시며 살아가고 있다. 온 가족이 똑같은 물을 마셨는데 아이는 설사를 하면서 고열에 시달린다. 세균에 대한 면역이 약한 탓이다. 그러다가 일부 아이는 죽기도 한다.

물이 없으면 우리의 삶이 존재할 수 없다. 학교도 열 수 없고, 병원도 열 수 없다. 이렇듯 물은 인간 생존의 모든 것이나 다름없다.

악마의 물

식수의 주요 공급처는 지하수다. 지구촌 곳곳에서 지하수 관리가 엉망인 곳이 많다. 농사를 짓기 위해 뿌려진 화학 비료가 땅을 오염시키고, 산업용 쓰레기를 마구 땅 속에 파묻어 수질은 급속도로 나빠졌다. 이런 인위적인 이유 말고도 토양에 좋지 않은 성분이 들어 있어 지하수가 오염되는 곳이 있다. 방글라데시와 인도 서벵골 지역에 사는 1억이 넘는 인구 중 수천만 명이 비소 중독의 위험에 노출되어 있다. 그들 중 수백만 명 이상이 이미 비소 중독에 걸려 고통을 받고 있다.

우리는 모두 같은 꿈이 있습니다

국제기구가 정해 놓은 비소의 허용 기준은 10ppb 이하지만 방글라데시의 상당수 마을은 물 속 비소 농도가 300~400ppb에 달한다. 그중 추아당가 지역은 비소 농도가 아주 높은 곳이다.

방글라데시의 비소 오염 문제는 1970년대로 거슬러 올라간다. 당시 아이들을 포함하여 많은 사람들이 영문도 모르고 죽어갔다. 주민들은 땅속에서 악마의 물이 나온다며 공포에 떨었다. 외부 세계에서는 무지함 때문이라 여겼으나 갈수록 사망자가 늘어나자 유엔은 관심을 가지고 해당 마을의 우물을 파 보았다. 그랬더니 주민들이 말하던 악마의 물이 있다는 것이 사실로 밝혀졌다. 그 후 본격적인 조사가 진행되었고 세계보건기구는 "방글라데시인들의 비소 중독 상황은 우크라이나 체르노빌의 원자력 발전소 사고를 넘어서는 환경 재앙"이라고 발표했다.

유엔과 세계은행은 방글라데시의 여러 지역에 오염된 물 대신 깨끗한 식수를 공급하려는 차원에서 수많은 우물을 뚫었다. 하지만 당시에는 지하수에 비소가 존재한다는 사실을 분명히 인지하지 못했다. 사후 관리가 제대로 안 된 우물들이 또 다른 문제를 낳았다. 즉 깨끗한 물마저 비소에 오염되는 결과를 낳은 것이다. 1990년대 이후 비소 오염 문제가 심각해지자 유엔개발계획(UNDP)은 더 이상 이 문제를 미룰 수 없는 상태라고 발표했다.

2010년 9월 30일 나는 우연히 방글라데시 현지에서 발행되는 영자 신문을 보게 되었다. 내용인 즉, 찬드뿔 지역의 우물 98퍼센트가 비소에 오염되었고 그 지역에서 지난 10년간 6,948명의 희생자가 발생했다는 것이었다. 그대로 간다면 10년 후에는 1만 명의 희생자가 나올 것이라고 경고했다. 전쟁은 총과 포탄을 앞세워 보이는 가운데서 사람을 죽이지만 비소는 그 존재를 드러내지도 않고 수많은 인명을 살상하니 전쟁보다 더 무서운 존재. 대규모 인명 피해가 예상되는 상황이라면 유엔과 국제 NGO들은 시급하게 대책을 세워야 한다. 방글라데시에서 최초의 구호사업을 시작한 한끼의식사기금 역시 구경만 하고 있을 수는 없다. 누군가 해결해 주겠지 기다리다가는 계속 수많은 생명이 죽어갈 것이다.

비소 중독 실태

비소는 중금속의 일종이다. 텔레비전 사극을 보면 임금이 역모를 꾀한 신하에게 사약을 내리는 장면이 나오는데 사약의 주성분이 바로 비소다. 비소에 얽힌 유명한 사건을 보면 영국에서는 비소가 든 맥주를 마시고 70여 명이 사망한 사건이 있고, 일본에서는 비소가 함유된 분유를 먹고 130여 명의 아기가 죽는 사건도 있다.

과량의 비소가 든 물을 장기간 마시게 되면 손발이 두꺼워지는 변화를 일으키고 피부와 심혈관 등에 다양한 병변을 일으킨다. 가장 무서운 후유증은 악성 흑색종이다. 멜라닌 세포의 악성화로 생기는 피부암으로 치사율이 매우 높다. 그 밖에 신경 마비, 지각 이상, 심한 사지 통증이 있을 수 있고, 소화기 계통으로는 구토, 설사 등을 유발한다.

이 병을 제대로 몰랐던 시절에는 비소 중독에 걸린 환자들은 신의 저주를 받았다며 마을에서 쫓겨나기도 했다. 방글라데시에서 매년 3,000여 명이 비소 중독과 연관된 암으로 사망하는 것으로 추정되고 있으며, 암 외에 관련된 질병과 돌연사까지 합치면 비소 중독으로 매년 20만 명

내지 27만 명이 죽는다는 연구 결과가 있다. 우리 단체는 비소에 오염된 물을 마시고 죽어가는 사람들의 문제를 시급히 해결해야 할 최우선 순위로 정하고 대책 마련에 나섰다. 파트너십을 맺고 있는 로컬 NGO 웨이브 파운데이션에 공동으로 다루어 나가자고 제안하니 적극 동참하겠다는 의사 표시를 했다. 이 NGO의 본부가 있는 다르슈나는 오염도가 가장 높은 지역이어서 당연히 이 문제를 최우선시하고 있었다.

웨이버 파운데이션 측은 먼저 오염 실태를 파악하기 위하여 지역조사 위원회를 구성하여 다물후다 우파질러('우파질러'는 방글라데시의 행정단위로 우리의 '군'에 해당한다) 내 우지뿔 마을을 조사한 결과를 알려 왔다. 70개 우물에서 한 곳을 빼고 모든 우물에서 비소가 검출되었다. 우물들은 대부분 땅 표면에서 얕게 설치되어 있었다. 땅을 깊게 파면 깨끗한 물을 얻을 가능성도 있지만 반대로 물이 제대로 나오지 않을 수도 있기 때문이란다. 이미 유엔 산하 국제기구에서 비소 중독 여과 장치가 딸린 우물을 지원했으나 고장 난 채 방치되어 사후관리가 안 되는 곳이 대부분이었다. 또 지역주민의 비소 중독에 대한 인식도가 낮아 위험 인식 교육의 필요성이 대두되었다.

비소 오염 방지 프로젝트

다르슈나에서 몇 명의 비소 중독 환자들을 만날 수 있었다. 내가 의사라고 말하자 그들은 자신의 상태를 솔직하게 말해 주었다. 모두 손과 발에 팥알 크기의 비소 덩어리들이 촘촘히 박혀 있었고, 손바닥과 발바닥은 나무판처럼 딱딱했다. 감각이 어떠냐고 물으니 통증이 아주 심하다고 했다. 쿠사야라는 여인은 가족이 일곱인데 모두 비소 중독에 걸렸다고 한다.

"가장 고통스러운 점이 무엇인가요?"

"매일 일을 해야 하는데 손바닥과 발바닥 통증이 아주 심해요."

발바닥에 조그만 티눈이 박혀 있으면 걸을 때 몹시 불편하다. 티눈보다 더 큰 알갱이 수십 개가 발바닥에 박혀 있다고 상상해 보라. 얼마나 아프겠는가?

"가족들의 건강 상태는 어때요?"

여인은 잠시 말이 없더니 조그만 소리로 대답했다.

"엄마와 언니는 물 때문에 세상을 떠났어요."

물을 끓여도 물 속 비소는 제거되지 않는다. 따라서 비소가 들어가지 않은 물을 마시기 위해서는 비소를 걸러내는 장치를 만드는 방법밖에 없다. 우리는 '비소 오염 방지 프로젝트'라는 이름으로 웨이브 파운데이션과 함께 우지뿔 마을과 코사가타 마을 등에 비소 오염 방지 여과기가 들어간 우물을 여러 곳에 설치했다. 그리하여 인근 지역 수 백 가정이 비소 중독 공포로부터 벗어날 수 있게 되었다.

현장 모니터링을 위해 나는 웨이브 파운데이션 멤버들과 마을로 달려갔다. 햇볕이 강하게 내리 쬐는 가운데서 초록색이 칠해진 우물로 가 보았다. 실무 책임자인 타폰 사하가 비소 중독 여과 우물의 구조에 대해 다음과 같이 설명해 주었다.

"우물의 구조는 약 40피트 내지 50피트 깊이로 땅을 파서 직경 1미터 크기의 원형 시멘트 도관을 차례로 쌓아올립니다. 그런 다음 우물 가운데에 여과 필터가 들어간 파이프를 설치합니다. 표면은 시멘트 구조물로 덮고 물 펌프만 밖에 나와 있는 구조이죠.”

물을 길어 나온 아낙네들을 만났다. 그들은 이구동성으로 깨끗한 물을 마실 수 있어 기쁘다고 했다. 한 아낙이 고마움의 표시로 함께 펌프질을 하자고 손짓한다. 나는 신나게 펌프질을 했다. 시원한 물도 한 모금 마셨다.

우물을 건설해 주는 것으로 끝나면 안 된다. 사후 관리가 보다 중요하다. 타폰 사하에게 물었다.

“여과 필터가 부실해지거나 펌프 장치가 고장 나면 어떻게 조치합니까?”

그는 우물에 대해 잘 아는 사람을 확보해서 고장 나면 즉시 수리할 계획이란다. 많은 돈을 들여 지은 것들이 얼마 가지 못해서 무용지물이 되고 만다. 마을 주민들을 위한 우물의 사후 관리도 이왕이면 주민들 중에 능력 있는 사람을 뽑아 활동비를 주면서 책임을 맡기면 좋을 것이다. 이렇게 함으로써 NGO에 의존하지 않고 자체적으로 문제 해결 능력을 키울 수 있다.

우리는 비소 중독 여과 필터가 설치된 우물은 일반 우물과 구분할 수 있도록 초록색으로 칠하여 사람들에게 알렸다. 교육용 리플릿도 제작해서 주민들에게 나누어 주었고 사람들이 많이 오가는 큰 도로 주변에는 초록색 우물을 그림으로 그린 대형 간판을 설치했다.

지구촌 곳곳에는 생명의 근원인 물이 생존 투쟁의 대상이 되었다. 물로 인해 신음하는 사람들에게 우리는 낮은 곳으로 흐르는 물의 속성을 거울삼아 세상의 낮은 곳으로 다가가도록 노력할 것이다.

열악한 도시
빈민의 삶

다카에 대한 첫 이미지

　　한밤중인데도 웬 사람이 그렇게도 많은지 사방에서 와글거리는 소리가 난다. 소음인지 이명인지 구분이 잘 안 될 정도다. 도시의 매연은 너무 심하다. 그뿐만 아니라 시내로 들어가는 도로 역시 매우 무질서했다. 안전에 대한 개념이 없는 도시인 듯했다. 지금은 좋아지긴 했지만 내가 처음 방문한 2005년에는 차선도 그어져 있지 않은 곳이 대부분이고 차들이 제 멋대로 달렸다.

　　섭씨 30도가 훌쩍 넘는 열대야라 온 몸은 땀투성이인데 마중 나온 렌터카는 에어컨이 고장 났다. 한증막 같은 차 안이라 창문을 열고 달리니 앞에 있던 트럭이 내뿜는 시커먼 매연을 그대로 뒤집어 써야 했다. 낡은 게스트 하우스에 도착하여 대충 샤워를 하고 피곤에 지친 몸을 누였다. 곧바로 잠에 곯아 떨어질 것만 같았지만 그렇지 못했다. 다카의 후텁지근

　　　　　　　　우리는 모두 같은 꿈이 있습니다

한 밤공기와 윙윙거리며 달려드는 모기와의 전쟁을 벌이느라 한참을 뒤척이다 잠에 빠져 들었다.

밤새 개 짖는 소리, 자동차 경적 소리, 알 수 없는 기계 소음, 와글거리는 사람 소리 등이 창을 통하여 들려오는 바람에 몽롱한 상태로 다음 날 아침을 맞았다. 하지만 낯선 나라에 대한 호기심과 구호 활동을 하러 왔다는 목적의식이 뒤섞여서 나의 내면에서는 미묘한 희열이 느껴지고 있었다.

간단히 아침 요기를 한 후 공항으로 향했다. 나의 최종 행선지는 북부 지역의 중심지 롱뿌르다. 그곳으로 가는 항공편은 하루에 한 차례밖에 없어 비행기를 놓치면 큰일이다.

수도 다카의 도심은 늘 꽉 막힌다. 아침 일찍부터 릭샤와 사람들이 뒤섞여 북새통이다. 1번가를 거쳐 수상 관저, 국회의사당을 겨우 빠져나온 차가 좀 속도를 낸다 싶더니 다시 막혀 좀처럼 앞으로 나가지 못했다. 차가 설 때마다 사람들이 창문을 두드리며 구걸을 한다. 시간이 촉박해지자 렌터카 기사는 방향을 돌려 좁은 골목길로 접어들었다. 그러더니 차도가 아닌 인도를 꼬불꼬불 헤쳐 나갔다. 그의 곡예 운전은 마치 컴퓨터 게임을 하듯 했다. 그저 신기할 따름이다.

차들은 왜 그리도 자주 경적을 울려대는, 소음 천국이 따로 없다. 앞으로 나아갈 수 없다는 것을 뻔히 알면서도 계속 경적을 눌러댄다. 다카에서 약속 시간을 정할 때면 한국식으로 잡았다간 낭패를 본다. 제 시간에 약속 장소에 도착할 수 없기 때문이다. 한번은 두 시간 일찍 약속 장소로 출발했는데 제 시간에 도착하지 못했다. 도무지 약속 시간을 잡을 수 없는 도시다. 2012년 영국의 경제조사기관인 EIU에서 전 세계 140개 도시의 생활 여건을 조사한 결과 다카가 가장 열악한 도시 1순위에 꼽혔다.

넘쳐 나는 도시 빈민가들

방글라데시는 한반도의 3분의 2 크기지만 2013년 기준으로 인구가 1억 5,700만 명이다. 인구 밀도는 단연코 세계 제1위인데 매년 200만 명의 인구가 증가하고 있다. 다카는 경제, 문화의 중심지로 현재 1,500만 명이 넘어선 것으로 추정되며 거대한 콩나물시루 같다.

가진 곳이라곤 몸밖에 없는 빈민가 사람들에게 강의 제방이나, 쓰레기 처리장 주변, 하수가 넘치는 불결한 장소는 삶의 공간이 된다. 누군가가 함석이나 베니어판으로 움막을 짓고 살기 시작하면 비슷한 처지의 사람들이 하나둘씩 모여든다. 이렇게 움막들이 점점 커져 빈민촌이 형성되는데 다카에는 정말 이런 곳이 넘쳐난다.

삼살 방글라데시 지부가 위치한 단몬디 지역의 하자리박 타나에는 갈루노골 보스티, 노바꼰조 보스티 등의 빈민촌이 있다. 또 인근 찌카톨라 타나에는 보바자르 보스티가 있다. '타나'는 방글라데시의 행정 단위인데 '우파질러'라고도 불린다. 또 '보스티'는 벵골어로 빈민가라는 뜻이다. 여성 자활 프로그램인 카추피 교육센터는 하자리박 타나에서 시작하여 지금은 삼살 방글라데시 지부 내 센터에서 운영하고 있지만 수강생 대부분은 하자리박의 빈민가에 살고 있다.

삼살 방글라데시 주변의 빈민가를 잠시 살펴보자. 갈루노골 보스티는

'갈루노골'이라는 사람이 처음 그곳에 정착한 후 가난한 사람들이 몰려들어 현재와 같은 거대한 집단을 이루었다. 주민 대다수는 직업이 없거나 가죽 공장에서 일한다. 다카는 아시아에서 가죽 제품을 생산하는 대표적인 곳으로 대부분 하자리박 타나 내 공장에서 만들어진다. 마을 근처에 이르자 악취가 심하게 풍겼다. 잠시 냄새를 맡았는데도 두통이 일어나고 역겹게 느껴졌다. 늘 악취에 노출되어 사는 주민들은 어떨까. 가죽 공장 노동자들 상당수가 피부병에 걸려 고통을 겪고 있단다. 어디 피부병만 있겠는가. 다양한 산업 재해에 시달리고 있지만 죽을 만큼 급한 병이 아니면 병원에는 갈 엄두를 내지 못한다. 버틸 때까지 버티다가 쓰러지는 것이 그들의 고단한 삶이다.

노바꼰노 보스티 역시 갈루노골 보스티에 못지않게 열악하다. 마을 곳곳에는 썩은 물이 고여 있고 사방이 쓰레기 천국이다. 아무 데서나 배설을 하는 남자, 쓰레기 더미를 놀이터 삼아 뛰노는 아이들. 그 와중에 등이 꼬부라진 할머니가 쓰레기 속에서 먹을 것을 찾고 있다. 그 옆에는 염소 몇 마리가 덩달아 음식 찌꺼기를 찾아 머리를 쓰레기더미에 쳐 박고 있는 모습이 일상적인 풍경이다.

빈민 마을 안으로 들어가면 쪽방 같은 집들이 끝없이 나타난다. 들어갈수록 복잡하게 얽힌 미로와 같다. 삼살 방글라데시의 직원인 살레하는 "주민 거의가 하루에 한두 끼 정도 식사를 해요."라고 말한다. 이에 식수와 화장실이 있느냐고 물으니 그녀는 고개를 가로저었다.

"이사장님이 생각하는 깨끗한 물은 주변에 없어요. 가정마다 화장실이 있는 게 아니라 공동화장실을 사용합니다. 위생적인 것과는 거리가 멀

쓰레기더미를 뒤지는 걸인. 한때 그녀는 아이들을 가르치던 선생님이었다.

어요. 이런 환경이다 보니 수많은 영아들이 첫돌이 되기 전에 생명을 잃
어 버립니다.”

빈민가에 화재가 나면 대형 인명 사망 사고로 번진다. 집들이 밀집돼
있고 좁은 공간에 많은 사람들이 살기 때문이다. 2012년 11월 보바자
르 보스티에서 화재가 발생했다. 담뱃불에로 인해 불이 났지만 순식간
에 집들은 잿더미로 변해 버렸다. 가난한 사람은 불의의 사고를 겪으
면 그대로 주저앉아 버린다. 그들의 심정을 누구보다 더 이해하려고 노
력하는 삼살 방글라데시에서 피해자들에게 생필품을 지원해주니 그들
은 “돈노밧!(감사합니다.)”이라는 말을 아끼지 않았다. 연신 감사를 표
했다.

밀 뿔 원 보스티의 사람들

다카에는 포화상태의 인구가 쏟아내는 엄청난 생활 오수와 폐수가 하천으로 흘러가고 있다. 신규로 유입되는 도시 빈민층은 기존 빈민층보다 더 열악한 곳으로 밀려나 오염된 강변 같은 곳에 자리를 잡는다. 밀 뿔 보스티와 같은 슬럼가가 바로 그런 곳이다. 모두 12개의 빈민촌이 강을 따라 길게 늘어서 있는데 첫 번째 마을이 '밀 뿔 원' 보스티다.

한 평짜리 움막들이 뒤엉켜 있고, 허리를 크게 굽혀야 겨우 안으로 들어갈 수 있는데 그런 곳에서 세 사람이 포개다시피 누워 자고 있었다. 가재도구라고는 찾아 볼 수 없고 내 발 옆으로 쥐 한 마리가 횡하니 지나갔다. 노인이나 아이나 할 것 없이 누더기를 걸친 채 흙바닥에서 먹고 자는 것 같았다.

집 옆의 강에서 아이들이 수영을 하며 놀고 있었다. 아이들로부터 불과 몇 미터 떨어진 곳에는 비료포대 천으로 사면을 둘러쳐 놓은 화장실이 있었다. 그때 신기한 장면이 눈에 들어왔다. '퐁' 하는 소리와 함께 누가 배설을 했다. 누런 똥 덩어리가 만들어낸 동심원이 강물에 파동을 그리며 아이들이 노는 곳까지 퍼져갔다. 저 아이들은 어떤 물을 마실까? 자신들의 배설물이 그대로 가라앉은 물을 떠 마시고, 그것으로 몸을 씻는 것이 너무나 당연한, 놀라운 세상이었다.

동행하던 웨이브 파운데이션의 타판 사하가 더 기막힌 사실을 말해주었다.

"저 많은 움막 같은 집들에는 주인이 따로 있습니다."

"누가 주인이지요?"

"방글라데시 정부입니다."

"정부가 어떻게 저런 집들을 임대한단 말입니까?"

"넵, 사실입니다. 임대료도 책정돼 있습니다."

그의 말에 의하면 밀 뿔 원 빈민가의 거주자들은 매달 정부에 한 채당 300타카(5달러)를 지불해야 한단다.

타폰 사하가 손가락으로 강 반대편을 가리켰다.

"저쪽을 보세요. 좀 나아보이는 다른 빈민 마을이 보이지요."

강 건너 슬럼가는 한 채당 정부에 500타카를 내고 산다고 그가 말했다.

정부가 최하층민에게 지원은 못해줄망정 돈을 뜯어가다니! 나는 도무지 그의 말을 이해할 수 없었다.

"다카에만 수백만 명의 도시 빈민들이 살아가고 있습니다. NGO에서 그들을 도와준다고 한들 밑 빠진 독에 물붓기식이에요."

그렇다고 그들을 계속 방치해 둘 수는 없는 일이 아닌가.

지부 사무실로 돌아오는 길에 또 다른 빈민촌을 둘러보았다. 엄청나게 긴 나무들을 기둥처럼 지면에 꽂고 그 위에 곡예를 하듯 조악한 집들이 지어져 있었다. 쳐다볼수록 위험해 보였다. 거기서 살아가는 사람들은 어떤 마음일까. 바람이 불면 버티고 있는 나무들이 기울어져 집이 기우뚱하면서 어린 아이들이 아래로 떨어져 다치기도 한단다. 그런데 아이들은 겁내기보다 환호성을 지른다고 한다. 그 이유는 집에서 키우던 가축도 함께 떨어져 죽게 되면 평소에 맛볼 수 없는 고기를 먹을 수 있는 절호의 기회가 되기 때문이란다.

톰레삽 호수 주변의
수상가옥마을에 사는 캄보디아 사람들.

수상 가옥 마을

방글라데시에서 캄보디아로 넘어가 보자. 패키지 여행 상품으로 앙코
르와트 투어를 가면 수상가옥 마을 방문 일정이 포함되는 경우가 있다.
톤레 삽 호수 주변에는 '쁘렉또알' 마을을 비롯하여 여섯 개의 수상가옥
마을이 형성되어 있다. 네 곳은 캄보디아 공동체, 한 곳은 베트남 공동
체, 나머지 한 곳은 이슬람 공동체다.

그들은 왜 수상가옥을 짓고 살까? 우기가 지속되면 호수의 물이 불어
나 눈앞에 보이는 육지들은 물속에 잠긴다. 그래서 고안해 낸 것이 수상
가옥이다. 한 마디로 척박한 환경으로부터 살아남기 위한 몸부림이다.
이 열악한 삶의 현장이 왜 관광객의 눈요기 대상인가? 물 위에 사는 사

람들 모습이 그렇게 이색적인가. 아이러니한 생각이 들지 않을 수 없다.

우리가 찾아간 마을은 종크니어 마을이다. 예수회 신부님을 따라 물 위의 공소에서 미사를 드릴 기회가 있었다. 아이, 어른 모두 70여 명, 유럽에서 온 젊은 관광객 네 사람도 함께 미사 참례를 했다. 미사를 드리는 동안 관광객을 태운 큰 배가 지나갈 때는 배가 가르는 물살에 내 몸이 크게 흔들렸다.

미사가 끝난 후 사람들은 쌀로 만든 수프를 나누어 먹었다. 비록 일주일에 한 번이지만 쌀 수프가 아이들의 영양보충에 일조를 한단다. 한 여인이 세 살짜리 아이에게 수프를 떠먹였다. 수프 안에 든 고기는 모두 아이에게 주고 자신은 국물만 마셨다. 엄마의 마음은 이런 것인가 보다. 주민 몇 사람이 나에게 같이 먹자고 했다. 하지만 수프를 먹을 용기가 나지 않아 망설였다. 그때 예수회 신부님께서 지원 사격을 해 주었다.

"외지인들은 수프를 먹고 나면 바로 배탈이 나고 설사를 해요."

신부님도 멋모르고 처음 방문하여 현지인들과 함께 그 수프를 먹고 장티푸스에 걸려 고생했던 에피소드를 들려주었다.

수상가옥 마을을 방문 후 선착장으로 돌아오는 배에서 만난 어느 여인과 아이의 모습이 오래토록 잊어지지 않는다. 여인과 아이의 대화 내용을 요약하면 이렇다. 이야기인즉 아이가 며칠째 고열에 시달리며 사경을 헤매자 엄마는 노심초사 아무 일도 하지 못하고 아이의 곁을 지켰다. 불덩이 같이 열이 올랐지만 의료시설이 전무하여 해열제조차 먹일 수 없었다. 그러다가 아침 햇살이 비쳐오면서 아이는 열이 내리면서 생기를 되찾았다. 엄마와 아이 사이에 동화 같은 이야기가 오갔다.

"애, 너를 괴롭히던 불덩어리를 저 해님이 가져갔구나."

"엄마, 밤새 마녀가 요술을 부리다가 해님이 떠오르자 물러갔나 봐요."

쓰레기 배출 작전과 날아가는 변기통

아프리카의 열악한 상황을 들여다보자. 황량한 벌판인 보보스 팜에는 분노에 찬 사람들이 판자조각을 긁어모아 집을 짓고 살아간다. 어떻게 해서 허허벌판에 극빈자들이 집단을 이루고 있는 것일까? 짐바브웨의 무가베 정권은 하라레 도심에 살던 70만 명의 집을 허물어 버리고 강제로 주민들을 트럭에 실어 허허벌판으로 내쫓았다. 이를 두고 '쓰레기 배출 작전'이라고 칭한다. 아무 영문도 모르고 졸지에 집을 잃어버린 사람들은 보보스 팜에 눌러 앉았다. 인간은 누구나 태어나면서부터 구속받지 않고 살 권리가 있다. 그렇지만 짐바브웨와 같은 독재 국가에서는 비인간적인 행태가 비일비재하게 벌어진다.

재산을 몰수당하고 쫓겨난 사람들에게 남아 있는 것이라곤 분노와 절망밖에 없다. 나는 그들이 핍박 받고 있는 곳을 살펴보고자 마을 안으로 들어가려고 했으나 안내하던 소냐 수녀님이 강하게 저지했다.

"차에서 내리면 절대로 안 돼요. 무슨 해코지를 당할지 몰라요."

"잠시만 차에서 내리면 안 될까요?"

"안 돼요. 큰일 나요."

주민들은 외지인이 들어오는 것 자체를 극도로 혐오스럽게 여겨 언제 어디서 어떤 공격을 받을지 모른단다. 소냐 수녀님은 다시 강조하며 말했다.

강가에 설치된 빈민촌 화장실

강가의 화장실 옆에서 아이들이 즐겁게 수영을 하고 있다.

"자동차는 마을 앞에 절대로 세울 수 없어요. 대신 천천히 달릴 테니 눈으로 보고 필요하다면 카메라에 담아 가세요."

마을 입구로 다가가자 사방에서 증오에 찬 분위기가 흐르는 듯했다. 한 사내가 내 시야에 들어왔다. 날카로운 눈빛으로 이쪽을 쏘아보며 바닥에다 침을 퉤 하고 뱉는다. 나무 조각으로 바람막이 집을 지었고 배설물을 처리하기 위한 조악한 화장실이 보였다. 자투리 천으로 만든 옷가지와 천 조각을 엮어 만든 이불을 햇볕에 말리는 집도 눈에 띄었다. 소냐 수녀님은 자신이 알고 있는 정보를 최대한 알려 주려고 애를 썼다.

"보보스 팜에서는 어른들뿐 아니라 아이들 상당수가 에이즈(HIV) 양성이 나온대요. NGO에서 에이즈 검사를 실시한 후 치료를 해 주려고 해도 주민들이 거부해요. 왜냐하면 워낙 에이즈가 널리 퍼져 있기 때문에 자신이 에이즈에 걸렸다는 사실을 아는 것이 너무나 두렵기 때문이에요."

가난한 이들은 쉽게 절망에 빠지기도 하고 사소한 자극에도 극도의 분노감이 치밀어 오른다. 누가 이들을 그렇게 만들었는가?

아프리카의 대표적인 슬럼가로 알려진 케냐의 수도 나이로비 서쪽 키베라. 한두 평짜리 양철집들이 미로처럼 늘어선 이곳에는 무려 100만 명이 끼어 산다고 하니 가히 숨이 탁탁 막힐 지경이다. 반기문 유엔 사무총장이 취임 후 첫 방문지로 키베라를 찾았을 때 주민들은 사람답게 살 수 있는 집을 제공해 달라는 플래카드를 들고 맞이했다. 유엔 세계식량계획(WFP)의 케냐 지부의 한 관계자는 나이로비 시민의 60퍼센트내지 65퍼센트는 빈민가에서 산다고 말한다.

"날아가는 변기통에 대해서 들어보셨나요?"

"그게 무슨 말인가요?"

인간은 먹으면 배설을 해야 하는데 주변에 화장실 없다보니 플라스틱 주머니에 용변을 본 뒤 아무 데나 휙 던져 버리는 데서 유래한 말이다. 사람은 자신이 생각과 상상하는 것만큼만 느낄 수 있다. 선진국이나 우리나라와 같은 곳에서 사는 사람들에게 '날아가는 변기통'이란 상상할 수 없는 삶이다.

세계 도시인구에 대한 전망

지금도 여러 개발도상국 수도에는 불빛을 향해 날아드는 불나방처럼 수많은 사람들이 몰려들고 있다. 가난에서 벗어나기 위해서 무작정 상경하는 인구가 계속 늘어나 슬럼가들이 우후죽순으로 형성되고 있다. 도시 빈민층은 삶의 공간이 절대적으로 부족하여 집단생활에 가깝고 때로는 사람과 가축이 동거하기도 한다. 무허가 주택에서는 집과 땅에 대한 권리를 보장받지 못한다. 또 프라이버시가 필요한 부부 성관계마저 오픈될 수밖에 없다.

세계인구의 15퍼센트를 차지하는 아프리카 대륙은 2050년이 되면 그 비율이 25퍼센트에 육박할 전망이다. 사회복지 여건이 제대로 갖추어져 있지 못한 아프리카는 인구 과잉으로 인한 가난과 문맹 인구가 늘어날 수밖에 없는 구조다.

유엔 새천년 개발 목표 보고서는 2000년부터 2010년까지 10년 동안 2억 명 이상의 빈민가 거주자들이 개량된 식수원, 위생시설, 지속적으로 거주 가능한 집과 충분한 주거 공간의 혜택을 받게 됐다고 밝혔다. 2020년까지의 목표인 최소한 1억 명의 빈민가 거주자들의 삶의 질을 현저하게 향상시킨다는 목표를 앞당겨 달성했다고 주장한다. 실제 상황은 통계와 편차가 크다. 오히려 도시 빈민지역 거주자들은 농촌 거주자들에 비해서 질병에 더 많이 노출되고 그로 인해 수명이 더 단축되고 있다는 보고가 계속 나오고 있다.

세계 도시인구 전망 보고서에 따르면 2045년 세계 도시인구 수는 60억 명을 넘어설 것으로 예상하고 있으며 대부분은 개발도상국에서 발생할 것으로 전망했다. 문제는 거주 인프라스트럭처가 제대로 구축되지 못하다보니 심각한 어려움에 직면할 가능성이 높다. 이뿐만 아니라 개발도상국 정부들이 추진하는 도시개발이란 것이 대부분 지배계층 위주 정책이기 때문에 빈곤층은 더 빈곤하게 될 가능성이 높다.

세계 최대
설사병 치료병원

설사병으로 인한 어린이 사망률

방글라데시의 마이맨싱에서 목격한 일이다. 한 여인이 급히 병원을 들어서는데 가슴에 안고 있는 두 살배기 아이는 몸이 축 처진 채 고개가 옆으로 꺾여 있다. 빈센트 클리닉의 외국인 간호사는 숙련된 솜씨로 아이를 받아 침대에 눕히고 응급처치를 했다. 영양실조에다 고열과 설사를 계속한 탓에 심한 탈수증을 보이고 있었다. 빈센트 클리닉은 치료 시설이 잘 갖추어진 병원이라 아이는 수액과 해열제 처방 등 적절한 치료를 받고 곧바로 회복하였다. 가난한 나라에서 아이들이 설사병을 만나면 매번 이렇게 좋은 결과로 이어지는 것은 아니다.

2008년 세계보건기구는 20억 이상의 인구가 매년 설사병을 겪는다고 보고했다. 설사병으로 사망하는 숫자는 연간 140만 명에 이르는데, 특히 5세 미만 어린이가 90퍼센트를 차지한다. 아동 사망의 1위인 폐렴

다음으로 높은 사망 요인이다. 저항력이 약한 어린이가 영양실조 상태에서 설사병을 일으키면 쉽게 합병증을 유발하여 생명이 위태로워진다.

유엔 새천년개발목표(MDGs)의 네 번째 세부 목표인 유아(영아) 사망률 감소의 최종 목표는 1990년 기준 5세 미만 어린이 사망률 대비 3분의 2를 줄이는 것이다. 아동 사망의 90퍼센트는 폐렴, 설사, 말라리아, 홍역, 신생아 질환, 에이즈 등 6대 질환이 차지한다. 그동안의 실적을 보면 1990년 어린이 1,000명당 87명의 사망에서 2011년에는 51명 사망으로 41퍼센트 감소했다. 하지만 개발도상국 안에도 지역 편차가 크다. 극빈층의 유아 사망률은 상류층 유아 사망률의 두 배 이상으로 높다. 그중 수질 관리를 잘하면 예방이 가능한 설사병에 탓에 사망하는 숫자가 높다는 점이 문제가 아닐 수 없다.

콜레라 병원

아이시디디아르비(icddr,b International Centre for Diarrheal Disease Research, Bangladesh). 다카 시내 모하깔리에 있는 방글라데시 설사병 치료 병원이다. 꽤나 긴 이름을 가진 이 병원은 설사병으로 죽어가는 어린이들을 살리려고 애쓰는 몇 안 되는 병원 중 하나다. 현지인들은 콜레라 병원이라고 부른다. 다카에 올 때면 언젠가는 방문해 봐야지 하는 생각을 가지고 있다가 2011년 5월에 뜻이 이루어졌다. icddr,b는 아무 때나 찾아간다고 들어갈 수 있는 곳이 아니다. 삼살 방글라데시 지부장 마슈카와 친분이 있는 NGO뷰로의 모지뿔 씨에게 도움을 요청한 끝에 방문할 수 있었다.

우리는 모두 같은 꿈이 있습니다

icddr,b는 두 분야로 나뉜다. 한 쪽은 연구센터이고, 다른 한 쪽은 치료병원이다. 병원 정문을 지나 연구동 쪽으로 들어서니 가운을 입은 신사 한 사람이 마중을 나와 있었다. "삼살(SAMSAL)^(한끼의식사기금의 영문 이름)에서 견학하러 왔습니다." 외부 접견 책임자인 자만 박사는 나의 일행을 자신의 방으로 안내하여 병원의 역사를 소개해 주었다.

1960년에 설립된 icddr,b는 초창기에는 콜레라에 대한 연구 및 검사 역할을 했다. 이후 여러 선진국으로부터 후원을 받아 규모가 커져 지금은 세계 최대 설사병 치료 및 연구 센터로 자리 잡았다. 의료진은 방글라데시 현지인뿐 아니라 세계 유수 의료기관에서 나와 있다. 그동안의 업적을 보면 중증 탈수에 필수적인 구강 수분 보충 요법을 자체 개발하여 지난 20년간 약 4,000만 명의 어린 생명을 구할 수 있었다. 또 장내감염, 항생제 저항균, 설사병의 역학조사 등 광범위한 연구 업적을 가지고 있다. 미래를 향한 계획 또한 놀랍다. 미국의 존스홉킨스 대학, 세계보건기구 등과 연대하여 어린이 설사병에 있어서 아연요법(zinc therapy)을 임상에 적용하기 위해 한창 연구 중이다. 아연요법은 설사 기간을 줄이고, 만성화되는 정도를 감소시켜 어린이 사망률을 50퍼센트나 줄여주는 것으로 나타났다. 그 밖에 개발도상국에서 흔히 발생하는 질병에 대한 백신 개발에도 박차를 가하고 있다.

콜레라 침대

병원 소개가 끝나자 자만 박사는 임상 담당인 닥터 호세인에게 일행을 인계했다. 닥터 호세인은 임상의답게 청진기를 목에 걸친 채 빠른 걸음으로 병동 안으로 들어섰다. 일행은 실습생인양 뒤따라 들어갔다. 첫 번째 병동 문을 여는 순간 엄청난 광경이 펼쳐졌다. 웬만한 대학병원 응급실의 스무 배쯤 돼 보이는 거대한 응급실이 나왔다. 줄지어져 있는 수백 개의 침대에는 초점 풀린 눈으로 누워 있는 어린이 환자들로 가득했다. 계절적으로 환자들이 많아지고 있을 때였다. 기온이 올라갈수록 설사병 환자는 급증하게 된다.

"호세인 박사님. 하루에 얼마나 많은 환자들이 입원하나요?"

"지난 달 통계를 보니 매일 400명 이상 설사병으로 입원하고 있는 걸로 나왔습니다."

침대마다 수액들이 주렁주렁 매달려 있다. 닥터 호세인은 환자들에게 다가가더니 "이 침대는 콜레라 침대입니다."라고 말했다. 콜레라 침대란 특별한 침대가 아니라 보통 침대의 가운데 부분에 구멍을 낸 구조다. 콜레라에 걸리면 하루에 수십 번 설사를 하게 된다. 탈수 상태에 빠진 환자들이 누운 채 침대의 구멍 난 곳으로 쉽게 배변할 수 있도록 해 놓은 것이다.

침대 밑에는 환자들이 토하고 싸 놓은 배설물 용기가 하나씩 놓여 있다. 청결해야 할 병원이지만 응급실은 말 그대로 응급실이다. 소독약 냄새와 배설물이 뒤섞인 역한 냄새가 코를 자극했다. 병원이 일상의 터전인 나는 웬만큼 단련이 되어 태연했지만 나머지 일행은 꽤나 견디기 힘들었으리라.

자세히 보니 환자 중에는 어린이뿐 아니라 곳곳에 노인과 임산부도 누워 있었다. 콜레라 외에 다양한 원인의 설사병, 폐렴, 뇌수막염 등으로도 병원에서 치료받고 있다. 이들에 대한 치료비는 모두 무료였다. 응급실을 빠져나와 입원병동으로 들어갔다. 병동 역시 응급실만큼이나 컸다. 초기 12시간 동안 응급실에서 처치가 이루어진 후 단순히 설사만 하고 합병증이 없다고 판단되는 환자는 입원병실로 넘어간다. 설사병 환자에게 식사는 세심한 배려가 필요하다. 모두 병원에서 개발한 맞춤식이란다. 다음으로 경한 합병증을 가진 환자병동을 견학한 후 드디어 중환자실에 들어갔다. 분위기부터 무거운 침묵이 감돌았다. 영양 상태가 부실한 데다 뇌막염, 패혈증 등 중증 합병증이 오면 어린 아이는 견딜 수 없게 된다. 눈앞에서 산소마스크를 하고 숨을 깔딱거리는 어린 아이가 의식이 몽롱한 채 누워 있었다. 그 아이는 하루도 버티기 힘들어 보였다. 아이의 차트를 뒤져보던 닥터 호세인은 실습 나온 의대생 대하듯 일행에게 구체적으로 설명해 주었다.

"이 아이는 신생아 때부터 안 좋았어요. 엄마가 임신 중에 영양분 섭취를 하지 못해 저체중아로 태어났습니다. 방글라데시 전체 신생아의 약 45퍼센트가 체중 2,500그램 미만의 저체중아로 태어나고 있습니다. 전 세계에서 가장 높은 저체중아 출산율에 해당하는 수치죠."

영양실조에다 심한 설사병을 만나면 어린 생명은 추운 겨울에 연탄불이 꺼진 방처럼 식어간다. 그때 옆 자리의 아이가 경련을 일으키자 의료진이 바빠졌다. 우리는 방해가 되지 않도록 조용히 물러나왔다.

닥터 호세인은 복도에 서서 "방글라데시에서 설사병으로 죽은 사람은 말라리아, 에이즈, 결핵으로 죽어가는 사람들보다 훨씬 많습니다."고 말한다. 한쪽 구석에서 초조하게 서 있는 한 엄마가 애타는 마음으로 아이를 살려달라고 기도하는 모습이 보였다.

마지막으로 들어간 병동은 설사가 멎고 회복 중에 있는 환자들 방이었다. 그곳에서는 회복기 치료뿐 아니라 설사병에 대한 예방 교육을 환자와 보호자들에게 하고 있었다.

병원 견학을 마치고 정문을 향해서 걸어 나오는데 옆에 거대한 텐트로 쳐 진 임시 건물이 있었다. 무엇을 하는 곳인가 궁금하여 살짝 들여다보니 놀랍게도 응급실 못지않게 많은 환자들이 누워 있다. 응급실 대기 환자들이란다. 저렇게 많은 사람들을 어떻게 다 돌볼 수 있을까. 나도 모르게 한숨이 나왔다.

지금 이 시간에도 지구촌 어디선가는 설사병으로 어린 영혼들이 제대로 피어나지도 못하고 생을 마치고 있다. 깨끗한 물만 있어도 전 세계 어린이 사망률을 절반으로 줄일 수 있다고 하는데….

많은 걸림돌

빈민가에 사는 사람들은 만성적인 설사와 복통을 안고 살아가면서, 정작 자신의 몸이 왜 아픈지를 잘 모른다. 생명 유지에 없어서는 안 될 물이지만 도리어 그 물이 죽음의 블랙홀이 되고 있다. 수 천 명씩 집단을 이루고 있는 다카의 슬럼가는 식수로 사용되는 우물이 한두 곳 남짓한데 그 옆에 공동화장실이 붙어 있다. 청결에 대한 인식이 없는 사람들이 너무 많아 화장실을 두고도 노상 배변을 하는 이도 많다. 세계적으로 노상 배변 인구는 1990년 24퍼센트에서 2011년에는 15퍼센트로 줄었다고 하나 숫자로 보면 여전히 10억 이상의 사람들이 노상 배변 행위를 지속

우리는 모두 같은 꿈이 있습니다

하고 있다. 우기가 되어 식수와 오수가 뒤섞이면 어떻게 되겠는가. 현재 지구촌에는 인구 3명당 1명은 위생적인 식수를 공급받지 못하고 있다. 개발도상국에서 발생하는 질병의 80퍼센트가 오염된 물과 관련이 있다.

노르웨이 출신 NGO 활동가의 에피소드가 생각난다. 아프리카 대륙에 파견되었을 때 그는 수시로 탈이 났다. 녹 쓴 파이프에서 물을 받아 마시고 나면 영락없이 배탈이 나고 설사를 했다. 복지 수준이 세계 최고인 나라에 살다가 정반대 환경의 나라로 왔으니 오염된 물을 이겨낼 저항력이 전혀 없었다. 그는 낙척적인 성격이어서 끝까지 버틴 끝에 1년쯤 지나자 더 이상 배탈을 일으키지 않았다. 이제 물을 한 컵 떠서는 "야, 색깔이 카푸치노 같네. 오늘도 한 잔 마셔 볼까!"라며 농담을 한다.

공중보건위생은 경제성장 못지않게 한 나라 발전의 중요한 척도다. 인간과 가축의 배설물이 주거환경과 섞여 있고 오수처리 시스템이 가동되지 못하는 저개발국에서는 수인성 전염병이 활개를 칠 수밖에 없다.

제대로 먹지 못하면 신체는 감염에 대한 저항력이 떨어진다. 이는 설사병뿐 아니라 에이즈나 결핵의 확산과도 무관치 않다. 개발도상국 어린이 25퍼센트가 산모의 영양 부족 때문에 몸무게가 2,500그램이 안 되는 미숙아로 태어나고 있다. 태어날 때 저체중의 왜소한 상태라면 전염병으로부터 버티어 낼 재간이 없다.

세계보건기구는 산모와 신생아의 건강을 위해 최소 4회 이상 산전 진찰을 받을 것을 권장한다. 그러나 개발도상국에서 이런 기준은 무의미하다. 의료시설이 제대로 갖추어져 있지 못할뿐더러 설령 갖추어져 있다고 하더라도 돈이 없어 가난한 임산부들은 병원에 갈 수 없다. 또 조기 결혼으로 인한 이른 임신은 미숙아로 태어날 가능성이 높아 신생아 사망률이 더 올라간다.

결국 어린이 설사병 사망은 공중위생, 주거환경, 영양실조, 출산 시 저체중, 모체의 임신 과정 등이 총체적으로 영향을 미쳐서 발생한 결과이다. 어린이 사망률을 개선하는 길은 곧 기아 퇴치로 통하는 길이다.

우리는 모두 같은 꿈이 있습니다

여성 자활교육과
해피 레이디 프로그램

여성 자활 교육

내가 탄 릭샤가 낡고 오래된 건물들 사이로 난 좁은 길을 지나 하자리박 여성 자활 센터 앞에 멈춰 섰다. 삼살 방글라데시의 여성 자활 교육은 카추피 반과 커팅 반으로 구성된다. 카추피란 방글라데시 여성 전통 의류에 아름다운 문양을 새기는 기술이다. 이 과정을 이수한 후 커팅 과정을 온전히 마치면 옷을 만들 수 있는 능력이 생긴다. 총 6개월 코스로 구성되며 한 기수에 서른 명이 참여할 수 있다.

카추피 반 여성들에게는 쌀을 무료로 제공하는데 이는 자활 교육의 가치를 깨닫지 못하는 여성들의 참여도를 높이기 위해서다. 고급 과정인 커팅 반은 식량 지원 혜택이 없고 성적이 우수한 이들에게는 카추피 작업에 필요한 프레임이 부상으로 주어진다.

교육 과정을 마친 이들이 익힌 기술을 이용하여 무엇을 하고 있는지 알아보기 위해 현황 파악에 나섰다. 먼저 파랜장 베굼의 집을 방문했다. 여성은 말한다.

"남편이 다리를 다쳐 일을 하지 못하는 상황에서 아이가 열이 나고 설사를 했어요. 돈이 없어 병원에 데려가지 못하고 이웃에게 약 몇 알 얻어 먹인 게 전부였고요. 돈이 필요하다고 남편에게 말하니까 그런 소리는 하지도 말라고 큰소리 쳤습니다."

베굼은 다시 기회를 엿보며 남편에게 말해야겠다고 생각했다. 어느 날 카추피 수업에 나가는 친구가 집에 놀러 왔는데 마침 남편이 집에서 쉬고 있었다. 이때다 싶어 베굼은 그 친구에게 자신도 카추피 수업에 참여할 수 있도록 지원 사격을 요청했다. 여인의 친구가 공장에 나가는 것이 아니라 집에서 부업으로 돈을 벌 수 있다고 강조하자 남편은 마지못해 승낙을 해 주었다. 대다수 방글라데시 남자들은 집에 쌀이 떨어져도 여자가 밖에 나가서 일하는 것을 쉽게 허용하지 않으려고 한다.

그녀에게 "지금도 남편은 탐탁지 않게 여기고 있나요?"라고 묻자 베굼은 웃으며 "아니에요. 제가 카추피 기술로 돈을 조금씩 버니 말은 하지 않아도 속으로 좋아하는 것 같아 보입니다."라고 말했다. 다음으로 뷰티라는 이름을 가진 여성의 집을 방문했다. 작품의 솜씨가 아름다워 그녀의 이름이 뷰티인가! 어린 아이 둘을 옆에 두고 옷에 문양을 새기고 있었다.

"아주 솜씨가 좋아 보이네요."

그 말에 여인은 고무된 표정으로 힘주어 말했다.

"첫 작품은 벌써 시장에 가져가 팔았어요. 나름 수익도 올렸고요."

삼살 방글라데시센터에서 진행하고 있는 카추피 수업장면과 작품들

"곧 다가올 이드 축제(방글라데시에서 가장 큰 축제로 우리나라의 추석에 해당한다) 때는 3,000 타카가 필요하여 지금 옷을 예쁘게 꾸미고 있어요."라고 말하며 작업 중인 옷들을 자랑하듯 보여주었다.

여성 자활 교육을 마친 졸업생들은 색실과 액세서리를 이용해 아름다운 문양을 새겨 넣으면 세련된 고급 의류로 탈바꿈되어 원가의 몇 배를 남길 수 있다는 사실을 알고 있었다. 또 그들은 남편에게 의존하지 않고, 자신의 능력으로 뭔가를 일구어 보려는 욕구가 자라고 있음을 느낄 수 있었다.

하루는 삼살 센터에서 진행되는 자활 교육 현장을 참관했다. 그리고 나는 다음과 같은 느낌을 적고 있었다.

가난한 여성들이 자발적으로 실습 위주로 진행하는 수업을 쭈그리고 앉아 열심히 배우고 있다. 어두침침한 불빛 아래서 힘겹게 돌아가던 선풍기가 열악한 전력 사정으로 수시로 멈추어 서니 좁은 공간에 사람들이 꽉 들어차 있어 순식간에 사우나로 바뀐다. 아마도 등에는 땀이 흘러내리고 있을 것이다. 하지만 아무도 불평하지 않는다. 선풍기가 돌던 안 돌던 학생들의 열정이 모든 것을 뛰어넘고 있다. 강사들도 이들 못지않게 열심히 가르친다. 나는 여기서 가난을 벗어날 수 있는 희망을 발견하게 된다.

생리대 제작에 대한 발상

자활 교육을 마친 수료생들 상당수가 스스로 돈을 벌었지만 그중 일부는 일자리를 얻지 못했다. 이 나라의 여건상 좁은 영토에 인구는 아주 많고 일자리는 제한돼 있다. 그들의 권익보호를 위해 아이디어를 짜내다가 새로운 프로그램을 발견했다. 생리대 제작이다. 이 사업은 일자리 창출 외에 다른 중요한 의미를 내포하고 있다. 첫째는 여성의 위생 개선 및 여성 질환의 예방 효과가 있고, 둘째는 사춘기 여학생들의 교육 효과까지 담겨 있다.

생리대 제작에 대한 나의 아이디어는 뉴욕 타임스의 칼럼리스트 토머스 프리드먼의 칼럼에서 힌트를 얻었다. 그는 칼럼에서 아프리카를 가난과 질병, 권력, 부패의 멍에에서 벗어날 수 있게 할 수 있는 네 가지의

우리는 모두 같은 꿈이 있습니다

키워드를 제시했는데 그중 하나가 코텍스(생리대)였다. 가난을 벗어나게 하는데 웬 생리대인가! 프리드먼의 주장을 들어보면 충분히 일리가 있다. 그는 케냐 마사이 지역에서 만난 토비코의 이야기를 소개하면서 제시 근거를 정당화했다.

　토비코는 주유소를 운영하며 안락한 생활을 하고 있다. 시골학교의 소녀들이 매달 며칠씩 결석하는 것을 보고 시골 출신 친구에게 물어봤다. 그 친구는 생리대를 구할 수 없어 학교를 쉰다고 말했다. 토비코의 친구는 자신의 사춘기를 회상하며 "어떤 애들은 넝마조각이나 흙을 이용했고. 일부 학생들은 결석이 많아지자 결국 학교를 그만두었어."라고 말했다. 토비코는 소녀들이 학교를 쉬는 일이 없도록 시골 지역에 생리대를 보내주는 캠페인을 시작했다.

　프리드먼의 기사가 신빙성이 있다는 것을 나는 이미 짐바브웨에서 확인한 바 있다. 잠시 그곳에서의 이야기를 소개해 본다. 구웨루 마부제 중학교의 여학생 미리암은 생리로 인해 난처한 상황을 맞고 말았다. 생리가 시작된 것을 미처 느끼지 못한 상황에서 생리혈이 허벅지까지 흘러내린 장면을 남학생들이 본 것이었다. 그들은 미리암을 놀려댔고 너무나 창피한 나머지 이 소녀는 그 길로 학교를 그만두게 되었다.
　마부제 중학교의 남자 교장 선생님은 여자 아이들이 곧 잘 배탈이 나는데 그 이유를 잘 모르겠다고 말했다. 먹을 것도 없는데 웬 배탈인가! 똑같은 음식을 먹은 남학생들은 멀쩡했다. 여학생들만 복통을 일으킨다면 생리통이 아닌가.

일부 여학생들은 생리기간이 지났는데도 아랫배가 아프고 불편했다. 비위생적인 방법으로 생리를 처리하려 한 게 문제였다. 여학생들에게 일회용 생리대를 왜 사용하지 않느냐고 물으니 그들은 너무 비싸서 감당할 수 없었다고 한다. 상당수가 헌 신문지나 부드러운 나뭇잎을 생리대 대용으로 사용하는 형편이었고, 그로 인해 감염되어 아랫배가 아팠던 것이다.

해피 레이디 프로그램

2011년 4월, 삼살 방글라데시 사무소 내 한 공간에서 생리대를 만들기 시작했다. 생리대를 만드는 회사를 방문하여 제조 과정을 알아보았고, 제품 구성에 필요한 재료들도 파악했다. 기술 트레이너도 채용했다. 자체 제작한 생리대를 사용해 본 이들이 말하기를, 다카 시내에 파는 제품과 비교해 품질이 결코 뒤지지 않는다고 한다.

우리 단체의 상표가 붙은 생리대는 모두 기증되고 있다. 1차 수혜자는 유셉(UCEP)학교의 사춘기 소녀들이다. 유셉 학교는 정규 교육에서 소외된 학생들을 대상으로 취업 기술 교육을 중점적으로 실시하는 학교로 가난한 청소년들이 다니고 있다. 그다음 수혜자는 장애인 여성과 극빈층 산모들이다. 어반 클리닉은 로컬 NGO에서 운영하는 산부인과 병원이다. 그곳에 정기적으로 생리대를 제공해 주고 있다. 내가 그 병원을 방문하니 책임자인 닥터 푸라비 아메드가 반갑게 맞아주었다.

"저희 병원은 삼살처럼 가난한 사람들을 위해 세워진 무료 진료 병원입니다."

다카 슬럼가와 시골 지역 여성들은 생리 문제를 어떻게 해결해 나가느냐고 물으니, 닥터 푸라비는 이렇게 말했다.

"상당수가 비위생적으로 처리해 나가고 있어요. 빈민가 여성들은 천 조각을 잘라 사용하고 있지만 실제 생리대가 없는 경우도 허다합니다. 어떤 경우는 걸레를 잘라 대신 사용하기도 하고요. 또 여성들은 생리 자체를 수치스럽게 여겨 사용한 천을 빤 후 햇빛에 말리지도 않고 재사용함으로써 여성 질환이 악화되기도 합니다."

우리는 여성 고유의 문제로부터 고통 받는 여성들을 행복하게 해 준다는 의미에서 이 사업을 '해피 레이디 프로그램'으로 명명했다.

최초의
식량 구호 활동

브라마푸트라강

우리나라의 작은 기차역 수준인 롱뿌르 공항에서 공항
직원이 직접 날아다 주는 승객들의 수화물을 받아 다시 그 짐을 자동차
에 옮겨 싣고 비포장 도로를 세 시간 이상 달렸다. 길을 가던 도중에 누
더기 같이 여기저기 파여 있던 길이 갑자기 확 좋아졌다. 운전기사 하론
에게 "여기가 어딘가요? 다른 곳에 비해 길이 좋군요."라고 물으니 "여
기는 전직 대통령의 고향입니다. 그러니 길이 좋을 수밖에요."

이어 '티스타' 다리를 지나게 되었다. 영국 식민지 시절에 건설된 다리
로 자동차와 기차가 동시에 다닐 수 있도록 레일과 목재가 같이 깔려 있
었다. 너무 심하게 낡아 즉각적인 보수 작업이 필요했다. 티스타 다리의
중간 지점에서 오른쪽으로 고개를 돌리니 뿌연 구름들로 가려져 희미하
게 산들이 보였다. 그곳부터 인도 땅이란다.

목적지인 찔마리는 오지 지역이다. 얼마 전에야 마을에 전기가 들어왔을 정도다. 찔마리 주변을 흘러가는 브라마푸트라강은 아주 큰 강으로 넓은 곳은 폭이 20킬로미터에 이르러 바다나 다름없다.

강 유역에는 27개 모래섬이 있는데 5년마다 지도를 새로 그려야 할 정도로 기존 섬은 사라지고 새 섬이 생겨난다. 사람이 살 수 있는 곳은 7개 섬 정도라고 하는데 한 섬당 2,000~3,000명의 사람들이 살고 있다. 워낙 척박한 땅이라 쌀농사는 어렵고 땅콩이나 황마를 심는 정도다.

매년 5, 6월이 되면 히말라야 빙하에서 녹아내린 물이 저지대로 흘러들어와 브라마푸뜨라 강이 범람한다. 지구온난화로 인한 기후변화는 강유역에 더 잦은 홍수를 유발하는데 섬이 물에 잠기면 섬주민은 높은 곳으로 피하거나 다른 섬으로 옮겨가서 생활해야 한다.

옮겨 간 섬마저 또 물속으로 사라지면 또 다른 뭍으로 옮겨 다니며 물이 빠질 때까지 견뎌야 한다. 8, 9월 우기에 들어서면 집중호우로 말미암아 애써 키워 놓은 농작물들이 수해를 입어 하루 두 끼도 제대로 먹을 수 없는 처지에 놓인다. 취약한 지정학적 조건이 빈곤을 부채질하는 것이다.

해마다 10만 명 이상이 재난을 당하는 곳이지만 2005년 4월 당시 강물의 범람이 일찍 찾아와 다른 해에 비해 주민들의 식량이 더 앞서 바닥나 버렸다. 주민 모두 굶어 죽을 판이 됐다. 이에 찔마리와 브라마푸트라 강 유역에서 활동하는 방글라데시개발협회(KDAB)와 연대하여 긴급식량 지원 활동을 펼치게 되었다.

식량 구호 활동

우리는 섬 마을을 중심으로 저지대에 사는 가난한 사람 1,200명에게 생명의 쌀을 나눠 주기로 계획을 세웠다. 차질 없이 일을 추진하기 위하여 본 단체는 선발대를 현장에 보냈다. 자칫 마을의 힘 있는 자들이 식량을 가로챌 것을 염려하여 은밀하게 수혜 대상자들을 선정하고, 사람들의 눈에 잘 띄지 않는 밤 시간을 이용하여 대상자들을 찾아다니면서 배급 비표를 나누어 주었다. 그렇게 하지 않으면 서로 수혜 대상자라며 식량을 타 갈 수 있고, 또 같은 사람이 반복해서 식량을 타 갈 수도 있다.

한 달 후 나를 포함한 본진이 현장에 도착했다. 구호 현장에서의 첫 날, 이른 새벽에 잠을 깼다. 마을에서 이슬람 경전 읽는 음성과 노래 소리가 스피커를 통해서 들려왔다. 세수를 하려는데 물이 나오지 않았다. 변기통에도 물이 비었다. 아무리 척박한 오지라고 해도 세수를 안 할 수는 없다. KDAB 숙소 실무자에게 연락하니 자가 발전기를 돌려주었다. 세숫물은 그야말로 흙탕물이었다.

어둠이 가시지 않은 새벽시간, 식량을 운반할 트럭들이 KDAB 사업소 안으로 들어왔다. 20킬로그램 단위 쌀자루가 빼곡하게 쌓여 있는 창고에서 일일이 쌀자루를 트럭으로 옮겨 실었다. 현장에는 관계자가 여럿 있었지만 단연코 돋보이는 이가 있었으니 이정태 운영위원이다. 대학에서 컴퓨터 공학을 전공하는 교수로 타인에 대한 배려와 양보심이 누구보다도 큰 분이다. 일찍이 농장에서 일하던 부지런한 습관이 몸에 배어 웬만한 젊은이보다 쌀가루를 갑절이나 더 날랐다.

우리는 구호 식량 모두를 현지 도매상으로부터 구입했다. 가끔 보면 일부 NGO에서는 굳이 자국산 구호 식량을 현지로 보내는 경우가 있는데 이런 방식은 좋지 못하다. 현지에서 구입한 쌀이라야 현지인의 입맛에 맞고, 조금이마나 현지 시장에 도움을 줄 수 있다. 대규모 식량 수송 작전 시 외부에서 잉여 농산물을 가져가게 되면 현지에 곡물이 넘쳐 가격 폭락으로 이어져 현지 농민들은 추가로 피해를 입을 수 있다.

기근이나 홍수로 인해 긴급 식량 지원을 수행해야 하는 상황이 벌어지면 인도주의 차원에서 자국에 남아도는 식량을 지원해 주어야 한다고 주장하는 사람들이 있다. 이는 무지한 발상이다. 그들은 굶주림으로 쓰러져가는 이들에게 식량을 가져다주는 일이 왜 잘못되었는가? 라고 반문할지 모르겠다. 기아에 허덕이는 사람들에게 식량을 보내 주는 일은 아주 중요한 일이다. 문제는 그로 인해 2차적인 피해가 발생한다는 사실이다. 배로 수송하면서 여러 단계를 거치다 보면 긴급 상황이 발생한 지 몇 달이 흘러간다. 그 무렵이면 현지에서는 새롭게 농사를 일구어 수확할 때가 된다. 그런 상황에서 외국으로부터 값싼 곡물이 들어오면 가격 폭락이 일어나 상처 난 부위에 소금을 뿌리는 격이 된다.

또 원조 공여국에서 수혜국으로 식량을 실어 보내는 것 자체가 낭비다. 먼 바다를 장거리 운송하려면 기름 값이 엄청나게 들어간다. 여기에 들어가는 비용을 현지에서 식량을 구입하여 배분한다면 훨씬 많은 이들에게 혜택이 돌아갈 수 있다. 조건부 식량 공급에 대한 비용을 연구한 경제협력개발기구(OECD) 연구 결과를 보면 자국산 식량을 가져가면 현지 국가에서 식량을 구입할 때보다 33퍼센트나 더 비쌌다.

우리 구호팀은 며칠에 걸쳐 찔마리 지역과 바르카즈 섬, 무더펏 깔리까푸르 섬 등에서 식량 배급 활동을 진행했다. 식량을 나눠 주는 강어귀마다 여러 대의 배에 나눠 타고 온 사람들이 미리 기다리고 있었다. 대부분 여성과 노인들이어서 내리쬐는 태양을 고려하면 지체 없이 쌀을 전달해야 했다. 식량을 받은 사람들은 "돈노밧(감사합니다)."하고 말한다. 쌀자루를 배에 싣고 섬마을로 돌아가는 장면은 물고기를 가득 싣고 집으로 돌아가는 만선처럼 풍요로워 보였다.

가난한 사람들의 인간미

무다펏 날리떼까따 섬에서의 모습이 인상적이었다. 백발에 흰 수염을 날리는 할아버지, 허리가 심하게 꼬부라진 할머니, 바람만 살짝 불어도 넘어갈 것 같은 야윈 사람 등 수백 명이 쌀을 배급받으러 나왔다. 그중에는 젖먹이 아이를 안고 나온 여인이 있었다. 한 손에는 무거운 쌀자루를 들고 다른 손에는 아이를 안은 모습이 너무 힘들어 보였다. 그래서 자칫 쌀자루와 어린 아이를 모두 떨어뜨릴 것 같았다. 내가 배까지 들어다 주니 그녀는 아주 고마워했다.

하루는 틈이 나서 섬사람들이 어떻게 사는지 궁금하여 어느 집을 방문했다. 집은 4,5평 정도로 우리 농촌의 헛간보다 나을 게 없었다. 양철로 지은 집 안에 십 분 정도 머물렀지만 더 이상 있을 수 없었다. 불에 달구어진 듯한 양철이 머리 위에서 이글거렸기 때문이다. 집 주인의 얼굴에 땀방울이 송송 맺혀 있었다. 이런 집에서 어떻게 살 수 있을까. 그런데 얼핏 보니 이틀 전 내가 쌀자루를 옮겨 주었던 바로 그 여인 아닌가. 그녀는 나를 보자 수줍은 듯 미소를 지었다. 그곳이 부엌이라고 말해 주기

우리는 모두 같은 꿈이 있습니다

아이를 안고 구호식량을 받아가는 여인들

전까지 나는 음식을 만드는 공간이라는 사실을 상상조차 할 수 없었다. 조그만 솥단지 두어 개가 장식처럼 매달려 있는 게 전부였기 때문이다.

여인은 배급받은 쌀에 일부 곡식을 섞어 밥을 하고 있었다. 그 곡식은 섬마을에서 나오는 '찌냐'라는 쌀과 밀의 중간쯤 되는 곡물이었다. 반찬은 무엇을 먹느냐고 물으니 조그만 깡통을 보여 주었다. 깡통 안에는 거무티티한 소금뿐이었다.

섬마을을 구경하고 나오는데 마을 이장과 몇 사람이 우리 일행을 부르며 잠시만 기다리라고 한다. 그들의 손에는 뭔가 들려 있었다. 빈곤한 삶 중에도 섬을 찾아준 손님들을 빈손으로 보낼 수 없다며 옥수수를 한 아름 삶아서 가져왔다. 좀 모자라야 감사할 줄 안다더니 정말 그렇구나!

그들은 물질적으로는 가난한 사람들이지만 마음은 풍요로운 사람들이었다. 나는 "돈노밧"이라고 말해 주었다.

남성 중심의 장터

저지대에 나무집을 짓고 살다가 물이 차오르자 다른 곳으로 이동 중인 한 남자를 만났다.

"집을 자꾸 옮겨 다니면 힘들겠어요."

"집도 없지만 먹을 게 없는 것이 더 힘듭니다. 농사를 지을 곳도 없고 그나마 있는 땅에서는 벼가 안 자라요."

"찔마리 마을과 같은 육지로 나가서 살 수 없나요?"

"돈 없이는 거기서 살 수 없어요."

그는 나뭇가지와 풀로 얼기설기 엮은 임시가옥에서 옥수수와 나무 열매 등으로 버티어 가고 있었다.

예년 같은 본격적인 우기가 아닌데도 찔마리에는 비가 자주 내렸다. 아마도 기후 변화 탓인가 보다. 사람들은 큰 수해가 날까 걱정했다. 인샬라! 한 나절 내리던 비가 그치자 곳곳에 웅덩이가 만들어졌다. 소와 돼지들이 그 안에 들어가 배설한다. 좀 있으려니 동네 아이들이 나타나 흙갈색 물에 뛰어들어 논다. 웅덩이 안에는 세균들이 득실거릴 텐데. 설마 저 물을 식수로 사용하지는 않는지 걱정되지 않을 수 없었다.

찔마리 마을 남자들은 롱기를 입거나 상체는 아예 맨 몸으로 서 있었다. 룽기란 남자들이 입는 원통형 치마다. 여자들은 샤리를 입었는데 몸 전체를 감을 수 있을 정도의 긴 천으로 재단이나 바느질 없이 길게 늘어

우리는 모두 같은 꿈이 있습니다

진 옷이다. 현지 문화는 매우 남성 중심적이다. 이런 문화는 찔마리 시장에 가 보면 확연히 알 수 있다. 한국의 경우 시장에서 장을 보는 사람들 대부분은 여성이나, 방글라데시는 정반대다. 물건을 파는 상인들도 모두 남자고 구매하는 사람들도 모두 남자다. 시장에 남자들밖에 없다는 것이 참 신기했다.

구호활동후기

방글라데시의 식량 사정은 열악하다. 여러 이유가 있지만 농업 전문가들은 토양의 질이 너무 나쁘다고 말한다. 원래 비옥한 땅이었으나 화학비료의 과다 사용과 휴식년 없는 농지 사용이 원인이다.

토양보다 더 심각한 문제가 있는데 그것은 농사에 대한 자발성 부족이다. 소수의 대지주가 대부분 땅을 장악하고 농민들은 소작으로 농사를 짓는다. 그러니 소작농은 농사를 열심히 짓고 싶은 의욕이 생기지 않는다.

또 이 나라에서 식량 부족의 큰 요인 중 하나는 자연재해다. 현지에 가서 보니 사방을 둘러봐도 도무지 산이 보이지 않는다. 전 국토의 90퍼센트가 해발 9미터밖에 안 되고 크고 작은 강들이 실핏줄처럼 퍼져 있어 우기가 되면 강물이 넘쳐 논들은 거의가 강으로 변하게 된다. 홍수가 나면 진흙 성분의 토양이어서 물이 빠지는 데 한 달 이상 걸린다. 애써 키워 놓은 농작물이 늘 자연재해로 수확을 못하게 되니 얼마나 속이 상할까.

기아에는 경제적 기아와 구조적 기아가 있다. 전자는 전쟁이나 자연재해와 같은 돌발적인 사태로 인한 기아이고 후자는 사회 시스템의 부실로 장기간에 걸쳐 식량 공급이 지체되는 경우를 말한다. 경제적 기아는 단기간에 식량이 바닥나서 외부 구호 기관으로부터 긴급 지원을 받아야 한다. 구조적 기아는 낙후된 경제구조와 열악한 인프라스트럭처에 의해 만성적인 굶주림 속에 놓여 있어 일회성 구호로는 해결할 수 없는 근본적인 문제이다. 찔마리와 브라마푸트라강 유역은 경제적 기아와 구조적 기아가 겹쳐 있는 곳이었다.

이번 식량 구호 활동을 통하여 깨달은 점은 직접적 식량 원조는 가급적 비상시에만 실시돼야 한다는 것이다. 식량 원조는 자칫 현지 시장을 불안정하게 만들고 지역의 농업기반을 무너뜨릴 수 있다. 따라서 도움은 커녕 반대의 결과에 이를 수도 있다. 한 예로 에티오피아에 극심한 가뭄이 들었을 때 미국으로부터 대규모 식량 지원을 받았다. 원조를 받은 에티오피아인들은 굶주림으로부터 벗어나지 못하고 그 이듬해에는 더 큰 어려움을 겪어야 했다.

모든 일정을 마치고 나니 눈이 부어오르면서 쓰라렸다. 며칠째 흙탕물로 씻다보니 오염된 물이 안질환을 일으킨 것이다. 나는 스스로에게 위로해 본다. '최초의 구호활동인데 아무 탈 없이 귀국하기보다 고생한 흔적이 있어야 될 것 아닌가.'

캄보디아

2

빈곤 탈출을 위한 학교건축사업

불합리하고 불평등한 현상이 반복되어도
스스로 인지하고 변화를 요구하지 않으면 결코 바꿔지 않는다.
교육은 이러한 현실에 눈을 뜨게 해 주면서 자신의 역량을 길러 준다.

빈곤 탈출을 위한
학교건축사업

보편적 초등교육 달성도

불합리하고 불평등한 현상이 반복되어도 스스로 인지하고 변화를 추구하지 않으면 세상은 바뀌지 않는다. 교육은 이러한 현실에 눈을 뜨게 해 주면서 자신의 역량을 길러 준다. 문맹, 폭력, 인권유린, 정보 결여 등은 역량 획득에 심각한 방해 요소들이다. 개발도상국 아이들은 학교에 갈 권리를 가졌다고 해도 집안일에 얽매여 있고, 특히여아들은 가족과 사회적 편견으로 인해 배움의 기회를 제대로 얻지 못하는 게 현실이다.

교육은 삶의 질을 개선하는 주춧돌과 같다. 방글라데시나 캄보디아에서 교육은 빈곤의 악순환을 끊는 칼과 같고, 짐바브웨와 같은 독재 국가에서 교육은 민주화의 불씨가 되고, 인도의 불가촉천민 달리트에게는 부조리한 계급 사회를 타파하는 힘이다.

우리는 모두 같은 꿈이 있습니다

보편적 초등교육의 달성은 유엔 새천년개발계획(MDGs)의 두 번째 목표로, 성과를 보면 개발도상국 초등학교 취학률이 2000년 83퍼센트에서 2011년에는 90퍼센트까지 진전을 이루었다. 같은 기간 전 세계의 미취학 아동의 수는 1억 200만 명에서 5,700만 명으로 감소하였다. 그렇지만 2011년에 입학한 1억 3,700만 명의 아이들 중 3,400만 명이 중퇴한 것도 사실이다.

　학교를 늦게 입학한 아동일수록 중퇴 확률이 높다. 조기 중퇴 비율이 줄어들지 않는 것은 보편적 초등교육의 달성을 가로막는 장애물이다. 제대로 교육을 받을 수 있는 여건을 조성하는 것이 진정한 초등교육의 달

밝은 모습의 아이 모습에서 희망 찬 미래가 보인다.

성을 위한 과제라고 할 수 있다.

킬링필드의 흔적에서 답을 얻다.

가난한 나라의 교육 현장에 가서 보면 유엔 통계를 의심할 정도로 회의감이 든다. 통계로 나와 있는 목표 달성도보다 현실은 훨씬 못하다. 캄보디아의 아픈 역사의 현장인 뚜어슬랭 기념관에서 나는 아이러니하게도 한 가지 힌트를 얻을 수 있었다.

고등학교 건물이던 뚜어슬랭 기념관에는 크메르 루주의 잔악한 학살 흔적이 남아 있다. 방마다 고문과 학살 흔적으로 얼룩져 끔찍하기 이를 때 없다. 크메르 루주가 남기고 떠난 서류에 의하면 당시 약 1만 6,000명이 붙잡혀 와서 오직 다섯 명만 살아서 나갔다고 한다.

크메르 루주 집권 기간인 1975년부터 1978년까지 약 200만 명이 죽임을 당했는데, 정치가, 의사, 교사, 종교인 등 사회지도층 인사들은 모조리 죽였고 '사'자 붙은 직업에 종사하는 이도 모두 죽음을 면치 못했다. 책을 읽을 줄 안다는 이유에서다. 심지어 농부 중에 얼굴이 하얀 사람도 죽임을 당했다. 밭에서 일하지 않고 집에서 글을 읽어 얼굴이 하얗다는 해괴한 논리를 폈다. 그로 인해 나라를 이끌어 나갈 브레인이 없다는 게 캄보디아의 비극이 아닐 수 없다. 여기서 캄보디아 구호 사업의 방향은 교육이라고 판단했다. 현장 조사를 해 보았더니 캄보디아는 인적자원이 절대적으로 부족한 나라였다. 현지인들 역시 교육 문제를 시급하게 해결해야 할 최우선 과제로 꼽았다.

프놈펜 거리를 걷고 있었을 때 지나가는 사람은 거의가 젊은 사람들이

우리는 모두 같은 꿈이 있습니다

었다. 인구 분포가 젊은 층이 주류를 이루고 있으며 다자녀 가정이 대부분이다. 해마다 초등학교에 들어가야 하는 아이들이 늘어나지만 학교는 절대적으로 부족하다. 정부는 해결 능력이 부족하여 뒷짐만 지고 있고 국제 NGO들이 많은 학교를 지어 주고 있는 실정이다. 이에 따라 우리 단체도 기초교육 확대와 더불어 학교 건축을 추진할 계획을 세웠다.

샌속 중고등학교 건축사업

프놈펜을 벗어나 시외로 한참을 달리면 빈민 마을인 언롱깡안이 나온다. 조그만 집들이 밀집해 있는 이 빈민촌에 수만 명의 사람들이 살아간다. 주민들은 원래 프놈펜의 메콩 강변에 모여 살았다. 대형 화재로 집을 졸지에 집을 잃은 사람들을 정부에서 언롱깡안으로 이주시켰다. 일설에 의하면 누군가의 사주를 받은 자가 방화를 저질러 쫓아냈다는 소문도 있다.

내가 마을을 처음 방문했을 때 샌속 중고등학교는 2부제 수업을 하고 있었다. 학생 수는 950여 명에 이르고 교사는 35명이 근무하는데 매년 학생들이 상급반으로 올라가면서부터 교실이 부족했다. 캄보디아 정부는 이 상황을 해결해 줄 여력이 없었다. 교사의 임금 또한 너무나 박봉이라 제대로 된 교육이 이루어질 수 없었다. 도서관이 있다고 해서 들어가 보니 이름만 도서관이지 책이 한 권도 없는 말 그대로 창고에 지나지 않았다. 노트나 필기구 등 학용품 부족은 두 말할 필요가 없었다. 한마디로 교육을 위한 투자가 절박한 처지였다.

그 지역에서 구호 사업을 하고 있는 메리놀 사업회는 샌속 중고등학교

언롱깡안 아이들이 우리를 보고 반갑게 쫓아오고 있다

의 추가 교실 건축을 위하여 우리 단체에 동참을 호소해 왔다. 상황을 검
토한 끝에 우리는 학교 신축에 참여하기로 결정했다. 학교 교장실에서
참여 단체 관계자들이 모였는데 그 자리에는 한끼의식사기금을 비롯하
여 아시아평화인권연대, 일본의 NGO 세컨드 핸드가 참여했다.

　신축 내용은 2층짜리 학교 건물을 새로 짓기로 하고 각 층에는 5개 교
실을 갖추고 화장실도 짓는 것으로 정했다. 공사비는 한국NGO와 일본
NGO가 절반씩 부담하기로 하고, 공사 감리와 제반 문제 등은 메리놀

　　　　　　　　　　　　　　　　　　우리는 모두 같은 꿈이 있습니다

사업회가 책임지기로 했다. 2006년 8월 건축이 마무리되어 캄보디아 정부 주무 부처 장관이 참석한 가운데 준공식을 거행했다. 새 교실이 생기게 되니 누구보다 학생들이 기뻐했다.

"여러분들, 새로 지은 교실에서 공부하면 어떤 기분이 들까요?"

"날아갈 듯이 좋아요. 공부가 저절로 될 것 같아요."

"선생님, 저는 일등으로 학교에 올래요."

"선생님, 저는 노는 것도 좋아하지만 공부가 더 좋아요."

다음 해 나는 언롱깡안을 다시 찾았다. 빈민 마을 특유의 냄새가 올라왔지만 오히려 그 냄새는 그곳에 온 이유를 되새기게 해 주었다. 새로 지어진 샌속 중고등학교의 모습이 눈부시게 보였다. 교실 옆을 지나가니 학생들의 떠드는 소리가 마치 참새 떼 소리처럼 정겹게 들려왔다.

후원자들이 보내 준 사랑의 기금이 학교의 벽돌이 되고, 교실의 책상이 되고, 도서관의 책이 되었다. 작은 정성이 모여 세상을 아름답게 변화시킬 때 그것이야말로 바로 기적이 아닌가. 나눔은 사랑의 힘을 타고 가난한 마을에 희망을 던졌다. 기회가 있을 때마다 샌속 중고등학교 옆을 자주 지나가고 싶다. 그리고 아이들이 공부하며 떠드는 소리를 듣고 싶다.

코사가타 초등학교 리모델링

새벽에 다카 공항에 내린 탓에 숙소인 암브로시아 호텔로 가서 곧바로 잠에 빠져 들었다. 알람이 울려 깨어 보니 웨이브 파운데이션의 타폰 사하가 벌써 로비에 와서 기다리고 있었다. 그와는 이미 친근한 사이가 되었다. 우리는 코가사타 초등학교의 리모델링 준공식이 거행되는 추아당가로 향했다. 이 학교는 지역 유지들이 뜻을 모아 건물의 골격을 세웠지만 예산 부족으로 책상과 의자, 교육 기자재는 물론이고 지붕, 천장, 창문 등 아무 것도 없는 상태로 방치돼 있었다. 웨이브 파운데이션에서 학교를 보수하여 오픈하려고 했으나 자체 역량으로 감당하지 못해 우리 단체와 연대하여 학교 리모델링 작업에 들어갔다. 지난 5개월간 대대적인 보수 작업을 해서 학교답게 변모시키니 150여 명의 학생들과 5명의 교사가 나름 열심히 공부할 수 있는 환경으로 바뀌었다.

준공식 행사가 시작되었다. 학생들과 주민들이 길 양쪽으로 늘어서서 방글라데시 국기와 태극기를 흔들며 환영해 준다. 이런 대접을 받으려고 온 것이 아닌데. 하지만 어쩌랴. 그들이 마음에서 우러나 자연스럽게 하는 행동인 것을.

식순에 따라 추아당가 디스트릭트 행정단체장, 다물후다 지역연합 대표, 다물후다 우파질라 교육 부대표 등이 축사와 환영사를 했고, 학생들이 노래와 전통춤으로 화답했다. 이후 학교 운영위원회가 개최되었다. 교사들을 포함한 여러 관계자가 참석했는데 회의에서 가장 중요한 이는 사비나 악타르 다물후다 우파질라 교육 부대표였다. 그녀는 미인가 학교인 코사가타 초등학교를 정부에 등록시켜 주는 실질적 권한을 가지고 있는 사람이었다.

방글라데시에서 정식으로 등록된 학교와 그렇지 못한 학교는 차이가 크다. 정식 학교는 정부에서 교사들을 보내 주고 급여도 지급한다. 반면 미등록 상태에서는 학생이 졸업을 하면 상급학교로 진학할 수 있는 자격은 주어지지만 그 밖에 아무 것도 지원되지 않아 정식 등록한 학교와

우리는 모두 같은 꿈이 있습니다

는 큰 차이가 난다. 따라서 사비나 악타르 교육 부대표가 코사가카 초등 학교의 등록 여부에 대해서 무슨 말을 할지 모두 그쪽으로 귀가 쏠려 있었다. 그녀는 먼저 우리 쪽을 바라보며 인사말을 했다.

"멀리 한국에서 찾아 주신 여러분께 감사드립니다. 버려져 있는 학교를 단장하여 개교하게 해 주셔서 너무 기뻐요. 저는 코사가타 초등학교가 정부에 빨리 등록할 수 있도록 적극 노력하겠습니다."

질의·응답 시간이 되자 교사들이 어떻게 해야 정부에 정식 등록을 마칠 수 있느냐고 물었다. 이에 사비나 악타르 부대표는 "학교로서 기본적으로 갖추어야 할 시설 및 교육 기자재, 학생과 교사 수가 적절하게 준비돼 있어야 합니다. 또 교사의 질적 수준을 올려야 하고 연수 교육도 받아야 합니다."라고 대답했다.

이 나라 여건상 언제 등록될지 예측하기란 쉽지 않다. 행정 체제가 불투명하고 예상 밖의 변수도 많이 따른다. 하지만 우리 단체는 등록 시기에 구애받지 않고 코사가타 초등학교에 대한 애정과 관심을 지속적으로 가질 것이다.

샌다 실라울 사람들

구호 현장에 나가면 시간은 정말 빠르게 지나간다. 시간은 금이라는 말이 실감난다. 아침부터 저녁까지 강행군을 하게 되는 경우가 허다하다. 코사가타 초등학교의 리모델링 이야기가 소문을 타고 여러 마을로 퍼지자 여기저기서 도움을 청해왔다. 그중 한 마을이 샌다 실라울이다. 이 마을을 향하여 출발하려는데 해는 서산으로 넘어가고 사방에 어두움이 깔리기 시작했다. 시기는 달도 떠 있지 않은 캄캄한 그믐이었다. 여러 구호 현장들을 다녀 보았지만 호롱불을 들고 길을 찾아가는 일은 처음이었다. 나의 일행이 현장을 찾아가는 열정도 열정이지만 우리보다 더한 사람들은 바로 샌다 실라울 마을 사람들이다. 그들은 밤이 되었는데도 집으로 돌아가지 않고 우리를 기다리고 있었다.

학교 부지에 있는 지점에 좀 못 미쳐 길이 확 달라졌다. 개울을 건너고 논둑을 넘어 꼬불꼬불한 농로를 가로질러 갔다. 놀랍게도 목표 지점에 도착하고 보니 정말 주민 여럿이 기다리고 있었다. 마을 이장이 다가와 말했다.

"마을사람 100여 명이 기다리고 있습니다."

호롱불에 의지한 채 얼굴 윤곽만 알아볼 수 있는 상태에서 샌다 실라울 사람들과 야밤 회의를 시작했다. 주민 대표가 학교의 필요성에 대해 전반적으로 설명했다.

"저희 마을은 주변에서 가장 큰 마을이지만 아이들이 다닐 학교가 없어요. 한끼의식사기금에서 학교를 지어 준다면 최소한 300여 명의 아이들이 공부할 기회가 생깁니다."

학교 부지를 기부하겠다는 내용을 듣고 싶다고 말하자 내 옆에서 한 사람이 일어서서 말하기 시작했다.

"저는 법률을 공부한 사람입니다. 저희 집안에 여분의 땅이 있습니다. 부친도 이미 허락을 하셨습니다. 마을을 위한 일이라면 기꺼이 땅을 내놓을 용의가 있습니다."

가난한 사회지만 뜻있는 사람이 있구나. 혹시 땅에 하자는 없는지 삼살 방글라데시의 직원이 질문을 했다.

그가 대답했다.

"학교 부지가 있는 곳은 논이어서 우기에는 물이 들어 찰 가능성이 높습니다. 땅을 높이는 작업부터 해야 할 것 같습니다."

주민 일부도 그렇다고 했다. 그날 회의는 학교 부지가 제대로 조성된 후에 학교 건축에 대하여 재논의하기로 하고 마쳤다. 나는 주민들의 열정에 감탄하여 어떻게든 도움을 주고 싶었다. 그러나 샌다 실라울 사람들은 실제로 외부 도움 없이 주민 스스로 학교를 지어냈다.

상상도서관을
개관하다

마무리 공사를 앞두고

시엠립에서 북서쪽으로 가다 보면 스바홀 마을이 나온다. 마을에서 유일한 학교가 서바홀 초등학교다. 여섯 학급짜리 소규모지만 그나마 교실이 다섯 개밖에 없어 일부 아이들은 오전반과 오후반으로 나누어 수업을 받는다. 크메르어, 수학, 사회, 기술과목을 배운다. 음악과 미술 같은 예능 수업은 커리큘럼에 들어 있지 않다.

학교에 들어서자 바이 소이어 교장 선생님이 반갑게 인사를 한다.

"도서관 건축공사가 거의 다 돼 갑니다. 우리 아이들이 좋아서 어쩔 줄 몰라 해요."

그 말에 나도 동조하며 한마디 했다.

"아이들은 책을 읽으며 꿈을 키워야 하는데 그동안 그렇지 못해서 안타까웠겠습니다."

우리는 모두 같은 꿈이 있습니다

수업을 마친 아이들이 운동장으로 우르르 쏟아져 나왔다. 아이들이 공사 중인 도서관 주위를 빙빙 돌아다녔다. 아이들 몇 명을 불러 간단한 작업을 시키니 깔깔거리며 재미있어 한다. 며칠 후에는 개관식이 열릴 예정이다.

도서관을 짓기 전에 마을 주민들과 약속을 했다. 그 약속이란 공사에 투입되는 노동력의 일정 부분을 지역 공동체에서 제공하는 조건이었다. 그렇게 하면 주민들이 땀 흘려 짓게 되어 도서관에 대한 애정은 더 커질 것이다. 우리가 짓는 도서관은 아담하다. 정확히 9미터 x 7미터 x 6미터의 사이즈다. 막상 공사에 들어가니 자원봉사자들과 아마추어 기술자들이 많아 작업 속도가 느렸고 시행착오도 많이 발생했다. 하는 수 없이 일부 공정은 전문 기술자들을 동원해 맡겨야 했다. 그러다보니 공사 기간도 예상보다 길어질 수밖에 없었다. 하지만 조용한 시골 마을에 아이들을 위한 멋진 도서관이 들어선다는 것에 주민들 모두 기대감으로 차 있다.

독후감 경연 대회

삼살 캄보디아(한끼의식사기금 캄보디아 지부 명칭)는 도서관 건축뿐 아니라 교육 지원 프로그램으로 독후감 경연 대회를 정기적으로 개최하고 있다. 시엠립 주 시골 학교들은 원래 독후감 대회에 대한 개념이 없었다. 이 대회를 효율적으로 시행하려면 교사들과 사전 접촉이 중요하다.

먼저 삼살 캄보디아의 내부 회의를 거쳐 대상 학교를 선정한다. 이어 세 번에 걸쳐 해당 학교를 방문하는데 1차 방문 때는 교사들에게 독후감 경연 대회를 소개하고 어떤 방식으로 진행할 것인지 의견 교환을 한다. 또 읽을 책 등 준비물을 나누어 준다. 2차 방문 때는 학생들과 교사들에게 경연 대회와 관련된 수업을 진행하고, 책 읽는 요령과 글쓰기 수업을 연습한다. 3차 방문 때는 자원봉사자들과 함께 직접 독후감 경연 대회를 진행하게 된다.

내가 현지를 방문하는 동안 일선 학교에서 독후감 경연 대회를 개최하게 되었다. 장소는 시엠립 시내에서 약 30킬로미터 떨어진 시골의 브라사트 손롱 초등학교였다. 지부 사무실을 나온 지 얼마 지나지 않아 눈앞에 인류문화유적 앙코르와트가 나타났다. 이 위대한 유적지로부터 차량으로 10여 분 거리에 삼살 캄보디아가 위치해 있다. 덕분에 일반인들은 평생 한 번 볼까 말까 하는 인류의 위대한 문화유적을 나는 여러 번 볼 기회가 있었다.

470여 명이 다니는 브라사트 손롱 초등학교에서 독후감 경연 대회가 처음으로 열렸다. 교사들은 3학년부터 6학년까지의 참여 학생들에게 한 달 전부터 책을 읽히고 독후감 쓰는 방법을 가르쳤다. 시작을 알리는 벨 소리가 울리자 아이들은 저마다 열심히 글을 적는다. 지도 교사가 글쓰기의 목적과 요령을 설명하자 일부 아이들은 듣는 둥 마는 둥 글만 열심히 써 내려갔다. 그 모습들이 참 귀여웠다.

시간이 지나자 글쓰기를 마친 아이들이 하나둘씩 교실에서 나온다. 그들 중 몇몇이 우수한 작품을 쓴 학생들에게 줄 상품이 쌓여 있는 곳 주변을 서성거렸다. 내가 "잘 적었어? 1등 할 수 있을 것 같아?"라고 물으니 한 아이가 손가락으로 상품과 자신을 번갈아 가리키며 큰 소리로 대

브라사트 손롱 초등학교 아이들이 자신들의 독후감을 자랑스럽게 들어 올리고 있다.

답한다. 자신이 있다는 표시다. 다른 아이들도 똑같이 흉내 내며 웃었다.

교사들 사이에서 열띤 토론이 이어지더니 드디어 발표 시간이 다가왔다. 모두들 기대에 찬 얼굴로 한 곳에 모였다. 시상식에 앞서 나는 인사말에서 "독후감을 잘 써서 상을 타는 것도 좋지만 책을 통해 미래의 꿈을 가꾸어 나가는 것이 무엇보다 중요합니다."라고 아이들에게 말해준후 입상자들을 호명했다. 수상자들은 상장과 상품을 받았다. 수상한 아이들은 기쁨에 넘쳤고 상을 받지 못한 아이들도 부러움의 눈길과 더불어 환호의 박수를 보냈다. 학년별로 일등을 한 학생들은 통학용 자전거를 받았고, 나머지는 푸짐한 학용품 세트를 받았다. 지부 사무실로 돌아오던 중에 집으로 가는 아이들과 우리는 서로 손을 흔들며 즐거워했다.

지역 공동체의 동참을 요청하는 것은 좋으나

신축 중인 도서관에 적용할 프로그램에 대하여 삼살 캄보디아의 손봉국 지부장과 대화를 나누던 중에 그가 "시엠립에는 책과 도서관 프로젝트를 주로 운영하는 인터내셔널 NGO가 있는데 한번 방문해 볼까요?"라고 말했다. 내가 "혹시 룸 투 리더(Room to Read)가 아닌가?"라고 묻자 맞다며 고개를 끄덕였다. '히말라야 도서관'이라는 책을 통해서 그 단체를 어느 정도 나는 알고 있었다. 룸 투 리더 측에 연락을 하니 그쪽에서도 좋다고 하여 시엠립 지부 책임자 쌀리를 만나러 그의 사무실을 찾아갔다. 룸 투 리더의 설립자는 존 우드라는 사람이다. 그는 히말라야 트레킹에 나섰다가 그곳 아이들의 열악한 교육 환경을 보고 크게 깨달은 후, 마이크로소프트사의 전도유망한 자리를 박차고 그때부터 NGO 활동가로 나서게 됐다. 그가 주요 프로젝트로 내세운 것은 가난한 어린이를 위한 도서관과 관련된 교육 프로그램을 운영하는 것이었다.

쌀리와 악수를 나눈 후 내가 서바홀 초등학교에 도서관을 짓고 있다고 말하자 그는 이미 알고 있다고 대답했다.

"어떻게 알게 되었나요?"

"룸 투 리더의 어린이 동화책을 일선 학교에 기증하기 위해 시엠립 교육청을 방문했더니 담당 실무자가 알려 주었습니다."

"도서관을 지어본 경험이 없으면 짓기 힘들 텐데요. 게다가 아이들 눈높이에 맞는 책장, 테이블, 의자, 책이 필요하지요."라고 말하는 그의 어깨에는 힘이 조금 들어가 있는 듯했다. 나는 개의치 않고 "우리는 아이들을 위해서 많은 조사와 연구를 해서 진행하고 있답니다."라고 대답해 주었다.

쌀리는 "룸 투 리더는 도서관 프로젝트를 진행할 때 반드시 지역이나 해당 학교에 일정 부분을 투자하도록 요구합니다."라고 말했다. 사실 우리 단체도 유사한 원칙을 가지고 있지만 그의 말을 나는 잠자코 듣기만 했다. 며칠 후 앙코르와트에서 멀지 않은 콕 뱅 초등학교를 방문하게 되었다. 세 개의 교실과 한쪽 모퉁이에 천막으로 된 간이교실 하나가 붙어 있는 작은 학교였다. 학생 수가 214명인데 조만간 60명의 아이들이 새로 입학할 예정이란다. 그야말로 콩나물시루가 될 판이다. 츠엉추엉 교장 선생님의 안내로 교실을 둘러보았다. 헤아려 보니 교실 수는 실제 세 개가 아니라 네 개였다. 그런데 교장 선생님은 왜 교실 수를 줄여서 말했을까. 나름 이유가 있었다. 교실 하나는 도서관이라는 팻말과 함께 자물통을 채워 놓았다. 교실이 부족한데 웬 도서관인가. 도서관 내부를 구경할 수 있느냐고 하니 그는 망설이다가 보여 주었다. 200~300권의 얇은 책들이 아무렇게나 꽂혀 있었다. 책을 만져보니 시커멓게 쌓인 먼지가 묻어났다. 학생들이 거의 이용하지 않는다는 증거였다.

왜 학교 측은 가뜩이나 부족한 교실을 도서관으로 바꾼 것일까? 룸 투 리드 측에서 학교에 동화책을 제공하면서 도서관으로 사용할 공간을 요구했기 때문이란다. 츠엉추엉 교장 선생님 입장에서는 NGO에서 무료로 책을 제공해 준다는 말에 그렇게 할 수밖에 없었단다.

아, 이건 아닌데. 수혜자의 입장에서 생각을 해야지. 그 순간 쌀리의 어깨에 힘이 들어간 모습이 떠올랐다.

NGO에서 프로젝트를 진행할 때 지역공동체나 해당 학교에 동참을 요구하는 것은 좋은 방식이다. 하지만 상황에 맞게 요구를 해야 한다. 가뜩이나 부족한 교실을 도서관용으로 하나를 비우도록 요구하는 공여자 위주의 방식은 잘못된 것이다.

꿈을 심는 상상 도서관을 개관하며

개관식 전날 오후까지도 마무리 작업이 끝나지 않아 밤늦게까지 발전기를 돌려가며 작업을 벌인 끝에 겨우 마칠 수 있었다. 해가 지면 당연히 잠을 자는 것으로 알았던 현지인들은 전기 불을 밝혀가며 밤샘 작업을 하는 한국인의 부지런함에 혀를 내둘렀다.

개관식 날이 되었다. 아침부터 삼살 캄보디아의 스태프들은 축하연에 사용할 시루떡을 찾으러 방앗간으로 달려가고, 테이프 커팅을 위한 재료를 구하러 다니는 등 정신없이 바빴다. 햇볕이 강하게 내리쬐는 낮 11시, 학교 운동장에는 350명의 전교생과 교사들, 시엠립 주 교육청장 일행, 그리고 우리 일행이 참석한 가운데 조촐한 개관식이 열렸다. 나는 축하의 인사말을 했다.

"우리는 오늘 멋진 도서관을 개관하게 됐습니다. 여러분은 이 도서관에서 신나게 책을 읽으며 미래의 꿈을 키우게 될 것입니다. 중앙 현관 위를 쳐다보세요. 명판이 보이지요. 상상(SangSang) 도서관이라고 적혀 있습니다. 무슨 뜻일까요? 상상이란 말은 한국말로서 다가오지 않은 미래에 대해 자유롭게 생각해 보고 마음껏 그려보는 것을 뜻합니다. 꿈은 가진 자의 것이라는 말이 있습니다. 여러분들의 꿈을 상상도서관에

상상도서관 1호관

서 마음껏 누려보세요."

　개관식이 끝나자 모두 도서관으로 들어와 축하의 시루떡을 나누어 먹었다. 아이들로 가득 찬 상상도서관 1호관! 여러 권의 책을 테이블에 쌓아놓고 이 책 저 책을 호기심 가득한 눈으로 넘기는 아이들의 모습보다 더 예쁜 장면을 어디서 찾을 수 있을까. 선진국 아이들은 언제든지 자신이 원하는 대로 책을 읽을 수 있다. 가난한 나라의 시골 아이들에게는 그림의 떡으로 여겨지던 책들이 이제 그들에게도 직접 볼 수 있는 현실로 바뀌었다. 우리는 상상도서관 1호관을 오픈하면서 일차로 500여 권의 책을 기증했고 추가로 더 많은 책을 기증할 계획이다.

　아이들에게 책은 무엇보다 소중하다. 상상도서관은 한 번으로 끝나지 않는다. 다른 지역에서도 이 사업을 이어갈 것이다.

상상도서관1호관에서 책을 읽고 있는 아이들

우리는 모두 같은 꿈이 있습니다

현지 역량강화를
위한 노력

푸드 포 워크

　잠비아 출신 여성 경제학자 담비사 모요는 그녀의 저서 「죽은 원조」에서 "아프리카는 원조에 중독되어 있다."고 말한 바 있다. 그동안 막대한 규모의 원조가 이뤄졌지만 공여국이 주도하는 원조 방식은 빈곤의 근본적인 문제를 해결하지 못했다. 공짜에 길들여지면 의존하게 되기 때문이다. 무상 지원 방식은 장기적 관점에서 수혜 국가와 현지인에게 독이 된다는 깨달음을 얻은 전문가들은 새로운 변화를 모색하기 시작했다. 그것은 일방적인 지원에 그치는 것이 아닌 현지인들의 자립을 돕는 것이다. 국제개발협력 NGO인 한끼의식사기금에서 운영 중인 '현지 역량 강화를 위한 프로그램' 역시 그 취지가 같다.

　역량 강화의 첫걸음은 현지인들의 요청과 필요에서 출발한다. '푸드 포 워커(Food For Work)'는 마을에 필요한 도로, 다리, 농수로, 저수지 등

을 건설하는 데 현지인들이 노동력을 제공하고 식량을 제공받는 프로그램이다. 일한 만큼 식량을 지급함으로써 의존심에서 벗어나 주민들 스스로 자립할 수 여건을 갖추어 나갈 수 있다.

시작은 본 단체 지부 스태프들과 주민들이 참여하는 마을회의부터다. 그 회의에서 작업 내용이 확정되고 식량 배급 기준이 설정된다. 우리 단체의 지부 스태프들은 사업 예산과 작업에 필요한 도구들을 지원해 주고, 참여자 간에 의견 조율을 하고, 예상치 못한 문제가 발생하면 중재 역할을 하게 된다.

현장 모니터링을 실시하기 위해 캄보디아 껌뽕츠낭을 방문했다. 타고 온 봉고차로는 울퉁불퉁한 길을 더 이상 나아갈 수 없어 사륜구동 밴으

우리는 모두 같은 꿈이 있습니다

폭우로 끊어진 도로를 달리디가 하마터면 커다란 사고가 날 뻔했다.

로 갈아 탄 후 목적지에 당도할 수 있었다. 껌뽕츠낭 지역의 트머 까에우 마을은 총 268가구에서 1,281명의 주민이 살고 있다. 오랫동안 외부와 고립된 채 밭에서 나오는 작물로 유지해 오다 보니 주민들의 영양 상태가 턱없이 부실했다. 식사는 하루 두 끼. 먹을 것이 없는 날이면 소금이 유일한 반찬이다. 주변에는 마땅한 식수가 없어 멀리까지 우회하여 걸어가야만 물을 구할 수 있었다. 이런 오지 마을에 길이 생긴다면 마을은 획기적으로 바뀔 것이다. 장시간 걸려 물을 길어 와야 하는 고충에서 벗어날 수 있고, 길을 통해 밭에서 키운 호박이나 파파야, 카사바 등을 외부에 내다팔 수도 있다. 또 길이 열리면 아이들은 수월하게 학교를 다닐 수 있다. 우리는 트머 까에우 마을과 외부로 통하는 도로를 닦기로 결정했다. 길 닦기 프로젝트가 반쯤 완성되어 가고 있었다. 나는 현장 책임자인 칸야와 대화를 나누었다.

"지금 닦고 있는 도로의 길이가 얼마나 됩니까?"

"마을 입구에서 저쪽 연결되는 지점까지 2킬로미터입니다."

도로 폭은 차량 두 대가 충분히 교차할 수 있는 넓이는 돼 보였다.

"식량 배급 기준은 어떻게 되나요?"

"가로 1미터 x 세로 1미터 x 높이 1미터의 노동당 3킬로그램의 쌀을 지급하고 있습니다."

이런 지급 방식을 주민들은 어떻게 생각하느냐고 물으니 칸야의 대답은 아주 긍정적이었다. 주민 모두가 스스로 노력해서 식량을 얻는다는 것에 큰 성취감과 보람을 느낀다는 답변이 되돌아왔다.

트머 까에우 마을에 이어 클레앙 마을로 이동했다. 총 70가구에 400여 명이 살고 있는 조그만 마을이었다. 기온이 통상 섭씨 35도를 넘어 다모작이 가능할 것 같으나 1년에 한 번 추수를 하면 그것으로 끝이다. 천수답이어서 건기에는 농사를 지을 수가 없고 가뭄이 들 때는 마실 물조차 턱없이 부족했다. 이런 마을에는 무엇이 가장 절실할까? 주민회의 끝에 작은 저수지를 짓는 것이 확정되었다. 가로 10미터 x 세로 10미터 x 깊이 3미터의 물웅덩이를 여러 개 만들면 식수뿐 아니라 농업용수를 확보할 수 있다. 이모작도 가능해질 것이다. 저수지가 지어질 곳으로 10여 곳이 선정되었고 역시 우리는 '푸드 포 워크' 방식으로 작업을 진행했다.

또 다른 '포드 포 워크' 현장이 있는 프레이 피덱 마을로 들어갔다. 그곳에서는 우물을 파고, 화장실을 짓는 공사가 한창이었다. 가난한 지역의 공통적인 문제는 식수와 화장실이 매우 부족하다는 것이다. 우물과 화장실은 동시에 이루어져야 하는 작업이어서 진행하기가 쉽지 않은 공사다. 화장실 없이 우물만 단독으로 설치하게 되면 아무 곳에서나 볼일을 볼 수밖에 없고, 그 배설물은 우물로 유입된다. 우기가 되면 수인성 전염병이 발생할 확률이 높아진다. 프레이 피덱 마을에서 장시간 공사를 마치고 시범적으로 스무 개의 우물과 화장실을 보급할 수 있었다. 주민들의 위생은 한결 좋아졌다. 더불어 노동력을 제공하면서 식량까지 생기니 주민들은 세 가지의 혜택을 동시에 누리게 되었다.

새끼돼지 분양사업

캄보디아인은 80퍼센트가 농촌에 거주하고 있고 그들 대부분은 빈곤층에 속한다. 우리는 주민들의 삶을 조금이라도 개선하기 위해서 새끼돼지 분양사업을 시작했다. 수혜자는 새끼돼지 두 마리와 사육장 설치비를 제공받아 돼지가 다 클 때까지 키우게 된다. 어미돼지를 시장에 내다팔면 새끼돼지 구입비를 지부에 반환하게 되는데 그렇게 하고도 수중에는 제법 큰 돈이 남는다. 현지 시장에서 새끼돼지 한 마리를 구입하는 데 60~80달러가 들지만 6개월 정도 키운 후 시장에 내다팔면 마리당 300달러를 손에 쥘 수 있다. 다섯 배의 이윤이 생기는 셈이다. 이 프로그램은 돈을 직접 빌려 주는 행위가 아니므로 소액금융과는 차이가 있다. 새끼돼지가 클 때까지 직접 관리하고 질병에 걸리지 않도록 각별히 신경 써야 하는 등 수혜자 자신이 많은 노동력을 제공해야 하므로 자활의 의미가 다분히 들어 있다.

돼지 분양사업 모니터링을 위해 타타옥 마을을 방문했다. 시엠립에서 남동쪽으로 약 120킬로미터 떨어져 있는 마을로 주민 620명 중 3분의 2가 문맹이다. 마을 입구에 들어서자 열대 과일들이 주렁주렁 매달려 낭만적인 분위기를 자아냈다. 그렇지만 곧 열악한 환경이 드러났다. 주민들을 만나보니 물 부족, 화장실 부족, 아이들의 교육문제를 아주 심각한 문제로 꼽았다. 이러한 문제들을 개선하기 위해서는 목돈이 필요하다. 수중에 돈이 없는 주민들에게 새끼 돼지 분양 프로그램은 이런 문제들을 해결하기에 적합했다.

수혜 가정들을 돌며 돼지 상태를 살펴보았다. 한 마리가 죽은 것 외에는 잘 키우고 있었다. 어느 한 가정을 들어갔더니 스님처럼 머리를 빡빡 깎은 여인이 두 손 모아 인사를 했다. 스님인가 생각했으나 현지에서는 남편이 죽으면 애도의 의미에서 여인이 머리를 깎는 풍습이 있었다. 남편 없이 혼자 아이들을 키워야 하는 절박한 상황에 빠져 있는 사람에게 이 사업이 큰 도움이 되었으면 좋겠다.

일부의 수혜자는 약속을 이행하지 않고 돼지를 잡아먹어 버리면 어쩌나 우려를 하기도 했으나 그것은 기우에 지나지 않았다. 첫 해 사업 실적을 분석해 보니 원금 회수율이 70퍼센트에 달했다. 아주 가난한 마을에서 이 정도 반환율이면 성공적이지 않은가. 현지인 스태프 노린이 마을 현황을 브리핑해 주었다.

"타타옥 마을에는 100여 가구가 살고 있는데 1인당 월수입은 50달러 정도입니다. 총 17가구의 수혜 가정이 있고 한 가정에 새끼 돼지 두 마리씩 분양을 하고 있습니다."

우리는 모두 같은 꿈이 있습니다

나는 "주민들 사이에 갈등은 없나요?" "주민들이 돈을 갚지 않으면 어떻게 됩니까?" "돼지가 질병에 걸려 죽지는 않나요. 만약 그렇게 되면 돈을 갚지 못할 텐데요." 등의 질문을 쏟아냈다. 이에 노린은 "분양 받은 지 한 달 이전에 새끼 돼지가 죽으면 반환금은 전혀 없습니다. 수혜자끼리의 갈등도 거의 없습니다. 프로그램이 제대로 이행될 수 있도록 마을 출신 활동가를 뽑아 전체 관리를 하게 하고 주기적으로 저에게 보고하도록 되어 있어요."라고 답변했다.

수혜자들을 직접 만나 수익금의 용도를 물어 보았다. 그들은 자녀의 교육비로 쓰거나 가족 중에 아픈 사람이 있으면 병원비로 사용한다고 말했고, 어떤 가정에서는 집을 사거나 수리하는 데 쓸 계획이라고 대답했다.

에이즈 환자
영양식 지원

캄보디아의 에이즈 상황

마더 데레사의 사랑의 선교회는 전 세계 여러 곳에서 활동하고 있다. 그중 캄보디아 프놈펜 사랑의 선교회는 에이즈 환자와 결핵 환자를 돌보는 곳이다. 그곳 에이즈 홈 센터를 방문하니 아홉 명의 환자가 입원해 있었다. 그들 중에는 임종에 임박한 이도 있었다. 에이즈 환자는 병마와 싸우는 것도 힘들지만 사회로부터 고립되어 살아가야 하는 것이 훨씬 더 힘들다. 현실적으로 자신의 죽음을 지켜봐 줄 가족도 없는 경우가 많다. 프놈펜 사랑의 선교회는 편안한 죽음을 맞이할 수 있도록 하는 호스피스 역할도 겸하고 있었다.

환자들 가운데는 죽는 날까지 자신은 나을 것이라고 믿는 경우가 많았다. 담당 수녀님의 말이다.

"며칠 전 시골에서 온 환자가 세상을 떠났습니다. 다행히 그의 가족과 연락됐는데요. 부인은 남편이 왜 죽었는지 이유를 모르고 울기만 했어요. 시골에서는 에이즈가 무슨 병인지조차 모르는 사람이 많아요."

동남아 국가 중 캄보디아에 상대적으로 에이즈 환자가 많은 것인가? 에이즈 관련 일을 하는 NGO '라차'를 찾아갔다. 쉰 살쯤 돼 보이는 시엠립 사무소의 책임자 타클리 칸은 자국에 에이즈 환자가 많은 이유를 나름대로 설명해 주었다.

"제 생각에 두 가지 중요한 이유가 있다고 봅니다. 첫째는 전쟁 이후 사회 안정을 위해 운탁(UNTAC), 즉 유엔 평화유지군이 들어왔어요. 그들은 캄보디아 여성과 성관계를 맺고 결혼도 했는데 그 과정에서 에이즈가 급격하게 증가했다는 보고가 있습니다. 둘째는 가난한 시골 출신 남성들이 돈을 벌기 위해 태국이나 베트남 국경을 넘나들면서 그곳 여성들과 성 접촉이 빈번해진 것이 또 다른 이유가 아닌가 생각됩니다."

운탁이란 용어가 생소할 수 있겠다. 이 말은 이해하려면 캄보디아의 현대사를 알아야 한다. 프랑스로부터 독립한 캄보디아는 1970년대 초반까지 시하누크 왕정 체제를 유지하다가 크메르 루주가 기존 체제를 무너뜨리고 공산 독재 정권을 세우게 된다. 1975년 프놈펜을 함락시킨 폴 포트는 수년간 전 국민의 3분이 1에 가까운 엄청난 인명을 처형하는 이른바 '킬링필드'를 자행했다. 그러자 훈센 등 반크메르 루주 세력이 결성되어 공산정권을 축출한다. 그때부터 캄보디아는 파벌 간에 내전이 이어진다.

그러다가 1991년 캄보디아 내전도 파리에서 평화협정을 체결하여 종식되었다. 하지만 정국은 여전히 혼란스러워 유엔은 사회 안전과 질서 유지를 위해 캄보디아에 과도행정기구를 설치하게 되는데 이것이 운탁이다. 운탁은 외교, 행정뿐 아니라 군사권을 가지고 있어 2만여 명의 인력을 투입하여 유엔평화유지군 역할을 했다. 타클리 칸은 운탁이 캄보디아에 평화를 가져왔지만 동시에 에이즈를 양산했다고 여겼다.

환자 가정을 찾아가다.

2007년 캄보디아에는 아직 우리 단체의 지부가 설립돼 있지 않았다. 따라서 현지 NGO인 JSC(Jesuit Service of Cambodia)와 연대하여 구호 활동을 해 나갔다. 우리는 난치병 지원 사업을 구상하고 시엠립 주와 꼼뽕스프 주 시골마을을 찾아갔다. 저개발국가 국민들이 가장 많이 시달리는 3대 질병을 꼽으라면 에이즈, 말라리아, 결핵이다. 말라리아와 결핵은 오래전부터 알려진 병이지만 에이즈는 20세기 후반에 나타난 신종 괴물이다. 이 괴물로부터 고통 받고 있는 이들을 돕기 위해 JSC의 직원 슬레이멈과 함께 몇몇 에이즈 환자 가정을 방문했다.

편의상 환자 A, B, C로 부르기로 한다. 환자 A씨는 결핵 증세가 나타나 검사를 받아보니 에이즈 양성반응이 나왔다. 남편은 에이즈로 세상을 떠났는데 아마도 그에게서 감염된 듯했다. 환자 A씨에게는 여섯 명의 아이들이 올망졸망 딸려 있었다. 폐가나 다름없는 집에서 거주하고 있었는데 행정기관으로부터 무허가로 지은 집이니 철거하고 다른 곳으로 가라는 통보를 받았다. 원래 살던 집은 남편의 치료비 때문에 팔아버려 빈털터리가 된 상태였다. 질병의 고통보다 마음이 더 아파 보였다.

A씨는 병원에서 약을 타서 복용하고 있었다. 항에이즈 약제는 독성이

강해서 기초 체력이 유지되지 않으면 역효과가 날 수 있다. 아이들에게 하루 두 끼를 챙겨 주고 나면 A씨에게 남은 음식은 그야말로 거의 없다. 영양가 있는 식사가 필요하다는 것을 알면서도 그녀는 자식들을 먼저 생각하는 입장이었다.

환자 B씨 집 주변은 늪지대라 모기가 많았다. 남편이 에이즈로 죽게 되자 자신도 검사를 받아 보았고 역시 에이즈 양성반응이 나왔다. 주민들은 B씨가 에이즈 환자라는 사실을 알고 있지만 그녀의 구멍가게에서 생필품과 과자를 사 먹는다. 그래서인지 B씨의 표정은 그렇게 어두워 보이지 않는다. B씨는 자신을 차별하지 않고 대해 주는 주민들이 늘 고맙단다.

꼼뽕스프 주의 끌레앙 마을에 들어갔더니 가죽밖에 남지 않은 환자 C씨가 해먹에 누워 있었다. 한 눈에 봐도 중환자실로 옮겨야 할 상태였다. 음식은 삼키지 못하고 물만 마시며 버티고 있다고 한다. 그의 부인은 한사코 결핵이라고 주장했지만 에이즈 말기 상태였다. JSC에서는 프놈펜 사랑의 선교회와 상의하여 그곳으로 옮기려는 계획을 세웠다. 그렇지만 그는 얼마 견디지 못하고 세상을 떠나고 말았다.

환자들과 대화를 나누는 동안 나도 모르게 환자들에게 감정이입이 되어 우울해지려고 했다. '이러면 안 되지. 그들에게 도움을 주려고 찾아간 것인데….'

영양가 있는 음식이 중요하다.

에이즈 환자는 항에이즈 약제의 복용 못지않게 영양가 있는 식사가 중요하다. 책 「기아, 더 이상 두고 볼 수 없다」에 보면 한 소년이 피골상접한 어머니를 안고 진료소에 들어서는 장면이 나온다. 조 맘린 박사는 진찰 끝에 에이즈 합병증으로 죽어가고 있다는 판단을 내리고 항레트로바이러스제를 투입한다. 의료진은 이 약제가 환자를 살려낼 거라고 기대했다. 약을 투여 받은 몇 주 후 소년의 어머니가 다시 진료소에 나났을 때 의료진은 놀라지 않을 수 없었다. 좋아지기는커녕 이전보다 더 악화되고 있었던 것이다. 인디애나 의대 교수 출신인 맘린 박사는 "살리나, 그동안 뭘 먹었지요?"라고 묻지만 그녀는 아무것도 먹지 못했다고 말한다. 여기서 의료진은 중요한 포인트를 깨닫게 된다. 즉 항레트로바이러스제는 독해서 영양실조에 걸린 사람한테는 해로울 수 있다는 사실을 말이다.

조 맘린 박사는 살리나에게 음식을 사 먹으라고 돈을 주었다. 다시 몇 주가 지났고 이제 그녀에게서 치료 반응이 보이기 시작했다. 이런 경험을 바탕으로 조 맘린 박사는 환자가 약제만 복용한다고 호전되는 것이 아님을 깨닫는다.

"항레트로바이러스제를 복용하면 환자 중 80퍼센트는 6주 내지 8주 안에 건강이 회복됩니다. 20퍼센트는 약효가 나타나지 않죠. 제대로 식사를 못하기 때문입니다."

이렇게 해서 에이즈 치료에 식량-치료제 결합 프로그램이 개발되었다. 조 맘린 박사의 처방 중에는 환자뿐 아니라 온 가족이 먹을 수 있게끔 넉넉하게 식량을 제공하라는 대목이 나온다. 이것은 인간적인 배려처럼 보이지만 사실은 현실을 꿰뚫어 보고 내린 처방이 아닐 수 없다.

우리는 모두 같은 꿈이 있습니다

환자 A씨에게서도 봤지만 어머니가 아프다고 아이들을 제쳐두고 혼자서만 영양가 있는 음식을 먹겠는가. 좋은 음식일수록 아이들에게 먼저 먹이고 남는 것이 있다면 마지막으로 어머니가 먹는다. 이런 현실을 고려하여 가족들이 다 먹을 수 있을 만큼 음식을 제공하라고 한 것이었다.

세계식량계획의 로빈 잭슨 국장 역시 "영양 상태를 고려하지 않고 항레트로바이러스제만 제공하는 것은 거금을 들여 자동차를 수리했지만 휘발유 살 돈이 없어 자동차 운행을 못하는 것과 마찬가지"라는 식으로 비유하며 영양식의 중요성을 강조한다.

식사를 거른 채 에이즈 치료약을 복용할 경우 구토와 설사를 하는 등 부작용이 가속화된다. 2011년 동아프리카 지역에 최악의 가뭄이 덮쳐 식량 가격이 폭등했다. 그러자 에이즈 환자들이 치료약 복용을 포기하는 사례가 늘어났다. 약을 계속 복용하려면 충분한 영양분을 섭취해야 하는데 흉년으로 먹을 것이 없었기 때문이다. 설사 식량을 구했다고 하더라도 나머지 가족들을 굶기면서 약을 먹을 수는 없다. 세계식량계획은 저개발 국가에서 에이즈 치료를 받던 환자들 중 30퍼센트는 2년이 넘어가기 전에 치료를 중단한다고 밝혔다.

SCC 에이즈 환자 쉼터

시엠립 시내 왓 트마이 사원에는 에이즈 환자 쉼터가 있다. 시골에 사는 환자들이 시엠립 주립병원에 와서 에이즈 검사를 한 후 치료약을 타는 동안 임시로 머무는 곳이다. 유니세프는 건물을 지어 현지 NGO인 SCC(SALVATION CENTRE CAMBODIA)에 운영권을 주었다. SCC는 불교 스님들이 중심이 된 NGO로 에이즈 예방 교육, 공동체 강화 등의 활동을 활발하게 하고 있는데 한끼의식사기금은 SCC와 공동으로 환자 영양식 지원 프로그램을 진행해 왔다.

"좀무립수어.(안녕하세요.)"

"쉼터에는 몇 사람이나 머물고 있습니까?"

"현재 10여 명의 환자가 있는데 어떤 때는 더 많기도 합니다. 환자만이 아니라 가족도 함께 머물도록 하고 있습니다."

나는 코디네이터인 힙 수와 계속 대화를 이어갔다.

"음식 수준은 어떤가요?"

"환자들의 영양상태가 안 좋아요. 그래서 고기류와 야채를 식재료로 제공해 주고 있어요."

"조리는 누가 합니까?"

환자들이 직접 합니다."

에이즈라고 하면 죽는다는 인식이 강했지만 약제의 개발로 이제 조금씩 생각이 바뀌고 있다. 그러나 개선의 전제 조건으로 영양가 있는 음식을 적절히 공급해서 면역 상태를 유지할 수 있어야 에이즈 균의 증식을 막아낼 수 있다.

왓 트마이 쉼터에 들어가면 영양식이 제공된다는 말을 듣고 이전에 비해 시골에서 온 환자들이 더 늘어났다. 수혜 대상자는 쉼터에 머무는 환자 및 가족뿐 아니라, 시엠립 주립 병원에 입원한 환자, 그리고 인근 에이즈 고아들까지 포함시켰다.

이 프로그램은 한동안 잘 유지되었으나 2012년에 들어와 변화가 생기

우리는 모두 같은 꿈이 있습니다

에이즈 환자와 그의 가족들. 얼굴 표정이 매우 어둡다.

기 시작했다. 시골에서 올라온 환자들은 치료받은 후 빨리 집으로 돌아
가기를 원했다. 또 예전에 비해 교통 여건이 많이 좋아져 굳이 SCC 쉼
터에 머물 이유가 없어졌다. 상황에 맞게 대처하기 위해 쉼터 프로그램
을 중단하고 다른 방법을 모색하게 되었다. 그 무렵 지부인 삼살 캄보
디아가 생기면서 의욕적으로 일을 추진해 나갈 때였다. 우리는 시골 환
자들의 삶의 상태를 조사해 보았다. 결과는 예상보다 심각했다. 지부에
서 본부로 보내온 보고서 중에는 다음과 같은 내용이 포함되어 있었다.

　남편 없는 여인이 에이즈 양성 반응이 나와 치료 약제를 복용하면서 아이들
을 키우고 있었다. 워낙 가난하여 막내에게 먹일 우유가 떨어져 모유를 먹이
게 되자 아이한테도 에이즈 양성반응이 나왔다. 몇 달 후 여인은 시엠립 주립
병원에 입원했지만 세상을 떠나고 말았다. 그녀의 몸무게는 35킬로그램을 넘

기지 못했다. 하루에 한두 끼 정도밖에 먹지 못했다는 것이었다.

그때부터 삼살 캄보디아는 단독으로 시골 마을 환자들을 위한 영양 지원 프로그램을 진행해 나갔다.

텃밭 가꾸기와 닭 분양

환자들에게 신선한 야채와 단백질을 공급해 주면서 항에이즈 약제를 복용하게 하면 약의 부작용을 이겨내는 데 큰 도움이 된다. 삼살 캄보디아에서는 텃밭 가꾸기를 희망하는 에이즈 환자 가정에게 필요한 도구와 장비를 지원했다. 하지만 이것만으로 부족하다는 사실을 절감했다. 병마로부터 삶의 의지를 빼앗긴 환자들은 적극적으로 텃밭을 일구려는 의지가 약했다. 사실 텃밭은 잔손질이 많이 가는 일이다. 또 물을 자주 주어야 하는데 근처에는 우물이 없어 멀리까지 물을 길러 가야 했다.

일이 제대로 추진되지 않자 지부 스태프들은 신청자의 의지를 확인하는 절차를 거친 후 지원 내용을 좀 더 알차게 해 주었다. 그렇게 해서 성공한 사례가 산 비흐 씨 가정이다. 40대 초반의 여성 환자로 다른 사람들에 비해 아주 열정적이었다. 텃밭을 만들고자 집 앞 마당에 흙을 붓고 높이를 올렸는데 그 면적이 100평방미터 정도로 넓어 이웃들이 모두 놀라는 눈치였다. 그 집을 방문하니 새싹이 많이 돋아 있었다. 산 비흐 씨는 신이 나서 더 적극적으로 텃밭을 가꾸었다. 가족들이 먹고도 충분히 남으니 시장에 내다 팔 수도 있어 좋은 부업이 되었다.

우리는 또 서른 가정을 선별하여 닭 분양을 진행했다. 첫 분양 때에는

우리는 모두 같은 꿈이 있습니다

경험이 없어 상당수 닭들이 병들어 죽고 끝까지 생존한 닭은 전체의 3분의 1 정도밖에 되지 않았다. 다행히 2차로 분양한 닭들은 생존율이 90퍼센트를 넘었다. 사람들은 텃밭 가꾸기보다 닭 분양사업을 더 선호했다. 수혜자 가정 상당수가 단백질 공급을 받을 수 있었을 뿐 아니라 닭을 키워 시장에 내다 팔았다. 일부는 병아리를 부화시키는 작업도 했다.

사업을 시작하고 한참 지나자 주민들로부터 기쁜 소식이 전해졌다. 지부 스태프는 본부에 다음과 같은 활동보고를 해 왔다.

림의 집에서 소식을 들었습니다. 분양한 닭이 벌써 알을 까고 있답니다. 자식을 낳은 기분이랄까요! 림은 부모가 에이즈로 죽어 에이즈 고아입니다. 그의 이웃인 스레이릭의 집에서도 닭이 알을 품고 있습니다. 곧 있으면 13마리의 병아리가 나올 예정입니다. 고마운 일입니다.

내가 의사라서 그런지 몰라도 병마와 싸우는 이들을 보면 더 연민의 정이 간다. 특히 의학적 출구가 제대로 보이지 않는 가난한 나라에서 삶의 끈을 좋지 않고 작은 기적을 이어가는 이들을 보면 눈물겹다.

캄보디아
의료봉사활동

봉사단 구성

의료봉사활동을 나가려면 의약품, 의료기기, 의료소모품, 일반 비품 등 챙겨야 할 물품만 해도 수십 박스가 넘는다. 개인 짐은 최소화하도록 했으나 총량은 탑승자 1인당 제한 기준을 한참 넘어섰다. 항공사 측에 봉사활동에 필요한 물품을 준비하다보니 중량을 초과하게 됐다고 사정하니 추가 비용을 물지 않도록 배려해 주었다.

의료 봉사팀은 부산의료원 전문의들과 간호사들이 중심이 됐다. 캄보디아 현지에서는 JSC의 이경용 신부님과 스태프들, 코이카의 봉사단원들, 통역 봉사자로 현지 대학생들이 기꺼이 참여했다. 또 페루 출신 간호사 수녀님도 도움을 주었다. 한국팀과 현지팀은 시엠립에서 합류하여 함께 시소폰으로 향했다. 밤 10시가 넘어 숙소인 촘노 시샌 호텔에 도착해서 사전 미팅을 가진 후 휴식에 들어갔다.

우리는 모두 같은 꿈이 있습니다

뽕로 마을 진료

첫 진료 장소는 뽕로 마을의 초등학교다. 의료봉사는 한꺼번에 많은 사람들이 몰려들기 때문에 어떻게 하면 진료를 원만하게 진행할 수 있을까 연구하지 않으면 안 된다. 일일이 문답식으로 차트에 기록하는 방식은 밀려드는 환자를 감당할 수 없다. 따라서 차례대로 번호표를 나누어 준 후 문진을 받게 했다. 문진 항목은 신체 각 부위를 구분하고 해당 증상을 체크하는 방식이다. 크메르어, 영어, 한글을 동시에 표기할 수 있는 차트를 만들었다.

문진이 끝나면 간호사가 바이탈 사인을 체크한 후 전문의에게 넘겼다. 진료는 소화기내과 전문의 이상호 선생님, 외과 전문의 김영식 선생님, 가정의학과 배미진 선생님, 그리고 내가 맡았다. 의료진 못지않게 중요한 사람들은 현지 통역 대학생들이다. 그들의 적극적인 통역이 없었다면 진료를 제대로 진행하기 어려웠을 것이다.

나의 진료 도우미는 회계학을 전공하는 엘렌이다. 수줍음을 곧 잘 타는 이 아가씨는 종일 환자와 대화하느라 지칠 법도 한데, 내가 힘들지 않느냐고 물을 때마다 괜찮다고 대답했다. 앨런의 재미있는 통역 덕분에 종종 웃음이 나왔다.

"대변에 가래가 섞여 나와요." "심장에 기름이 가득해요." "자궁의 팔(나팔관을 지칭)이 아파요."

자꾸 웃으면 그녀가 미안해할까 봐 잘 한다고 계속 격려해 주었다.

첫날 진료 결과 호흡기 질환이 가장 많았고 산부인과 질환도 많았다. 지속적으로 진료가 필요한 환자들은 현지 보건소에 인계했다.

보건소의 시설이 어떤지 궁금해서 진료를 마치고 직접 방문해 보았다. 깜뽕스와이 보건소는 여건이 한마디로 열악했다. 러움타은 보건소장은 시설 현황을 브리핑해 준 후 분만실, 예방 접종실, 간이 수술실 등을 구경시켜 주었다. 냉장고 문을 열어 여러 종류의 백신을 보여 주었는데 병에 유니세프 로고가 찍혀 있는 걸로 보아 모두 후원받은 것들로 여겨졌다.

보건소 소장이 "나도 위염과 무릎 관절염으로 고생을 하고 있습니다. 약 좀 지어주세요."라고 말한다. 보건소에 있는 약은 얼마든지 이용할 수 있을 텐데 본 의료 봉사팀에 약을 원하는 걸까? 알고 보니 한국산 약이 더 잘 듣는 곳으로 소문 나 있어 보건소장도 자존심을 버리고 나에게 약을 지어 달라고 했던 것이다.

마깍 마을 진료

둘째 날에는 일선 보건소에서 진료가 이루어졌다. 봉사팀을 태운 버스가 도착하자 보건소 마당에는 이미 사람들이 장사진을 치고 있었다. 많은 환자들이 찾아와 줘 반갑기는 했지만 그 많은 환자들의 진료를 언제 다 끝내나 하는 걱정이 밀려왔다. 하지만 한 가지 위안이 있다면 진료 장소가 여건이 좋은 보건소라는 점이다.

엘렌은 전날보다 더 친숙한 표정으로 "선생님은 환자를 대할 때 왜 마스크를 안 하세요?"라고 말했다. 한국에서 진료할 때 마스크를 사용하지 않는다고 하자 고개를 갸웃거리며 이해가 잘 가지 않는 모양이다. 이 나라에서는 결핵 등 호흡기 질환이 많아 의사나 간호사가 진료를 할 때

마스크를 착용하는 게 현실이다. 내가 끝까지 마스크를 착용하지 않자 엘렌은 근심스러운 표정을 지우지 못했다.

보호자의 손에 이끌려 빈약한 체격의 소년이 진료를 받으러 왔다. 그는 몇 해 전부터 물체가 점점 흐리게 보이더니 얼마 전부터는 바로 코앞에 있는 물체조차 구분하지 못하게 되었단다. 외상을 입거나 두드러지는 감염 증거는 인지되지 않았다. 추측컨대 비타민A 결핍에 의한 실명 가능성이 시사되었다. 비타민A 부족은 영양이 부실한 음식 섭취, 모체의 수유 부족, 심한 설사 및 홍역 등이 원인이다.

열이 나는 아기를 안고 들어온 여인은 간간이 마른기침을 했다. 아이보다 엄마의 건강이 더 중요할 것 같아 문진을 해 보니 몇 달 전에 각혈을 한 흔적이 있었다. 모녀는 병원에 간 적이 한 번도 없었다. 즉각 마깍 보건소장에게 연결해 주었다. 이처럼 결핵을 의심할 만한 환자가 둘째날 진료에서도 제법 있었다.

세계보건기구 서태평양 사무소의 발표에 따르면 최근 이 지역에서 해마다 200만 명의 새로운 결핵 환자가 발생하고 있으며, 100만 명은 제대로 된 치료를 받지 못하는 실정이라고 지적한 바 있다. 치료받지 못하는 환자 1명은 주변 사람 15명을 감염시킬 수 있다는 경고를 하기도 했다.

그 밖에 여러 사람들이 피로감과 어지러움을 호소하였고 아이들은 배탈에다 식욕 부진, 저체중, 기생충 질환도 의심되었다. 이런 상황을 예상하여 우리 의료봉사팀은 비타민과 구충제를 준비해 와서 위험성이 높은 사람들에게 나누어 주었다.

다일로 마을 진료

매일 아침 우리는 7시 30분이면 어김없이 진료 현장으로 달려갔다. 누구 하나 지체하는 사람 없이 정확하게 시간을 지켰다. 드림 팀이라고 불러도 좋을 듯하다. 셋째날은 전날과는 정반대로 여건이 가장 안 좋은 곳이었다. 진료할 만한 장소를 적절히 물색해 보았지만 적당한 곳을 구하지 못했다. 양철지붕의 건물 한 채와 그 옆 풀밭에 진료 텐트를 쳤다.

태양이 작열하는 양철지붕을 상상해 보라. 사우나가 따로 없다. 땅바닥에는 모기들이 날아다니는 풀밭이고 현장은 지열로 인해 푹푹 찐다. 우리는 상황이 나쁠수록 더 힘을 냈다. 진료대를 꾸미고 약품들을 진열하고 환자 대기 장소 및 접근로 설정을 갖추기까지 30분이면 충분했다. 그렇지만 진료 장소가 협소하여 나는 진료 활동보다는 전체 상황을 관리하기로 했다. 덕분에 현지인의 생활상에 관해서 주민들과 이야기할 시간이 생겼다.

마을의 결혼 문화는 상당히 재미있다. 남자가 장가를 들고 싶으면 여자집에 들어가 1년 내지 3년 동안 일하며 살아야 한단다. 그 후에야 장모될 어른이 사위로 삼을 것인가 말 것인가를 결정한단다. 사윗감으로 인정을 받았다고 하더라도 결혼식이 다가오면 결혼 지참금을 준비해야 한다. 살다가 이혼을 하게 되면 재산과 자식은 여자의 소유가 되고 남자는 빈털터리가 된다. 이곳의 결혼 문화는 여성 중심이다. 가난하기는 매한가지지만 방글라데시와는 정반대다.

다일로 마을은 주민을 모두 합쳐도 1,300명 정도에 불과했다. 사방을 둘러보니 전체 주민의 3분의 1은 온 듯 했다. 마을 이장에게 "이분들 다일로우 마을에 사는 사람들입니까?"라고 물었다. 그는 "외국에서 의사들이 온다는 소문이 퍼져 다른 마을에 사는 사람들도 찾아왔습니다."고 말했다. 그중에는 아파서 왔다기보다 가정상비약을 타러 온 사람도 많았다. 보건소조차 이용하기 힘든 그들에게 무료 진료팀은 반갑기 그지없다.

종일 진료는 계속되었다. 연일 수 백 명의 환자들을 상대하다보니 가장 먼저 체력이 고갈되는 사람은 자원봉사로 참여한 현지 대학생들이었다. 통역을 하던 엘렌의 얼굴에 피로감이 가득 서려 있다. 입 안에 궤양이 커다랗게 생겨 꽤나 쓰렸을 터인데도 괜찮다고 한다.

오후 2시가 넘자 스콜이 쏟아졌다. 진료 장소가 야외 풀밭인 데다 다른 날보다 비가 더 세차게 퍼부었다. 바닥은 질퍽거리고 대기 중이던 환자들이 비를 피할 곳이 마땅찮았다. 비를 맞으며 기다리는 이들도 있었지만 시간이 지나도 비는 그치지 않아 진료는 일찍 마무리할 수밖에 없었다.

시소폰 교도소 진료

그다음 날 아침이 되자 내 다리가 심하게 가려웠다. 전날 야외 진료 때 풀밭에 있던 도깨비풀이 바지에 붙어 떨어지지 않았는데 뾰족한 가시들이 다리를 콕콕 찔러댔던 게 화근이었다. 나는 피부가 민감해서 사소한 자극에도 접촉성 피부염이나 알레르기 반응을 잘 일으키는 편이다.

이날은 의료봉사팀에 특별한 진료 일정이 잡혀 있다. 반티멘체이 주 보건당국에서 교도소 진료를 요청해 와서 나는 기꺼이 응하겠다고 했다.

아무리 가난한 나라라고 하더라도 반인권적이고 열악하기 짝이 없는 교도소를 외국 NGO단체에 개방하는 일은 쉽지 않다. 아마도 JSC신부님을 통하여 의뢰가 된 듯하다. 아무튼 우리 봉사팀을 신뢰하고 있다는 차원에서 내가 도리어 감사하게 여겼다. 교도소 당국에서는 교도소 시설 사진과 동영상 촬영은 금지이니 반드시 지켜 달라고 요구했고 당연히 그렇게 하겠다고 약속했다.

내 인생에서 교도소에 들어올 일이 생기다니! 육중한 철문이 열리자 긴장된 기분으로 들어섰다. 눈앞에 펼쳐진 상황으로 인하여 우리 일행은 입이 딱 벌어지고 말았다. 600여 명에 달하는 수감자 전원이 진료받기를 원했던 것이다. 비좁은 감방에서 수십 명씩 갇혀 제대로 눕지도 못하는 환경이고, 부실하기 짝이 없는 하루 두 끼의 식사로 인해 남녀 수감자들은 어디가 아파도 아팠을 것이다. 그러나 시간적으로나 보나 의약품 재고 상황으로 보나 이는 가능할 수 없었다.

의술은 곧 인술이라고 그랬다. 그들이 어디를 아파하든 또 무엇을 원하든 우리가 할 수 범위 내에서 최선을 다하고자 했다. 질병으로 고통 받는 이들을 돕고자 캄보디아 오지에까지 찾아온 것이 아니던가. 모두들 열심히 임했지만 짧은 시간에 그들을 다 진료하기에는 불가능했다. 그리고 오후 진료 일정 때문에 시소폰 교도소에 머무는 시간은 다섯 시간 이상을 넘길 수 없었다. 교도소 환자들은 일반 환자들과 다른 점이 있었다. 밀집된 상태로 갇혀 지내야 하고 제대로 씻지 못하기 때문에 청결 상태가 엉망이었다. 옴과 같은 피부병이 굉장히 심했고 사타구니, 손가락 사이, 몸통을 심하게 긁은 자국들이 많았다.

마음의 꽃 한송이

교도소 진료를 끝내고 떠나려는데 여자 수형수가 손짓하며 나를 불렀다. 창살 쪽으로 다가갔더니 종이로 만든 꽃 한 송이를 건네주었다. 옆에는 네 살짜리 여아를 데리고 있었다. 체구가 자그만 여인이 어떻게 힘센 남편을 죽일 수 있었을까. 구타를 일삼던 남편에게 더 이상 견디지 못하고 잠든 남편의 가슴을 흉기로 찔렀단다. 사람은 선과 악의 마음을 다 가지고 있지만 교도소에 있는 사람들은 한순간의 실수로 불행한 인생을 살게 된 사람이라는 생각이 들었다.

나는 "옥꾼"하고 감사의 표시를 해 주었다.

그날 오후 끄로스삐언 마을에서 진료 활동을 끝으로 일정을 마무리했다. 총결산을 해 보니 총 2,153명의 환자를 진료했고 28건의 외과 시술을 시행했다.

이번 봉사 활동에 참여했던 어느 간호사는 지난 일주일이 자신의 인생에 커다란 충격을 주었다며 소감을 남겼다.

"그동안 나 자신을 불행하다고 여겼습니다. 그런데 가난한 캄보디아인들과 함께한 시간을 통해 내가 얼마나 행복한 사람인지를 깨달았습니다."

네팔

3
여성이 깨우쳐야 근본적인 발전을 이룬다

개발도상국 여성들의 삶은 정말 고달프다.
남성 중심 사회에서 여자로 태어난 처지를 운명적으로 받아들여야 하기 때문이다.
이들이 사는 사회 곳곳에는 여성 차별의 악습이 만연해 있다.

여성이 깨우쳐야
근본적인 발전을 이룬다

.

여성 차별의 악습

　개발도상국 여성들의 삶은 고달프다. 남성중심사회에서 여자로 태어난 처지를 운명적으로 받아들여야 하기 때문이다. 이들이 사는 사회 곳곳에는 여성 차별의 악습이 만연해 있다. 결혼지참금 제도는 대표적인 관습이다. 이 문제로 2013년 한 해 동안 인도 전역에서 살해당한 여성이 무려 8,000여 명에 달했다. 방글라데시의 일부 지역 역시 충분한 예물과 지참금을 가지고 가지 않으면 남편과 시어머니로부터 괴롭힘을 당한다. 지참금이 적다는 이유로 남편과 시부모가 합세하여 여성과 한 살배기 아기에게 석유를 끼얹고 불을 질러 살해하는 끔찍한 사건도 있었다. 가난한 나라에서 여성의 결혼 연령대가 자꾸 더 내려가는 이유 중 하나도 바로 결혼 지참금 때문이다. 나이가 어릴수록 지참금 액수가 적게 들어 부모는 딸이 어릴 때 빨리 시집을 보내려고 한다.

우리는 모두 같은 꿈이 있습니다

나무를 캐서 생계를 이어가고 있는 여인. 이 마을에서는 흔히 볼 수 있다.

한창 부모의 보호가 필요한 나이의 소녀들이 세상 물정도 모르는데 결혼이라니. 현행법으로 결혼지참금 제도는 불법이지만 시골 지역으로 갈수록 뿌리 깊게 남아 있다.

방글라데시에는 삼진 아웃 제도라는 해묵은 관습이 존재한다. 남자가 이혼이라는 말을 세 번 꺼내면 여자는 자동으로 이혼 당하는 것이다. 프로야구 경기도 아니고. 기가 찰 노릇이다. 한술 더 떠서 이혼을 당하더라도 아이의 양육비는 여자가 책임져야 한다.

여성인권 문제는 가정 내에만 국한하지 않는다. 방글라데시의 일부 법정에서는 여성 증인은 남성 증인의 3분의 1밖에 증언의 효력을 인정받지 못한다고 한다. 인도의 일부 지역은 부인이 몸이 아파 보건소를 가야 할 경우에도 남편의 허락을 받아야 외출이 가능하다고 한다. 남자 아이들이 학교에 갈 때 여자 아이들은 집안일을 해야 하고, 식사를 할 때에도 맨 마지막 순서는 여자 아이들이다. 이런 차별을 없애는 근본적인 대책은 여성 스스로 깨우쳐야 한다. 다르게 말하면 여성 교육이다. 교육을 받게 되면 개발도상국가의 여성들은 자신이 얼마나 소중한 존재인지를 알게 된다.

당나귀와 동급인 여성의 인권

세계보건기구는 개발도상국의 사망자 수가 늘어가는 원인을 질병과 기아 다음으로 여성 폭력이라고 보고한 바 있다. 통계상으로 다섯 명 중 한 명은 일생 동안 강간 및 강간 미수의 희생자가 되고 있는 꼴이다. 나이지리아의 잠파라 주에는 병원에 입원할 정도가 아니면 여성에 대한 구타를 허용한다는 희한한 법이 있는 것만 봐도 그 심각성을 알 수 있다.

파키스탄 여성의 10퍼센트는 유방암에 걸린다는 보고가 있다. 아시아 국가 중 가장 높은 수치인데, 이 나라 여성들은 테러보다도 유방암이 더 무섭다고 말한다. 도대체 그 이유가 뭘까? 파키스탄 여성들에게는 '가슴'이라는 단어를 꺼내는 것조차 터부시되는 전통이 있다. 이슬람 문화권에서 '가슴'이라는 단어가 성적인 면을 자극한다고 여기기 때문이다. 유방암 검진을 받거나 심지어 상담 받는 것조차 부도덕하고 음란하다고 간주한다. 세계보건기구 파키스탄 지부 담당자는 "종교적 영향으로 유방암 사망률이 높은 데다 갈수록 상황이 심각해지고 있다."고 지적한다.

또 에티오피아에서 가장 불쌍한 대상을 꼽으라면 사람들은 '여자와 당나귀'라고 말한다. 남성 우월주의가 강해서 남자들이 노닥거리고 있는 동안 여자들은 죽도록 일을 해야 한다. 집안 일 하랴, 농사 일 하랴, 밤에

우리는 모두 같은 꿈이 있습니다

는 성적 대상이 되어야 하는 등 여성들은 눈만 뜨면 삼중고에 시달린다.

나는 아디스아바바의 여성 단체인 '월드 우먼 트레이드 페어 인 아프리카'의 대표인 메케데스 하일레 메쿠리아를 만난 적이 있다. 그녀는 아주 당당해 보였다. 하지만 어린 시절 집에서 키우던 당나귀를 연상하며 자신과 동련상병 의식을 나타냈다.

"저는 잠자는 시간 외에 항상 일을 해야 했습니다. 어느 날 집에서 일하던 당나귀가 병이 들었습니다. 늘 등에 엄청난 짐을 짊어지고 다녔으니 병이 날 만도 했지요. 당나귀에게 힘내라고 몰래 먹을 것을 주었어요. 아버지가 그 사실을 알고 당나귀는 죽도록 얻어맞았습니다. 저도 욕을 엄청나게 들어야 했어요."

당나귀가 무슨 죄가 있다고 얻어맞아야 하나. 아버지 눈에 당나귀라는 존재는 일만 하다가 죽는 게 당연했다. 왜 쓸데없이 동정을 하느냐며 어린 딸은 차마 때리지 못하고 당나귀를 마구 팼던 것이다. 어린 메쿠리아는 "저도 당나귀처럼 일만 해야 하나요!"라며 아버지에게 대들다 결국 당나귀 못지않게 실컷 맞았다. 그녀의 이야기를 듣고서 네팔의 한 NGO 활동가가 했던 말이 생각났다.

"한 소년을 교육하면 어린이 한 명을 교육하는 것이지만, 한 소녀에게 공부할 기회를 주면 그녀는 가족 전체의 다음 세대까지 교육을 전달할 것이다."

여성 평생 아카데미

네팔 수도 카트만두와 불교 발상지인 카필바스투에는 현지 NGO와 우

네팔 카필바스투 여성 평생 아카데미에서 재봉기술을 익히고 있는 빈민촌 여인들

리 단체가 공동운영하는 여성 평생 아카데미가 있다.

　그곳을 방문하기 위하여 나는 방글라데시 다카에서 볼일을 보고 비행기로 1시간여 만에 카트만두에 도착했다. 입국 수속을 마치고 나오니 날은 어두워져 히말라야의 별들이 반짝이고 있었다.

　카판 지역에 있는 여성 평생 아카데미다. 학교 교실을 빌려 오후 5시 30분부터 야간 학습이 시작되는데 여성들은 배움에 대한 열의가 대단했다. 수업은 주 6일간 매일 두 시간씩 진행되는데 과목은 수학, 네팔어, 영어, 보건 등으로 구성되어 있다. 전체 인원은 약 30명이며 학생들의 나이는 다양했다. 나는 슬레이트 지붕 아래서 30촉 백열등 하나에 의지하여 수업하는 여성들을 참관했다. 담당 선생님이 칠판에 커다랗게 영어 알파벳을 적고 선창하면 학생들은 크게 소리 내어 말했다. 어둠이 깊게

　　　　　　　　　　　　우리는 모두 같은 꿈이 있습니다

깔린 학교 운동장까지 공부하는 소리가 맑게 퍼져 나갔다.

이튿날 카필바스투 여성 평생 아카데미를 참관하러 가기 위해 경비행기를 타고 룸비니로 향했다. 양쪽으로 한 줄짜리 좌석이 있는 경비행기이다. 부웅~ 하고 프로펠러가 돌아가자 종이비행기처럼 하늘 높이 솟구쳤다. 강풍에 그만 꼬꾸라질 것 같아 불안했지만 그건 운명에 맡겨야지. 한 시간 후 룸비니 공항에 내려 전세 차량으로 갈아탔으나 길을 잘못 들어 한참 지나서 목적지인 카필바스투 지역의 찬드라우타에 도착했다.

카필바스투는 카트만두와는 분위기가 크게 달랐다. 농촌이어서 여성들은 농사와 공부를 병행해야 했다. 수업 장소는 학생 한 명의 집 마당에서 야외 수업 형식으로 진행하고 있었고 주 6일 매일 오전 10시부터 12시까지 수업이 이루어졌다. 학생들은 사춘기 소녀부터 중년 여성들까지 천차만별이다. 말 그대로 여성 평생 교육의 장이니 배움은 나이와 아무런 상관이 없다는 말이 실감났다.

남성의 상징이 강함이라면 여성의 상징은 부드러움이다. 부드러움은 모가 난 곳을 유연하게 해 준다. 여성이 배움을 통해 유연함으로 무장하고 남성들과 동등한 위치에 서게 되면 그 사회는 보다 평화로워질 것이다.

여성 평생 아카데미가 이뤄낸 기적

카트만두 아카데미에 나오는 순미아 부다 씨는 남편과 세 자녀가 있는 한 가정의 어머니다. 평생 아카데미에 들어오기 전에 그녀는 문맹이었으나 지금은 네팔어를 읽고 쓸 줄 안다. 그녀의 소망은 공부를 계속해 자녀들에게 좋은 엄마가 되는 것이라고 한다.

　나라디 씨의 나이는 스물다섯이다. 그녀는 어려운 가정환경 때문에 일찍이 학교를 중퇴한 것이 한이었다. 그래서 평생 아카데미에서 공부하게 된 것을 매우 감사하고 기쁘게 생각한다. 그녀는 이곳에서 열심히 공부를 한 뒤 시험을 쳐서 정규 학교에 복학할 계획을 갖고 있다.

　평생 아카데미의 회장 봄바이 라마 씨는 자신의 친구 이야기를 해 주었다. 그녀의 친구는 남편에게 평생 아카데미에 나가게 해 달라고 여러 번 요구했으나 남편이 끝까지 반대했다고 한다. 마흔이 넘은 나이에 읽고 쓰는 걸 배워서 뭘 하겠느냐는 것이었다. 라마 씨는 그런 친구가 안타까워 최대한 도움을 주고 있다. 대출 계약을 할 때 따라가서 글을 대신 읽어 주고, 금액을 정확히 계산하여 사인할 수 있도록 도와주고 있단다. 라마 씨는 배움을 늘수록 자신감이 생긴다며 새 인생을 사는 것 같다고 했다.

　아샤 슈레타 씨도 봄바이 라마 씨의 말에 공감했다. 그녀의 딸이 학교에서 가지고 온 서류에 영어로 이름을 써 주었을 때 딸이 아주 자랑스러워했다고 한다. 또 직장에서 롤링페이퍼를 돌릴 때 영어를 적어 넣었더니 다들 환호하며 부러워했다는 것이다. 아샤 씨는 매사에 자신감이 생겨 자신이 다른 사람이 된 것 같다고 했다.

　개인적 발전은 서로 도움이 되는 집단의 힘으로 성장했다. 놀라운 일이 벌어졌다. 카필바스투 아카데미 학생들이 졸업한 후 그들 스스로 무담보 소액대출 조직을 결성했다. 이 모임에 참여하는 여성들은 매달 소액의 회비를 꼬박꼬박 내고 목돈이 필요할 때 1.5퍼센트의 이자율로 대출을 받을 수 있게 했다. 다른 단체의 도움이나 개입이 전혀 없이 그들 스스로 이끌어 나가고 있다. 2013년부터 시작된 이 모임은 첫 졸업생들의 무담보 소액대출 계모임으로 시작되었다. 모임의 규모가 커져 지금은 일반 여성들도 동참하기를 희망하고 있다.

졸업생인 미타 타파 씨는 1만 6,000루피^(네팔의 화폐단위)(16만 원)를 빌려 작은 상점을 열었고, 마두리 라나 씨는 2만 루피(20만 원)를 빌려 미용실을 개업했다. 일반 주민 하르지 하루 씨는 1만 루피(10만 원)를 빌려 재봉틀을 구입했다. 그것으로 가족의 옷을 만들어 지출이 크게 줄었고 이웃이나 친척에게 주문 받은 옷을 제작하여 소득을 올릴 수 있어 가계에 큰 도움이 된다고 했다.

암흑의 세계에서 밝은 세상으로 이끄는 지팡이처럼, 교육이 여성들을 성장시키고 있었다. 그녀들의 세계가 서서히 열리기 시작하는 것이 눈에 보였다.

히말라야의
미소

세인트 조셉 학교

　카트만두를 출발한 지 세 시간 만에 고르카에 도착했다. 그곳이 미구에 네팔 대지진의 진앙지가 될 줄은 꿈에도 몰랐다. 해발 1,200미터 산속에 위치한 고르카는 네팔 부족을 최초로 통일한 프리트비 나라얀 샤허 왕조의 본거지다. 왕궁과 사원들이 남아 있어 관광객들이 자주 찾는 곳이지만 동행인 리처드 라이 신부님과 나는 곧바로 세인트 조셉 학교로 향했다.

　학교는 높은 산으로부터 정기를 받고 있었다. 망원 카메라로 줌을 당기지 않아도 눈앞에 거대한 설산이 나타났다. 데니스 교장 선생님은 우리를 식당으로 안내했다. 네팔 전통식 달밧. 안남미로 지은 밥, 감자와 콩을 섞어 만든 소스 등. 현지에 도착하자마자 점심 식사를 대접 받으니 미안스러워진다. 인도 출신으로 키가 크고 얼굴에는 검은 수염이 많은 교

　　　　　　　　　　　우리는 모두 같은 꿈이 있습니다

장 선생님은 외모가 특이하다. 서구인 스타일이다.

식사 후 그분은 세인트 조셉 학교를 소개했다.

"우리 학교는 유치부부터 10학년까지 있습니다. 전교생 630명 중 거의가 남학생입니다. 한 달 학비는 375루피(6,000원)지만 수업료를 낼 수 있는 학생들은 절반도 안 됩니다. 많은 아이들이 멀리 떨어진 가난한 마을에서 오기 때문에 학비를 낼 형편이 못됩니다."

학교가 참 아름답다고 칭찬하자 그가 대답했다.

"후원자들께서 도와준 덕분입니다." 이어 그는 물 컵을 건배하듯 긴 팔로 쭉 내밀었다. 그러고는 한 마디를 덧 붙였다.

"여기 사람들은 물 한 방울이라도 아껴서 마시고 있습니다."

인근에 강이 흐르고 있는 것을 보았는데 왜 물이 부족하단 말인가? 히말라야 빙하에서 녹아내린 물에는 석회질이 다량 들어 있고 불순물도 많이 섞여 있어 식수로 사용하기는 적합하지 않단다. 물 부족은 세인트 조셉 학교뿐 아니라 고르카 지역의 어려움이었다. 학교에서 3킬로미터 떨어진 곳에서 물을 끌어오고 있으나 공급량이 턱 없이 부족하고 툭하면 끊겨 버린다고 한다.

"어떤 때는 물이 없어 보름 동안 학교를 닫아야 했어요."라며 데니스 교장 선생님은 우울한 표정을 지었다. 네팔은 수력 자원이 풍부한 나라로 알려져 있는데 실상은 그렇지 못했다. 수도 카트만두 역시 물 부족이 심각하여 돈 있는 사람들은 개별적으로 지하수를 파서 해결하는 곳이 늘고 있다.

물 문제는 학교가 당면한 가장 큰 어려움이었다. 해결책은 지하수 개발이었다. 이 공사에는 상당한 난관이 있었다. 학교가 위치한 땅 지하에는 단단한 암반층이 있어 암반 위로 얕게 파면 불순물이 섞인 물이 나와 식수로는 곤란했고, 반면 지하 깊숙이 최소 90미터 이상 파면 맑은 물을 얻을 수 있지만 그러려면 중장비와 특수 기술이 있어야 하고 상당한 비용이 필요했다. 지하수 건설비용으로 13락 정도 예상된다는 데 2,000만 원에 해당하는 돈이다.

고충을 말하는 데니스 교장 선생님과 마음으로는 100퍼센트 공감을 하지만 거액이 들어가는 일이라 도움을 주지 못해 안타까울 따름이었다.

네팔 마오이스트

학교 전경이 가지런히 잘 꾸며져 있어 내부를 구경했다.

내가 물었다.

"도서관이 있나요?"

"네, 있긴 하지만 책은 별로 없습니다."

내부를 둘러볼수록 부실한 상품과 같았다. 도서관에는 몇 권의 책만이 꽂혀 있었다.

교장 선생님이 말한다.

"도서관을 영어책으로 가득 채울 수만 있다면 얼마나 좋을까요?"

다른 개발도상국처럼 네팔에서도 영어가 상당히 중요해서 영어를 잘 구사하면 좋은 일자리를 구할 수 있다고 한다.

교장 선생님은 가던 길을 멈추고 섰다. 그가 손가락으로 근처 벽을 가리켰다. 그의 손가락이 가는 지점에는 총탄 흔적이 있었다. 교장 선생님

우리는 모두 같은 꿈이 있습니다

은 자신이 겪었던 수난사를 이야기했다.

"몇 년 전의 일입니다. 그날의 충격은 아직도 생생합니다. 마오이스트들이 고르카를 공격해 왔는데 근동 마을뿐 아니라 우리 학교도 무사하지 못했습니다."

"마오이스트라고 하면 공산주의자를 말하는 건가요?"

"네팔 공산당을 가리킵니다. 그들은 제가 시키는 대로 응하지 않는다고 총부리를 제 이마에 갖다 대고 방아쇠를 당기려는 행동을 취했습니다."

데니스 교장 선생님은 마오이스트들에게 큰 고통을 당했는데 그에게 총을 겨누고 죽일 듯 위협하여 학교의 열쇠를 강탈해 갔단다. 폭탄에 의해 교장실과 학교 시설들이 부서져 1년간 학교는 문을 닫아야 했다.

옆에서 조용히 듣고 있던 리처드 라이 신부님이 네팔 마오이스트 형성 과정에 대해 설명해 주었다.

"마오쩌둥의 이론을 따르는 자들이 서쪽 지방에서 이합집산을 거듭하다가 1994년 총선에서 정권을 잡은 후 그 지지 세력을 결집하여 무장 봉기를 일으키게 되면서 네팔은 혼란을 거듭하고 있어요."

마오이스트 군대가 물러간 후 학교는 정상을 되찾았지만 당시 후유증으로 아무도 교장을 맡으려 들지 않았다. 결국 다시 데니스가 교장으로 부임하게 되었고 현재까지 6년째 교장 업무를 맡고 있었다. 그 정도 강인한 정신력의 소유자라면 학교에 어떠한 난관이 닥치더라도 잘 운영해 나갈 것 같았다.

마오이스트의 영향력은 살아 있어 지금도 카트만두를 비롯하여 주요 도시에서 마오이스트 지지자들이 번다(파업)를 일으켜 사람들의 마음이 어수선해진다. 번다가 벌어지면 차량은 통행금지조치가 떨어져 꼼짝없이 집에 갇혀 지내야 한다. 현지를 다니면서 나는 번다가 언제 일어날지 몰라 신경을 곤두세우며 현지 일정을 조정하곤 했다.

머나꺼머나 힌두사원

다음 행선지로 향했다. 그때 리처드 라이 신부님이 한 통의 전화를 받더니 "지금 우리가 가고 있는 행선지에서 갑자기 문제가 생겼답니다."라고 말한다. 하는 수 없이 우리는 일정을 바꿔 근처의 힌두사원으로 방향을 돌렸다.

머나꺼머나 힌두사원. 이 사원은 1,300미터 산 정상에 있어 케이블카를 타고 올라가야 했다. '머나꺼머나'는 소원을 들어주는 힌두교 여신의 이름으로 이 사원에서 소원을 빌면 무엇이든 다 이뤄진다고 한다. 네팔 사람들이 가장 방문하고 싶어 하는 곳이다. 사원 입구에는 소원 성취에 필요한 제물을 파는 가게들이 줄지어져 있다. 안으로 들어가자 참배객들로 넘쳐났다. 저마다 가져온 물건을 제단에 바치고 태우니 비릿한 냄새가 사방에 진동했다.

사람들의 손에 들린 제물이 제각각이다. 힌두교인은 '더 사인'과 같은 큰 축제 때가 되면 염소, 닭, 오리 등 동물의 목을 잘라 신에게 바치는 의식을 올린다. 가축의 피를 제물로 올리지 않으면 무의미하다고 여기는데 염소는 최고 제물이다. 집집마다 잘 기른 염소를 사원에 끌고 가서 목을 잘랐다. 가난한 이들은 혼자서 염소의 비싼 가격을 감당할 수 없어 여럿이 어울려 염소를 구입하기도 한다.

염소를 제단에 바치는 모습을 보았다. 끌려올라가는 염소들이 자꾸 뒷걸음질을 쳤다. 자신의 운명을 알아챈 듯 눈가에 이슬이 맺힌 염소도 있고 오줌을 싸는 염소도 있다. 제단 주변에는 염소의 순교로 피바다를 이루었다. 단칼에 목이 떨어지는 장면을 직접 쳐다본다는 것은 여간 부담이 아닐 수 없다.

네팔에서 염소가 경제적인 가치가 있다는 판단 아래 한때 한끼의식사기금에서는 가난한 사람들을 위해 염소 분양 프로그램을 추진하려는 계획을 세웠다. 하지만 포기하고 말았다. 새끼 염소를 분양해 주어 잘 키우면 생계에 도움이 될 것으로 보인다. 그러나 여러 부작용이 생긴다는 것을 알게 되었다. 새끼를 분양해 주면 가장은 빈둥빈둥 놀고 여자아이들만 희생양이 된다.

소녀들은 염소에게 먹일 풀을 구하기 위해 들판에 가서 종일 일을 해야 한다. 학교에 가서 공부해야 할 아이들에게 노동을 시키는 격이다. 또 다 키운 염소를 시장에 내다 팔면 가정을 위해서 돈을 쓰지 않고 가장은 술값이나 노름 밑천으로 써 버리는 경우가 허다하다. 어떤 집은 염소를 판 돈으로 술을 먹고 들어와 아내를 구타하여 치아가 몇 개씩 부러진 사건도 있었다. 머나꺼머나 힌두사원을 짧은 시간에 올라갔다 내려오니 귀가 멍하고 머리가 띵 했다. 그 이유는 두 가지다. 하나는 해발 1,300미터 높이를 단숨에 오르내리니 기압 차에 위한 두통이고 또 하나는 산 짐승을 단칼에 쳐 피가 공중으로 내뿜는 장면을 대여섯 번씩이나 직접 보았으니 현기증이 날 법도 하지 않겠는가.

천상의 마을 반디푸르

둠레에서 오른쪽으로 빠져 20분 정도 산길을 오르면 천상의 마을이 나오는데 반디푸르다. 1,030미터 산 정상에 이렇게 멋진 마을이 있다니. 오래전 그곳은 인도와 티베트 무역의 교역로 역할을 했다. 마을 입구에 들어서니 길 양쪽으로 네와르 양식의 건축물이 늘어서 있었다. 고풍스런 매력이 듬뿍 서려 있어 인류문화유산으로 등재해도 전혀 손색이 없어 보인다. 반디푸르의 매력은 한두 가지가 아니다. 히말라야 설산의 일출과 일몰 광경 그리고 야경. 어느 것 하나 빼놓을 수 있는 게 없다.

군인들이 연병장으로 사용했다는 툰니켈 광장으로 올라갔다. 그곳은 히말라야의 일몰 광경을 조망할 수 있는 최고의 장소다. 곧 해가 지면서 영원히 지워지지 않을 것 같은 순백의 만년설이 붉게 변신했다. 원더풀! 원더풀! 축구장 크기의 광장에 모여 있던 관광객들이 흥분하며 소리 질렀다. 순백의 하얀색과 강렬한 주홍빛이 빚어내는 진한 석양의 감동은 내가 표현해 낼 수 있는 한계를 넘어섰다. 그 황홀한 기분을 어떻게 표현해야 할지 모르겠다.

우리는 가운 그하르 호텔을 숙소로 정했다. 현지말로 '시골집'이라는 뜻이다. 오래된 건물이지만 내부는 옛 구조를 그대로 살리면서 이용자가 불편하지 않게 수리해 놓았다.

반디푸르의 밤하늘은 두고두고 잊을 수 없다. 히말라야 설산 위에 뜬 별들이 반짝거리다가 어느 순간 유성이 되어 산 아래로 꼬리를 물며 떨어졌다. 아프리카 밤하늘의 별도 아름답지만 히말라야의 별은 그보다 훨씬 더 아름답다.

우리는 모두 같은 꿈이 있습니다

다음날 아침이 되자 밤의 황홀함은 사라졌지만 멋진 일출이 사람의 넋을 잃게 만들었다. 관광객들은 하나둘 무리를 지어 구룽체 언덕으로 올라갔지만 나는 호텔에 그대로 머물러 있었다. 숙소의 창문을 열면 그림 같은 히말라야 일출을 그대로 볼 수 있었기 때문이다. 천상의 신비 그 자체다.

반디푸르를 구경할 수 있었던 행운은 리처드 라이 신부님이 아니었으면 불가능했다. 이름에서 짐작할 수 있겠지만 그는 라이 족 출신이다. 영국 식민지 당시 용병으로 참여했던 라이 족은 인도 다즐링 지방에 주로 살다가 네팔로 이동해 왔다고 한다. 신부님은 자신의 부족이 용맹한 부족이라는 데 큰 자부심을 가지고 있었다. 그의 얼굴은 평범한 네팔 사람처럼 생겼으나 가난한 이에 대한 애정과 연민으로 넘쳤다. 이번에 기꺼이 가이드를 하게 된 것은 내가 가난한 네팔인들을 위한 NGO 활동을 하는 의사라는 말을 전해 듣고 봉사 차원에서 나서게 되었다고 한다.

사립학교와 공립학교의 차이

반디푸르 마을의 한 사립학교를 방문했다. 학교의 이름이 노트르담이다. 밖에서 보이는 것과는 달리 안에는 오밀조밀하게 다듬어진 멋진 건물들이 늘어서 있다. 미국인 여교사가 우리를 반갑게 맞아주며 간략히 학교에 대해 이야기해 주었다.

"노트르담 스쿨에는 1학년부터 12학년까지 700명이 다니고 있어요. 시설이나 교육 여건은 네팔에서 최고에 속해요."

교사의 급여도 최고 수준이란다. 미국인에 의한 영어 수업은 인기가 좋아 멀리 떨어진 곳에서도 노트르담 스쿨에 다니고 싶어 한다고 한다. 대도시가 아닌 산골마을에 어떻게 이런 최고 시설의 학교가 있을까.

노트르담 학교에서 좀 떨어진 곳에는 공립학교가 있었다. 이름이 쓰리딜 쁘라터믹 스쿨이다. 시설 면에서 노트르담 학교와는 비교할 수 없는 수준이다. 오전 10시가 조금 넘었는데 아이들의 모습만 보였다. 여자 아이들은 한쪽 구석에서 고무줄놀이를 하며 재잘거리고 남자 아이들은 돌담 위에 걸터앉아 노닥거리고 있었다.

아이들에게 다가가 쓰리딜 쁘라터믹 학교의 학생이냐고 물으니 그들은 고개를 갸우뚱 갸우뚱거린다. 근처에 사느냐고 물어도 역시 고개를 갸우뚱거린다. 내 말을 잘 못 알아들었나. 순간 착각했다. 네팔에서는 독특한 의사소통 방식이 있다. '예스'와 '노'를 표현할 때 통상 나타내는 표시와 반대로 한다. 고개를 가로저으면 '예스'이고 고개를 끄덕이면 '노'라는 뜻이다. 아이들이 고개를 갸우뚱거린 것은 '예스'라는 뜻이다.

아이들 중 일부는 멀리 떨어진 마을에서 서너 시간씩 걸어서 학교에 온다고 했다. 수업시간은 오전 10시부터 오후 3시까지고 수업료는 무료라는데 11시가 됐는데도 교사가 보이지 않는다. 아이들과 이런저런 이야기하고 있는데 그제야 여교사가 나타나 교실 문을 열기 시작했다.

노트르담 스쿨과 쓰리딜 쁘라터믹 스쿨의 차이는 한마디로 사립학교와 공립학교의 차이다. 공립학교 교사는 처우가 너무 뒤처지기 때문에 수업에 대한 열의가 떨어진다. 다른 가난한 나라를 가 보아도 이와 비슷한 현상임을 곧 알 수 있다.

우리는 모두 같은 꿈이 있습니다

히말라야 소녀가 보여 준 감동

마을을 산책하다가 '그리'라는 언덕으로 올라갔다. 그곳에서 바라보는 히말라야의 아름다운 풍경들 또한 황홀하기 그지없었다. 장대한 순백의 설산과 그 아래의 구름층은 뭉게뭉게 피어올라 우아한 웨이브를 이루고 있고, 노란 꽃들로 조화를 이룬 경관은 한 폭의 빼어난 명화였다. 이 세상 어떤 화가도 이보다 더 아름다운 그림을 그릴 수 있을까.

'그리' 언덕에서 한 무리의 히말라야 소녀들을 만났다. 한국의 아이들이 컴퓨터 앞에 앉아서 놀 때 히말라야의 소녀들은 산을 뛰어다니며 꽃 싸움을 즐긴다. 꽃 싸움이란 꽃줄기나 꽃술을 서로 걸어 잡아당기는 시합으로 먼저 끊어지는 쪽이 지는 놀이다. 아이들 중 코이랄라라는 소녀가 아주 인상적이었다. 내가 물어보는 말마다 소녀는 친절하게 대답해 주었다.

"나이가 몇 살이니?"

"열두 살이에요."

"형제는 몇 명이냐?"

"언니가 둘 있어요."

큰언니는 열일곱 살로 1년 전에 결혼을 했단다.

"너도 언니처럼 일찍 결혼하고 싶어?"

"난 아니에요. 공부를 하고 싶어요."

시골 마을을 가면 '여자 아이들에게 돈을 투자하는 것은 남의 집 마당에 물을 주는 것과 같다.'식의 남녀차별적인 사고가 유달리 강하다. 코이랄라는 집에 가면 일을 해야 했지만 영어 선생님이 되는 것이 꿈이라고 했다.

아이들과 헤어지려는데 코이랄라가 호주머니에서 뭔가를 꺼내서 내게 주었다. 그것은 오렌지 두 개였다. 점심식사로 먹을 것이었다. 오렌지를 내게 주면 자신은 먹을 것이 없을 텐데. 아이는 괜찮다며 해맑게 웃는다. 나는 줄 것이 별로 없는데. 부끄럽고 미안한 느낌이 들었다. 어른들은 자신의 것을 생각하면서 내어 놓지만 아이들은 그런 계산을 하지 않는다. 나는 얼른 가방에 있던 볼펜 몇 개를 꺼내서 코이랄라에게 주었다.

자신의 점심식사를 온전히 내어 주는 마음. 히말라야 소녀는 꽃보다 더 아름다웠다. 볼펜을 손에 쥔 코이랄라가 우리가 보이지 않을 때까지 손을 흔들고 서 있었다.

우리는 모두 같은 꿈이 있습니다

CDCA와
덴디 세르파

CDCA^(CDCA는 Center for Disabled Children Assistance의 약자다)

오래된 미니 밴이 골목길을 덜컹거리며 달리다가 막다른 길 끝의 철문 앞에 섰다. 철이 부식되어 파란색 페인트가 곳곳에 벗겨진 대문에는 삐딱한 글씨로 CDCA라고 적혀 있다. 차에서 내린 남자는 마중 나온 아이들을 차례대로 안아 주었다. 아이들 뒤편에 한 여성이 서 있는데 그의 아내다. 그녀는 이마에 티카를 장식하고 손에는 황금색 천을 쥐고 있다. 티카란 힌두교인들이 종교적 의식으로 이마에 새겨 넣은 붉은 표식이다.

남자는 아내의 팔을 살짝 잡으며 나의 일행을 소개했다. 그녀는 우리 곁으로 다가와 황금색 천을 각자의 목에 걸어 주었다. 네팔에서 손님을 맞이할 때 환영한다는 의미로 황금색 꽃목걸이나 얇은 천을 목에 걸어 주는 풍습이 있다. 차를 운전한 남자가 바로 현지 NGO인 CDCA의 대표 덴디 세르파다.

덴디 세르파는 카트만두 외곽의 가난한 마을과 멀리 히말라야 산간 오지에서 부모 없는 장애아들을 데려와서 자신의 아이들과 똑같이 먹이고 재우며 생활하고 있다.

CDCA를 알게 된 계기는 현지인 밍마 덕분이다. 밍마는 외국인 근로자 신분으로 한국에서 와서 일했는데, 한국인 그룹이 네팔에 트레킹을 갔다가 그의 사촌형이 덴디 세르파라는 걸 알고, 그중 한 사람이 나에게 알려 주어 CDCA를 알게 되었다.

처음 덴지를 만났을 때 구릿빛 주름살 얼굴에 몇 가닥의 턱수염을 기르고 있던 터라 그는 실제보다 나이가 훨씬 더 들어 보였다. 처음에 그가 했던 말이 기억난다.

"CDCA는 베이스캠프 트랙의 뜻있는 관광 가이드들이 뜻을 모아 만든 곳입니다. 스무 명의 장애 아이들과 함께 지내고 있습니다. 저는 아이들이 정상인 못지않게 성장할 수 있도록 교육하고 싶습니다. 치료가 가능한 장애 아이들은 수술을 시켜서 회복해 나가도록 도와주고 있습니다."

대화를 할수록 덴디는 NGO 활동가의 마인드를 잘 갖추고 있었고 자신을 헌신하고자 하는 가치관이 뚜렷했다. 독학으로 지금까지의 상황을 이루어 낸 그가 매력적으로 여겨졌다. 나는 연대한다면 뭔가 가치 있는 일을 만들 수 있겠다는 생각을 했다.

CDCA의 연간 예산은 얼마나 되느냐고 묻자 그는 말 대신에 소책자를 건네주었다. 책에는 좋은 아이디어들이 소개되어 있었으나 문제는 재원이었다. 당시 프랑스의 가루다 어소시에이션, 베이스캠프 트랙, 세

우리는 모두 같은 꿈이 있습니다

켄 병원 등이 후원자였으나 덴디 세르파의 꿈을 이루기에는 부족함이 참 많았다.

CDCA가 내게 고무적으로 비친 여러 이유 중 중요한 하나는 스스로 재원 마련을 위해 노력하고 있다는 점이다. 덴디 세르파는 재봉 기술자들을 고용하여 장갑, 모자, 등산복, 카고 백 등을 제작하여 판매하고 그 수익금을 운영 자금으로 충당하려고 노력했다. 수입금은 얼마 안 되는 돈이었지만 그런 정신이야말로 궁극적으로는 자립에 이르게 할 수 있다.

무거운 짐을 짊어진 어린 천사들

카판 지역에 해가 지면서 기온이 빠르게 내려가고 있었다. 덴디의 아내는 염소젖으로 만든 차 '찌야'를 내왔다. 뜨거운 차를 호호 불며 마시니 굳었던 몸이 확 풀렸다.

정부 지원금이 얼마나 되느냐고 묻는 나의 질문에 덴디는 씩 웃으며 전혀 없다고 말한다. 해외에서 사업 자금이 들어오면 오히려 정부는 일정 부분을 세금으로 거두어 간다고 한다.

아이들의 방을 둘러보았다. 아이들은 모두 그가 트레킹 나갔다가 거두어 온 이들이다. 13세 크리슈나 아카라는 4세 때 낙상 사고를 당해 두 다리에 큰 부상을 입었으나 제대로 치료를 받지 못해서 스스로 걸을 수 없게 되었다. 아이에게 부모가 없다는 것을 알게 된 덴디가 직접 병원에 데리고 가서 몇 차례 수술을 받게 했다. 이제 아카라는 걷는 연습을 하고 있었다.

12세 아이타람 구릉은 의족에 의지했다. 어쩌다 심한 장애를 입었을까? 태어날 때부터 그는 왼쪽 팔과 다리가 없었다. 매일 힘들게 적응 훈련을 하여 제법 잘 걷는 편이다. 아이타람 구룽보다 더 어려 보이는 루팍도 의족을 하고 있었으나 스스로 걷지를 못했다. 덴디는 "걷기 싫어하는 저 아이에게 억지로 걷기 연습을 시키고 있는 중이랍니다."고 말했다. 옆방에서 아이들의 장난치는 소리가 들려 들어가 보니 좁은 침대에 세 아이가 뒹굴며 놀고 있다.

"저 아이들이 여기 들어올 때는 다리가 뒤틀려져 걷기는커녕 겨우 기어 다니는 정도였어요. 하지만 보세요. 뛰어다니며 장난치고 있잖아요."

"왜 아이들이 기어서 다녔던 거예요?"

"심각한 영양실조에 빠져 있었습니다."

CDCA에 들어와 덴디의 아내가 매일 음식을 해 먹이니 아이들은 빠르게 회복되어 갔다. 잠시 심각한 표정을 짓던 덴디는 등이 크게 휜 아이가 있다며 스와스티카의 방으로 나를 안내했다. 아이는 척추측만증과 후만증이 아주 심각한 상태였다. 그런데도 표정이 참 밝다. 집에 가고 싶지 않으냐고 물으니 "여기가 좋아요. 저는 돌아갈 집이 없는 걸요."라고 대답한다.

아이들 중 가장 마음을 무겁게 했던 아이는 부미카다. 진주같이 아름다운 눈망울을 가진 그 아이에게 불행이 닥친 것은 태어난 지 한 살이 지났을 무렵이었다. 부모가 없는 사이에 끓는 물에 빠져 두 다리가 뒤틀린 채 붙어 버렸다. 부모는 아이를 버렸고 부미카는 2차 감염으로 사경을 헤매다가 두 다리를 절단해야 했다. CDCA에 들어와서도 부미카의 절단된 다리는 계속 문제를 일으켜 병원을 다녀야 했는데 이제 상처가 아물어 의족이 필요했다. 아직 예산이 부족하여 부미카는 의족을 해 줄 때를 기다리고 있었다.

아이들을 바라보는 덴디의 모습에서 진지함과 성실성을 엿볼 수 있었다. 특히 그가 들려 주는 자신의 이야기를 통해 신뢰감이 더 확고하게 느껴졌다. 히말라야 고산 지대에 살던 그의 부모는 아이를 낳고 얼마 안 되어 이혼을 했다. 마을 아주머니들이 돌아가며 어린 덴디에게 젖을 물렸다.

그러다가 사촌에게 넘어가 고아나 다름없이 자랐다. 극도의 가난을 경험한 덴디는 청년이 되자 트레킹 가이드로 나섰다. 주로 프랑스계 트레커들을 안내하다보니 불어를 유창하게 구사하는 수준에 이르렀다. 또 세계 각지에서 오는 트레커들이 주고받는 말들을 어깨 너머로 배워 다른 외국어 구사 능력도 늘어갔다. 하루는 NGO 단체에서 트레킹을 왔는데 그들이 하는 말을 열심히 듣게 되었다. 그리고 자기 자신도 그런 삶을 살고 싶어졌다고 고백했다. 한창 이야기에 집중하는데 그의 아내가 식사하러 오라고 하였다. 덴디는 쑥스러운 듯 자신의 이야기는 그만하고 식사하러 가자고 한다.

아이들과 함께 식탁에 둘러앉았다. "세르파 부족의 전통 음식인 릴독이랍니다."고 그의 아내가 말했다. 릴독은 순수 감자로 만든 음식인데 우리의 수제비와 비슷해 보였다. 이 음식을 먹으면 겨울에 추위를 덜 탄단다. 세르파 족과 한 식탁에서 식사를 하고 나니 한결 그들과 가까운 사이가 되어 있었다.

쿠킹 스토브

덴디와 룸비니로 가는 경비행기를 탔다. 승객이 다 찰 때까지 기다려야 하는 완행 비행기였다. 한참 지나서 룸비니 공항에 내려 차량으로 갈아타고 카필바스투로 향했다. 카필바스투는 한창 더울 때는 기온이 45도까지 올라간다. 덴디는 예전에 현장답사를 왔다가 탈진해서 쓰러진 적이 있다고 했다. 체력이 아주 뛰어난 트레킹 전문 가이드가 쓰러질 정도라니 얼마나 더운 곳인지 짐작이 가고도 남는다.

목적지인 트리팔룽가 마을로 향하다가 중간 지점에서 강을 만났다. 렌터카 기사는 더 이상 차로는 건널 수 없다고 한다. 물의 깊이가 무릎까지 차서 바지를 걷어 올린 후 강을 건너야 했다.

우리는 CDCA와 연대하여 카필바스투 지역에서 여성 평생 아카데미 외에 재봉 기술 교육 및 쿠킹 스토브 제작 프로그램을 진행하고 있다. 현장 책임자인 악스만 씨가 마중을 나와 현지 상황을 다음과 같이 브리핑해 주었다.

"찬드라우타에 사는 사람들은 가난에서 벗어나려고 애쓰고 있습니다. 주민 거의가 원래부터 이 지역에 살던 사람이 아닙니다. 수년 전 히말라야 쪽에서 이주해 왔습니다. 그곳은 워낙 열악하여 새로운 삶의 터전을 찾아다니다가 주인 없는 이 마을에 정착하게 되었지요. 그곳이 여기 찬드라우타입니다."

사람들은 강물을 퍼서 식수로 사용했다. 그러자 피부병과 수인성 전염병이 마을에 곧잘 퍼졌다. 그보다 더 큰 문제는 날씨가 춥지도 않은데 여성들이 잔기침을 해 댔다. 이유는 음식을 조리하면서 생기는 연기가 제

때 배출돼야 하는데 집 구조가 연기를 밖으로 배출시키지 못하고 계속 부엌에 머물러 있어서 생긴 현상이었다. 조리하는 과정에서 나오는 연기를 만성적으로 들이마시게 되니 호흡기 질환에 걸리게 되었다. 일부 여성은 합병증으로 사망하는 경우도 생겨났다.

미국의 힐러리 클린턴은 제3세계 여성들의 건강 캠페인으로 '클린 쿡 스토브' 운동을 벌인 바 있다. 클린턴 이니시어티브에 참석하여 "전 세계 200만 명의 여성들이 매년 조악한 화덕과 연관된 질병으로 사망하고 있고, 화덕으로 인한 공기 오염은 개발도상국 여성들의 건강을 해치는 5대 원인 중 하나"라고 주장하며 가난한 여성들에게 친환경적인 화덕을 공급하자고 제안했다.

집을 보니 처마가 지면 가까이 내려와 고개를 90도로 숙이고 집 안으로 들어가야 했다. 채광이 되지 않아 낮인데도 방은 어두침침했고, 부엌은 크기가 작을 뿐더러 공기 순환이 안 되는 매우 불편한 구조였다. 이런 현실을 조사한 후 우리는 개량형 쿠킹 스토브 설치 사업을 추진했다. 화덕 설치 비용의 3분의 2는 한끼의식사기금에서 부담하고, 나머지 3분의 1은 주민이 내도록 했다. 작업 과정에서 기술을 요하는 부분은 전문가를 불러 일을 시켰다. 사후관리는 악스만 씨를 통해 로컬 NGO의 기술자들이 책임지고 맡을 수 있게 했다.

새 쿠킹 스토브는 버너가 두 개 달린 형태로 제작해서 동시에 두 가지 음식을 조리할 수 있게 했고, 연기는 스토브와 굴뚝 사이에 배관을 설치해서 집 안에 머물지 않고 즉시 밖으로 빠져나가도록 했다.

내가 "기존의 화덕과 비교해서 어떤 좋은 점이 있나요?"라고 물으니 악스만 씨는 "실내 매연이 최대 90퍼센트까지 줄어들었습니다. 조리할 때 땔감 소비도 반으로 줄었습니다."라고 말한다.

쿠킹 스토브를 설치한 몇몇 집을 방문했다. 푼이라는 여성은 "새로 화덕을 설치하고 나니 늘 연기 때문에 눈이 아팠는데 이제 그런 증상이 없어졌습니다. 또 천장에 그을음이 생기지 않고 부엌이 깨끗해 졌습니다."라고 했다. 수니타라는 여성은 "아이들의 두통이 없어졌습니다. 저도 요리할 때 연기 냄새를 피할 수 있어 좋아요. 새로 화덕을 설치하니 청결해서 좋고 불이 날 위험도 없어졌습니다."라고 말했다. 시타라는 여성은 "기침을 계속했는데 이제 없어졌어요."라고 말한다.

덴디 세르파가 말하는 파라다이스

2013년의 일이다. 나는 CDCA의 장애아 한 명을 열심히 찾았다.

"프라딮 구룽은 어디 있나요?"

"아직 학교에서 돌아오지 않았어요."

"언제 돌아옵니까?"

"수업은 끝난 시간인데 학교에서 놀고 있나 봐요."

프라딮을 찾은 이유는 그가 어릴 때 심한 화상을 입어 손가락이 펴 지지 않는 장애를 가지고 있었으나 우리 단체의 도움으로 재활수술을 받아 상태가 어떤지 보고 싶었다. 덴디와 함께 그가 다니는 공립학교로 갔다. "프라딮!" 소리쳐 부르자 담벼락에 기대 서 있던 한 아이가 이쪽으로 쳐다보았다. 예의 낯익은 얼굴이다. 이전보다 제법 키가 커졌다. 아이들은 옥수수처럼 빨리 자란다. 프라딮은 바네파에 있는 HRDC 병원에서 두

번에 걸쳐 수술을 받았다. 나를 보며 싱긋 웃는 아이의 모습이 순박하다.

"열심히 장난치며 노는 아이예요."

"공부는 잘하고요?"

"물론이죠. 베리 엑설런트합니다."라고 덴디가 말했다.

날씨가 좋고 선선한 바람이 불어와 학교 벤치에 앉아 나는 덴디와 이런 저런 이야기를 하게 되었다. 그는 늘 소지하고 다니던 작은 가방에서 글귀가 적힌 메모지를 꺼내 내게 주었다. 평소 자신이 해 오던 생각이란다.

'우리는 지구라는 행성에 태어날 때 빈손으로 왔다. 이 행성을 떠날 때도 빈손으로 떠나게 된다. 따라서 이 세상에 있을 때 잘 해야 한다. 누구에게나 파라다이스가 있다. 파라다이스는 천국이다. 나는 현재 이 자리에서 좋은 일을 많이 할수록 파라다이스에 빨리 도달할 수 있다고 믿는다. 어려운 사람들을 도와주는 일은 나의 파라다이스에 가장 빨리 도달하는 길이다.'

그의 글을 읽으면서 좀 더 증진하는 삶을 살아야겠다는 생각을 했다. 이전에 그가 페이스북에 올린 네팔어 문장이 생각나서 영어로 적어 달라고 부탁했다. 그는 순간적으로 당황스러워 했다. 잠시 후 "사실 저는 글을 쓸 줄 모릅니다." "왓?" 지금껏 나에게 보낸 메일들은 누가 써서 보냈단 말인가. "그동안 여러 번 이메일을 받았는데?" 그가 사실을 고백했다. "내 옆에는 항상 친구가 있어요. 메일을 보낼 때 내가 말을 하면 그 친구가 영어로 적었어요. 내가 쓸 줄은 몰라도 읽을 줄은 알거든요."

놀랍다. 그동안 덴디 세르파의 메일을 여러 번 받았지만 한 번도 그가 쓰지 않았다고 의심해 본 적이 없었다. 글의 내용에 전혀 하자가 없고 맞지 않는 설명이 없었기 때문이다.

덴디 세르파는 불어뿐 아니라 영어와 중국어도 수준급으로 구사한다. 하지만 학교라고는 문턱에도 가 보지 못했다. 일자 무식꾼이 사회와 나라의 발전을 위한 훌륭한 비전을 말하는 것 자체가 놀랍다. 그는 자신의 배우지 못한 설움을 누구보다 잘 알기에 CDCA의 아이들에게 꾸짖어가며 학교에 보내고 있다. 그는 "우리가 다음에 만날 때 그때는 간단한 글은 직접 쓸 수 있도록 하겠습니다."라고 말한다. 참으로 대단한 사람이다.

버드 스트라이크

귀국하던 날 저녁 덴디의 아내는 세르파 족 전통 음식을 만들어서 가져왔다. 이번에는 릴독이 아닌 비타민과 미네랄 성분이 풍부한 음식이었다. 나는 든든하게 먹고 야간 비행기에 탑승했다. 좌석에 앉자마자 피곤이 몰려와 한숨 자고 눈을 떴는데 비행기는 지상에 있었다. 기내 방송에서 '버드 스트라이크'가 발생했다며 기다려 달라고 한다.

버드 스트라이크란 새가 항공기 엔진과 충돌하여 기체에 이상이 발생한 상태를 말한다. 한참 후 다시 기내 방송이 나오더니 비행기가 이륙할 수 없다는 것이었다. 새벽 3시가 가까워지고 있는데 재입국 수속을 밟으란다. 탑승객들은 항공사에서 지정해 준 호텔로 흩어졌다. 나는 하얏트 리젠시 호텔을 배정받았다. 항공사 직원은 곧 비행기 정비가 끝날 테니 몇 시간만 쉬고 있으라는 말로 안심시켰다. 그 말을 믿고 느긋하게 기

우리는 모두 같은 꿈이 있습니다

장애 아동들을 위한 CDCA센터 파티에서 덴디 세르파와 함께 케이크 커팅하는 필자.

다렸지만 시간이 가도 기별이 없었다. 열 시간이 지나고 하루가 지났다. 항공사 측에서는 엔진 부품을 인도의 델리에서 가져와서 교체를 해야 하기 때문에 얼마나 걸릴지 장담할 수 없다고만 말했다.

귀국하면 곧바로 환자 진료를 해야 하는데 난감한 상황이 아닐 수 없다. 승객들의 항의가 빗발치자 견디다 못한 항공사는 전화를 아예 꺼 버렸다. 호텔방에서 우두커니 밖만 내다보는 신세가 돼 버렸다. 결국 항공기의 엔진 정비가 끝나고 재탑승하기까지 무려 마흔 시간 넘게 호텔방에 갇혀 있어야 했다.

이 정도 되면 하얏트 리젠시는 특급 호텔이 아니라 창살 없는 감옥이었다. 무료로 제공되는 호텔 뷔페 음식이 처음 한두 끼는 맛이 있었다. 하지만 식사 횟수가 거듭되자 떠나고 싶은 마음뿐이고 음식은 아무 맛을 느낄 수 없었다. 나중에는 식사를 건너뛰기도 했다.

다시 탑승한 비행기에서 또다시 문제가 발생했다. 비행기가 곧 이륙하려는데 승무원들이 뒤쪽으로 급히 달려갔다. 기내에 반입할 수 없는 물건들이 실렸다는 정보가 들어온 것이었다. 물건을 실은 승객들에게 기내에서 내리라고 하자 그들은 못 내린다고 저항했다. 말투로 보아 중국인들이었다. 공항경찰이 기내에 진입하고 소동은 일단락됐다.

우여곡절 끝에 카트만두 공항을 떠난 항공기는 밤 10시가 넘어 홍콩 공항에 도착했지만 연결 편 항공기가 없어 다음날 새벽까지 공항에서 대기해야 했다. 여행용 트렁크를 끌고 병원에 나타나니 진료를 기다리던 환자들이 "선생님, 어디 갔다 오시나 봐요."라며 반갑게 맞아주었다. 멀고도 먼 하늘길이었다.

네팔 대지진
구호 활동

대지진

'얼기설기 엉켜 붙어 있는 건물들이 조그만 자극에도 폭삭 내려앉을 것만 같은 느낌이 든다. 세계의 도시 중 카트만두는 지진 취약 상태를 평가한 연구 보고서에서 가장 위험한 곳으로 꼽혔다. 카트만두여! 부디 안녕하기를…'

위 글은 2011년 카트만두를 다녀오면서 남긴 나의 방문기 중에 나오는 구절이다. 유감스럽게도 예감이 들어맞고 말았다. 2015년 4월 25일 토요일 오후 나는 이웃집에서 느긋하게 원두커피를 마시고 있었다. 그 시각 지구의 지붕 히말라야에서 아비규환이 벌어졌다. 카트만두는 엄청난 굉음이 일면서 순식간에 건물들이 무너져 내렸다. 많은 사람들이 죽고 건물 속에 매몰되었다. 겨우 밖으로 빠져나온 사람들은 방향 감각을 잃고 우왕좌왕했다. 계속되는 여진은 사람들을 극도의 공포 속에 빠뜨렸다. 조금만 소리가 크게 들려도 혼비백산하여 사방으로 도망치곤 했다.

대지진이 휩쓸고 간 산간 마을에는 폐허와 절망만을 남았다. 지진 진앙지 고르카의 일부 마을은 전체가 폭삭 내려앉아 돌무더기로 변했다. 어떤 곳은 마을이 통째로 지도상에서 사라진 곳도 있다. CDCA 장애아 중 고르카가 고향인 마일라 갈래, 미나 그룽, 프라딥 그룽, 아이타람 그룽, 사리타 갈래는 산사태로 집을 모두 잃었고 일부는 가족마저 사망했다.

고르카. 프리트비 나라얀 샤허 왕의 본거지인 그곳은 몇 해 전 내가 방문했던 곳이 아니던가. 히말라야 설산이 눈앞에 바라보이는 세인트 조셉 학교를 방문해서 데니스 교장 선생님으로부터 점심식사를 대접받았고 아이들의 공부하는 모습을 견학하고, 또 그들과 축구를 하며 함께 놀았던 일을 잊지 않고 있다. 큰 눈망울을 가졌던 그 많은 아이들의 생사 여부를 확인할 길이 없어 안타깝기만 하다.

네팔 대지진은 리히터 규모 7.8의 강진으로 9,000여 명의 사망자와 2만 2,000명의 부상자가 발생했다. 이재민 수가 80만 명이 넘었는데 한 달 이상 수백 차례의 여진이 발생했다. 완전히 붕괴된 주택 수가 대략 30만 채, 부분 파손된 주택 수가 약 27만 채로 나타났는데 이는 네팔 전체 주택의 10퍼센트에 해당하는 수치다.

덴디 세르파의 구조 활동

카투만두 일부에서도 건물 잔해들로 인해 전날까지 다녔던 길들이 막혀 버렸고, 빈터와 운동장에는 텐트들이 들어차서 도시는 전혀 다른 모습으로 변해 버렸다. 지진 발생 이튿날부터 우리의 네팔사업은 구조 활동으로 바뀌었다. 사무국 담당자는 CDCA의 덴디 세르파와 수시로 접촉하며 나에게 상황을 보고했다.

"덴디의 보고에 의하면 계속되는 여진으로 사람들이 집으로 돌아가지 못하고 거리에서 텐트를 치고 지내거나 그것도 없는 사람들은 노숙을 하고 있대요. 비까지 수시로 쏟아지고 있어 현지는 생지옥이랍니다."

답답한 심정으로 듣고 있다가 덴디와 직접 전화 통화를 시도했다.

"덴디, 현지 상황은 어떻습니까?"

"흙바람이 불고 있어 눈을 뜰 수 없습니다. 마스크를 쓰고 있지만 금방 누렇게 변해요."

"CDCA 건물은 안전한가요? 장애아들이 걱정인데 어떻게 지내고 있나요?"

"CDCA 건물은 붕괴되지 않아 집 안에 있던 아이들은 괜찮습니다. 하지만 여진이 계속돼서 운동장에 텐트를 치고 지내고 있습니다. 카판에서만 수백명 이상이 목숨을 잃었습니다."

참담한 가운데서 덴디는 침착하게 자신이 해야 할 일을 꿰뚫고 있었다. 지진은 삶의 모습을 완전히 바꿔 놓았다. 지진 발생 나흘이 지나도록 전기와 물 공급은 이루어지지 않고 있었다. 네팔 정부는 구호 물자를 이재민들에게 나누어 주고 있다고 발표했지만 실제로 받은 사람은 거의 없었다. 시민들은 폭발했다. 한 시민은 "네팔에는 자칭 정치 지도자가 많이 있지만 진정으로 국민을 위해서 일하는 지도자는 없다! 오직 자신의 부와 명성을 채우기 위해서 움직일 뿐이다."라며 불만을 표출했다.

세계 각국에서 구조대를 현장에 파견했다. 그러나 현장에는 장비가 절대적으로 부족하여 발만 동동 구르는 상황이 벌어졌다. 봉사자들은 한 사람의 생명이라도 더 구하기 위해 맨손으로 인간 띠를 엮어 구조 작업을 벌였다. 호주의 한 봉사자는 "내 몸은 기계적으로 생명을 구하려고 뛰어다니지만 정말 절망적입니다."라며 안타까워했다.

한끼의식사기금은 덴디 세르파에게 긴급 구호 자금을 보내 긴급 조치를 취하도록 했다. 그는 즉각 구호팀을 만들어 피해자들부터 돌보기 시작했다. 생존에 가장 필요한 물과 비상식량, 응급의약품을 우선적으로 확보했다. 방수포와 담요 등도 제공했다.

인도인이 장악하고 있는 카트만두의 큰 마켓은 지진 발생 이후 인도 정부가 자국민들을 철수시켜 문이 굳게 닫혔고, 네팔인 상점들도 제대로 장사가 이루어지지 않았다. 그렇지만 덴디 세르파는 뛰어난 친화력으로 여러 사람들과 인맥을 구축하고 있어 필요한 물품들을 구할 수 있었다. 다른 사람이라면 절대로 구할 수 없는 것들도 척척 구해 왔다.

긴급 구호 활동의 1차 목표는 인명을 살리는 일이다. 심각한 위험에 처해 있는 사람들에게 신속하게 접근하여 안정된 환경을 만들어 주어야 한다. 때로 애타는 마음 때문에 전문가들도 난관에 봉착할 수 있다. 구조 요원들이 동분서주하며 구호 물품을 이재민들에게 나누어 준다. 하지만 수요 예측이 잘못되어 구호물자가 부족하게 되면 군중으로부터 거센 항의를 받고, 경우에 따라 신변을 위협 받기도 한다. 도로가 끊어진 오지에서는 몇 시간씩 걸어 들어가서 구호품을 전달해야 한다. 가장 큰 문제는 제때 구호품이 도착하지 못하면 치명적인 피해가 발생하게 된다는 점이다. 덴디 세르파는 긴급 구호 리스트를 작성하여 즉각적으로 해결해 나갔다. 가격이 몇 배나 폭등하는 가운데서도 비상 발전기를 구입하여 오염되지 않은 지하수를 확보해 나갔고, 그 와중에 장애아들을 위한 영양식도 조리해 냈다. 노숙 상태의 주민 수 천 명에게 깨끗한 식수도 제공할 수 있었다.

CDCA가 위치한 카판 지역이 어느 정도 안정을 찾아가자 덴디 세르파는 오지 마을의 피해자들을 걱정하기 시작했다. 그곳은 카트만두보다 훨씬 상황이 심각했다. 가장 큰 피해를 입은 지역은 고르카, 랑탕, 신두팔촉 지역이었다. 우기가 시작되고 있어 산사태가 나면서 상황은 더 어려운 지경으로 빠졌다. 전문 트레킹 가이드 실력을 발휘하며 덴디는 끊어진 길을 만나면 길을 만들어 가며 파괴된 산간 오지 마을로 들어갔다. 폐허로 변한 현장을 살펴보고 카트만두로 돌아온 덴디 세르파는 나와 대책을 논의했다.

"붕괴된 집들에는 쓰레기와 사망자가 널려 있습니다. 비가 내리면 부패된 시신과 빗물이 섞여 악취는 물론이고 전염병이 돌 우려가 매우 높습니다."

"생존자들을 위해 당장 서둘러야 할 일들이 무엇인가요?"

"생존자들을 위한 임시 거주 공간과 위생시설입니다."

그러나 네팔 전역에서 대피용 텐트는 동이 나서 전혀 구할 수 없었다. 외국으로부터 들어오는 구호용 텐트를 정부에서 나누어 준다고 하지만 덴디가 돌아본 지진 진앙지에 가까운 피해 주민들은 어느 누구도 받은 적이 없다고 했다. 덴디가 나름 자신의 아이디어를 제안했다.

"텐트 대용으로 얇은 양철판을 아치형으로 구부리면 대피용 막사로 사용할 수 있을 것 같습니다."

그렇다. 거처할 공간을 신속히 마련해 주지 않으면 연약한 순서대로 생존이 어려워질 것이다. 우리는 즉시 필요한 자금을 현지에 보내어 임시 주택 지원 활동을 펼쳤다.

지속적인 희망과 용기를

네팔에는 60여 종족들이 모여 산다. 카트만두 분지를 중심으로 네왈족이 분포되어 있다. 에베레스트 지역에는 셀파 족이 있고, 동쪽에는 몽골 계통의 부족들이 모여 살고 있다. 중서부에는 머걸 족과 구룽 족, 떠라이 지방에는 타루 족 등이 분포되어 있다. 이들은 같은 종족끼리 결혼하는 습성 때문에 서로 고유한 삶의 방식을 지켜가고 있다. 법적으로 폐지된 카스트 제도는 아직도 생활 깊숙이 남아 있어 높은 계층 출신은 낮은 계층 사람이 만든 옷이나 음식은 입지고 먹지도 않는다. 그렇지만 부족들은 대체로 평화를 유지하며 공존하고 있는 것은 힌두교라는 종교가 구심점 역할을 하기 때문이 아닌가 여겨진다.

대지진으로 인해 오순도순 살아왔던 사람들이 한순간에 모든 것을 잃어버리고 절망에 빠졌다. 5,000여 개의 크고 작은 학교가 파괴돼 아이들의 교육에 치명적인 악영향을 미치고 있다. 긴급 구호 활동 기간이 끝나면 대부분의 국제사회 단체나 NGO들은 떠나간다. 하지만 그때부터가 더 문제다. 네팔 지진의 경우 재난 전문가들은 완전 복구에는 십 년 가까이 걸릴지 모른다고 한다. 사람은 꿈을 놓치지 않을 때 절망에서 헤

우리는 모두 같은 꿈이 있습니다

어날 수 있다. 그리고 인간의 존엄성도 회복 가능한 것이다.

지진 피해 복구 과정을 뇌손상에 빠진 환자에 비유해 볼 수 있다. 교통사고로 인한 뇌출혈로 혼수상태에 빠진 환자가 응급실에 도착하면 즉시 CT 등 각종 검사를 한 후 응급 수술을 받는다. 이어 위험한 상황을 넘길 때까지 중환자실에 머물다가 안정 상태에 도달하면 일반병실로 옮겨와 필요한 치료를 받는다. 그리고 마지막에는 마비된 신체 부위에 대한 재활 치료를 장기간에 걸쳐 받게 된다.

지진으로 인한 피해 복구도 비슷하다. 응급실에 도착하여 수술까지가 긴급 구호 단계이고, 중환자실에서의 안정 기간은 핵심 주거시설과 교육시설 등을 복구하는 단계이고, 일반병실 및 재활기간은 도시 기능 전반을 회복시켜 나가는 단계에 해당한다. 국제사회는 긴급 구호 단계가 지나면 관심이 식어간다. 재해 당사국과 국민들이 최선을 다해서 근본적인 복구를 해 나가는 것이 맞지만 저개발국일수록 스스로 재기하기는 정말 힘이 든다. 긴급 구호 활동만 지원하고 중단하는 것은 뇌손상 환자에게 수술만 받게 하고 후유증에 대한 재활 치료를 하지 않는 것과 같다고 여겨진다.

임시 주택 지원 프로그램이 끝나자 우리는 피해자들의 주택 복구 지원 단계에 들어갔다. 덴디 세르파 등이 피해 지역 여러 곳을 조사한 후 고르카의 투미 마을을 선택했다. 그곳은 도로변에서 일곱 시간을 걸어야 도착할 수 있는 산간의 전통 농촌 마을이다. 아주 오지다 보니 타 기관의 손길이 전혀 미치지 못했다. 우리는 투미 마을의 약 70세대에 대해 아연 도금강판을 주요 부분에 넣어 향후 20~30년은 튼튼하게 버틸 수 있도록 건축을 해 나갔다. 많은 예산이 들어가므로 우리 단체 단독으로 추진하기에는 역부족이었다. 평소 물심양면으로 지원을 아끼지 않는 대한전문건설협회 부산시광역시회의 김병철 회장님 일행과 함께 캠페인에 들어갔다. 또 온라인 및 오프라인 네트워크를 가동하여 여러 기업들의 동참을 호소하고 또 부산 벡스코에서는 모금 활동도 벌였다.

지구는 갈수록 예상치 못하는 대형 재난에 직면할 가능성이 높다. 네팔 대지진뿐 아니라 언제 어떤 재앙이 닥칠지 모른다. 이전부터 우리 단체는 인도네시아의 메라피화산 폭발로 인하여 피해를 입은 사람들과 족자카르타 지진으로 인한 피해자들을 위한 프로그램도 연중 지속적으로 진행해 나가고 있다.

지구촌은 하나의 운명 공동체이다. 어느 지역에서 재난이 발생하면 그건 남의 일이 아니다. 텔레비전을 켜면 곧바로 뉴스 특보로 나온다. 또 그런 일이 우리에게도 닥치지 말라는 법이 없다. 개개인은 미약한 힘일지라도 십시일반 모두가 힘을 모으면 큰 도움이 된다. 우리 국민들은 글로벌 의식을 가지고 고통 받는 이들을 좀 더 적극적으로 보듬어 주어야 한다.

네팔
의료 봉사 활동

의료 캠프 준비

카트만두에서 우리 단체의 프로그램을 물심양면으로 돕고 있던 김지나 활동가가 나에게 메일을 보내왔다.

10여 년 동안 내전을 겪었던지라 시골에서 올라온 많은 사람들이 도시 빈민이 되어, 시골에서 농사짓는 사람보다 더 어려운 생활을 하는 경우가 많습니다. 시골에서 갓 올라온 아이들은 삐쩍 말라갑니다. 그 아이들에게 구충제를 먹이고 몇 달이 지나면 살이 통통하게 오르고 뽀얗게 됩니다. 한국에서 지인이 여기에 온다고 하면 구충제가 좋은 선물이라고, 가져다달라고 부탁드립니다. 가끔 의료 봉사 오는 팀이 있으면 요청하기도 하고요. 히말라야 트레킹 중에 만나는 시골 여자 아이들은 자기 몸의 몇 배나 되는 나무 짐을 해서 물소 여물을 먹입니다. 당연히 학교는 1년에 몇 번 가지도 못하고요. 제가 트레킹 중에 만났던, 정말 의료 상태가 심각했던 곳은 네팔 서쪽 마나슬루 지역이었습니다. 트레킹 8일 중 병원 한 곳, 의사 한 명 없었고, 온 몸이 곪고 상처투성이인 사람들이 처음 보는 저희 부부에게 몸이 보여 주며 고쳐 달라고 애원하여 정말 안타깝고 난감했습니다. 제가 본 지역이 그 정도이고 실제 네팔 산간 마을에는 의료의 손길이 절대적으로 모자라 병에 걸리면 사흘을 걸어 내려와야 하고 그러다 보면 절반은 길에서 죽는다고도 합니다. 시골로 가면 정말 열악합니다.

그녀의 글을 읽고 미루고 있던 2차 해외봉사단을 꾸리기로 정했다. 이번에는 네팔이다. 2년 전 캄보디아에서의 경험을 바탕으로 네팔 의료봉사를 준비했다. 이번 봉사단에는 한방진료팀도 포함했다. 의료진 여섯

네팔의 오지 마을을 찾아 의료 봉사활동에 나선 의료진.

명을 포함하여 총 16명으로 봉사단을 꾸려 현지로 출발했다. 의료봉사 활동을 준비하면서 진료지역에 대해서 김지나 활동가와 여러 번 논의했다. 해마다 여름이면 여러 NGO와 종교 단체들이 네팔에 의료봉사를 가지만 히말라야 관광을 겸하는 경우가 많다. 우리는 볼런투어리즘 스타일보다 순수 의료봉사활동에 초점을 맞추기로 했다. 주요 진료대상지는 카트만두의 고다와리와 시골 오지인 자파으로 결정하였다. 고다와리는 진료소가 있어 여건이 아주 좋지만 자파는 인도 국경에 인접한 지역으로 찾아가기가 만만찮았다. 하지만 역설적으로 말하면 험하고 오지일수록 우리의 손길을 기다리는 사람들이 더 많을 것이다. 그만큼 고생한 노력이 더 큰 보람으로 다가올 수 있는 곳이다. 현실적으로 카트만두에서 자파까지 가려면 버스로 무려 스무 시간이 걸리는 곳이어서 비행기로 이동할 수밖에 없었다.

산띠라니 삼살 클리닉

고다와리에는 '산띠라니 삼살' 진료소가 있다. 한끼의식사기금과 죠셉 수녀회는 종교적 관계가 아닌 인도주의 차원에서 가난한 네팔인들을 위한 클리닉을 공동으로 운영하고 있다. '산띠라니'는 지역명이다. 이 진료소가 만들어지기까지 누구보다 수고를 한 사람이 김지나 활동가다. 그녀는 카트만두의 여러 클리닉을 견학하면서 관계자들에게 많은 조언을 구했다. 한때는 카트만두 변두리 쪽에 도시빈민을 위한 진료소를 구상했으나 위험성이 높아 포기해야 했고, 히말라야 트레킹의 출발지 포카라 쪽에도 진료소 개설을 시도했으나 여건이 맞지 않아 역시 포기했다.

일이 잘 풀리지 않자 의기소침해진 그녀에게 나는 격려의 전화를 했다. "그동안 네팔에 살면서 NGO들이 시골에서 여러 프로젝트를 진행하는 것을 보았지요. 지을 때는 관심을 받았지만 몇 년 지나지 않아 건물이 창고로 변해 버려요. 우리는 그렇게 되지 말아야지요. 조금만 더 끈기를 가지고 추진해 봅시다."

내 말에 전적으로 동감을 표하며 김지나 활동가는 조건이 맞는 곳을 계속 찾아 다녔다. 나는 구호단체의 대표이면서 직업이 의사다 보니 의료분야에 관심을 쏟는 것은 당연하겠으나 비전문가인 그녀가 진료소 개설에 적극적인 것은 무슨 까닭일까?

나름 애환이 있었는데 그녀의 모친이 네팔에 와서 불의에 돌아가셨다고 한다.

"어머니께서 쓰러지셨을 때 마침 남편이 객지에 나가고 없었던 터라 제 혼자서 정신없이 병원으로 모셔야 했어요. 막상 응급실에 도착하니 빈 침대가 없어 땅바닥에 그냥 뉘이라는 것이었어요. 중환자라고 소리쳐 봤지만 아무 소용이 없었어요. 겨우 들 것을 구해와 어머니를 눕혔어요. 전쟁영화에 나오는 야전병원 같은 느낌 그대로였어요. 그나마 외국인 환자라고 어렵사리 침대 하나를 비워주는데, 선풍기조차 없어 등에서는 비 오듯 땀이 쏟아졌어요. 벽에는 파리 여러 마리가 붙어 있었고 바닥 구석에는 바퀴벌레가 기어 다녔어요. 상황은 너무나 절망적이었어요." 라고 말하며 그녀는 그때를 회상한다. 극도의 혼란 속에 어머니를 중환자에 입원시키고 얼마나 많이 울었는지 모른다.

"보호자 대기실이 따로 없어 저는 병원 복도에서 신문지를 깔고 무작

네팔 산띠라니 삼살 클리닉 담장에는 희망에 대한 비전이 한글로 적혀 있다.

정 부를 때까지 기다려야만 했어요. 어머니는 급히 수혈을 받아야 했지만 병원에 혈액이 없어 피를 구하러 카트만두 시내 적십자사 등을 뒤지고 다녀야 했던 일은 차마 잊을 수가 없어요."

고통의 절규 속에 모친을 떠나보내야 했던 상처 때문에 그녀는 질병으로 고통 받는 이들을 위한 진료소 개설에 자신의 일을 제쳐두고서 나서게 되었다.

어느 날 죠셉 수녀회의 관구장이 카트만두를 방문하게 되었다. 전부터 친분이 있던 김지나 활동가가 관구장인 안나 수녀님께 진료소 개설에 관한 제안을 드렸더니 "우리도 클리닉이 필요합니다. 어디 한번 이야기를 들어 볼까요."라는 말로 인연을 맺게 되었다. 그리하여 클리닉 개설에 합의하고 역할 분담을 정했다. 한끼의식사기금에서 사업방향과 예산을 맡고, 수녀회 측에서 의사와 간호사 등 인력부분을 맡기로 정했다.

고다와리 진료

진료소에는 7월의 따가운 햇살이 쏟아지는 가운데 이른 아침부터 진료를 받기 위해 사람들이 길게 줄을 서 있다. 마을 곳곳에 한국에서 진료팀이 온다는 포스터가 붙어 있었다. 전날 진료를 위한 세팅을 미리 해 놓은 덕분에 곧바로 진료에 들어갈 수 있었다. 몰려드는 환자들로 인해 발 디딜 틈이 없었다. 산띠라니 삼살 클리닉의 현지인 의사까지 합류했다. 닥터 라집은 매주 토요일마다 주변 마을에서 찾아오는 환자들을 진료해주고 있었다. 그는 외모가 영화배우 톰 크루즈를 능가할 정도로 미남이어서 여성들에게 인기가 대단했다.

질병은 조기에 진단해서 치료해야 비용과 후유증도 덜하다. 안타깝게도 현실은 반대이다. 가난한 사람들은 돈이 없어 견디기 어려운 지경에 이르면 어쩔 수 없이 치료를 받게 되니 병은 이미 심각한 상태에 와 있다. 우리 의료 캠프에서도 그런 경우가 허다했다. 중년의 남성이 아내를 부축하고 진료를 받으러 왔는데 여성은 제대로 서 있지 못하고 땅바닥에 쓰러져 버렸다. 얼굴은 창백하고 숨길이 가빴다. 그녀는 병원에서 치료를 받은 기록을 손에 쥐고 있었다. 비뇨생식기 결핵, 신장염, 빈혈이 나와 있었다. 즉시 입원시키는 게 좋겠다고 말하자 남편의 표정이 어두워졌다. 얼마 안 되는 돈이지만 그동안 아내의 치료비로 다 썼기 때문에 수중에는 한 푼도 없다는 것이었다.

우리는 모두 같은 꿈이 있습니다

어떤 남자아이는 한쪽 청력을 상실했고, 다른 쪽 귀마저 청력이 떨어지는 가운데 진물을 흘리고 역겨운 냄새까지 풍겼다. 어린 나이에 청력을 상실하면 남은 인생을 얼마나 힘겹게 보내야 할까. 어떻게 해서든 아이의 불행을 막아 주고 싶었다. 우리 의료팀의 능력으로는 아이를 치료할 방도가 없어 현지 병원으로 보내기로 결정했다.

이틀간의 고다와리 의료봉사활동을 통하여 모두 11명의 환자를 현지 병원에 입원시키거나 수술을 받을 수 있도록 해 주었다. 여기에 드는 치료비 일부를 우리 단체의 뜻있는 후원자들께서 기꺼이 맡아 주기로 했다. 지원 대상자를 선정하는 데 어려움이 많았다. 어떤 이들은 인정과 눈물에 호소하려고 한다. 그러면 우리의 마음도 아프다. 하지만 인정에 휘둘리면 일을 제대로 할 수 없다. 이번 의료봉사활동에서 입원 대상의 기준은 첫째, 치료비를 낼 수 없는 극빈층이고, 둘째, 병을 방치하면 곧 심각한 지경에 이를 가능성이 높은 환자들이었다.

해외 의료봉사활동의 의미

나는 해외 의료 봉사 활동을 하면서 단기간 현지에 가서 베푸는 의료행위가 얼마나 도움이 될까? 하는 생각을 여러 번 해 보았다. 만성질환을 앓고 있는 사람에게는 어찌 보면 요식 행위에 지나지 않을 수 있다. 그럼에도 많은 활동들은 가치가 있다고 판단하기에 계속 하지 않을까 싶다. 내 나름대로 해외 의료 봉사 활동이 갖는 의미를 정리해 본다.

첫째, 질병으로 고통 받는 사람들과 따뜻한 마음을 교류하는 것이다. 사람은 누구나 병이 들면 약해지고 절망에 빠진다. 가난한 사람은 몸이 아프면 남은 것이라곤 아무 것도 없기 때문에 더 절망적일 수밖에 없다. 의료 봉사 활동은 그들에게 다가가서 고통을 나누고 용기와 희망을 전하는 행위이다.

둘째, 가난한 지역에 대한 의료 봉사 활동은 전문 의약품을 적극 투여하면서 치료하기보다는 영양 결핍, 비타민 부족, 빈혈, 구충 등 기초 건강에 대해 관심을 가지고 접근하는 것이 더 효과적이다. 또 가난한 지역에서의 공통적인 문제는 열악한 환경과 오염된 물로 인한 수인성 질환들이 상존해 있다. 이와 관련된 치료제를 준비하면 큰 도움이 될 것이다.

셋째, 현지의 특성을 잘 파악하여 어떤 환자들이 많은지 미리 조사 한다면 보다 유용할 것이다. 우리 의료 봉사팀이 갔던 고다와리 지역은 산언덕에 위치해 있어 매일 가파른 곳을 오르내리는 노인들이 무릎 통증을 호소하는 경우가 많았다. 그래서 사전에 이를 인지하여 한의사 두 사람이 맞춤식 진료를 하니 만족도가 아주 높았다.

넷째, 단기간에 회복할 수 있는 외과 질환은 의료 봉사 활동의 가치를 높여 준다. 또 외상이나 감염으로 실명 위기에 놓여 있는 환자들에게 안과적인 시술이 가능하다면 의료 봉사 활동의 가치를 극대화해 준다.

다섯째, 위생 개념의 부족으로 가난한 나라의 여성들은 부인과 질환을 많이 앓고 있다. 그들은 말 못할 고통 속에서 지내야 하는데 부인과 진료를 받게 되면 큰 기쁨이 아닐 수 없다.

여섯째, 외국에서 의료 봉사단이 방문하면 아픈 사람이나 아프지도 않는 사람이나 모두 진료 캠프에 몰려드는 경우가 흔하다. 질병에 대한 인식이 부족한 그들에게 질병을 검진하는 의미가 있다.

자파 마을

자파 공항에는 모란 메모리얼 스쿨의 세바스찬 로이 교장 선생님과 그의 일행이 마중을 나왔다. 자파는 네팔 동남쪽 끝에 위치해 있다. 섭씨 40도를 오르내리는 날씨에 습도가 아주 높아 숨이 턱턱 막혔다. 순식간에 등줄기에서 땀이 흘러내린다. 마을은 온통 차 밭으로 둘러싸여 있는데 그것은 주민들 생계 수단이다. 하지만 차밭에서 하루 종일 일해도 하루 일당이 우리 돈 1,600원 정도라고 하니 정말 적은 액수다. 그렇지만 주민들에게 다른 일거리가 없다.

모란 메모리얼 스쿨은 그 지역에서 제일 좋은 학교다. 학생들은 무료로 지급받은 교복을 학교에서나 집에서나 할 것 없이 늘 입고 다닌다. 왜냐하면 그들의 유일한 옷이기 때문이다.(우리나라에도 예전에는 그랬었다) 밤에도 전기가 들어오지 않는 집이 많고, 좁은 방에서 가족이 함께 생활했다. 상처가 나도 치료하기 위해 항생제를 먹어 본 적이 없는 사람들이 대부분이었다.

마음먹기에 따라 오지 풍경은 다르게 보일 수 있다. 해가 질 무렵 차 밭에서 일을 마친 아낙네들이 집으로 돌아가는 모습을 보았는데 내 눈에는 낭만적으로 비쳤다. 밀레의 서정적인 그림을 보는 것과 같다고 할까. 실제 그들의 삶은 힘들고 팍팍하겠지만 말이다.

자파에는 본 봉사 팀이 묵을 만한 게스트 하우스가 전혀 없었다. 그도 그럴 것이 평소 외지인들이 이 마을을 방문하는 경우가 거의 없기 때문이다. 아무리 숙소를 찾아보아도 진료 지역으로부터 자동차로 최소한 한 시간은 떨어진 곳에서 겨우 한 곳을 발견할 수 있었다. 시골에서 찾아낸

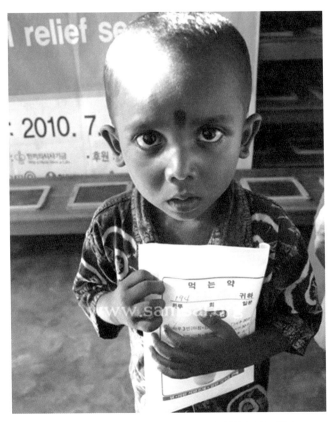

네팔 의료구호 만난 자파지역의 어린이. 우리가 처방한 약봉투가 보인다.

게스트 하우스 수준이 어떨까? 아무리 기대를 하지 않는다고 해도 너무 도가 지나쳤다. 방에는 퀴퀴한 곰팡이 냄새가 났고 문짝의 아귀가 맞지 않았다. 문을 여닫을 때는 화가 난 사람처럼 세게 당기고 또 밀쳐야 했다. 베니어판 수준의 칸막이는 전혀 방음이 안 되어 옆방에서 무슨 말을 하는지 다 들린다. 벽에 낡은 에어컨이 붙어 있긴 했으나 무용지물이다.

우리는 모두 같은 꿈이 있습니다

느릿느릿 돌아가던 선풍기가 숙소에 들어온 일행들이 동시에 틀자 전력 부족으로 비실거리더니 멈추어 버렸다. 샤워장에 들어가니 거미줄이 쳐져 있다. 하지만 악조건에서도 버틸 수 있는 이유는 봉사활동 후에 돌아오는 보람을 알고 있기 때문이다.

의료봉사활동

아침에 잠자리에서 일어나자 물을 뿌려놓은 듯 침대가 축축했다. 워낙 습도가 높은 데다 밤에도 잠을 자기 힘들 정도로 더워 땀이 젖은 탓이다. 제대로 닫히지도 않는 화장실에서 샤워를 하고 있는데 두꺼비 한 마리가 들어와 벌거벗은 나의 모습을 쳐다보고 있다.

진료 장소인 모란 메모리얼 스쿨에 도착하니 전교생들이 모여 있었다. 우리 의료 봉사 팀을 환영하기 위해 모였단다. 현지에서는 손님이 오면 이마에 티카를 칠하고 얇은 헝겊과 천으로 옷 위에 걸쳐 주는 예식을 거행한다. 학생들로부터 따뜻한 환영을 받은 우리 일행은 즐거운 마음으로 진료에 들어갔다. 그러나 문이 열리자 순식간에 북새통으로 변해 버렸다. 어린이와 노약자 우선이라는 개념도 없이 모두 자기부터 진료 받게 해 달라고 난리법석이다. 재해 피해 현장에서 서로 먼저 생필품을 받으려고 달려드는 이재민들의 모습과 조금도 다르지 않았다. 큰 일 나겠다 싶어 스무 명 단위로 진료소 안으로 들여보내니 질서가 잡혔다. 여태껏 어느 NGO에서도 찾아온 적이 없으니 그만큼 주민들의 기대가 크다는 증거였다.

아주 난처한 환자가 나타났다. 나간 라이라는 환자로 거대 음낭 수종으로 진료를 받으러 왔다. 음낭이 어찌나 큰지 의사들도 놀라지 않을 수 없었다. 그는 몸에 거대한 종을 매달고 있었다. 환자는 움직일 때마다 수종이 한쪽으로 치우치는 바람에 중심을 잡지 못하고 비틀거렸다. 이전에 주사기로 물을 빼는 등 단순 치료를 몇 차례 받은 적이 있었으나 현지 병원에서 수술을 감당할 능력이 안 된다며 인도의 큰 병원으로 가보라는 말을 들었단다. 부끄러움으로 바깥 출입을 거의 하지 않았으나 이제 부끄러움의 차원을 넘어서 일상생활을 할 수 없는 지경에 처했다. 그 환자를 보면서 생명이 위험에 처한 질병만 심각한 것이 아님을 느꼈다.

자파에서 우리 봉사팀은 하루 평균 600명 넘는 환자들을 사흘간 진료했다. 그 많은 인원들을 무사히 진료할 수 있었던 것은 교사들과 학생들의 헌신적인 자원 봉사 덕분이었다. 매일 저녁 일과가 끝나면 모두는 파김치처럼 되어갔지만 그래도 얼굴에는 미소가 번졌다.

구호 현장으로
가는 길

인도로 달리는 택시

카트만두는 분지로 둘러싸여 뿌연 스모그가 도심을 뒤덮고 있어 공기가 좋지 않은 것이 특징이지만 이 도시를 연상하면 가장 먼저 떠오르는 것은 지독한 교통체증이 아닐 수 없다. 비좁고 복잡한 도로이지만 상당수 신호등은 꺼져 있다. 신호등이 있는데도 수신호를 하고 있는 교통순경들을 자주 보았다. 처음에는 신호등이 고장 났나 보다고 여겼으나 그게 아니었다. 사람들이 신호등의 신호를 지키지 않자 정부에서 신호등 지키기 캠페인을 벌였고 그래도 개선이 안 되자 아예 신호등을 꺼 버린 것이다.

저녁식사를 하기 위해 식당으로 이동하는데 도로가 마비 상태였다. 도로공사 작업을 하던 인부가 버스에 치여 사망하자 유가족이 도로를 점거하고 농성하는 통에 가뜩이나 비좁은 도로가 완전히 차단되어 버린 것이다. 그때 일행을 태운 택시기사가 기발한 행동을 감행했다. 차 핸들을 꺾더니 갑자기 인도로 뛰어드는 것이 아닌가. 그러고는 한 손으로 유유히 핸들을 잡고 다른 손은 창밖으로 내밀어 사람들을 떠다밀며 앞으로 나아갔다. 일행은 말문이 막혀 그저 보고만 있었다. 차는 사람들 사이를 전자오락을 하듯 빠져나갔다. 운전의 달인이라는 칭호를 붙여 주어야 하나. 그래봤자 한 블록 건너가니 또 길은 꽉 막혀 있다. 이제 기사도 지쳤는지 더 이상 묘기를 부릴 생각을 하지 못했다. 그때 앰뷸런스 소리가 들려왔다. 구급차인들 무슨 재주로 그 속을 뚫고 나간단 말인가. 사이렌 소리는 이내 잦아들고 말았다. 구급차 안의 응급환자는 어떻게 되었을까? 재수가 없는 환자임에 틀림없다.

저녁식사를 마치고 나오니 도로는 상황이 완전히 바뀌었다. 얼마 전까지 아수라장이던 도로는 텅 빈 거리로 변했다. 대신 다른 대상들이 차지하고 있었으니 바로 개 떼다. 어디에서 나타났는지 도로 위를 어슬렁거렸다. 덩치가 하도 커서 갠지 늑댄지 잘 구분이 되지 않았다. 카트만두에서 택시를 타면 낡고 오래된 택시라도 부르는 게 값이다. 일행이 두 대의 택시에 나누어 타고 같은 호텔에서 내렸는데 요금이 서로 다르다. 그 차이가 두 배 가까웠다. 미터기대로 요금을 주면 되겠지 하고 탔다가는 십중팔구 바가지요금을 내게 된다.

먼지폭탄 날리는 길

오지를 다니다 보면 온갖 길을 만난다. 같은 길인데도 계절에 따라 달라진다. 건기 때는 앞서 달리던 차가 먼지폭탄을 일으키면 뒤따르는 차

우리는 모두 같은 꿈이 있습니다

는 한동안 앞이 전혀 보이지 않는 상황을 맞는다. 그러나 우기가 되면 그 자리는 곳곳에 거대한 웅덩이가 생겨 차들이 제대로 다닐 수 없게 된다. 나를 태운 차량이 물웅덩이를 통과하다가 엔진이 꺼진 적이 있다.

짐을 실은 대형 트럭이 속력을 내며 지나가면 차량 뒤쪽에는 엄청난 먼지가 일어난다. 연속으로 대형 트럭들이 지나가면 먼지폭탄의 위력은 배가 된다. 먼지 속에 갇히는 순간 공포의 전율이 올라온다. 아무 것도 보이지 않는 상황에서 맞은편 차가 달려와 들이받을 것 같은 기분이 들기 때문이다. 그 길을 매일 지나다니는 이들이 있으니 학교로 통학하는 학생들이다. 학생들은 자동차에서 뿜어져 나오는 먼지를 고스란히 뒤집어 써야 했다. 트럭이 지나가고 나면 학생들 얼굴은 회색으로 화장한 것처럼 보인다. 그 길에서는 마스크가 필수품이겠다.

언젠가 대학생 해외 봉사단을 파견하기 위해서 답사 목적으로 시엠립 주 시골길을 달리고 있었다. 폭우로 도로가 유실된 줄 모르고 속도를 내다가 하마터면 강 속으로 달려 들어갈 뻔했다. 급제동한 후 앞을 내다보니 아스팔트가 끊겨 있었다. 휴! 아찔한 위기의 순간을 운 좋게 모면했다. 이제 어쩌나 목적지가 얼마 남지 않았는데. 우회해서 가면 현지 관계자들과의 약속 시간이 훨씬 지나 있을 텐데. 유실된 도로의 길이가 얼마 되지 않았다. 일행 중 누군가가 임시 다리를 놓아 보자고 제안했다. 실제로 가능할 것 같아 보였다. 우리는 공병대처럼 나무를 구해다가 가교를 만들기 시작했다. 지나가는 행인들에게 도움을 청하니 기꺼이 도와주었다. 마침내 자동차가 통과할 수 있었고 마을로 들어가려던 트랙터 한 대도 통과할 수 있었다.

길 중에는 고약한 길도 있다. 캄보디아의 도로 사정이 안 좋은 것을 나는 진작부터 알고 있다. 그런데 사람들이 일부러 도로를 훼손시켜 놓는 경우가 있다. 우리 일행이 탄 차가 덫에 걸려든 적이 있었다. 부분적으로 파손된 도로를 더 깊게 틈이 벌어지도록 파 놓아 차량의 바퀴가 그 속에 빠져 헤어나지 못하게 만들어 놓은 것이었다. 사람들이 태연히 널빤지를 가지고 와서 차가 지나가게 해준 후 돈을 요구했다. 낌새를 알아 차렸지만 수고비를 안 줄 수도 없는 노릇이었다.

제2차 세계대전 때 출고된 차량

'거무'는 사이클론 나르기스가 덮쳤을 때 큰 피해를 입었던 지역 가운데 한 곳이다. 방콕 포콜라레 센터 책임자인 헬레나와 함께 미얀마 이라와디 델타 지역으로 현장 모니터링을 가는 중이었다. 봉고차가 더 이상 들어갈 수 없는 곳까지 왔다. 현지 안내인은 지금부터는 튼튼한 트럭으로 갈아타야 한다고 목에 힘을 준다. 미얀마의 지방도시에 가면 미니버스를 흔히 볼 수 있다. 소형 트럭을 개조한 형태로 뒤쪽 화물칸에 나무의자를 놓고 사람들이 앉는다. 타야 할 사람은 많고 차량은 작다보니 승객들은 지붕 위쪽이나 차량 꽁무니에 붙어서 가는 위험한 모습을 볼 수 있다.

우리 앞에 나타난 차량은 정말 가관이었다. 낡은 군용 지프와 경운기를 적당히 섞어 놓은 수준이라면 표현이 적절할까. 언제 나온 차량이냐고 물으니 운전기사는 제2차 세계대전 때 나온 차량이란다. 정말로! 그는 본네트를 열고 차량의 출고 일자가 적힌 부분을 보여 주었다. 쿠션이라곤 전혀 없는 고철 덩어리가 울퉁불퉁 요철이 심한 길을 달릴 때마다 서커스를 하듯 요동쳤다. 몸은 공중으로 붕 떴다 떨어지기를 반복했다. 딱딱한 나무판에 계속 부딪힌 엉덩이가 아프고 저려왔지만 그 상태로 한 시간을 족히 달려야 했다. 마을 입구에 이르자 파김치가 다 된 기분이었다.

거무에서의 일정이 일찍 끝나 시간이 좀 남았다. 숙소로 돌아가기에는 시간이 일러 다른 마을 한 곳을 더 방문하기로 했다. 그 길 또한 골곡이 매우 심해 중간에 다른 지프로 갈아타야 했다. 더뷰 산 지역으로 들어가는 길에서는 먼지로 샤워했다고 해도 틀리지 않는 말이다. 머리는 하얗게 염색이 됐고, 검은 옷도 허옇게 변했다. 목적지에 도착하자 모두들 거지로 변한 몰골을 쳐다보며 서로 웃음을 터뜨렸다. 입 안에서는 흙먼지가 버석거려 연방 침을 뱉어내야 했다.

미니 택시 바자즈

에티오피아의 곤다르에 간 적이 있다. 전망을 잘 볼 수 있는 산꼭대기 호텔을 숙소로 정하고 민속춤 공연을 보러 나섰다. 그곳에서의 이동 수단은 '바자즈'라는 미니 택시였다. 에티오피아 지방도시에서 자주 볼 수 있는 교통수단인 이 작은 삼륜차는 오토바이 엔진을 달고 움직인다. 다른 교통수단이 마땅치 않은 현지 상황이어서 장난감 같은 이 차를 이용해야 했다. 문제는 바자즈 기사들이 야간이 되면 술에 취해서 운전했다. 아니나 다를까 지나가는 빈 바자즈를 세워 보니 운전기사는 발음이 풀어질 정도로 취한 상태다. 그냥 가라고 하니까 한사코 차를 타라며 버티고 섰다. 그러다가 바자즈 기사는 스스로 핸들을 놓아 버렸다. 차는 그만 경사진 언덕 아래로 곤두박질쳤는데 워낙 사이즈가 작고 가벼워 풀숲의 나무들 사이에 걸려 멈추어 섰다. 다치지 않았는지 걱정이 되어 뒤따라가서 확인해 보니 기사는 이마가 약간 긁힌 정도였다. 그제서야 정신이 드는지 투덜거리며 바자즈를 몰고 어디론가 사라졌다. 공연을 보고 숙소로 돌아오는 길에도 또 바자즈를 탈 수밖에 없었다. 나는 기사가 취했는지 아닌지 살피는 데 온 신경을 곤두세워야 했다.

한때 에티오피아 제국의 수도였던 곤다르는 오래된 성이 있어 그 곳에 가면 17세기 중반부터 19세기 중반까지 제국의 화려했던 시절을 회상해 볼 수 있다. 900미터에 이르는 성에는 궁전, 도서관, 법원, 연회장, 마구간, 흑사자 우리, 망루 등 화려했던 옛 영화의 흔적이 그대로 남아 있다. 19세기 중반 이후 제국이 쇠퇴하면서 관리가 제대로 안 되었고 20세기 중반에는 영국군의 공습으로 유적들이 크게 훼손되었다. 1979년 유네스코 세계문화유산으로 등재된 이후 많은 관광객들이 찾아오고 있다.

다음날 아침 곤다르 성으로 가기 위해 또 바자즈를 불렀다. 숙소인 산꼭대기까지 장난감 같은 작은 차가 기웃기웃 올라오는 모습을 보고 있으니 신기하기도 하고 걱정스럽기도 했다. 시동이라도 꺼지면 곧바로 황천길로 가야 하는 코스다. 괜히 산꼭대기 호텔을 숙소로 정한 것이 후회가 됐다. 나를 태운 바자즈는 경사가 가파른 산길을 곡예를 하듯 잘도 미끄러져 내려왔다. 뒷자리의 손님은 진땀이 나는데 바자즈 기사는 신바람이 나서 콧노래를 부르고 있었다.

우리는 모두 같은 꿈이 있습니다

사이클론을 뚫고 달린 마의 도로

사람들은 가끔 나에게 그동안 위험한 곳을 얼마나 많이 다녔느냐고 묻곤 한다. 텔레비전에 나오는 아프가니스탄이나 이라크와 같은 전쟁터를 상상했거나, 지진 해일과 같은 긴급 재난 지역의 구호 활동을 연상하며 물었을 게다. 나의 대답은 시시할 따름이다. 그런 곳은 가 본 적이 없으니까. 내전 지역이나 긴급 재해 지역은 전문적으로 훈련받은 구호 요원이 아니면 들어 갈 수 없다는 사실을 일반인들은 잘 모른다.

그렇다고 다녔던 길들이 마냥 편안했던 것은 아니었다. 기상이 아주 좋지 않는 상황을 무릅쓰고 달려야 했던 다카에서 추아당가로 가는 도로는 고생이 가득 했던 기억으로 남아 있다.

마니끈저 로드. 이 도로는 폭이 좁은 2차선이지만 차들은 80킬로미터 이상의 속도를 내며 달린다. 대형 트럭과 버스는 수시로 중앙선을 넘나들며 서로 위협한다. 일행의 '으악', '휴' 하는 소리가 재미있는지 운전기사는 속도를 더 올려댔다. 동행한 웨이브 파운데이션의 타폰 사하는 어지간히 단련된 듯 앞만 주시할 뿐 표정 변화가 없다. 나중에 알고 보니 마니끈저 로드는 매일 교통사고가 발생하는 마의 도로였다.

추아당가로 가는 도중에 소나기가 내렸다. 시야가 더 좁아졌음에도 운전기사 라자르 후센은 시속 100킬로미터 이상으로 속도를 올렸다. "저 친구 스피드광 아니야!" 그때 퍽 하는 소리와 함께 개로 보이는 덩치 큰 물체가 공중으로 날아가는 장면을 목격해야만 했다.

추아당가에서 다카로 돌아오는 길은 비행기를 타기로 예정되어 있어 다행이었다. 하지만 기상이 악화되기 시작하더니 거센 폭풍우가 쏟아졌다. 출발 당일 아침이 되자 라디오 뉴스에서 강력한 사이클론이 올라오고 있다는 소식이 전해졌다. 거친 비바람이 몰아치면서 비행기는 결항되었다. 아! 일이 꼬이네. 두 번 다시 타고 싶지 않은 마니끈저 로드를 다시 타야 하다니. 사이클론 속을 뚫고 마의 도로를 달려야 하니 영 마음이 내키지 않았다. 하지만 정해진 다음 일정 때문에 이동하지 않을 수 없었다.

달리는 차 안에서 바라보니 심각한 상황들이 속속 드러났다. 말로만 듣는 방글라데시의 홍수를 직접 목격했다. 사방의 논과 밭, 집이 온통 물에 잠겼다. 전날만 하더라도 벼들이 싱싱하게 자라던 논이 모두 누런 흙탕물로 뒤덮였다. 물에 잠긴 논을 망연자실하게 쳐다보는 사람들이 보였다. 그 와중에도 릭샤 한 대가 손님을 태우고 지나갔다. 무슨 급한 용무가 있기에 사이클론 속을 뚫고 나가는 것일까? 자칫 물속으로 휩쓸리지 않을까 걱정됐다.

냉정함을 잃지 않고 있던 타폰 사하가 사이클론에 얽힌 이야기를 해주었다.

"언젠가 엄청난 위력의 사이클론이 들이닥쳤어요. 한 여인이 강풍으로 집이 쓰러지는 것을 막기 위해 보강 작업을 하고 있었어요. 여인의 옆에는 네 살배기 아들이 있었는데 바람에 날아가지 말라고 아들을 나무에 묶어 놓았지요. 그런데 순식간에 강풍이 몰아치더니 나무가 뿌리째 뽑혀 아들이 물속으로 휩쓸려 가 버린 사건이 있었어요."

아이고 저런! 아이를 잃은 엄마의 마음이 얼마나 비통했을까. 타폰의 이야기에 몰입하던 중 일행 김희균 이사가 '악' 하고 외마디 비명을 질렀다. 우리가 탄 차량보다 몇 미터 앞에서 달리던 대형 버스에서 백미러

우리는 모두 같은 꿈이 있습니다

가 깨지면서 날카로운 유리 파편들이 김 이사가 앉은 좌석을 향해 날아드는 순간이었다. 순간 후센이 급커브를 틀어 파편은 한 치 차이로 비켜갔다. 속도광이라고 비난하던 그가 어찌나 고맙던지. 그의 순발력이 사고를 면하게 해 주었다. 유리 파편이 일행의 차에 떨어졌다면 어떤 일이 벌어졌을까. '휴' 하고 한숨을 돌리는 순간 이번에는 차가 물웅덩이 속에서 빙그르 돌았다. 역시 후센은 노련한 운전 솜씨로 위기를 모면하였다.

  다카에 도착하니 사이클론의 진로에서 벗어났고 날씨는 푹푹 쪘다. 그렇지만 일행의 체온은 서늘했다. 마니끈저 로드의 여진이 가슴에 남아 있었던 탓이었다. 어지간히 면역이 생겼으리라 여겨졌던 타폰 사하도 이마에 식은땀을 흘리고 있었다.

에티오피아

4
미혼모들의 눈물

나를 태운 차는 거다란 철문 앞에 섰다.
아디스아바바의 오레다 지역에 위치한 로컬
NGO인 GSTC(Good Samaritan Training Center)다.

미혼모들의
눈물

GSTC에서 만난 젊은 여성들

아디스아바바의 오레다 지역에 위치한 현지 NGO인 GSTC^(Good Samaritan Training Center의 약자). 그곳에서는 젊고 가난한 여성들을 위탁받아 직업 교육을 하는데, 육중한 체구의 엘사(엘리자베스 아베베의 애칭)는 처음 보는 나를 친구 대하듯 친근하게 맞아주었다. 목소리는 거칠고 쉰 소리를 냈지만 감성만큼은 풍부한 엘사는 남편이 가정을 돌보지 않아 혼자서 4남 4녀의 자식을 억척같이 키웠다. 그러면서 여성의 역할이 얼마나 중요한지를 깨달았다고 말하며 자신의 체험을 가난한 여성들과 나누기 위해 NGO를 설립했다고 말한다.

커다란 대문에 비해 내부는 빈약했다. 낡고 조악한 방들이 다닥다닥 붙어 있는데 기술 교육 수업이 진행 중이었다. 시설은 초라했지만 엘상의 열정만큼은 불타고 있었다. 그녀의 안내로 교육생들을 만나보았다.

우리는 모두 같은 꿈이 있습니다

수업 과정을 묻는 말에는 즉시 대답했으나 "하루에 식사는 몇 끼를 하는가요?"라는 내 물음에는 선뜻 말하지 못했다. 사실 상당수가 굶고 있었던 것이다. 운이 좋은 날은 하루 세 끼를 먹을 때도 있지만 그렇지 못한 날에는 한 끼도 먹지 못했다. 엘사는 좀 더 자세히 알고 싶으면 개별적으로 대화할 시간을 가져도 좋다고 해서 몇몇 여성들과 따로 면담을 할 수 있었다.

재봉기술반에 있는 19세 아딸레레시는 아디스아바바에서 400킬로미터나 떨어진 시골에서 상경했다. 아버지가 집을 나간 후 행방불명됐고 어머니는 병환으로 시달리고 있었다. 그는 돈을 벌기 위해 아디스아바바로 올라왔지만 거리를 배회하며 아무 곳에서나 잠을 자는 형편이었다. 가끔 일을 통해 약간의 돈이 생길 때도 있었지만 호주머니 속의 동전 몇 개가 재산의 전부란다. 계속 굶은 채 수업을 받다가 쓰러져 엘사가 병원에 데리고 간 적도 있었다고 한다.

데이 케어 반에서 기술을 배우는 21세 나샤낫 역시 시골 출신으로 어머니와 여섯 형제가 생활했으나 찢어지게 가난해서 무작정 아디스아바바로 올라왔다. 받아 주는 이도 없고 거처할 곳도 없어 가정부로 들어갔으나 주인의 성추행과 욕설을 견디다 못해 그 집을 나온 후 거리를 배회하며 지냈다. 그러다가 GSTC를 찾아왔단다. 그녀는 보육원에 취직하는 것이 꿈이다.

18세 샬라마우이도 재봉 기술을 배우고 있었다. 그녀의 부모는 도시 외곽에 살고 있었으나 굶주림이 싫어 집을 나왔단다. 한동안 동거하던 남자가 있었는데 어느 날 집을 나간 뒤 돌아오지 않았다. 그래서 샬라마

우이는 쓰레기를 주워 파는 일로 생계를 유지했지만 배가 고프면 남자들에게 몸을 팔았다고 한다. 거칠고 공격적인 남자가 싫었지만 먹을 것을 가져다주기에 거부할 수 없었다. 그로 인해 임신할까 봐 걱정이 많았는데 엘사는 샬라마우니는 미혼라고 귀띔해 주었다.

'새로운 꽃'이라는 뜻을 가진 아디스아바바. 그 이름과 달리 곳곳에는 어두운 면들이 깔려 있었다. 많은 젊은 여성들이 비참한 생활에서 헤어나지 못하고 있었다.

샬롬의 집

미혼모들의 상황이 어떤지 좀 더 알아보기 위하여 '샬롬의 집'으로 향했다. 그곳은 미혼모들이 일하러 나간 동안 아이들을 돌보는 주간 보호소다. 시설이 아주 협소하고 보잘것없었다. 실내로 들어서자 환기가 되지 않아 비릿한 냄새가 풍겼다. 벽에는 곰팡이들이 번져 있고 파리 떼가 날아다니다가 아이들 얼굴에 앉기도 했다. 몇몇 아이들은 축 늘어져 있었고 또 다른 아이들은 코를 흘리고 있었다.

미혼모들은 공사장에서 허드렛일을 하며 쥐꼬리 같은 돈으로 생계를 이어간다. 어린 아이들은 식사를 어떻게 해결하는지 궁금하여 관리사에게 물어보았다.

"기본적으로 엄마가 번 돈으로 끼니거리를 사 가지고 와요. 하지만 어떤 때는 엄마가 먹을 것을 가져오지 못할 때도 있습니다. 그럴 때는 저희가 음식을 만들어 먹이기도 해요."

어린 영아들한테는 모유가 반드시 필요하다. 종일 굶고 일을 한 엄마

우리는 모두 같은 꿈이 있습니다

의 가슴에서 젖이 제대로 나올 리 없다. 빈 젖을 빨던 아기가 지쳐서 잠이 들면 엄마는 아기를 자리에 눕힌다. 분유가 필요한데 샬롬의 집에서는 도움을 받을 수 없었다.

상당수 미혼모가 일을 하고도 제때 임금을 받지 못한다는 말을 들으니 내 마음이 무거워졌다. 돈을 더 벌기 위해 무리하다 보면 허약한 영양 상태로 인해 몸져 눕게 된다. 그러면 무일푼 상태에 처하게 되므로 웬만큼 아파도 일하러 나서야 한다.

샬롬의 집에 머무는 동안 한 미혼모가 일을 마치고 자신의 아이를 데리러 왔다. 여인은 무리 속에서도 본능적으로 자신의 아이를 재빠르게 찾아냈다. 모성 본능은 눈감고도 아이를 찾아내는 능력이 있다. 아이의 한쪽 귀에서 진물이 흐르고 있었다. 미혼모의 얼굴은 무표정이었다. 조심스레 말을 걸어 보았다. "일을 마치고 오는 길인가 봐요."라고 묻자 "네."라는 한마디가 전부였다. 샬롬의 집 관리자는 "아이에게 줄 음식을 가져오지 못한 날은 아무 말을 하지 않습니다."라며 미혼모의 심정을 대변해 주었다. 그러면서 그녀의 신상 정보를 알려 주었다. "아베베 제베사는 건축 현장에서 시멘트와 자갈을 나르는 일을 합니다. 하루에 20비르(비르는 에티오피아의 화폐 단위)를 받습니다. 그녀는 원래 미용 기술을 배워서 취업을 했지만 한 달에 받는 돈이 300비르여서 그 돈으로 도저히 생계를 유지할 수 없었답니다."

아베베는 아침에 일하러 나갈 때 두 살배기 아들을 샬롬 미혼모 센터에 맡겼다. 아들을 보살펴 주는 대가로 한 달에 100비르를 샬롬의 집에 지불했다. 귓병으로 진물을 흘리는 아이가 걱정이 되었다. 엄마의 수중에는 돈 한 푼 없으니 병원에 데리고 가지도 못할 터이고, 청력 상실이라도 생기면 어린 아이의 인생은 얼마나 절망적일까. 히브리어로 평화를 뜻하는 '샬롬'의 집. 그곳에는 전혀 평화가 없었다.

메스케렘 케데베

나는 미혼모 가정과 결연을 맺고 한동안 후원을 해 왔다. 미혼모의 이름은 메스케렘 케데베다. 그녀와의 직접 만남이 에티오피아 현지에서 이뤄졌다.

그녀는 곤다르 출신으로 부모는 어릴 때 사망하고 친척 집에서 지내던 어느 날 아디스아바바로 상경했다. 한동안 거리에서 지내다가 데브러제이트^(에티오피아의 지역 명으로 '가난이 빚어낸 슬픈 삶'에서 자세히 설명함)의 무덤으로 와서 거주하게 되었다. 젊은 여성이 어쩌다 세상을 등진 이나 살아가는 무덤으로 찾아든 것일까.

그녀는 쌍둥이 두 딸을 낳았다. 케데베에게 쌍둥이의 아빠가 누군지 물어보니 모르겠다고 말한다. 핏덩이 둘을 차마 버리지 못하고 함께 살아보자고 망자와 공존하는 곳으로 갔다. 비가 오는 날이면 시신 썩는 냄새가 올라온다고 그녀가 말했다.

내가 정기적으로 보내주는 생계비로 케베데는 암탉 몇 마리를 사서 키웠고 그 덕분에 어린 딸들을 굶기지 않을 수 있었다. 돈을 한꺼번에 주면 제대로 관리하지 못할 것 같아 현지 활동가를 통해 일정한 기간으로 나누어서 전달했다.

그녀에게서 편지가 왔다. 글쓰기 교육을 받지도 못했는데 어떻게 직접

우리는 모두 같은 꿈이 있습니다

편지를 쓸 수 있었을까. 코이카 봉사단원이 도움을 주었단다.

'보내주신 돈으로 닭을 사서 잘 키우고 있어요. 그런데 한 마리가 죽고 또 한 마리는 도둑을 맞았어요. 제가 몰래 팔았거나 잡아먹었을 것으로 오해할까 봐 걱정이 됩니다. 그렇게 생각하지 않기를 원해요. 그 이후부터 낮에는 밖에서 닭을 키우고 잘 때는 무덤 안으로 데리고 들어옵니다.'

그녀를 만나보니 실제 무덤 안에서 닭 두 마리가 웅크린 채 앉아 있었다. 왠지 사진에서 보았던 밝은 표정이 아니었다. "기분이 어두워 보여요?" 케데베가 울음을 터뜨리며 눈물을 흘렸다. 걱정거리가 있느냐는 말에 참았던 속마음을 털어놓았다. 스무 살짜리 젊은 미혼모가 데브러자이트 무덤에 들어와 산다는 소문이 나면서 불량배들이 찾아와 돈을 뜯어가고 행패를 부렸다. 그 일로 케데베는 충격을 받았고 소문이 무덤 주인의 귀에 들어가게 되었단다. 신성한 무덤에서 나쁜 일이 일어나는 것을 원치 않았던 주인은 그녀에게 나가라고 통보했던 것이다.

"어디로 갈 건가요?"

"저도 모르겠어요. 혼자라면 무슨 일이든 할 수 있지만 저 젖먹이들 때문에 갈 곳이 아무 데도 없어요."

그녀의 얼굴에서 다시 눈물이 흘러내렸다. 그로부터 1년 후 케베데가 사는 곳을 다시 찾아갔다. 그녀가 알려 준 주소로 찾아가니 이번에는 일반 주택이었다. 문을 열자 케데베는 조그만 냄비에다 꼬맹이들이 먹을 것을 끓이고 있었다. 그동안 쌍둥이 딸들은 제법 많이 컸다. 옆 집 아줌마가 돌봐주는 덕분에 그녀는 인젤라 굽는 일과 가정부 일을 하면서 집세의 절반 정도는 스스로 해결하고 있었다. 케데베의 모습에서 제법 어머니의 냄새가 풍겼다.

이 미혼모의 인생을 코코넛 나무에 비유해 보면 어떨까. 코코넛 껍질은 거칠고 단단하지만 모성애로 상징되는 속은 부드럽고 담백하다.

고다나 쉼터

고다나(Godana)는 암하릭어로 '길'이라는 뜻이다. 길은 어느 누구의 소유도 아니다. 그러니까 누구든지 거쳐 갈 수 있는 곳이다. 고다나란 이름에서 그 설립 목적을 암시해 주는 듯하다. 고다나는 아디스아바바 길거리에서 방황하는 미혼모가 한시적으로 머물 수 있게끔 만들어진 쉼터로 스무 살 미만의 미혼모와 어린 자녀를 대상으로 숙식 제공, 직업기술 전수, 일자리 연계를 통해 자립을 돕고 있다. 그뿐만 아니라 미혼모들이 일하는 시간에는 자녀들을 위한 보육서비스까지 제공하고 있다. 그동안 5,000명의 미혼모와 아이들이 거쳐 갔는데 현재 130명의 미혼모와 어린 아이들이 생활하고 있다. 길게는 1년까지 머물 수 있다.

왜 에티오피아의 젊은 여성들이 미혼모로 전락하는 걸까? 근본 원인은 가난에 있다. 그들은 먹고 살기 힘들어 가족들로부터 떨어져 나와 일자리를 찾는다. 그러나 정작 그들을 기다리는 것은 남성들이다. 그들에 의해 자의든 타의든 성관계를 가지게 되고 폭력에 시달리게 된다. 운이 좋아 일자리를 구한다고 할지라도 고용주에 의한 성폭행에 시달리는 경우가 다반사다. 그리고 임신으로 이어진다.

고다나 쉼터의 설립자 물라투는 검게 그을린 투박한 얼굴에다 고집이 세게 생겼다. 하지만 실제는 화통하고 유머가 넘치는 사람이다. 그는 손

쉼터 고다나 미혼모 센터에서 거주하는 아이들. 보육과 급식 등 서비스를 받는다.

재주가 좋아 컨테이너 박스를 해체해서 사람이 거주할 수 있도록 개조
했는데 쉼터를 만드는 데 마흔 개의 컨테이너 박스가 투입되었단다. 쉼
터 안에는 두 살에서 네 살쯤 돼 보이는 아이들이 낮잠을 자고 있었다.
그 시간에 미혼모들은 직업기술을 배우러 나가기도 하고, 물라투가 알
선하여 시내주차장에서 일을 하기도 한다.

나는 그의 사무실에서 커피 한 잔을 나누었다. 내부 시설들이 하나같
이 고철처럼 낡아서 운영 여건이 빠듯하다는 것을 추측해 볼 수 있었다.

사무실 벽에 붙어 있던 해외후원기관 명단과 미혼모들의 사진을 살펴보던 나는 그만 깜짝 놀라고 말았다. 거기에 '길거리 아이의 기도'라는 제목의 영시가 붙어 있었기 때문이다. 에티오피아 방문에 앞서 유튜브를 검색하던 나는 우연히 그 시를 읽게 되었다. 그 시가 어찌해서 물라투의 사무실에 붙어 있을까.

"물라투, 당신도 이 시를 좋아합니까?"

"물론이지요."

"이 시는 내가 유튜브에서 보았던 시와 똑같습니다. 세상에 이럴 수가 있을까요!"

그 순간 그가 호탕하게 한바탕 웃어 재꼈다. 아니 왜 그러지.

"그 시의 저자가 누군지 확인해 보았습니까?"

나는 시의 저자가 누군지 알아볼 생각을 해 본 적이 없다.

"확인해 보세요. 내가 바로 그 시의 주인공입니다."라고 물라투가 말했다.

"리얼리!"

내 나름대로 번역한 영시를 옮겨 본다.

길거리 아이의 기도

신이시여, 저를 기억하시나요? 매일 당신을 기다립니다.

당신은 백합처럼 저를 감싸주실 거라 여겼죠.

제가 위험에 처했을 때 도와주실 거라 하셨지요.

저는 춥고 외롭습니다.

낫지 않고 깊어가는 상처를 바라보는

간호사의 마음마냥 점점 더 고통스럽습니다.

홀로 길을 헤매면서

저를 인도해 줄 구원자를 찾고 있습니다.

문을 두드려도 대답이 들리지 않습니다.

학교의 문은 굳게 닫힌 채 외면합니다.

매일 밤 차가운 길바닥에 누워

당신의 깊고 잔잔한 목소리가 귓가에 들리기를 기도합니다.

'힘들고 지친 자여 나에게 오너라.

내가 그대에게 휴식을 주리니'

헌데 달콤한 자장가는 왜 들려오지 않는 걸까요?

제 머리카락 한 올 한 올까지 다 헤아리시는 분

죄다 갈색의 영양실조로 변해 가는 게 보이시나요?

고개를 들고 반짝이는 별을 바라보면

때를 기다리던 양들에게

당신은 생기를 불어 넣어주신다고 말씀하셨지요.

얼마나 더 오래 기다려야 하나요?

저의 기도에 왜 응답하지 않으시나요?

제가 겪는 고통은 무엇을 위함인가요?

이다지도 모진 고통 앞에서는

아무도 구원을 받진 못할 거예요.

무엇을 잘못하였기에 이런 고통이 찾아왔을까요?

하지만 결국에는

제 모든 것이 당신의 것이라는 것을 깨달아요.

당신이 정해 주신 삶을 의심한 저를 용서하시고

저에게 삶이 없도록 내버려둔 어른들도 받아주세요.

무엇을 잘못했는지 깨우치지 못하는

그들도 사랑으로 받아주세요.

신이시여, 무섭고 차가운 밤을 견딜 수 있도록 도와주소서.

길거리의 아이는 당신께 의지합니다.

해가 바뀌고 고다나 쉼터를 다시 방문했다. 이번에는 전에 있던 장소가 아니라 다른 곳이었다. 익살 넘치는 물라투는 특유의 억세고 투박한 어투로 환영해 주었다.

"정부는 도시정비계획에 따라 컨테이너 박스로 지어졌던 쉼터를 모두 철거해 버렸어요."

"그래서 이곳으로 오게 된 건가요?"

"맞아요. 미혼모와 아이들이 몇 군데로 흩어져 버렸습니다. 여기는 그중 한 곳입니다."

"다 같이 생활하지 못하는 이유가 있나요?"

"보시다시피 건물이 너무 작아요. 정부에서는 운동장만한 부지만 주면서 알아서 지으라는 겁니다. 건물 지을 돈이 한 푼도 없는데 말이에요."

새로 옮겨온 쉼터에는 모두 17명의 미혼모와 어린아이들이 거주하고 있었다. 물라투는 정말 긍정적인 사람이다.

우리는 모두 같은 꿈이 있습니다

"규모가 작을수록 가족 같은 분위기를 유지할 수 있어 좋습니다."

어린아이를 한 팔에 안는 배부른 미혼모가 지나가자 물라투는 그녀의 상황을 말해 주었다.

"배 속에 들어 있는 태아와 팔에 안고 있는 아이의 아버지가 서로 달라요." 그러면서 그는 "럭키! 럭키!"하며 소리를 높였다. 원치 않는 두 남편을 거느린 불쌍한 여인에게 운이 좋다니.

"에이즈에 걸리지 않았다니까요."

길거리의 남자들과 반복적인 성관계를 맺게 되면 에이즈 양성반응이 나오기 쉽다고 물라투는 말한다. 인근의 부속 건물을 살펴보기 위해 그와 함께 대문을 나서는데 젊은 미혼모가 어린 아이를 안고 다가와 눈물을 흘리며 애원했다.

"물라투, 저와 아이를 받아주세요. 오갈 때 없이 벌써 며칠째 아무 것도 먹지 못했어요."

그는 두 눈을 감은 채 아무 말이 없었다. 그러더니 여인을 뿌리치고 휑하니 빠르게 걸어갔다. 사람이 왜 저렇게 냉정하지! 쉼터가 비좁긴 해도 한두 사람은 더 받아줘도 될 것 같은데. 부속 건물에 들어서자 그는 손에 들고 있던 수첩을 펼쳤다. 그는 손가락으로 장부의 한 지점을 가리켰다. 200명에 가까운 미혼모들이 입소 대기 중이었다. 애원하던 그 여성은 123번째 대기자 명단에 들어 있었다.

고다나 쉼터에서 일정을 마치고 나오니 비가 내렸다. 그 빗소리가 그들의 흐느낌처럼 들려왔다.

누공 환자들의
버림받은 삶

햄린 피스툴라 병원

　도심이 꽉 막혀 약속한 시간보다 한참 늦게 병원에 도착했다. 숨차게 달려오는 나를 보고 햄린 피스툴라 병원의 대외협력 담당자가 싱긋 웃으며 아디스아바바에서 일상적으로 벌어지는 일이라며 괜찮다고 말한다. 그는 홍보 리플릿을 나누어 주면서 병원 현황에 대한 브리핑을 시작했다.

　"우리 병원은 산과 누공으로 고통 받는 여성들을 위해 설립된 병원입니다. 연간 3,000명의 환자들을 수술하고 있으며, 에티오피아 전역에 6개의 병원과 1개의 산부인과 학교를 운영하고 있습니다. 수술을 받은 환자의 90퍼센트 이상은 완치됩니다. 수술 후 일부 후유증 회복이 필요한 환자들은 데스타 멘더로 옮겨가서 의료 및 자활의 통합 서비스를 받게 되고요. 누공 환자는 보통 한 달 정도 병원에 머물게 되는데 치료비

　　　　　　　　　　　　　우리는 모두 같은 꿈이 있습니다

는 전액 무료입니다."

들고 보니 대단한 병원이었다. 어떤 과정을 거쳐서 햄린 병원에 입원하게 되느냐고 물으니 병원 스태프들이 마을을 방문해서 환자들을 발굴하기도 하고, 입소문을 통하거나, NGO, 정부기관, 또는 미디어 캠페인을 통해서 병원과 연결된다고 한다.

산과 누공은 아프리카 전역에서 발생한다. 통계를 보면 200만 명 이상의 여성들이 이 질환에 시달리고 있다. 유엔인구기금(UNFPA) 보고에 의하면 매년 새로운 누공 환자가 10만 명씩 발생하고 있으나, 그들을 치료할 능력은 연간 6,500명밖에 안 된다고 한다. 선진국에서는 제왕절개 수술이 개발되어 이런 문제가 사라졌다.

그렇지만 의료 기술과 시설이 따르지 못하는 개발도상국의 경우 분만시 합병증으로 산과 누공이 발생하면 당사자는 실로 끔찍한 고통을 겪게 된다. 누공이 생긴 여성들은 남편과 가정, 심지어 친정으로부터 버림받은 채 살아가야 한다.

에티오피아는 유독 누공 환자가 많다. 이는 조기 결혼과 연관이 있다. 가난한 시골 지역은 조혼 풍습이 강하지만 전문 의료 기관이 거의 없다. 산과적인 문제가 발생하면 대책은 전무한 상태라고 할 수 있다.

사춘기를 갓 지난 여성이 임신하는 상황을 상상해 보라. 그 나이에 출산은 산모와 영아 모두에게 상당한 위험성이 뒤따른다. 지난 20년간 유엔 새천년개발목표(MDGs)는 청소년 출산율을 낮추려는 노력을 해 왔지만 전 세계 1억 3,500만 명의 산모 중 15세에서 19세 사이의 여성이 1,500만 명이나 된다. 이런 상황을 개선하기 위한 일환으로 유엔 인구

기금은 '브르한 흐완'이란 프로그램을 운영하여 여자 아이들을 오랫동안 학교에 머물도록 유도하고 있다.

산과 누공

분만 사고의 가장 치명적인 결과는 산모 사망이다. 반면 누공은 치명적이진 않다고 할지라도 가장 고통스러운 후유증이 아닐 수 없다. 병원이 아닌 곳에서 전통 방식으로 분만 시 누공의 위험성은 높아진다. 전체 분만 사고의 가장 큰 원인은 폐쇄 분만이다. 폐쇄 분만이란 태아의 크기나 위치, 산모의 골반 상태에 문제가 있어 분만이 정상적으로 이루어지지 못하는 상태다. 그런 상황에서 자궁 수축으로 인한 진통이 계속되면 태아가 골반을 통해서 빠져나오지 못하므로 주위 조직에 손상을 주게 된다. 사춘기가 갓 지난 여성들의 골반은 충분히 성숙하지 못한 상태라 분만 시에 문제가 더 심각해질 수 있다. 이틀 사흘씩 분만이 지연되면 질, 방광, 직장 등에 혈액순환이 안 되어 조직이 괴사되어 그 주위에 구멍이 생기게 된다. 그렇게 되면 소변과 대변이 구멍으로 나오면서 조절이 안 되는데 이것이 산과 누공이다.

누공은 아무리 씻어도 악취를 풍길 수밖에 없다. 거기에 신경 손상으로 인한 걸음걸이마저 힘들어지면 남편은 아내가 저주를 받아 그렇게 됐다며 친정으로 내쫓는 경우가 많다. 친정에서도 비슷한 이유로 거부하게 되니 나이 어린 산모는 혼자 외진 곳에서 움막을 짓고 살아야 한다. 누가 결혼을 인생의 꽃이라 했든가. 예쁜 아기 낳아 행복한 인생을 꿈꾸었을 여성들에게 누공은 인생의 무덤과도 같다.

1959년 캐서린 햄린과 레지날드 햄린 의사 부부는 에티오피아를 여행하게 된다. 그들은 그곳에서 우연히 누공 환자가 많다는 사실을 발견했다. 비참하게 사는 환자들의 모습을 보고 햄린 부부는 자신의 나라로 돌아가지 않고 아디스아바바에 산과 누공 병원을 세우게 된다. 바로 그 병원이 햄린 피스툴라병원이다. 산부인과 전문의였던 캐서린 햄린은 남편이 죽은 후에도 아디스아바바를 떠나지 않고 계속 누공 환자들을 돌보았다.

이 병원은 여성으로서의 자존심을 훼손당한 채 어둠속에서 눈물지어야 했던 수많은 에티오피아 여성들에게 행복을 되찾아 준, 진정 여성들을 위한 병원이라고 할 수 있다. 세월과 더불어 병원은 초창기에 비해서 아주 커졌고 세계 각지에서 누공 환자의 치료 재활을 위한 펀드가 계속 들어오고 있다. 운이 좋으면 병원 설립자인 훌륭한 여의사를 만나볼 수도 있겠구나 하고 나는 내심 기대를 걸어보았지만 만나지는 못했다. 이제 연로하여 가급적 외부 접견을 피하고 있다는 관계자의 말을 듣고서 욕심을 접기로 했다.

대신 병원 당국의 협조를 얻어 내부 시설을 둘러볼 수 있었다. 병실에서 만나본 환자들은 대부분 표정들이 밝았다. 엄청난 고통이 지나간 후 안정을 찾은 터라 홀가분해 보였다. 환자 담당 행정직원이 환자들의 모습을 구체적으로 설명해 주었다.

"입원하는 날은 대부분 암울한 모습입니다. 하지만 분위기에 적응한 후부터는 모습들이 많이 달라집니다. 수술을 마친 환자들은 완전히 딴 사람이 돼요. 얼굴에는 웃음꽃이 피어나지요."

직업적인 본능이 올라와 내가 "환자들 중에는 혹시 우울증을 겪는 경우도 있을 법 한데요?"라고 말하자, 담당 직원은 "맞아요. 시간이 지나면서 상당수 환자들이 웃음기가 사라지면서 말수도 줄어듭니다. 그들을 받아줄 사람이 아무도 없다는 걸 알기 때문이죠." 수술을 받고 신체적으로 건강해졌지만 환자들은 돌아갈 곳이 없기 때문이다. 이 문제를 해결하기 위해 햄린 피스툴라 병원에서는 심리치료를 병행하고 있었다.

뚜르워크 여인의 슬픈 사연

환자 중에 유난히 표정이 밝아 보이는 환자가 있었다. "그녀의 이름은 뚜르워크인데 수술이 끝나면 즉시 집이 있는 세코바로 돌아갈 예정입니다."라며 담당의가 말해 주었다. 나도 의사라고 소개하자 그는 환자에 대해서 더 자세히 설명해 주었다.

"뚜르워크가 처음 여기에 왔을 때는 전혀 다른 모습이었어요. 심지어 심리치료까지 받아야 했습니다."

스물네 살의 뚜르워크는 열여섯 살에 시집을 갔다. 남편 외에 시아버지와 세 명의 시동생까지 뒷바라지를 해야 했다. 남편은 아내를 선택한 것이 아니라 집안일을 해 줄 수 있는 가정부를 선택했던 셈이었다. 사춘기가 갓 지난 뚜르워크는 새벽 5시에 눈 뜨면 시아버지와 시동생들을 수발해야 했고, 낮에는 밭에 나가서 해질 때까지 일을 하다가 돌아왔다. 몸이 지쳐 식사도 하지 못하고 그대로 자는 날이 부지기수였다. 그러다가 임신이 되었다. 배가 불러왔지만 그녀의 일상은 반복되었다. 분만이 다가오자 걱정이 되었다. 집에서 가까운 곳에 보건소가 있긴 했지만 의사

우리는 모두 같은 꿈이 있습니다

는 자리를 비우는 경우가 태반이었다. 분만 진통이 느껴지자 그녀는 이틀을 걸어 세코타의 병원으로 갔다. 진통이 시작된 지 사흘이 지나도 아이가 나오지 않았다. 결국 사산된 상태로 분만됐고 분만 손상을 입어 뚜르워크는 소변을 조절할 수 없게 되었다. 산과 누공이 생긴 것이다. 그 길로 남편은 그녀를 친정으로 돌려보냈다. 뚜르워크는 몸에서 악취가 나는 상태로 몇 년을 지내다가 햄린 병원에 들어오게 되었다.

그녀의 심리치료 기록에는 "악취가 난다며 남편이 가까이 오지 말라고 했을 때는 눈물이 났어요. 친정으로 가라고 했을 때 제 인생은 더 이상 의미가 없어졌어요. 친척들마저 코를 막고 멀리 떨어지는 모습을 보자 죽고 싶은 심정이었지요. 아무도 제 옆에 오지 않았습니다. 바람 쐬러 바깥으로 나오면 사람들은 '냄새나는 애가 온다.'며 쑥덕거렸습니다. 그럴 때는 쥐구멍이라도 찾고 싶었어요."라고 적혀 있었다.

입원 당시 그녀는 심각한 영양 결핍에 빠져 있었으나 규칙적으로 식사를 제공받으면서 건강을 회복하게 되었고 심리치료의 결과도 좋았다. 유난히 표정이 더 밝아 보였던 것은 누공 치료가 완전히 끝난 사실을 그녀의 어머니가 알게 되면서부터였다.

병원을 구경한 후 중앙 정원을 지나 밖으로 나왔다. 잘 가꾸어 진 중앙 정원에는 꽃들이 만발해 있고 새들이 청아한 소리로 지저귀었다. 평온함이란 정원의 새소리와 같은 것인가?

에티오피아의
광야를 향하여

게스트 하우스

구호 현장을 나갈 때마다 숙소는 천차만별이다. 하룻밤에 3,000원짜리 방부터 비싸게는 10만 원을 넘게 주고 잔 곳도 있다. 묵었던 숙소 중 가장 열악한 곳을 꼽으라면 방글라데시 브라만바리아의 게스트 하우스가 먼저 떠오른다. 종일 땀투성이로 돌아다닌 후 밤늦게 숙소에 도착하면 샤워를 하고 싶은 마음이 간절했다. 흐릿한 백열등이 가물거리는 가운데 샤워 꼭지를 틀면 녹물이 쏟아지면서 벽에 붙어 있던 수십 마리 모기떼가 순식간에 달려들었다. 황급히 샤워실에서 뛰쳐나와야 했다. 양치질이라도 해야겠는데 헹굴 물조차 없었다. 양치물을 캔맥주로 해결했다면 믿어줄까.

그동안 내가 다녀본 여러 지역 중 아디스아바바의 숙박비는 상대적으로 비싼 곳이다. 아디스아바바 골프클럽 게스트 하우스에 묵었을 때 일

우리는 모두 같은 꿈이 있습니다

이다. 배정받은 방문을 여니 바닥에는 먼지가 자욱했다. 창문은 틀어져서 닫히지 않는 채 오랫동안 방치되어 벌레와 먼지들이 들어와 죽어 있었다. 다른 방으로 교체했으나 그 방도 비슷했다. 화장실에는 불이 들어오지 않았다. 구호 활동을 하러 와서 안락한 숙소를 요구할 마음은 없다. 그래도 이건 좀 심하다는 느낌이 들었다.

내 방뿐만 아니라 일행의 숙소에서도 문제가 생겼다. 아프리카에 처음 나선 사무국의 김 간사는 뜬 눈으로 밤을 지새웠다. 불을 끄고 잠자리에 누웠는데 천장에서 퍼드덕거리는 소리가 났단다. 순간 오싹해져 불을 켜니 그 물체는 숨어 버리고 다시 불을 끄면 방 안을 날아다녔다. 어렵사리 물체를 포착하고 보니 박쥐였다. 끝내 박쥐를 쫓아내지 못한 김 간사는 머리끝까지 이불을 뒤집어 쓴 채 아침이 오기를 기다렸다. 사흘간 묵기로 했던 게스트 하우스는 하루 만에 다른 곳으로 옮겨야 했다.

검은 물체의 정체

지금부터 에티오피아의 광야를 향해서 달린다. 최종 행선지는 '딜라'이다. 아디스아바바에서 딜라까지 곧장 달리면 하루 만에 도착할 수 있다. 우리는 데브러제이트의 무덤에 사는 사람들에게 들러 무료 급식 행사를 진행할 계획이어서 하루 만에 도착하기는 어려웠다.

렌터카 기사 아세나피는 덩치가 크고 우락부락해 보이지만 마음씨는 착하고 소심했다. 그는 갈라지는 지점을 몇 군데 거치더니 고개를 갸우뚱하며 계속 나아갔다. 가도 가도 산과 들만 나왔다. 이상한 느낌이 들어 그에게 물어보았다.

"이보시오, 혹시 길을 정확히 알고 있습니까?"

그는 머리를 긁적이며 "사실은 초행입니다."라고 말했다.

아뿔사! 지나가는 농부에게 방향을 물어보니 차는 엉뚱한 방향인 지부티 쪽으로 달리고 있었다.

아세나피는 반복해서 미안해했다. 괜찮다고 말해 주어도 어쩔 줄 몰라 했다. 간식을 꺼내 입에 넣어 주니 그제야 그는 마음이 편안해지는 모양이다. 차의 방향을 바로잡자 나는 여행자의 마음이 되어 차창 밖으로 스쳐가는 경치를 감상했다. 한참을 가는데 앞쪽 끝 지점에서 검은 물체들이 달려오고 있었다. 다가갈수록 야생동물 떼 같기도 한데 괴성을 지르고 있었다. 실제는 한 무리의 사람들이었다. 드디어 차와 마주쳤고 도로를 점령한 그들은 차를 에워싸며 괴성을 질러댔다. 강도떼를 만난 것인가? 순간 일행은 공포감에 빠졌다. 구호 현장을 다니면서 처음 겪어보는 일이었다. 그들은 얼굴과 몸에 아프리카 특유의 페인팅을 한 채 춤을 추며 흥분돼 있었다. 손에는 뭔가 들려 있는데 흉기는 아닌 듯 했다. 자세히 보니 트로피와 축구공이었다. 도대체 저들은 누구란 말인가?

아세나피가 차에서 내리더니 보스로 보이는 이와 대화를 시작했다. 그의 표정이 조금씩 부드러워졌다. 대화가 잘 풀리는 것일까. 잠시 후 그가 돌아왔다 "저 사람들은 지역 대항 축구시합에서 우승한 사람들이래요. 우승의 기쁨을 만끽하기 위해서 도로에 뛰쳐나왔다고 합니다." 후유, 안도의 한숨이 나왔다. 아세나피 역시 처음에는 강도떼인 줄 알고 정신이 아득해졌다고 한다. 불안한 가슴을 짓누르고 자신의 손님들을 지키기 위하여 직접 보스에게 다가간 그에게 일행은 엄지를 치켜세워 칭

우리는 모두 같은 꿈이 있습니다

찬해 주었다.

　그런데 그들은 차에서 떨어지려고 하지 않았다. 아세나피가 다시 보스와 몇 마디 나누더니 "우승 파티를 하고 싶은데 돈이 없다고 합니다."고 말했다. 약간의 돈을 건네주니 비로소 사라져갔다. 이런 에피소드를 스릴이 있다고 해야 하나! 우직한 렌터카 기사 덕분에 기억에 남을 만한 하루를 보냈다. 목적지에는 절반도 가지 못하고 우리는 밤을 맞이했다. 한국이라면 밤에도 계속 달릴 수 있지만 아프리카에서의 밤길은 매우 위험하다. 우리는 랑가노에서 하룻밤을 묵게 되었다.

아름다운 아프리카

　밤새 내리던 비는 아침에 되자 멎었다. 일행을 태운 차는 딜라로 향하여 다시 달렸다. 빗방울 끝에 맺힌 햇살이 다이아몬드처럼 빛났다. 열대 나무들이 상큼함과 신비함을 더해 주는 가운데 달구지를 끌고 가는 남정네, 소 떼를 몰고 가는 젊은이, 차도르 차림의 무슬림 여인, 길가에 하염없이 앉아서 지나가는 차를 바라보는 노인, 차에 손을 흔드는 아이 등이 어우러져 아프리카를 배경으로 한 문학 작품 속에 내가 들어온 듯했다. 각양각색 풍경들이 스쳐갔다. 곡괭이와 망태를 메고 걸어가는 사내, 가축몰이 지팡이를 흔들어 드는 청년, 양손에 노란 물통을 들고 길을 가는 소녀 등등. 갑자기 코뿔소가 도로 중앙에 나타나더니 꼼짝하지 않았다. 차와 부딪히면 어느 쪽이 더 치명상을 입을지 모를 정도로 코뿔소의 덩치가 컸다. 아세나피는 급브레이크를 밟으며 조심스럽게 피해 갔다. 감자밭, 옥수수밭, 밀밭들도 번갈아 지나갔다. 주황색 나무가 흐드러지게 꽃을 피우고 있는 나무의 이름을 물으니 아세나피는 "아바바"라고만 말했다. 아바바는 암하릭어로 꽃이라는 뜻이다. 독수리 한 마리가 날아와 눈 깜짝할 사이에 닭 한 마리를 낚아채 하늘로 오른다. 이 멋진 아프리카를 아무리 설명해 본들 백문이 불여일견이다.

이번 일정은 여행 분위기가 물씬 풍긴다. 일행 중 하옥선 지부장이 어느 레스토랑 앞에 차를 세우게 했다. "전에 두어 번 와 본 곳이에요. 인젤라를 아주 잘 만들어요."라고 맛집 소개하듯 말했다.

인젤라는 에티오피아의 대표 음식으로 우리의 밥에 해당한다. 칼슘과 철분이 풍부하게 든 음식으로 약간 시큼한 맛이 느껴진다. 발효 시간이 길수록 신 맛이 더 난다. '테프'라는 곡식을 갈아 만든 인젤라는 넓은 쟁반처럼 생긴 팬에서 굽는데 전병과 비슷하게 생겼다. 두루마리 휴지처럼 말아서 나오거나 때로는 널찍하게 펴진 상태로 나오기도 하는데, 향신료가 가미된 각종 고기, 야채가 저며진 와뜨를 적당히 싸서 먹는다.

시다모에서 딜라까지

아와사까지는 도로가 잘 포장되어 안락한 기분을 느낄 수 있었지만 시다모에서 딜라까지는 도로가 누더기처럼 낡았다. 시다모는 커피로 유명한 곳이다. 이르가체페, 하라, 짐마 등과 더불어 에티오피아를 대표하는 커피 브랜드다.

길가에 지나가는 사람들은 싸리비처럼 생긴 다발을 들고 걸어갔다. '짯'이라는 식물이다. 짯은 계속 씹으면 환각 성분이 나와 기분을 좋게 만든다. 최근 들어 커피 재배지역이 점차 짯 재배 지역으로 바뀌고 있다.

우리는 모두 같은 꿈이 있습니다

커피는 1년에 한 번밖에 수확하지 못하는 반면 짯은 풀처럼 베어내기만하면 다시 자란다. 그러므로 연중 내내 수확이 가능해 훨씬 수입이 좋기 때문이다. 유엔은 짯을 향정신성 물질로 규정하고 판매하는 것을 불법으로규정하고 있지만 에티오피아 현지에서는 불법이 아닌 듯하다. 심지어 인근 나라로 수출도 한다.

딜라에 도착하여 한별 아카데미를 찾아갔다. 이 학교의 극빈층 아이들과 한끼의식사기금 후원자들은 일대일 결연을 하고 있다. 큰소리로 "살렘"하고 인사를 하니 아이들은 영어로 인사해 온다. 아이들의 머리카락이 검고 곱슬곱슬하여 영양 상태는 문제가 없어 보였다. 아이들의 공책을 보니 글씨가 빼곡히 적혀 있어 열심히 공부하고 있음을 알 수 있었다. 아프리카라고 하면 사자와 야생동물들이 우글거리는 곳을 연상하지만 이 아이들은 그런 동물을 직접 목격한 적이 한 번도 없단다. 우리는많은 부분에서 미지의 이 대륙을 막연하게 상상하면서 부정적으로 인식하는 경향이 있다.

결연을 맺은 아동들 중 한 명이 보이지 않았다. 교장 선생님이 그 아이의 사연을 말해 주었다.

"얼마 전 그 아이는 케냐 난민으로 선정되어 먼 곳으로 떠났습니다."

"딜라에 사는 아이가 어떻게 케냐 난민이 될 수 있습니까?"

"그 아이의 부모가 유엔을 통해 난민 신청을 냈어요."

교장 선생님은 아이의 가정은 워낙 가난하여 특별히 선정된 케이스라고 말한다. 현지에서는 가난한 이들이 난민이 되려고 시도하지만 실제난민으로 선정되는 경우는 드물다고 한다. 일단 난민 승인이 떨어지면

달라의 빈민촌 아이들과 함께

우리는 모두 같은 꿈이 있습니다

케냐의 난민촌으로 넘어간 후 미국, 영국, 호주 등으로 보내져 잘 살 수 있다고 여긴다. 그 아동의 부모는 7년 전부터 매년 난민 신청을 한 끝에 운 좋게 선정된 것이었다. 그의 가족에게 행운이 따랐으면 좋겠다.

호박잎이 웰빙 식품이라고

한끼의식사기금을 시작하기 전까지 나도 여행을 즐겨 다녔다. 여행은 심신의 묵은 때를 벗겨낼 수 있는 좋은 방법이다. 또 소유지향적인 삶을 떨쳐 버리고 존재지향적인 삶을 경험해 볼 수 있다. 에티오피아의 광야를 달리면서 어느 듯 내 마음은 대자연의 정기로 충만해 있다. 딜라에서의 일정을 마치고 아디스아바바로 되돌아오는 길에 아루사를 통과하면서 주변 밭에 폴스 바나나가 심어져 있는 것을 볼 수 있었다. 아디스아바바 쪽에 사는 사람들은 인젤라가 주식이지만 그곳 사람들은 바나나잎과 사촌처럼 생긴 폴스 바나나 뿌리를 이용해서 만든 '꼬쪼'가 주식이다. 사람들은 이 식물의 뿌리를 캐내어 갈아 마시거나 혹은 이 즙을 빵으로 구워서 먹는다.

조그만 시골 마을을 지나는데 원추형의 샤르벳(초가집)이 나왔다. 차를 세우고 집을 구경했다. 집 주인의 허락을 받아 내부를 둘러보았다. 샤르벳 내부는 제법 넓었으나 창이 작아 컴컴했다. 습도가 적당하고 시원해서 현지 체험을 해 볼 만하다는 생각이 들었다. 집 마당에는 호박이 노랗게 꽃을 피우고 있었다. 하옥선 지부장은 호박잎 때문에 배꼽을 잡고 웃어야 했던 에피소드가 있다고 말했다. 하루는 시골 길을 가다가 호박잎이 보여 여러 장 따서 가방 속에 넣게 되었다. 그 광경을 본 현지인들이 키득대며 웃더란다. 왜 웃는지 몰랐던 하 지부장은 "호박잎으로 쌈을 싸 먹으면 아주 맛있어요. 한국에서는 웰빙 식품이거든요." 그들은 더 크게 키득거렸다. 현지인들은 결코 호박잎을 먹지 않는다. 밭에서 일하다가 용변을 본 후 뒤처리용으로 주로 사용하기 때문이다. 하 지부장의 모습을 보며 현지인들은 키득대며 뭐라고 속삭였을까. '한국인은 미개인들이야.'

에티오피아 커피

시다모에서 커피콩을 조금 샀다. 가격이 너무나 쌌다. 한국은 동네마다 커피 매장들이 들어설 정도로 커피에 푹 빠진 나라가 되어 가는데 커피 한 잔에 너무 큰 비용을 치르고 있다는 생각이 든다.

정신의학적으로 커피는 꽤 의미가 있다. 피곤하거나 나른할 때 한 잔하고 나면 활기가 차고 정신이 맑아진다. 긴장성 두통 등에도 효과적인데 커피 속에 들어 있는 카페인 성분이 혈관을 이완시켜서 효과를 나타낸다. 만약 인류가 커피를 몰랐다면 지금보다 훨씬 더 많은 항우울제나 두통약을 복용해야만 했을 것이다.

에티오피아인들은 커피의 원산지답게 어디를 가나 커피를 대접해 준다. 커피의 역사는 기원전 약 6~7세기경으로 거슬러 올라간다. 칼디라는 목동이 염소들이 빨간 나무 열매를 뜯어 먹고는 흥분하며 날뛰는 장면을 목격하게 되었다. 신기하게 여긴 목동은 스스로 그 열매를 따 먹어 보았더니 기분이 좋아지고 정신이 맑아지는 느낌이 들었다. 그 열매를 사원의 승려에게 가져갔더니 악마의 유혹이라며 불태워 버렸다. 그

우리는 모두 같은 꿈이 있습니다

런데 그 열매가 불에 타면서 향기로운 냄새를 풍겼다. 승려도 호기심으로 그 열매를 맛보고 커피의 매력에 빠져서 음료를 만들어 마셨다. 이것이 커피의 유래다.

에티오피아인들은 커피를 마실 때 보통 세 잔의 커피를 마신다. 처음 잔은 맛을 뜻하고, 두 번째 잔은 행운을 뜻하고, 세 번째 잔은 축복을 뜻한다. 또 '웃단'이라는 향을 피우고 바닥에는 풀을 깔아 놓는데 이것은 '환영'을 의미한다.

우리는 샤샤마네의 식당에서 늦은 점심을 한 후 에티오피아식 분나(암하릭어로 커피라는 뜻)를 마셨다. 주와이 호수의 절경을 감상하고서 저녁 늦은 시각에 아디스아바바에 도착했다. 아프리카를 가까이에서 볼 수 있었던 아름다운 여행이었다.

도서관,
지식의 박물관

오로미아 지방정부청사 방문

에티오피아를 구성하는 여러 종족 가운데 오로모 족은 가장 큰 부족으로 전체 중 40퍼센트를 차지한다. 나는 부족의 행정업무를 관할하는 오로미아 지방정부청사를 방문했다. 목적은 제2의 상상도서관을 건립하기 위하여 행정절차를 허가받기 위해서였다. 승인권을 쥐고 있는 고위 관리를 만나는 일은 꽤나 힘든다.

청사는 투박하게 생긴 회색빛 콘크리트 건물이었다. 입구에 무장한 군인들이 지키고 서 있었다. 나와 일행은 몸수색을 받은 후 안내인을 따라 건물 2층으로 올라갔다. 20분쯤 지나자 아시에 칼리파 씨가 나타났다.

"2주 전 공문을 받아서 잘 알고 있습니다."

칼리파 씨는 도서관 건립 사업에 대해서 긍정적인 반응을 나타냈다. 내심 도서관 건립이 무난하게 이루어지라는 예감이 들었다.

우리는 모두 같은 꿈이 있습니다

"현재 오로미아 정부 산하에 있는 공공 도서관들은 대부분 시설이 낡고 도서가 많이 부족합니다. 아이들이 책을 많이 읽을 수 있도록 도와주세요."

칼리파씨는 바쁜 가운데서 사업계획서, 예산규모, 건물 청사진 등 뿐 아니라 한끼의식사기금의 사업 전반에 대하여 자세히 물으며 예상보다 긴 시간 대화를 가졌다. 그는 대화 말미에 "한국에서 장거리 비행을 하고 쉬지도 못한 채 여기까지 와 주셔서 감사합니다. 홀레타에 상상도서관을 건립하고 부속 시설을 갖추는 데 오로미아 정부는 최대한 협조할 것입니다. 부지도 무상으로 제공하겠습니다."고 말했다.

고위 관리의 구두약속은 확신을 가져도 좋다는 것을 의미한다. 조만간 해당 부처에서 사업 승인이 떨어지면 사업은 본격적으로 추진될 것이다.

도서관은 지식의 박물관이다.

도서관을 지을 장소를 물색하기 위하여 홀레타로 갔다. 홀레타는 아디스아바바로부터 약 30킬로미터 떨어진 곳에 있다. 그 지역은 원래 농사와 가축을 기르기에 적합한 땅이었다. 근래 들어 물 부족이 심각해지면서부터 주민 생활이 곤궁해졌다. 그럼에도 자녀 교육에 대한 열성이 높다. 남녀를 불문하고 초등학교를 다니는 아동의 비율이 70퍼센트를 상회했다. 하지만 초등학교 졸업생 중 소수만이 고등학교로 진학했다. 또 고등학교 진학 후에는 중도에 학업을 포기하는 경우가 많았고 남녀 학생의 비율이 크게 벌어졌다.

홀레타의 초등학교 여덟 곳 중 두 곳은 사립학교이고 나머지 여섯 곳은 공립학교였다. 공립학교는 학비가 무료지만 학교 운영에서 자체적으로 해결해야 할 부분이 많다. 예산이 부족하여 교실 외벽이 무너져도 보수가 안 된다. 칠판이 낡아 글씨가 잘 보이지 않아도 교체가 안 되고 방치되는 등 시설의 낙후 정도가 심각했다. 교과서 역시 제때 지원되지 않아 아이들은 상급생들이 쓰던 교과서를 물려받는 경우가 많았다.

지역의 유일한 도서관이 훌레타 시청 인근에 위치해 있었다. 하지만 공공도서관 하나로 학생들의 기대 수준을 따라갈 수 없었다. 추가적으로 도서관 건립을 요하는 상황에서 우리 단체에서 적절한 때에 관내에 도서관을 짓기로 했으니 다행한 일이 아닐 수 없었다.

현장 조사를 마치고 아디스아바바로 돌아온 후 건축업자를 만났다. 그는 준비해 온 도면을 펼쳐 놓고 에티오피아의 건축 방식, 필요한 자재, 현지 물가, 인건비 등에 대해 설명했다. 신뢰할 만한 사람이라고 여겼지만 그가 제시하는 건축 비용이 타당한지 여러 루트를 통해 조사해 보아야 했다. 이어 그와 함께 도서관 시설들을 견학했다. 오로미아 정부 산하 공공 도서관, 알렘 마야 초등학교 도서관과 컴퓨터 시설, 히브레 피레 초등학교 도서관 등. 두 군데 시설에서 아주 인상적인 문구를 발견했다. 오로미아 공공도서관 벽에는 Library is a museum of knowledge! '도서관은 지식의 박물관이다.'라고 적혀 있었고, 알렘 마야 초등학교의 도서관 입구에는 Readers are leaders! '독서가들은 지도자들이다.'라는 글이 새겨져 있었다.

그렇다! 독서는 생각의 폭을 넓히고 사유의 깊이를 더하여 우리의 삶을 풍성하게 해 준다.

우리는 모두 같은 꿈이 있습니다

지지부진한 건축 일정

오로미아 지방정부로부터 서류가 승인되었지만 도서관 건립 공사는 곧바로 시작되지 못했다. 실행 기관인 홀레타 시청으로부터 사업 개시 명령이 떨어지지 않아서였다. 언제부터 건축사업을 할 수 있는지 궁금하여 담당 부서에 전화를 할 때마다 시장 결재를 받아야 하는데 늘 출타 중이라는 말만 되풀이했다. 나중에는 우리 단체가 에티오피아 정식 NGO 단체로 등록이 돼 있지 않아서 건축공사가 진행이 안 되고 있다는 식으로 이유를 둘러댔다. 당시 삼살 에티오피아(한끼의식사기금 에티오피아 지부 명칭)는 현지 정부에 NGO 단체 지정 서류가 심사 중에 있었다.

확인해 보니 공식 등록된 국제개발협력 NGO만 건축 허가가 나는 것은 아니었다. 더군다나 홀레타 시청보다 상위 기관인 오로미아 지방정부로부터 사업 승인이 이미 떨어져 있지 않은가. 차일피일 미루어지던 사업은 최초 약속받은 날로부터 약 8개월이 지나서야 승인이 났다.

이제 관심사는 부지 위치가 어딘지로 옮겨갔다. 시로부터 지정받은 부지를 확인해 보니 일선 학교와는 거리가 꽤 떨어져 있었다. 시청 담당자에게 부지의 위치를 재고해 달라고 하자, 그는 "학교로부터 좀 떨어져 있긴 해도 아이들이 충분히 도서관을 이용할 수 있습니다."라고 퉁명스레 말하면서 인근에도 공공도서관이 있다고 했다. 이왕에 지을 도서관이라면 아이들이 좀 더 편한 곳에 지정해 주는 것이 좋지 않을까. 그는 과거의 사례를 들먹인다.

"몇 년 전 인터내셔널 NGO에서 보건소를 지어 한동안 운영하다가 그냥 철수했어요. 그 길로 보건소는 폐허가 되었어요. 보건소의 위치가 시청으로부터 멀리 떨어져 있어 우리가 직접 관리를 할 수 없게 되었기 때문입니다." 행정편의주의적인 발상이었다.

개발도상국 관리들의 사고방식은 대부분 이와 다르지 않다. 우리의 요구는 먹혀들지 않았다. 하는 수 없이 학교로부터 좀 멀더라도 특화된 도서관 프로그램을 운영하면 학생들이 상상도서관을 좋아라고 찾아올 것으로 여겼다. 지정받은 부지 주변을 살펴보니 다른 마을로 가는 거점 자리여서 나름 도서관 홍보에 장점이 있어 보였다.

어렵사리 공사가 시작됐지만 또다시 제동이 걸렸다. 기초공사가 한창 진행 중인데 홀레타 시로부터 공사 중지 명령이 떨어졌다. 이유는 현재 짓고 있는 도서관 위치는 도시 계획에 의해서 장차 도로가 날 자리라는 것이었다. 그게 무슨 말인가! 시에서 직접 지정해 주고서 도로가 날 자리라며 중지하라니. 황당하다. 우리가 그렇게 다른 곳을 지정해 달라고 할 때는 안 된다고 해 놓고 이제 와서 옮기라니. 시청 담당자를 찾아가 따졌다. 이전의 담당자는 보이지 않고 새로운 담당자가 나타나 자신은 모르는 상황이라고 한다. 도무지 대화가 되지 않았다. 결국 공사 기간은 길어지고 그만큼 비용이 더 들어가야 했다. 이런 일방적인 처사를 누구에게 하소연해야 하나.

나는 가난한 나라에서 진행하는 사업들 중 상당수가 수월하게 마무리되는 경우는 많지 않다는 것을 그동안의 경험을 통해 느끼고 있었다. 구호 사업을 편하게 진행하려 했다면 시작하지를 말았어야지. 생각을 고쳐 먹으니 불편한 생각이 풀렸다. 그들과의 관계는 우리가 이해하고 양보해야 할 관계가 아니던가.

우리는 모두 같은 꿈이 있습니다

상상도서관 제2호관

　서바홀 초등학교의 상상도서관 1호관에 이어 에티오피아 홀레타에 상상도서관 2호관이 드디어 탄생했다. 두 곳 모두 난산이 아닐 수 없었다. 어렵게 태어난 아이일수록 더 애정이 가듯, 제2상상도서관도 그러하다. 2013년 11월에 개관을 했다. 월요일부터 금요일까지 문을 열고, 토요일에는 정기적으로 독서교실을 개최하고 있다.

　개관 1년 후 도서관 이용자 50명에게 만족도 조사를 실시해 보았다. 이용 연령층은 주로 18~21세의 7~12학년들이었다. 그들은 전반적 만족도 항목에서 88퍼센트가 보통 이상의 만족 반응을 나타냈다. 도서관 이용 후 가장 큰 변화는 학업시간 증가(52퍼센트)와 학습능률 상승(34퍼센트)이라고 답했다. 이는 도서관이 방과 후 학습 장소로 많이 이용되고 있음을 의미한다. 토요일에는 운영시간을 연장해 달라는 건의사항도 받았다.

　대상자 대부분이 주 3일 이상 도서관을 방문한다고 답하였다. 독서교실 이용자 14명에 대한 설문조사에서 '수업장소 및 서적 비치는 만족하는가'라는 질문에 71퍼센트가 '그렇다'고 응답했다. 시설 및 프로그램 운영 측면에서 높은 평가를 받은 반면 사서의 도서관 관리는 만족도가 낮았다. 이는 행정 담당 사서와 독서 담당 사서 모두 운영 경험이 없는 데서 오는 능력 부족으로 판단되었다.

　나도 직접 상상도서관 2호관을 가보았다. 수업이 끝난 시간이어서 학생들이 줄지어 도서관으로 들어왔다. 시험 때가 다가왔는지 자리에 앉자마자 모두 교과서를 꺼냈다. 조용히 책장 넘기는 소리와 나무의자의 삐걱거리는 소리만이 침묵을 깨뜨렸을 뿐이다.

 아쉬운 점이 있다면 도서관에는 책이 아직 많이 모자란다. 상상도서관 2호관이 지식의 박물관이 되려면 보다 많은 도서가 비치돼야 한다. 한국의 후원자들 중에는 이런 사정을 알고 자신이 운영하는 북 카페에서 나오는 수익금 중 일부를 훌레타 도서관의 책 구입에 기부하는 이도 있다.

우리는 모두 같은 꿈이 있습니다

삼살
에티오피아

아이드림 방과 후 프로그램

"살롬!" 인사를 하니 "안녕하세요?"라며 학생들이 한국말로 인사해 왔다.

"여러분들 이곳은 공부하기에 장소가 좁지요? 그동안 힘들게 공부해 왔지만 더 좋은 곳으로 이사 가게 될 거예요." 순간 아이들의 환호성이 울려 퍼졌다.

"기쁜 소식이 한 가지 더 있어요. 컴퓨터 교실을 열기로 했어요." 책상을 두드리며 박수소리가 교실이 떠나갈 듯했다.

이 모습은 아이드림 방과 후 프로그램에서 아이들과의 대화 장면이다. 현지 교민인 하옥선 씨가 개인적으로 이끌고 있던 것으로, 주중에는 태권도를, 주말에는 영어, 수학, 음악을 가르쳤다. 한끼의식사기금에서 학생들의 주말 급식을 지원해 주게 되면서부터 인연을 맺게 되었다.

봉사자로 참여하는 교사는 아디스아바바 대학생들이었다. 그들은 약간의 활동비를 받으며 아이들을 가르쳤다. 똑똑한 대학생 봉사자로부터 배울 수 있으니 아이들의 호응도는 높았다. 교육의 질이 올라가면서 학습 교재 지원, 악기 지원, 컴퓨터 수업 등을 요구하게 되니 하옥선 씨가 선의의 마음으로 감당하기에는 한계에 이르렀다. 순수 봉사 활동 차원에서 시작했지만 시간이 갈수록 요구 사항이 증가하면서 어려움에 봉착했다.

더 넓은 학습 장소가 필요하여 임차할 때도 사업자 등록증이 없으니 정식 계약을 하기가 힘들었다. 결국 그녀는 이 프로그램을 한끼의식사기금에서 맡아주기를 원했고 이후 그녀는 2015년까지 삼살 에티오피아의 지부장 역을 맡았다.

코리안 빌리지

아이드림 방과 후 프로그램에 참여하는 아이들은 거의 아디스아바바 외곽의 비탈진 언덕 위에 살았다. 상당수가 한국전 참전 용사 후손들로서 코리안 빌리지 출신이었다. 아프리카 땅에 웬 코리안 빌리지인가. 한국전 당시 에티오피아 군인들이 유엔군으로 참전하였는데 그들의 후손이 집단을 이루고 사는 마을이라 그렇게 불린다.

역사가 흐르는 동안 에티오피아는 많은 우여곡절을 겪었다. 극심한 가뭄과 사회 불안정으로 1974년 멩기스투의 군사 쿠데타가 일어나 오랜 왕정 체제가 무너지고 사회주의 정권이 들어서게 된다. 그 후 경제 사정의 악화와 반정부군의 저항이 거듭되면서 사회주의 정권은 몰락하고

우리는 모두 같은 꿈이 있습니다

1991년 다시 자본주의 정부가 들어선 이후 지금까지 이어져 왔다.

사회주의 정부 시절 한국전 참전 용사와 그 가족들은 남한을 도왔다는 이유로 많은 고초를 겪었다. 부당하게 감옥에 붙잡혀 간 사람도 있었고, 행방불명된 사람도 있었다. 그 밖에 직·간접 피해를 당해야 했는데 그런 사람들이 한 곳에 모이기 시작하여 집단을 형성한 마을이 코리안 빌리지다. 한때는 3만에 이르는 많은 사람들이 거주를 했으나 현재는 줄어들어 5,000명 정도가 살고 있다.

마을 입구에 이르자 허름한 양철지붕이 줄지어 서 있다. 아베네저, 파시카, 사하루시, 마틴, 트룽고, 베들레헴, 릴리나의 집을 차례로 방문했다.

아베네저는 할머니 밑에서 자랐다. 방학 중에는 세차를 하거나 구두 닦는 일을 하며 생계를 도왔다. 파시카는 조부모, 어머니, 여동생, 삼촌이 함께 사는 대가족이다. 식구는 많으나 식량이 부족하니 늘 허기져 있다. 사하루시는 아버지가 병으로 사망했고 어머니는 남의 집 빨래와 청소를 하면서 생계를 이어간다. 공부를 잘 하는 그의 미래 꿈은 의사란다. 마틴의 집 역시 비좁았다. 부모님, 남동생, 삼촌과 함께 한 방에서 생활하는데 남자 아이답게 벽에는 유명 축구 스타의 사진이 어지럽게 붙어 있다. 트룽고는 아버지가 공무원이었으나 사회주의 정권 때 퇴출되어 가세가 완전히 기울었다. 베들레헴은 둘러본 가정 중에서 가장 열악했다. 거주하는 집이 거의 동굴 수준이다. 햇빛이 전혀 들어오지 않는 두 평 남짓 공간에서 어머니, 오빠가 함께 지낸다. 식사는 하루 한두 끼를 먹는다.

마지막으로 릴리나의 집은 급경사를 이루는 언덕 아래에 있어 비가 계속 내리면 붕괴되지 않을까 걱정이 될 정도였다. 어머니, 할머니, 여동생과 함께 생활하고 있다. 그의 할머니가 오래된 사진을 꺼내 보여주었는데 남편이 한국전에 참전하여 제복을 입은 채 웃고 있는 장면이었다. 할머니는 그 사진을 평생토록 자랑스럽게 여겼다고 한다.

코리안 빌리지에서 만난 아이들은 찢어지게 가난했다. 그들의 할아버지가 한국전에 참전했다는 이유로 사회경제적 고통을 받았다는 것을 생각하니 가슴이 무척 아려왔다.

삼살교육센터

에티오피아의 공교육은 형편없다. 교사들은 열의가 없어 형식적으로 출근하여 월급만 받아가는 경우가 허다하다. 어떤 교사는 한 달에 절반 이상 출근하지 않아 결석 일수가 학생보다 더 많은 우스꽝스러운 사례도 있다. 실정이 이렇다보니 가난한 아이들에게 교육의 기회를 제공하기 위하여 우리 단체는 2012년에 아디스아바바 아라다 지역에 삼살교육센터를 오픈하였다. 교육 내용은 학과공부를 포함해 음악, 태권도, 컴퓨터 수업 등이다. 그 밖에도 청소년 문화교실을 개최하고 있으며 최근에는 독서교육도 강화해 나가고 있다.

삼살교육센터를 연 목적은 첫째, 빈곤 지역 초등학생 교육의 질을 높이고 둘째, 교육을 통해 빈곤퇴치에 대한 인식을 강화하고 셋째, 남녀가 차별받지 않는 균등한 교육의 기회를 제공하며 넷째, 컴퓨터 교육을 통해 정보화지식을 습득하고 다섯째, 예체능 교육을 통한 아동의 심신·건강 개선 등이다. 2013년부터 코이카 CSO 지원 사업으로 승인받아 예산이 더 많이 확보되면서 이전보다 큰 폭으로 활성화되었다.

우리는 모두 같은 꿈이 있습니다

코리안 빌리지에서 만난 아베네저와 파시카

하옥선 지부장은 현지에서 10년 이상 살아왔다. 그러므로 지부 직원을 뽑는데도 능력을 발휘해 센터 조직을 빠르게 정비해 나갔다. 하지만 가난한 나라에서 내일을 알 수 없다. 전날까지 잘 다니던 직원들이 이유 없이 그만두기도 하고, 멀쩡한 직원이 밤새 병이 났다며 결근하기도 한다.

소속감과 책임 의식, 그리고 친목을 도모하기 위해 내가 현지를 방문하는 동안 직원들과 워크숍을 가졌다.

워크숍에서 컴퓨터 담당 버라켓은 테스트를 실시하여 기준 점수를 통과하는 사람한테 수료증을 부여하자고 했다. 또 다른 컴퓨터 강사 무세는 학생들의 컴퓨터 실력을 높이기 위해 고급반을 편성하자는 제안을 했다. 조용한 성격의 이스라엘이 색다른 제안을 했다. 그의 제안은 묘목 심기였다. 이 나라는 집을 지을 때 나무가 많이 사용되고, 음식 조리에 숯이 대규모로 쓰이다보니 무차별적으로 벌목되어 산에 나무가 별로 없다. 정부는 일정한 자격을 갖춘 단체가 요청하면 묘목을 무상으로 나누어 준다고 하자 모두 좋은 아이디어라며 이스라엘을 칭찬했다.

우리는 미션 수행 게임도 하면서 단합을 도모했다. 입사한 지 얼마 되지 않는 한 직원이 빅 히트를 쳤다. 내가 '삼살(SAMSAL)'이 무슨 말을 줄인 거냐고 묻자 그는 "스킵 어 런치, 세이브 어 라이프(Skip a lunch, Save a life)"라고 했다. 점심식사 시간이 된 탓인가! 무의식중에 밀(Meal) 대신 런치(lunch)를 내뱉고 말았다. 직원들 모두 박장대소 속에 즐겁게 워크숍을 마쳤다.

페이샤 이스라엘

그는 호리호리한 체형에 수염을 기른 탓에 실제 나이인 스물다섯 살보다 훨씬 더 들어 보인다. 내가 그를 처음 보았을 때 수중에 돈이 한 푼도 없어 두 끼를 굶은 상태였다. 행색이 걸인처럼 남루했지만 대화를 해보니 유능한 청년이었다. 이스라엘은 당시 메칼리대학에서 법학을 전공하고 있었다. 그가 한 말이 기억난다. "기회가 주어진다면 NGO 단체에서 일하고 싶어요." 결국 원하던 대로 삼살 에티오피아의 교육 담당 직원이 되었다.

워크숍을 마치고 아디스아바바로 돌아오는 차 안에서 그와 대화를 가졌다. 이스라엘은 기타 연주와 미술에 일가견이 있었다. 틈만 나면 묵화를 그려 사람들에게 나눠 주곤 했는데 나를 쳐다보더니 "윤경일 대표님의 모습을 묵화로 그려서 보내 드릴까요?"라고 말했다.

그는 NGO 활동가보다는 학자 형이다. 왜 NGO 활동가가 되고 싶으냐고 물으니, 그는 "에티오피아는 너무 가난해요. 많은 아이들이 상급학교를 가지 못하고 있어요. 청소년들을 가르치고 싶습니다."라고 대답했다. 가치관에 대해 물었을 때는 놀라운 답변이 나왔다. "다른 이들과 함께 사는 것입니다." 표정이 점점 진지해져 갔다. "세어링 이즈 모어 댄 기빙(Shearing is more than giving)"이라고 말하며 자신의 꿈과 능력을 학생들과 함께 나누고 싶다고 했다. 에티오피아에서 이런 젊은이를 찾아보기는 쉽지 않을 것 같다.

그가 말하기를, 내가 자신의 아버지와 닮았단다. 식사 때마다 농담 삼아 "헤이 약골! 많이 먹어. 그 정도 먹고 일을 제대로 할 수 있겠니?"라는 말을 던졌는데 그의 부친도 비슷한 말을 자주 했단다. 하하하! 이스라엘은 위장이 약해서 식사 시간이 오래 걸렸고 맛있는 음식이 나와도 많이 먹지 못했다. 하지만 내면에는 무한한 꿈과 강한 의욕을 가진 청년이었다.

그가 삼살 에티오피아에서 오랫동안 일하기를 바랐지만 아쉽게도 얼마

가지 못했다. 그는 한국으로 유학을 오게 되었다. 부디 이스라엘이 한국 유학을 마친 후 에티오피아의 발전에 일조하기를 기대해 본다.

교육센터를 라프토로 옮기다.

아라다 지역은 접근성이 좋아 학생들이 찾아오기에 용이한 점이 있지만 건물 임차료가 비쌌고 전기가 수시로 나가 컴퓨터 수업에 크고 작은 지장을 초래했다. 거기다가 센터 주변에서 도심 재개발 공사가 진행되더니 아예 전기 공급 자체가 차단되는 일이 벌어졌다. 하는 수 없이 라프토로 삼살교육센터로 이전하게 되었다. 그곳은 도심에서 벗어난 곳이어서 교육 혜택을 제대로 받지 못하는 지역이고 인근에는 취약 계층이 밀집한 거주지와 공립학교가 있어 교육센터가 들어서기에 안성맞춤이었다.

우리의 센터를 옮기고 나니 아라다 지역의 아이들이 눈에 밟혔다. 센터는 이전했지만 그 아이들과 단절할 수 없어 일부 프로그램은 유지해 나가기로 결정했다. 다행히 베헤레 초등학교에서 교실을 제공받을 수 있어 컴퓨터 수업, 탁구 교실, 태권도 등 예체능 프로그램을 운영할 수 있었다.

내가 라프토 센터를 방문했을 때 음악수업이 진행 중이었다. 어두움이 내리는 시각에 아이들은 허기가 져 있을 텐데 모두들 음악 교사 피툼 비르한의 실기 수업에 몰두되어 있었다. 슬쩍 뒷문으로 들어가 경청했다. 사춘기 남녀학생들의 화음이 놀라울 정도로 청아했고 아름다운 소리를 냈다.

가난한 지역에서 음악수업은 어떤 가치가 있는 것일까? 먹고 살기도 힘든데 웬 사치냐고 반문하면 할 말이 없다. 짐바브웨 청소년들의 '우정의 벤치' 프로그램에서 배고픈 현실을 잊기 위해 아이들은 신나게 춤을 추며 그 속에 몰입하듯 라프토 교육 센터의 음악 수업도 같은 맥락이다. 음악 프로그램을 멋지게 살려보고 싶다. 남수단 톤즈에서 활동하셨던 고 이태석 신부님께서 어린이 합주단을 구성하여 지역사회에서 의미 있는 역할을 하게 했듯이 나 역시 그런 희망을 가지고 있다.

시각장애인 컴퓨터 프로그램

개발도상국에서 시각장애인보다 더 불쌍한 사람은 없을 것이다. 그들 앞에는 가난과 장애가 겹쳐 이중의 고통스런 현실이 가로막고 있다. 그들은 어떤 경로를 통해 시각장애인이 되었을까? 사람은 성장 과정에서 철분, 엽산, 비타민 등을 필수적으로 섭취해야 한다. 비타민A가 만성적으로 부족하면 실명 요인이 될 수 있다. 전체 개발도상국에서는 비타민A 부족으로 4분마다 한 명씩 시력을 잃는다는 보고가 있다. 또 감염된 눈을 제때 치료받지 못하면 실명에 이를 수 있다. 대표적인 예가 트라코마에 의한 실명이다. 영국 BBC 기자가 에티오피아의 한 마을에 들어가 눈병을 조사한 적이 있다. 가족 중에 눈병을 앓고 있는 사람은 손들어 보라고 하자 제법 많은 아이들이 손을 들었다. 어떤 아이는 엄마가 한쪽 눈이 안 보인다고 했고 다른 아이는 할머니의 두 눈이 모두 실명 상태라고 했다. 자신의 눈에 이상이 있는 사람 손들어 보라고 하자 아무도 손을 들지 않았다. 정말로 학생들에게 문제가 없는 것일까? 기자와 동행한 안과 의사가 아이들의 눈 상태를 검진한 후 절반 이상이 트라코마에 감염된 것으로 확인됐다. 안과 전문의 알레마예후는 "트라코마는 어린아이들에게는 거의 증상이 안 나타난다는 게 무서운 점입니다."고 말한다. 이 병은 오랫동안 감염이 반복되면 각막이 혼탁해지면서 실명으로 이어진다.

나는 아디스아바바 길거리에서 시각 장애인을 거의 보지 못했다. 그 이유는 자유롭게 밖을 나갈 수 없기 때문에 눈에 띄지 않았을 뿐이다. 이런 불우한 처지에 있는 젊은 시각장애인을 우리가 품어 준다면 아주 가치 있는 일일 것이다. 그래서 시각장애인 컴퓨터 수업을 추진했다. 준비 과정은 만만찮았다. 사전 조사를 해 보니 아디스아바바 대학 내에 시작장애인을 위한 컴퓨터반이 개설되어 있었고, 므스라츄 장애인센터도 비슷한 수업을 진행하고 있었다. 처음 시도하는 프로그램이어서 노하우를 축적하기 위해 현지 단체와 연대하는 방향으로 계획을 세웠다. 하지만 두 기관들은 지나치게 요구 사항이 많아서 계획이 무산되고 말았다. 계속 여건을 지켜보던 중 에티오피아 시각장애인협회가 있다는 것을 알게 되었다. 거기는 앞선 두 기관과는 달리 요구 사항이 많지 않았고, 우리 단체가 추구하는 방향과 어느 정도 공감을 이루었다. 그리하여 에티오피아 시각장애인협회 측과 시각장애인 컴퓨터 프로그램을 실시하는 계약을 맺었다.

시각장애인협회는 장소와 맹인 강사를 제공하고, 한끼의식사기금은 전문 컴퓨터 강사를 파견하여 프로그램 관리를 하면서 동시에 코디네이터 역할을 수행하는 협약을 맺었다.

수업을 시작한 지 몇 달이 지날 무렵 현지로부터 소식이 들려왔다.

우리는 모두 같은 꿈이 있습니다

오전 20명, 오후 20명씩 주4일간 컴퓨터 수업이 운영되고 있습니다. 컴퓨터 교실 선생님도 시각장애인입니다. 그래서 누구보다 학생들의 어려움을 잘 알고 열정적으로 수업에 임하고 있습니다. 저희가 운영하는 수업 중 출석률이 가장 높은 반이 시각장애인 컴퓨터 교실입니다.

시작장애인 컴퓨터 수업을 통하여 그들도 시민의 한 사람으로서 주눅 들지 않고 당당하게 살아갈 수 있었으면 좋겠다.

삼살 에티오피아의 일대일 결연아동들

아디스아바바에서
겪었던 일들

거리 풍경

아프리카 대륙이라고 하면 사람들은 아주 더운 곳이라고 생각한다. 그건 잘못된 인식이다. 삼살 에티오피아가 위치한 아디스아바바는 낮에는 23, 24도까지 올라가지만 밤에는 스웨터를 입어야 할 정도로 기온이 뚝 떨어진다. 한국은 장마철이 되면 무덥고 습도가 높아 이불을 걷어차고 자지만 아디스아바바는 우기가 되면 두꺼운 이불을 덮고 자야 할 만큼 쌀쌀하다. 특이하게도 8월에는 별사탕만한 우박이 내려 농작물에 구멍을 숭숭 뚫어 놓기도 한다.

아침이 되자 아디스아바바는 사방이 엷은 파란색 매연으로 자욱하다. 고도 2,500 미터의 고원도시여서 산소 부족으로 완전 연소가 안 돼 그렇게 보인다. 도시의 전경을 내려다보기 위해 은또또 산언덕으로 올라갔다. 그곳에는 이 나라 최초로 심겨진 유칼립투스 나무가 있다. 이 나

우리는 모두 같은 꿈이 있습니다

무는 번식력이 매우 좋아 건축 자재나 땔감으로 많이 사용된다. 은또또 입구에서 한 무리의 여인들을 만났다. 그들은 자신의 몸집보다 몇 배나 되는 나무 가지들을 등에 짊어지고 내려오고 있었다. 일부는 팔고 나머지는 집으로 가져가 땔감으로 사용하기 위해서란다. 이 나라에서 여성들이 나무하는 장면은 일상적인 모습이다.

5월의 아디스아바바 거리는 태양이 따갑게 내리쬈다. 도심 구경에 나섰다. 채소 썩는 냄새와 가축 배설물들이 뒤섞여 야릇한 냄새가 코를 찔렀다. 동아프리카 최대 전통시장인 메르카토다. 호객 행위와 자동차 경적 소리들이 뒤섞여 아주 혼란스러웠다. 메르카토는 서민들의 땀 냄새가 물씬 풍기는 진지한 삶의 현장이었다. 복잡한 시장 한쪽에 죽은 듯이 잠을 자는 사람들이 보였다. 차가 옆으로 지나가도 그들은 꼼짝하지 않았다. 낮잠을 저토록 깊게 잘 수 있을까? 걸인들은 밤에는 추워서 자지 못하다가 낮이 되면 깊은 잠에 빠져든다.

길거리를 걷는데 닭장처럼 생긴 조그만 판자 박스에서 어떤 사람이 엉금엉금 기어 나왔다. 판자 박스가 사람 사는 집이란다. 이동하기가 편리해서 수시로 옮겨 다니며 지낼 수 있다. 아디스아바바에서는 닭장과 같은 작은 거주 공간을 임차하는데 500에서 800비르를 지불해야 한다.

거대한 텐트가 도로 한가운데를 점령하고 있다. 차들은 텐트를 피해서 중앙선을 넘어 반대편 차로로 달렸다. 시위대가 무슨 데모를 벌이나 했는데 사실은 부유층의 결혼식 행렬이었다. 그들은 성대한 잔치판을 벌이며 자신의 부를 과시하기 위해 도로까지 침범한다. 에티오피아는 부자뿐 아니라 가난한 사람들도 결혼식만큼은 성대하게 치른다. 그러나 그로 인한 문제는 돈이다. 빚을 내서 결혼식을 치르고 나면 10년씩 빚 갚느라 고생이 이만저만 아니다. 아디스아바바의 밤거리는 캄캄하지만 쉐라톤 호텔 주변은 불야성이다. 화려한 불빛 너머로 도시의 어두운 속살이 드러났다. 호텔에서 얼마 떨어져 있지 않는 길거리에는 사람들이 차가운 땅바닥에서 자고 있었다. 비닐을 뒤집어쓴 채 자는 이, 종이 박스를 이불로 덮고 자는 이, 마대 속에 들어가서 자는 이 등 각양각색이다. 어떤 이들은 추위를 이겨내기 위해서 집단적으로 엉겨 붙어 자고 있다. 다 같은 사람이지만 태어난 곳에 따라 잠자리는 너무나 다르다. 누구는 안락한 침대에서 잠을 자는 동안 또 누구는 뼈까지 한기가 스며드는 차가운 흙바닥에서 매일 밤을 자야 한다. 불평등한 세상이다.

선거 정국

에티오피아인들에게 어느 나라의 식민 지배를 받았느냐고 물으면 발끈 화를 낸다. "우리는 어느 나라에도 지배받지 않은 독립 국가입니다!" 다른 아프리카 국가들과는 달리 에티오피아는 유럽 제국주의 국가로부터 식민 지배를 받지 않은 유일한 국가다. 잠시 이탈리아의 지배를 받긴 했지만 황제가 영국으로 망명하여 항전을 했으므로 나라를 완전히 잃었다고 볼 수는 없다. 하지만 나라 안에는 여러 부족들이 살고 있어 정국이 불안정한 경우가 많았다. 제나위 총리 사망 후 국민 정서는 집권당의 억압적인 통치에 저항감이 가득 쌓여 있었다.

2015년 총선을 앞두고 자칫 10년 전 선거의 후유증을 재연할 위험성이 높아지자 국제사회는 에티오피아 정부에 부정 선거에 대한 경고를

우리는 모두 같은 꿈이 있습니다

보냈다. 그러자 정부는 외국인의 입국을 까다롭게 검열하기 시작했다.

나는 선거 정국을 피해 현지 방문 계획을 세웠다. 에티오피아 정부는 선거일이 임박했는데 공식 선거 일정을 발표하지 않았다. 무작정 기다릴 수 없어 나는 나름대로 일정을 잡아 현지로 향했다. 아니나 다를까 우려했던 사태가 벌어졌다. 입국 과정에서 입국 비자를 발급해주지 않아 곤욕을 치러야 했다. 외국인에 대한 검문검색이 몇 배 강화되었고 작은 꼬투리라도 발견되면 입국을 거부하는 일이 벌어지고 있었다. 현지 주재 한국 대사관의 담당 영사님과 직원들이 공항에 달려와 내 입국 문제를 거들어 주기도 했으나 비자 발급 책임자는 무조건 안 된다는 것이었다. 이유가 황당했다. 그는 나의 여권을 펼쳐 보이며 "이 사람은 전 세계 가난한 나라 여러 군데를 돌아다녔소. 필시 우리의 내정을 조사하기 위해서 입국하려는 의도가 보여 승인할 수 없습니다." 우리가 항의를 할수록 그는 더 완강한 자세로 당장이라도 한국행 비행기에 나를 태워 되돌려 보낼 것 같았다.

이를 어쩌나. 대사관의 담당 영사는 마지막 수단으로 나를 초청하는 방식으로 공문을 작성해 현지 당국에 보내겠다고 했다. 그렇게 일이 진행되면 나는 만 하루를 꼼짝없이 공항에 잡혀 있어야 한다. 다른 도리가 없었다. 딱딱한 나무 의자에 앉아서 상황 변화를 기대하며 기다릴 수밖에 없었다. 시간이 지나자 비행기 착륙 시간대가 끝났는지 입국하는 사람들은 아무도 없고 공항 안은 쥐죽은 듯 조용했다. 장거리 비행으로 피곤했는지 나도 모르게 그만 졸고 있었다. 어렴풋이 뚜벅뚜벅 구두 발자국 소리가 들리는 것 같아 눈을 떴다. 입국을 거부한다는 비자 발급 책임자가 내 앞에 서 있었다. 이번에만 승낙하겠다며 자신을 따라오란다. 어떤 영문에서 그의 태도가 번복되었는지 알 수 없었으나 아무튼 그렇게 해서 내 여권에는 에티오피아 입국 비자가 찍혔다. 선거에 촉각을 곤두세운 에티오피아 정부가 도심 곳곳에서 사람들을 통제하는 분위기가 읽혀졌다. 매일 도로 여기저기 널브러져 자거나 빈둥거리던 걸인들이 선거 하루 전날에는 단 한 명도 보이지 않았다. 괜히 모여 있다가 경찰에 붙잡혀가지 않을까 우려하여 모두 산속으로 숨어 버렸던 것이다.

선거 당일이 되자 삼살 에티오피아 직원들도 두렵다며 예정된 프로그램에 나오지 않으려 하더니 한참 뒤에야 나타났다. 현지 직원 한 사람이 "이번 선거 분위기가 이전과 아주 달라요. 사람들은 두려움에 저항할 엄두를 내지 못해요."라고 말했다. 2005년 선거 당시 부패한 정권을 바꿔 보자고 시민들이 반정부 시위를 격렬하게 벌였다. 그로 인해 정부군은 무자비하게 발포를 하여 수 백 명의 시민들이 피를 흘리며 쓰러졌다. 2015년 선거는 아주 조용히 끝났다. 아디스아바바의 주요 거리는 종일 한산하다 못해 침묵 속에 빠져 들었다.

당나귀의 운명

에티오피아에서는 자신의 덩치보다 몇 배나 되는 짐을 싣고 가는 당나귀를 흔하게 볼 수 있다. 터벅터벅 걸어가는 당나귀에게 주인은 더 빨리 가지 못한다고 채찍질을 해 댄다. 죽으라고 일해도 주인은 허구한 날 회초리질이니 당나귀도 가끔은 오기를 발동한다. 고통을 참지 못하고 망아지처럼 설치는 일이 벌어진다. 그러면 더 엄한 벌이 돌아온다. 주인은

우리는 모두 같은 꿈이 있습니다

당나귀를 일정 보폭 이상 벌리지 못하도록 두 다리를 끈으로 묶어놓은 채 빨리 가라고 재촉하니 당나귀들 무슨 재주로 더 빨리 걸을 수 있나. 빨리 가지 않는다며 주인은 또 채찍질을 가한다.

하루는 월리소라는 곳을 가게 되었다. 도로변에 소, 말, 당나귀, 양, 염소, 개 등 흔히 보는 가축들이 어슬렁거렸다. 어떤 녀석들은 차가 다가오면 피하지만 어떤 녀석들은 차가 오는 방향으로 다가와 아찔한 순간을 맞았다. 소는 대체로 우직해서 차가 지나갈 때까지 그 자리에 서 있지만 당나귀는 차와 겨뤄 보자는 듯 도로 한가운데로 들어오기도 한다.

이렇게 밉상인 당나귀는 일을 잘 한다는 이유로 현지에서 아주 비싸게 거래된다. 한번은 외국인이 운전하는 차에 당나귀가 부딪혀 그만 죽어버렸다. 당나귀 주인은 적정한 보상을 받았지만 사고를 낸 외국인을 다시 찾아와 집요하게 추가 보상을 요구했다. 당나귀가 훌륭한 짐꾼 노릇을 하게끔 자신이 땀 흘려가며 훈련을 시켰으므로 훈련비를 더 내라는 것이었다. 그는 하는 수 없이 추가 보상을 해 주고 말았다. 에티오피아에서 당나귀는 재산목록에 속한다.

당나귀의 마지막 운명은 어떻게 될까? 아디스아바바 도로변에서 죽어가는 당나귀를 보았다. 사람들은 요긴하게 부려먹고는 노쇠해지면 당나귀를 쓰레기처럼 길거리에 버린다. 숨을 몰아쉬며 죽어가는 당나귀 모습이 안쓰럽다. 죽어서나 편히 쉴 수 있으려나.

기생충 강의
2015년 나의 방문 일정 중에는 기생충 예방 교육과 구충제를 먹이는 일정이 잡혀 있었다. 개발도상국에서 기생충으로 인한 질병은 말라리아 다음으로 흔하다. 아이들은 먹을 것이 부족하여 영양결핍에 빠지는데 기생충까지 가세하여 배 속 영양분을 빼앗아 먹으니 아이들은 제대로 크지도 못하고 각종 질병에 걸려 사망률은 더 올라간다.

하옥선 지부장, 이형기 봉사단원과 함께 기생충 강의를 하러 베헤렛 공립학교에 갔다. 한국의 초등학교는 갈수록 아이들 숫자가 주는데 그곳은 날이 갈수록 아이들로 넘친다. 교장 선생님과 인사를 나눈 후 그가 안내하는 교실에 들어가니 학생들이 모여 있었다. 먼저 이형기 단원이 기생충 질환과 영양 관리에 대해 재미있게 수업을 진행했고 이어 내가 기생충들이 일으키는 질병과 예방법, 그리고 약에 대해 설명하는 시

에티오피아에서는 여성과 당나귀가 가장 불쌍한 존재다.

우리는 모두 같은 꿈이 있습니다

간을 가졌다.

"여러분들, 지금 배가 고파요?" 상당수 아이들이 손을 든다. "가끔 배가 아프고 힘이 없기도 해요?" 몇몇 학생들이 손을 들었다. 그렇게 물어본 것은 기생충 질환을 의심해 보기 위해서였다.

이론 강의가 끝나고 구충제를 복용할 시간이 되었다. 조용히 경청하던 교장 선생님과 위생 담당 교사의 표정이 순간 굳어졌다. 교장 선생님은 삼살 에티오피아 일행에게 몇 가지 질문을 했다.

"약에 부작용이 없나요?"

"몇 살부터 이 약을 복용할 수 있어요?"

"유효 기간은 언제까지입니까?"

모두 옳은 질문이었다. 나는 천천히 설명하면서 그들을 안심시켰다. 하지만 교장 선생님은 학부모들에게 아이들에게 구충제를 먹인다는 동의서를 받지 않았다며 주저하는 게 아닌가. 그때 하옥선 지부장이 "제가 먼저 먹어볼게요."라며 알벤다졸(구충제) 한 알을 꿀꺽 삼켰다. 교장 선생님도 안도하며 차례대로 나와서 약을 먹으라고 오케이 사인을 보냈다. 가난한 나라이지만 학생들을 위한 교장 선생님의 마음이 엿보인다. 학생들이 모두 먹고 남은 구충제를 학교에 기증했다.

강의를 마치고 나오는데 뒤에서 내 옷을 끌어당겼다. 미리암과 그의 친구가 수줍은 웃음을 띠며 "테이크 포토!"라고 말했다. 이 소녀들은 강의 중에 다른 아이들보다 적극적으로 호응해 주었다. "오케이! 굿!" 구호 현장에 가면 내가 먼저 사진을 찍자고 한다. 그런데 이 학교에서는 아이들로부터 제안을 받으니 기분이 매우 좋았다.

지금도 진행되는
여성 할례

잔인한 관습

불안은 다가오는 위험을 사전에 인지하여 대처하도록 해 주는 경고신호이다. 원시 집단에서는 불안이 과중해지면 지나친 공포에 휩싸여 터무니없는 일들이 벌어지곤 했다. 아프리카에서의 마녀 공포가 그 예라고 할 수 있다. 마을에 역병이 돌거나 알 수 없는 불행이 닥치면 사람들은 누군가를 희생양으로 삼아 공포에서 벗어나려고 하는데 그 대상은 주로 어린 아이들이 된다. 왜 아이들을 희생양으로 삼을까? 아이는 힘이 없고 나약하기 때문에 마녀의 유혹에 취약하다고 여긴다. 마녀 꼬리표가 붙게 되면 아이에게 음식을 주지 않고 구타를 가한다. 그리하여 어린아이는 살아남기 위해 길거리로 뛰쳐나올 수밖에 없다.

정보기술문명이 지배하는 세상이지만 아프리카 대륙 일부에서는 미신적인 관습이 아직도 남아 있다. 심지어 법원에서조차 객관적인 증거를

우리는 모두 같은 꿈이 있습니다

바탕으로 법리를 적용하지 않고 주술사의 황당한 말을 듣고 판단을 내리는 경우가 있다. 짐바브웨와 같은 독재를 일삼는 국가에서도 일반인들을 현혹하는 주술 행위를 법으로 금지하기에 이르렀다. 그럼에도 불구하고 짐바브웨 법정은 범죄 구성의 조건에서 주술적인 의견을 받아들이려는 경향이 남아 있다.

아프리카의 전통 중 가장 근절되어야 할 관습으로 여성 할례를 지적하지 않을 수 없다. 이 의식은 수천 년 동안 행해져 왔다. 여성 할례로 인하여 연간 200~300만 명의 여성들이 잔인한 경험을 하고 있다. 현지인들에게 이 행위를 왜 하느냐고 물으면 부족의 전통이라거나 종교적 가르침이라고 말한다. 그 이면에는 남성 우월주의 사회 분위기 속에서 여성의 성적 자유를 억압하기 위해 족쇄를 채워두겠다는 묵시적 합의가 깔려 있다.

할례를 받는 나이는 광범위해 아주 어릴 때부터 사춘기, 심지어 성인이 되어서 받는 경우도 있다. 시술 유형도 다양하여 음핵과 음순만 잘라 내는 경우가 있는가 하면 대음순을 꿰매어 질 입구를 거의 봉합하기도 한다. 후자의 경우 소변과 생리혈이 빠져나올 수 있는 최소한의 공간을 남겨두기 위해 봉합한 대음순 사이에 성냥개비 같은 것을 한동안 꽂아두게 된다. 이 얼마나 잔인한 짓인가.

2013년 유니세프는 전 세계적으로 1억 2,500만 명의 여성들이 할례를 받았다고 밝혔다. 국가별로 조사해 보니 소말리아 여성이 가장 높아 98퍼센트가 시술을 받은 것으로 나타났다. 다음으로 기니, 지부티, 이집트 여성들 순으로 90퍼센트를 넘었고, 에티오피아의 경우는 72퍼센트의 여성들이 시술을 받는 것으로 알려져 있다.

앞에서 햄린 피스툴라 병원에 대한 이야기를 하면서 산과 누공의 가장 큰 원인은 조기 결혼이라고 설명한 바 있다. 그렇지만 여성 할례 또한 아주 심각한 질 누공의 한 요인이 되고 있다. 여성 할례는 출산 시 심각한 문제를 일으킨다. 소말리아 토그데르주에 사는 호단은 열세 살에 시집을 가서 이듬해에 아이를 낳았다. 그 어린 나이에 임신을 했으니 출산 과정은 당연히 난산이었다. 호단은 사투를 벌인 끝에 아들을 낳았으나 출산 후 그녀의 몸에서 악취가 떠나지 않았다. 질 일부가 찢어져 구멍이 생긴 것이었다. 소말리아에서 행해지는 할례는 일명 '파라오 할례'라고 하여 가장 극단적인 형태이다. 소변을 볼 수 있는 부분만 제외하고 생식기 전체를 봉합하고 출산 시에만 열어 주는 방식이다. 이런 할례를 받은 여성은 출산 과정에서 할례를 받은 부위가 찢어져 질 누공이 생기게 된다. 소말리아 여성들 중에는 호단처럼 질 누공에 시달리는 사람들이 많다고 한다.

톱모델 와리스 디리

소말리아에서는 예부터 여자의 다리 사이에는 나쁜 정령이 있어 태어날 때부터 성기를 제거해야 한다는 이상한 믿음이 있었다. 남성들이 여성을 자신의 소유물로 여기고 성적 구속을 위해 꾸며낸 이야기를 주술사가 미신적 방법을 동원하여 믿게 만든 것이다.

소말리아 출신 슈퍼모델 와리스 디리. 그녀는 자신이 가장 잔인한 방법으로 할례를 받은 아픈 기억을 평생 잊지 못한다. 유엔 특별인권대사에

우리는 모두 같은 꿈이 있습니다

임명된 와리스 디리는 여성 할례로 고통 받는 여성들을 위해 헌신적인 노력을 한다. 그러면서 자신의 아픔을 승화시켜 나갔다.

다섯 살 되던 날 할례 전문 집시 여인에 의해서 그녀의 성기 부위는 도려졌다. 소독도 하지 않은 녹슨 칼에 뜯겨져 나간 그 자리는 피고름 범벅이 됐고 상처가 다 아물 때까지 극심한 고통 속에서 지내야 했다. 상처가 아물 때까지 한 달이 넘도록 두 다리가 묶이고 소변을 볼 때면 타는 듯한 통증에 시달렸다.

성인이 되어서도 와리스 디리의 후유증은 계속 되었다. 소변이 방울방울 떨어져 소변을 보는 데 10분씩 걸리다보니 사람들로부터 놀림을 받아야 했다. 생리 때가 다가오면 공포에 질렸다. 생리혈이 제대로 빠져나오지 못하고 고여 있던 탓에 끊임없이 흘러 나왔고 통증 또한 기절을 할 정도로 심했다. 그런 생리를 매달 거의 열흘씩 겪어야 했으니 사는 것 자체가 고통이었다. 생리의 고통을 피하기 위해 그녀는 피임약을 먹기 시작했다. 그러자 약 부작용으로 가슴이 커지고 엉덩이도 커졌다. 체중도 갑자기 불어나 감당이 안 되자 그녀는 병원을 찾아 할례 시술 후유증에 대한 복원 수술을 받았다.

최고의 모델이 된 와리스 디리는 파리, 밀라노를 거쳐 미국으로 건너가서 유명 패션 잡지의 광고 모델로 나서는 등 성공가도를 달리게 된다. 그리고 자신의 인생을 되돌아보게 된다. 여성 할례에 대한 부당함을 세상에 알리고자 인터뷰의 여왕이라 불리는 바바라 월터스가 진행하는 뉴스 프로그램에서 자신의 슬픈 이야기를 소개했다.

할례 실태 조사

삼살 에티오피아는 얼마나 많은 여성들이 시술의 피해를 겪고 있는지 실태 조사를 했다. 포괄적 여성 인권에 대한 인식 차원에서 이루어진 조사는 현지인 남성들에게 민감한 반응을 불러일으킬 수 있다. 경우에 따라 일부 세력이 불만을 가지고 조사를 방해할 수 있어 신중하게 조사해 나갔다. 설문지는 우리 단체에서 자체 제작한 21문항으로 구성했다.

아디스아바바와 홀레타 지역에 사는 여성 60명을 무작위로 추출하여 조사했다. 대상자의 연령층은 15세부터 65세까지였다. 직업은 사무직 여성, 고등학생, 주부, 대학생, 가정부 등 다양했다.

조사 결과 전체 대상자 60명 중 여성 할례를 받은 경우는 39명으로 65퍼센트가 받은 것으로 나왔다. 할례를 받은 시점은 영아 26명, 10대 이전 9명, 사춘기 4명이었고 성인 및 결혼 직전에는 한 명도 없었다. 시술받았던 장소는 집이 압도적으로 많았고 병원에서 받은 경우는 한 명도 없었다. 누구로부터 시술을 받았느냐는 항목에서 마을 노인 49퍼센트, 할례 전문 여인 41퍼센트, 간호사 2퍼센트, 기타 7퍼센트로 나왔다.

할례를 받은 후 겪었던 합병증을 묻는 질문에서 이상 없음 51퍼센트, 생리 장애 21퍼센트, 골반 통증 8퍼센트, 감염 2퍼센트 순으로 나타났다. 이 부분은 반수 가까이가 영아시기에 시술을 받았기 때문에 어떤 후유증을 앓았는지 정확히 판단하기는 어려웠다.

할례를 받은 여성들의 부모에 대한 조사에서 아버지의 학력은 초등학교 15명, 중·고등학교 14명, 대학교 이상 9명으로 나와 부친의 교육 정도와 여성 할례는 상관관계가 없었다. 반면 어머니의 학력은 초등학교

20명, 중·고등학교 3명, 대학교 이상 9명으로 나와 상대적으로 저학력의 가정에서 할례 시술이 많았던 것으로 나타났다. 가정의 경제적 수준을 묻는 질문에서는 중류층이 가장 많았다.

에티오피아에 사는 여성들 중 얼마나 많은 사람들이 이 시술을 받는다고 생각하느냐는 질문에 대해 대상자 60명 중 23명이 여성의 50~70퍼센트에서 받고 있을 것으로 여겼다.

종교적 영향을 받는지 여부에 대해 전체의 3분의 1은 그렇다고 보았으나 3분의 2는 그렇지 않다고 답하여 종교적 의식이라는 인식은 약했다. 할례를 받았던 이유를 묻는 질문에서 부족 전통이라고 답한 경우가 압도적으로 많았다. 에티오피아 남성들은 여성이 할례 받기를 원하는가에 대한 질문에서 24명이 '그렇다'고 답했고, 35명은 '아니다'는 답을 보였다. '그렇다'고 대답한 이들에게 남성들은 무엇 때문에 할례를 받기를 원하느냐는 질문에 무응답이 과반수에 가까워 자신의 솔직한 생각을 나타내기를 꺼렸지만 일부는 성적 욕구 억제를 이유로 들기도 했다. 할례를 받지 않으면 결혼생활에 지장이 있느냐는 질문에 전체 중 88.3퍼센트가 지장이 없다고 답했다.

자신이 여성 할례를 받은 것에 대해 어떻게 생각하느냐는 질문에서 단 4명의 여성만이 당연히 기쁘게 받아야 한다고 여겼고 대다수는 무응답이거나 후회하는 반응을 보였다. 이는 부족의 전통이라는 명목으로 시술을 받긴 했으나 개인적으로는 원하지 않음을 시사한다.

여성 할례를 근절해야 하는 이유에 대해 두 가지 이상 복수의 답을 하도록 했더니 의학적인 부작용 35퍼센트, 미신적인 관습 철폐 24.2퍼센트, 여성 인권 침해 23.3퍼센트, 남녀 차별 철폐 12.5퍼센트, 고통스럽기 때문에 5퍼센트 순으로 나타났다. 여성 할례를 근절하기 위해 어떻게 하면 좋은가에 대한 항목에서는 여성 인권 강화, 다양한 교육, 의학적 위험성 등이 골고루 나왔다. 마지막으로 근절을 위한 캠페인에 대해 들어본 적이 있는가에 대해 90퍼센트 이상이 들어본 적이 있다고 대답했다.

　삼살 에티오피아에서 시행한 조사 결과를 종합해 보면 유엔 등에서 조사한 결과들과 크게 다르지 않은 것으로 나타났다. 매년 2월 6일은 유엔이 정한 여성 할례 철폐의 날이다. 유엔은 1990년대에 들어서 여성 할례 근절을 위한 노력을 시작했으나 대다수 국가들은 오랜 관습으로 장벽이 깨지지 않고 남아있다. 세상은 갈수록 개인의 자유와 인권이 강화되어 간다. 스마트 폰은 세상의 소식을 실시간으로 연결해 준다. 여러 언론 매체를 통해 여성 인식 교육을 지속적으로 이어나가고 대중적인 캠페인을 계속해서 펼쳐 나간다면 오랜 이 악습은 곧 무너질 것이다.

5
쉽지 않은 미얀마 구호활동

양곤 시내에는 폐차가 되어야 할 수준의 차량들이 활개를 치고 다닌다.
이곳에서는 다른 저개발국에서 흔히 보던 오토바이가 보이지 않는데
미얀마 군부가 오토바이를 타지 못하게 조치를 취했기 때문이란다.

쉽지 않은
미얀마 구호활동

생명보다 돈이 더 귀한 세상

    양곤 시내에는 폐차가 되어야 할 수준의 차량들이 활개를 치고 다닌다. 다른 저개발도상국가에서 흔히 보던 오토바이가 보이지 않는데 미얀마 군부가 오토바이를 타는 것을 금지했기 때문이란다. 사쿠라 타워를 지나 광장에 나섰다. 론지를 입은 남자들과 타나카를 얼굴에 바른 여인들이 분주히 오갔다. 타나카는 이 나라 여성들이 얼굴에 바르는 일종의 천연 선크림으로 피부 미용뿐 아니라 자외선을 차단해 주는 효과가 있다. 일부 노점상에서 아웅산 수치 여사의 사진을 담은 기념품을 판매하고 있다. 확실히 과거에 비해서 분위기가 많이 자유로워진 듯했다.

    나탈리아, 빈센트와 함께 바간 행 비행기를 타기 위해 공항으로 갔다. 거기서 동행자 한 사람이 더 늘어났다. 나탈리아가 그를 소개해 주었다.

우리는 모두 같은 꿈이 있습니다

"안녕하세요. 미얀마 사람 에릭입니다."

"정말요? 미얀마 사람이 맞아요?"

"네. 맞아요. 나를 처음 보는 사람들은 다들 놀라요."

현지인과는 확연히 다른 그의 외모에 놀라지 않을 수 없었다. 그도 그럴 만한 것이 어머니는 미얀마계지만 외할아버지가 독일계고, 아버지가 미국계여서 에릭의 외모는 거의 서양인에 가까웠다. 그는 예난정 지역에서 조그만 NGO 단체를 만들어 활동해 오고 있다.

바간에 내리니 도시 전체가 탑과 불교 사원으로 가득했다. 많은 사람들이 아름다운 바간을 보러 왔지만 우리 일행은 먼 길을 떠나야 했다. 몇 시간을 더 달린 끝에 예난정에 도착했다.

예난정은 반사막 지역이다. 물은 아주 부족하지만 대신 기름이 많이 생산된다. 기름이 풍부한 곳이어서 주민 생활이 다른 곳보다 낫겠다고 생각하면 큰 오산이다. 미얀마 정부는 전량을 해외로 보내기 때문에 주민들의 생활수준은 다른 곳보다 더 못한 편이다.

에릭을 따라 어느 허름한 집으로 들어갔다. 연로한 할머니가 소녀의 손을 잡고 반갑게 맞아 주었다. 열두 살 린은 시각장애인 할머니를 챙겨 드려야 하기 때문에 학교를 다닐 수 없었다. 수입이 전혀 없는 이들에게 에릭은 하루 두 끼씩 지원을 해 주었다. 할머니와 이런 저런 대화를 나누고 있는데 집 안에서 젊은 여인의 울음소리가 들려왔다. 린의 사촌 언니였다. 슬피 우는 까닭은 생후 두 달 된 자신의 아기를 며칠 전에 잃었기 때문이었다.

"아기에게 무슨 병이 있었나요?"

"감기에 걸렸대요."

감기로 목숨을 잃다니! 말도 안 돼! 에릭은 사실이라고 말한다. 마을에 의료 시설이 있기는 하지만 진료 받기가 너무 힘들단다. 진료를 받으러 가면 의사는 첫마디에 "돈 가지고 왔느냐?"는 말부터 꺼낸다고 한다.

나도 의사지만 수많은 의사 중에 그런 의사는 본 기억이 없다. 할머니는 돈이 없으면 아무리 급한 환자라도 진료를 받을 수 없다고 말했다. 린의 사촌 언니는 돈이 없어 아기에게 약 한 번 써보지 못했다. 감기에서 폐렴으로 진행됐던 모양이다. 세상에는 참 원통한 일이 많다. 사람 목숨보다 돈이 더 귀하단 말인가. 여인의 울음소리가 모두의 마음을 무겁게 했다.

예난정 물 프로젝트

에릭은 한때 재산을 꽤 많이 모았다고 한다. 안락한 생활을 누리던 그에게 갑작스런 변화가 찾아온 것은 아내의 죽음이었다. 암으로 아내가 세상을 떠나게 되자 모든 것이 허망해졌다. 재산이 많아도 함께 즐길 사람이 없으니 그에게는 모든 게 헛되고 의미가 없어졌다. 에릭은 세상에서 시들지 않는 가치를 가진 것이 무엇인지 찾아다니던 중 가난한 사람들에게 관심을 가지게 되었다. 하루는 길을 가는데 주민이 도움을 청해왔다. 원하는 대로 도와주니 다른 사람이 다가와 또 도와달라고 했다. 에릭은 원하는대로 또 들어주었다. 나중에는 돈 없는 아이들에게 치료비도 지원해 주었다.

"내가 조금씩 도와주었더니 그들에게 변화가 나타났습니다. 그 변화들

우리는 모두 같은 꿈이 있습니다

예난정의 여인—물을 길러 가는 일이 하루 중 가장 중요한 일과다.

이 내 삶에 활력을 불어 넣어 주었습니다."

에릭은 자신의 도움으로 사람들이 기뻐하고 행복해 하는 모습을 보고서 새로운 가치를 발견했다. 하지만 혼자 힘으로는 많은 사람들을 돕지 못한다는 것을 깨닫고 LSS(Lay-Thar-Gone Social Service)라는 NGO을 만들었다.

LSS는 예난정 지역에 사는 가난한 사람들에게 물 문제를 우선적으로 해결해 주는 것을 목표로 정했다. 물 프로젝트와 같은 사업은 예산 규모가 크기 때문에 자체적으로 추진하기에 벅찼다. 그는 한끼의식사기금 미얀마 사업 매니저 역할을 하던 나탈리아를 통하여 나에게 사업 제안서를 보내왔다. 몇 달 후 에릭의 LSS와 연대하여 우리는 예난정 물 프로젝트를 추진하게 되었다.

예난정에는 영국 식민지 당시에 지어진 건물이 일부 남아 있었다. 당시 사회상이 어떠했는지 궁금했다. 그렇지만 설명해 줄 수 있는 사람이 없으니 나만의 호기심으로 간직할 수밖에 없었다. 시내에서 조금만 벗어나면 황량한 마을들이 눈앞에 드러난다. 그곳에서 물을 구하려면 어른은 물론이고 아이들까지 동원해야 한다. 물이 있는 곳은 가까운 곳이라도 마을에서 약 1킬로미터는 떨어져 있고 보통은 마을에서 5~6킬로미터를 걸어가야 했다. 마을에서 물을 구하러 다니는 일이 가장 중요한 일이 아닐 수 없다.

내가 만나는 본 주민들은 한결같이 물이 부족하다고 아우성이었다. 샤워는 고사하고 마실 물조차 없었다. 일행이 탄 차가 비포장도로를 달릴 때면 방역차가 소독하는 것처럼 거대한 먼지를 뿜어냈다. 우리는 관정

우리는 모두 같은 꿈이 있습니다

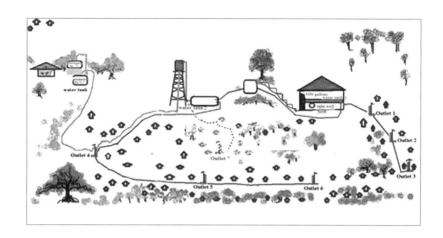

을 뚫을 곳을 답사해 나갔다. 주민들의 협조로 물 프로젝트는 예정보다 빨리 마무리될 수 있었다.

물 프로젝트가 완성되자 레이타곤 마을을 포함하여 세 마을 주민들에게 물을 공급받을 수 있게 되었다.

그림에서 보듯이 처음 계획상으론 왼쪽 상단 마을은 프로젝트에 포함되지 않았으나 현지의 간절한 요청으로 공사 대상에 포함시켰다. 우측 상단의 집 모양은 지하수의 중심지다. 반사막 지역이어서 관정을 지하 100미터까지 파지 않으면 물을 접할 수가 없다. 전문 기술자를 동원하여 공사가 진행되었고, 여섯 개의 출구를 중간 중간에 설치했다. 갈증에 시달리던 많은 현지인들은 목마름에서 해방된 기쁨에 성대한 잔치를 벌였다. 77세의 지역 원로께서 한끼의식사기금에 소감을 전해 왔다.

"물이 공급되던 날 우리는 정말 행복했다오. 자식들에게 황금을 유산을 남겨 주는 것과 같았다오."

외국인 금지 구역

또 다른 미얀마 프로젝트 현장인 델타 지역으로 향했다. 그곳에서 나와 멤버들은 다리 건축 준공식에 참석하기로 예정돼 있었다. 하지만 외국인들은 정부의 승인 없이는 델타 지역은 들어갈 수 없는 금지 구역이었다.

미얀마 정부는 안전 등급을 매겨 화이트, 그레이, 블랙 구역으로 나누어 외국인들은 화이트 구역에만 들어갈 수 있고, 그레이와 블랙 구역에는 들어갈 수 없도록 했다. 그레이와 블랙 구역에 극빈층의 사람들이 많이 거주하여 우리 단체의 프로젝트 현장은 외국인 제한 구역인 그레이 구역에 주로 있었다. 거기로 가려면 미얀마 정부로부터 통행 허가증을 받아야 하는데 현실적으로는 불가능한 일이었다. 현지인 코디네이터인 빈센트는 어떻게든 승인을 받기 위해 고심하던 끝에 나름 아이디어를 생각해 냈다. 우리의 구호사업 현장에서 그리 멀지 않은 곳에 큰 사찰이 있는데, 그곳 주지 스님한테 도움을 청하는 것이었다.

미얀마에서 가장 존경받는 대상이 누구냐고 물으면 사람들은 승려라고 말한다. 델타 지역 근처 다미카욘 사찰의 주지 스님은 지역의 정신적 지주이자 일상생활 전반에 상당한 영향력을 가지고 있었다. 우리 일행은 모두 신을 벗고 법당 안으로 들어가 큰스님께 절을 올렸다.

"보칼레이 마을이 나르기스 때 큰 피해를 입었지요. 오래된 나무다리가 붕괴되어 마을과 마을이 서로 고립되었습니다. 사람들은 서로 왕래하지 못한 채 몇 년을 지내니 아주 불편했습니다. 이번에 우리 단체에서 보칼레이 마을 두 곳에 다리를 놓았습니다. 다리 준공식을 거행하기 위해 마을에 들어가야 하는데 더뷰산 지역의 어르신이신 주지 스님께 도움을 청합니다.”

주지 스님은 아무 말이 없었다. 상좌승 스님이 일행에게 다시 절을 올리라는 손짓했다. 아무런 답변도 못 들었는데 또 절을 올리라니. 망설이자 빈센트가 상좌승과 몇 마디 나누었다. 그러더니 주지 스님께서 승인을 하셨다고 말했다. 스님의 묵언이 곧 승인이라고 상좌승이 말했던 것이다. 우리는 황급히 다시 절을 올렸다.

절을 나오는데 상좌승이 다시 불러 세웠다. “그냥 가면 안 돼요.” 요구를 들어준 대가를 지불하고 가야 하나. 그런데 그게 아니었다. 놀랍게도 큰스님은 우리를 위해 한 상 가득 음식을 차려서 내어 주셨다. 구호 현장을 다니면서 굶는 데 익숙했지만 이렇게 푸짐한 음식상을 받아보기는 처음이었다. 우리는 아침식사를 하고 나왔지만 감격해 하며 한 번 더 식사하기를 마다하지 않았다.

하마터면 추방당할 뻔하다.

2008년에 미얀마를 강타한 사이클론 나르기스는 그 위력이 너무나 강력하여 보칼레이 지역은 대부분 파괴되었다. 그 후 세월이 흘러갔지만 파괴된 건물과 부서진 다리들은 상당수가 복구되지 못한 채 그대로 남아 있다. 복구 지원을 해 오던 국제 NGO들은 속속 떠나갔다. 우리 단체는 소규모이나마 고립된 마을과 마을을 이어주는 콘크리트 교량 건축 사업을 진행했다. 코코넛 나무와 대나무를 엮어 임시로 다리를 만들어 사용하다 보니 차량이 지나갈 때마다 위험했다.

새로 콘크리트 다리를 놓이자 사람들은 안전하게 왕래할 수 있게 되고,

물자 수송도 원활하게 할 수 있어 마을 경제에 큰 도움이 되었다. 비가 오면 학교에 가기가 아주 불편했던 학생들에게는 편안한 통학로 역할을 해 주어서 참 좋았다.

그레이 지역인 보칼레이 신 차웅 마을에 다리 두 곳을 신축하고 준공식 행사를 위해서 마을로 들어갔다. 행사 분위기는 마을 입구에서부터 시작되었다. 사람들이 장사진을 치고 나의 일행을 기다리고 있다가 이윽고 나타나자 검은 소 전통 춤이 신명나게 벌어졌다. 주민들 다수와 함께 신축된 다리 위에 모여 나르기스에 희생당한 영혼들을 위한 기도를 올렸다. 테이프 커팅 행사를 시작으로 기념식을 거행했는데 너무나 분위기가 좋았다. 마을 이장이 우리 모두를 자기 집 잔치에 초대했다. 그의 집에는 많은 사람들이 와 있었다. 미얀마 사람들의 인정이 물씬 풍겨났다. 잔치 분위기가 익어갈 무렵 한 중년 남성이 자리에서 일어났다. 그러더니 자신의 이야기를 들어 달라며 주위의 시선을 집중시켰다.

"예전에 딸이 어렸을 때 끙끙거리며 아팠어요. 한밤중에 급히 도시 병원으로 가야 했습니다. 그런데 다음날 낮에야 병원에 도착할 수 있었습니다. 아이와 나는 초죽음이 되어 있었지요. 그날을 생각하면 끔찍하기만 합니다."

다리가 끊어졌으니 부모는 아픈 딸을 안고 먼 길을 돌고 돌아 병원으로 가야 했다. "딸을 영영 잃어버릴 뻔 했던 악몽이 떠올라요. 이제 든든한 다리가 생겼으니 그런 일은 더 이상 없겠지요?"라며 기뻐했다.

사실 우리가 지어준 다리는 큰 다리가 아니다. 하지만 마을 사람들에게 그 다리는 무한히 큰 다리였다. 응급 환자가 발생하기라도 하면 돌아

우리는 모두 같은 꿈이 있습니다

델타지역 다리 준공식 축하행사에서 주민들이 사자춤을 추고 있다.

서 가다가 목숨이 위급했지만 다리가 생겨 생명을 건질 수 있다고 생각
하니 참으로 소중한 다리가 아닐 수 없다.

　신 차웅 마을에서 행복한 일정을 마치고 돌아오던 중 뜻밖의 상황이 일
어났다. 공안 당국으로부터 빈센트에게 전화를 걸려왔다. 현지인과 외
국인 일부가 화이트 구역이 아닌 지역을 들어간 이유가 뭐냐며 출두하
라는 내용이었다. 주지 스님께 허락을 받았는데 어떻게 된 일인가? 공
안 당국에서는 어떻게 알았을까? 빈센트의 추측으로는 큰 사찰 주변에
는 공안 요원이 배치되어 수시로 정황을 살피는데 우리가 다미카욘 절
을 드나드는 걸 본 것 같다고 추측했다. 주지 스님의 허락만 얻으면 묵
인되는 것으로 여겼지만 공안 당국의 생각은 달랐다.

양곤에 도착하자 빈센트는 조사받으러 갔으나 외국인인 나는 제외됐다. 같이 그레이 구역에 들어갔지만 빈센트만 조사를 받으러 가니 미안한 마음이 들었다. 밤늦게까지 조사를 받고 나온 빈센트의 표정은 다행히 어둡지 않았다. 공안 당국에서는 외국인들의 여권, 신분, 비자 내용, 입국 경위와 목적 등에 대해 일일이 조사한 후 경고 조치만 내렸단다. 하지만 향후 관광지역을 이탈하면 추방당할 것이라는 말을 들어야 했다. 다음날에는 나탈리아도 조사를 받으러 갔다. 그녀가 자세히 경위를 설명하니 선의의 마음은 충분히 이해하지만 법이 그러니 조심해야 한다는 말을 했다. 이후 미얀마를 떠나올 때까지 나는 화이트 구역을 이탈하지 않았다.

우리는 모두 같은 꿈이 있습니다

에이즈는 여전히 가난한 이들을
죽음으로 내몰고 있다

에이즈 퇴치를 위한 노력

1980년대 초반 그 실체가 알려지기 시작한 에이즈 (AIDS, 후천성면역결핍증)는 한때 현대판 흑사병이라고 할 정도로 치명적인 질병이었다. 인간 면역 결핍 바이러스가 주범으로 감염자와 성 접촉, 감염된 혈액제제 투여, 또는 감염된 주사바늘과 면도기를 사용했을 때 걸린다. 때로는 산모로부터 신생아에게 수직 감염이 되기도 한다. 전 세계적으로 3,690만 명의 에이즈 환자가 있다. 2014년 유엔에이즈계획 (UNAIDS)은 한 해 발생한 신규 환자는 사하라 이남 아프리카에서 140만 명으로 가장 많았고, 아시아·태평양 지역에 34만 명으로 두 번째로 많았다고 밝혔다.

짐바브웨는 인구 1,250만 중 150만 명이 감염되어 세계에서 두 번째 높은 에이즈 공화국이라는 오명을 쓴 적이 있다. 연간 1,000명의 경찰관들이 에이즈로 사망하는 바람에 치안 공백 상태에 처하기도 했다. 인근 국가 보츠와나도 짐바브웨 못지않게 에이즈가 범람했다. 인구의 절반이 에이즈로 사망하는 바람에 농사를 지을 수 있는 일손이 절대 부족하여 이를 두고 신종 기근이라는 용어가 붙었다.

21세기 들어 신약 개발과 적극적인 에이즈 퇴치 노력의 결과로 신규 감염자가 줄어들었다. 유엔에이즈계획은 에이즈 발생이 극심했던 2000년에 비해 2015년 하반기 신규 환자 수는 약 35퍼센트 감소했다고 발표했다. 하지만 2014년 말 기준으로 200만 명이 새롭게 감염됐는데 15~24세 젊은 여성층에서 증가했다. 저개발국 젊은 여성들에게 불리한 사회문화적 여건과 성의 불평등이 복합적으로 작용한 결과라고 추측된다.

항레트로바이러스 치료를 받고 있는 환자는 현재 1,500만 명 이상이다. 2013년 10월 부산 벡스코에서 세계교회협의회 총회가 열렸다. 그 자리에 참석한 유엔에이즈계획(UNAIDS) 미셸 시디베 사무총장은 "치료약을 기다리다가 매년 170만 명이 목숨을 잃고 있습니다. 이런 불평등이 용인해선 안 됩니다."고 치료약의 시급한 보급을 강조했다. 항레트로바이러스제의 특권적인 접근은 없어져야 한다. 지금보다 약제 가격을 더 낮출 수 있는 다양한 노력이 필요하다.

에이즈에 대한 개념은 점차 바뀌고 있다. 선진국에서는 당뇨병이나 고혈압처럼 평생 관리하는 만성질환 개념으로 인식되고 있다. 꾸준히 관리하면 주어진 수명대로 살 수 있다는 의미다. 하지만 내가 다녔던 가난한 지역에서 에이즈는 여전히 죽음으로 내몰고 있는 불치의 병이다.

삶과 죽음의 경계선, 마샴반주

짐바브웨 수도 하라레 시내를 벗어나 한 자선병원에 도착했다. 행정 책임자인 네덜란드 출신의 마거릿이 친절하게 맞아주었다. 병원 이름이 '마샴반주'다. '희망의 새벽'이라는 뜻이다. 병원에서는 '생명을 위한 교육' 프로그램을 통해 에이즈 치료뿐 아니라 예방, 정신적 지지 등도 제공하고 있었다. 그동안 수 천명에 이르는 환자들을 관리해 왔다고 한다. 신약개발로 에이즈가 불치병이 아니라고 하지만 그곳에서는 꿈같은 이야기처럼 들렸다. 전문의 두 명이 상주하면서 환자들을 돌보고 있지만 중환자가 많아 수시로 죽어 나갔다. 국제 NGO로부터 지원을 받아 운영하고 있지만 의약품이 턱없이 모자란다고 마거릿은 아쉬워했다.

병원의 허락을 얻어 어린이 병동을 견학했다. 여섯 명의 아이들이 입원해 있는 병실에 들어서자 앳된 목소리들이 반갑게 인사를 해 왔다. 왜 이 아이들이 차가운 철 침대에 누워 있어야 한단 말인가? 그들에게 무슨 죄가 있단 말인가? 멀리 외국에서 찾아온 손님들을 위해서 아이들이 노래를 불렀다. 입을 활짝 벌리며 노래를 부르는 모습이 마치 개나리꽃 다발을 엮어 놓은 것 같았다. 맑고 청아한 소리가 가슴 속 깊게 파고들었다. 아이들은 연달아 몇 곡을 부른 뒤 환하게 웃었다. 누가 누구를 위로하고 있는 건지 모르겠다. 내 속에서 혼란스러운 어색함이 파장을 일으키고 있었다.

한 아이는 아픈 고통을 차마 숨기지 못하는 듯 했다. 어쩌면 그것이야 말로 참 모습이 아닐까. 병색이 완연한 킴벌리는 다른 아이들이 노래를 부르는 동안 등을 돌린 채 꼼짝 않고 누워 있었다. 합창을 끝낸 아이들의 재잘거림이 이어져도 그는 미동도 하지 않았다. 조심스레 킴벌리에게 다가갔다. 어떻게 말을 걸어야 하나 망설이는데 창백한 모습의 킴벌리가 먼저 말을 걸어왔다.

"동생이 보고 싶어요. 다시는 보지 못할 것 같아서 겁이 나요."

킴벌리는 친척집에서 자란 고아나 마찬가지였다. 혈육이라곤 두 살 아래 동생 한 명뿐이었다. 어린 아이에게 죽음의 의미는 일종의 이별로 받아들이는 경향이 있다. 이별의 공포에서 벗어나지 못하던 킴벌리는 견딜 수 없는 외로움에 시달리고 있었다.

킴벌리를 보면서 저 유명한 사건 하나가 떠오른다. 소말리아 내전 당시 세계적인 뉴스가 된 사건이다. 종군 기자가 내전 중인 마을에 들어갔다가 한 소년을 발견했다. 극도로 굶주려 움직일 기력조차 없이 배만 볼록 나온 채 숨만 쉬는 소년을 보고 기자는 과일 하나를 건네주었다. 그러자 아이는 과일을 받아든 채 마을 안으로 걸어갔다. 뒤따라가 보니 거기에는 죽은 것처럼 보이는 그 소년보다 더 작은 아이가 바닥에 쓰러져 있는 게 아닌가. 두 아이는 형제지간이었다. 형이 과일을 한 입씩 베어 빈사 상태의 동생 입을 벌리고 넣어 주었다. 동생이 과일을 씹을 기력조차 없자, 형은 동생의 턱을 잡고 입을 벌렸다 오므렸다 했다. 지난 보름 동안 먹을 것이 생기면 형은 동생을 위해 그렇게 해 왔던 것이다. 결국 형은 영양실조로 죽었지만 동생은 끝내 살아남았다. 형제 간의 지극한 사랑이 세상에 타전되었을 때 모든 이가 눈물을 흘렸다.

마샴반주를 떠나오는 발걸음이 왜 그리도 무겁던지. 아이들의 합창 소리가 여전히 귓가에서 맴돌았다. 병실을 막 떠나려 하는 순간 킴벌리가

우리는 모두 같은 꿈이 있습니다

불러준 독창은 세상 어떤 노래보다 아름다웠다. 그가 세상에서 마지막으로 불렀을지도 모를 영혼의 노래였다.

드라이플라워 같은 아이들. 그들의 슬프고도 밝은 표정은 한동안 내 마음에 커다란 종기로 자리 잡았다. 곪고 터지고 아려왔다. 나는 그런 아이들의 눈물을 닦아주는 한 장의 손수건이 되어주고 싶다.

마밤보 스쿨

마샴반주의 여운이 가시기도 전에 에이즈 고아들이 다니는 학교 '마밤보 스쿨'을 찾아갔다. 시스터 캐티의 차를 타고 가다가 그만 도로 한복판에서 시동이 꺼져 버렸다. 정비소에 연락을 취했지만 한참을 지체한 끝에 겨우 수리를 마칠 수 있었다.

하라레 시내에서 40분 정도 떨어져 있는 빈민 지역 마부쿠에 위치한 마밤보 스쿨. 캐티는 학교의 교장 겸 관리자다. 학교에는 48명의 에이즈 고아들이 취학 전 수업을 받고 있다고 말한다.

가뭄이나 자연재해로 인해 기근이 들면 노약자부터 죽는다. 하지만 에이즈로 인한 현상은 정 반대다. 사회 활동이 가능한 부모가 에이즈로 죽게 되면 자녀들은 부모 없는 에이즈 고아가 된다.

마밤보라는 말은 짐바브웨 현지어인 쇼나어로 '첫걸음'이라는 뜻이다. 학교에 도착하니 아이들이 삼사오오 무리를 지어 돌멩이로 공기놀이를 하는데 한 아이가 공기를 하면서 숫자를 외웠다. 선생님이 셈법을 익히도록 지시를 했단다. 한 아이가 발을 살짝 숨기는 것을 보았다. 내가 곁눈으로 슬쩍 쳐다보니 한쪽 발은 슬리퍼인데 다른 발은 운동화를 신고

마밤보스쿨의 아이들이 살짝 손을 들어 우리를 반긴다.

있었다. 운동화의 앞부분이 헤어져 발가락 두 개가 밖으로 삐져나온 것이 부끄러웠던 것일까.

  캐티에게 물었다.

  "아이들은 하루에 몇 번이나 식사를 합니까?"

  "아침에는 멀건 차 한 잔으로 때우고 학교에 와서 한 끼 먹게 됩니다."

  "아이들의 건강 상태는 어느 정도인가요?"

우리는 모두 같은 꿈이 있습니다

"일부는 HIV포지티브(에이즈 양성반응)입니다."

아이들은 고아라고 하지만 완전 무원고립의 상태는 아니고 대부분 친척들에게 맡겨졌다. 하지만 친척 일부는 아이들을 귀찮아하거나 폭력과 막일을 부리고 심지어 여자 아이에게는 성적 학대를 일삼기도 했다. 국제 NGO에서 에이즈 검사와 치료를 해 주려고 해도 현지인은 대부분 거부한다고 한다. 감염 사실을 아는 것 자체를 두려워하기 때문이란다. 사람들은 자신이 에이즈로 죽어가고 있는 순간에도 결핵으로 죽어가고 있다고 생각했다.

마밤보 스쿨 마당에서 식량을 전달하는 행사를 가졌다. 또 향후 1년 간 아이들의 급식을 지원하기로 약속했다. 나의 말을 옆에서 듣고 있는 수석 교사 데니는 마밤보 스쿨의 또 다른 후원기관인 유니세프에서도 1년 간 아이들의 교육비를 지원하기로 했다는 말을 했다.

식사시간이 되자 아이들은 싱글벙글이다. 나도 아이들 틈에 끼어 줄을 섰다. 식사는 밀리 밀(Mealie meal), 현지인들이 먹는 옥수수 죽이었다. 처음 먹어보는 음식이지만 그런 대로 맛이 있었다. 시스터 캐티는 "마부쿠에 사는 대다수 아이들은 이런 옥수수 죽도 얻어먹지 못해요."라고 말한다.

자신의 뜻과는 상관없이 몹쓸 병에 걸린 아이들. 어른들이 저지른 일을 연약한 아이들이 대신 고통스럽게 감당하고 있었다.

냐라이와 그녀의 할머니

2006년 11월, 나는 한 처녀와 할머니를 만나보기 위하여 짐바브웨의 외진 시골 길을 달리고 있었다. 이 나라는 사람이 사는 환경은 지옥이지만 자연경관은 정말 환상적이다. 각양각색의 바위들이 조각을 해 놓은 듯 눈 앞에 나타났다. 어떤 돌은 우리의 고인돌처럼 생겼다. '짐바브웨'라는 말의 뜻이 쇼나어로 스톤 하우스라고 하니 돌이 많은 나라인가 보다.

세인트 패트릭 학교에 도착했다. 학교 옆 채소밭에는 콩이 심겨져 있었는데 여러 군데 훼손된 상태였고 울타리 일부도 부서져 있었다. 밭 저쪽 끝에서 한 처녀가 허리를 숙인 채 일을 하고 있었다 그녀에게 다가가 밭이 엉망인 이유를 물으니 짐승들이 그렇게 해 놓았단다. 바로 그 처녀가 내가 찾던 스물네 살의 냐라이였다. 처녀는 세인트 패트릭 학교의 채소밭을 관리하면서 거기서 나온 수확물로 학생들에게 노트와 연필, 식량을 대주고 있다. 그리고 수고의 대가로 약간의 활동비를 받았다.

유급 봉사자인 냐라이의 가족사가 참으로 기구했다. 할머니와 여동생이 함께 살고 있는 가정을 방문해 보니 집은 작고 낡은 짐바브웨 전통 양식이었다. 할머니는 일곱 자식을 두었으나 그중 여섯 명이 에이즈로 사망했다. 한 명을 빼고 여섯 명을 떠나보냈으니 얼마나 가슴이 미어졌으랴. 내가 집을 방문했을 때 할머니는 드럼통 속에서 옥수수 액을 돌리고 계셨다. 무슨 작업을 하느냐고 물으니 '치부쿠'라는 싸구려 술을 만들고 있다고 말했다. 굶어 죽지 않으려면 무엇이라도 해야 한단다. 할머니는 손수 만든 옥수수 주를 리터당 150원을 받고 팔았다. 식사는 하루 한 끼만 제대로 된 식사다. 절대 빈곤과 에이즈라는 괴물 앞에서 절망적 몸부림을 치다가 늙어버린 할머니 주름살은 세월의 흔적을 고스란히 보

우리는 모두 같은 꿈이 있습니다

여 주었다. 머지않아 주름 사이로 흐르던 땀방울마저 말라 버리면 할머니는 영원한 안식처로 떠나가리라.

그들에게도 희망이 오기를

부산에서 짐바브웨까지는 머나먼 길이다. 집에서 출발해서 구호 현장이 있는 곳까지 도합 걸린 시간을 재보니 무려 서른세 시간이 걸렸다. 이런 인연을 맺게 된 계기는 〈케냐의 어머니〉라는 애칭을 가지고 계신 메리놀 사업회의 유우금 수녀님 영향이 컸다. 그분을 통하여 알게 된 이정미 활동가는 몇 년간 우리 단체의 짐바브웨 현지 활동가로 도움을 주었다. 이정미 활동가는 오래전 텔레비전에 '춤추는 수녀'라는 타이틀로 방영된 적이 있는데 바로 그 주인공이다.

어느 날인가 그녀가 조나단이라는 사람의 사진을 내게 보내왔다. "조나단은 우리 일을 아주 열심히 도와주는 성실한 젊은이예요. 이사장님께서 하라라에 오시면 꼭 인사를 시켜 드리고 싶어요." 그는 에이즈 보균자였으나 두드러지는 증세는 나타나지 않았다고 했다. 현지를 방문하면 그를 만나보고 싶다는 답장을 보냈다. 그런데 내가 짐바브웨를 방문하기 직전에 이정미 활동가로부터 메일이 왔다.

"며칠 전 조나단이 투병을 끝냈어요. 지상에서의 고통은 이제 없어졌으니 오히려 잘됐다 싶어요. 그 친구의 영혼을 위해서 기도하고 있어요."

내가 현지를 방문하니 이정미 활동가는 조나단 대신 다른 사람을 소개해 주었다. "제 쇼나어 선생님이에요." 그 친구 역시 에이즈에 감염된 상태였다. 결핵까지 합병되어 다량의 약을 복용해야 했다. 어찌된 일인지

의사가 오진을 하여 엉뚱한 약을 먹고 몸이 풍선처럼 부었다고 불평했다. 이정미 활동가는 열악하기 그지없는 의료 상황을 설명해 주었다. "이 친구를 입원시키기 위해서 병원에 데리고 갔어요. 하지만 입원시킬 수 없었어요. 의사와 간호사가 파업에 들어간대요. 여기 병원은 병원이라고 말할 수 없어요. 파업을 하나 안 하나 비슷해요. 워낙 낙후돼서 환자들에게 고통만 안겨 주고 불신만 야기한답니다." 그녀가 소개한 쇼나어 선생님도 얼마 뒤 세상을 떠나고 말았다.

　가난한 나라에서의 에이즈은 물 한 방울 나오지 않는 사막과도 같다. 타는 갈증으로 물을 찾아보지만 사방 어디에도 물은 구할 수 없다. 에이즈 환자들은 질병으로 인한 죽음보다 정서적 죽음이 먼저 찾아온다. 처음에는 두려움과 불안에 떨다가 치료받을 곳이 어디에도 없다는 데 대한 분노와 오기가 차오른다. 그러다가 세상과 이별을 고한다. 선진국에서의 만성질환 수준으로 다스려지는 에이즈가 가난한 아프리카 대륙에서는 언제쯤 그렇게 되려나. 그날이 빨리 왔으면 좋겠다.

30여 년 독재에
신음하는 국민

풍요로웠던 시절이여

　　장기 독재에 의한 인권 말살, 상상을 초월하는 인플레이션, 복지예산 제로, 행복지수 꼴찌 등의 수식어가 붙은 나라. 바로 짐바브웨다. 한때는 아프리카에서 제일 잘 사는 나라였으나 정반대 처지가 되었다. 가장 큰 이유는 국가 지도자 탓으로 로버트 무가베 대통령의 장기 집권으로 인한 독재와 부정부패는 국민의 평균 수명을 36세까지 떨어뜨렸다. 에이즈로 인한 사망은 말할 것도 없고, 많은 국민들이 모기에 물려 말라리아로 죽고, 감기가 폐렴으로 진행되어 죽기도 한다. 최근에는 엘리뇨 현상의 영향으로 극심한 가뭄이 들어 전 국민의 4분의 1이 아사상태에 처해 급기야 국가비상사태를 선포하기에 이르렀다.

　내가 수도 하라레에 도착하니 날씨는 화창했고 거리에는 꽃나무들이 만발해 있다. 보랏빛 자카랜다와 주홍빛 플램보이언트는 아름답기 그지 없다. 1980년대 영국으로부터 독립할 당시만 해도 짐바브웨는 농업 기반이 튼튼하여 수요를 충분히 채우고 남아 잉여 농산물을 수출했다. 1983년부터 몇 년간 아프리카에 대기근이 들었을 때 에티오피아 등 여러 나라는 수백만 명의 사망자가 나왔지만 짐바브웨에서는 단 한 명의 사망자도 나오지 않을 정도로 식량이 풍부했다. 그런 나라가 독립한 지 20년이 넘어서면서 급속도로 침몰해 갔다. 일찍이 유럽인들이 아프리카의 진주라고 불렸던 짐바브웨가 어쩌다 이 지경이 되었을까.

기네스북도 놀란 하이퍼 인플레이션

2000년부터 진행된 무가베 정권의 백인 농장 강제 몰수는 도리어 기존 농업생산체계를 파괴시켜 버렸다. 풍성했던 농산물이 바닥나자 식량을 외국 수입에 의존해야 했고 이는 국가 재정을 고갈시켰다. 그러자 암달러 시장이 활개를 치기 시작했고 2006년 이후 물가상승률은 매달 1,000퍼센트를 넘어섰다. 이 수치는 전쟁 상황이 아닌 국가가 세운 사상 최고 기록이다. 미화 10달러를 현지 화폐로 교환하면 100만 짐바브웨달러(Z달러)가 되는데, 어마어마하게 큰 액수다. 하지만 그 돈으로 빵 몇 조각과 달걀 몇 개를 사고 나면 남는 게 없다. 한 손에는 장바구니를, 다른 한 손에는 지폐가 든 가방을 든 채 계산대 앞에 줄지어 서 있는 사람들의 모습은 이미 일상화된 풍경이었다.

내가 짐바브웨를 방문한 시점인 2006년 10월, 국가 경제가 파탄이 나서 물가가 고삐 풀린 망아지처럼 뛰어오르고 있었다. 구호 사업 파트너인 메리놀 사업회 식구들과 함께 레스토랑에 갔다. 시스터 제니스의 손

우리는 모두 같은 꿈이 있습니다

에 커다란 가방이 들려 있었다. 가방이 불룩하게 튀어나와 무엇이 들었을까 궁금했다.

"가방이 무거워 보이는데 들어 드릴까요? 그 안에 뭐가 들었어요?"

"아, 이거요? 돈이에요."

"네?"

처음에 시스터 제니스가 농담하는 줄 알았다. 은행 강도도 아닌데 웬 돈뭉치를 가방에 넣어가지고 다닐까. 현지 실정을 몰랐던 내가 엉뚱한 질문으로 주변을 웃게 만들었던 일이 생각난다.

현지인들은 블랙마켓에 가서 미화를 교환한다. 인도계 상인이나 중국계 식당에서 주로 교환이 이루어지는데 달러 대비 공식적인 환율은 1:250이지만 블랙마켓에서는 1:1600으로 거래되었다. 식사를 마치고 계산대 앞에서 한참을 서 있어야 했다. 돈뭉치를 확인해야 하니 긴 시간이 소요됐다. 식당을 나오니 시스터 제니스의 가방은 홀쭉해졌다.

주유소에 들러 차에 기름을 넣으니 10리터에 1만 6,000Z달러가 계측되었다. NGO 활동가의 한 달 월급과 맞먹는 돈이란다. 무가베 정권의 독재정치로 인한 서방국가의 봉쇄 정책으로 생필품은 엄청나게 비싸졌다. 자동차 기름 가격은 특히 비싼 편이다. 기름을 넣고 나오는데 도로 건너편에 특이한 현상이 보였다. 차량 운전자는 아무도 없는데 차만 길게 꼬리를 물고 주차되어 있었다. 정부에서 한 번씩 자동차 기름을 싼 가격에 제공하는 경우가 있는데 정보를 입수한 차주들이 기름을 싸게 공급받기 위해 며칠 전부터 주유소 앞에 세워 놓은 것이었다.

짐바브웨에서의 NGO 활동은 불투명하고 예측하기가 힘들다. 애초 한끼의식사기금에서는 지부 설립을 추진하려는 계획을 세웠으나 현실적 여건이 너무 어려워서 포기하고 말았다. 대신 기존의 NGO와 연대하여 구호활동을 진행하기로 정하고 메리놀 사업회와 손을 잡았다. 하루는 이정미 활동가로부터 소식이 들어왔다.

"정부가 또 화폐 절하를 단행했습니다. 이것이 무엇을 뜻하는지 정확히 감이 잡히지 않지만 물가가 엄청나게 오를 거라는 생각이 머릿속을 꽉 채우고 있습니다. 빵을 사려면 최소 두 시간 이상 줄을 서서 기다려야 합니다. 지난 주말에는 고맙게도 친구가 한 시간 넘게 줄을 서서 우유를 사다 줬어요. 우유는 거의 한 달 반 정도 시판되지 않았거든요. 오랜만에 먹는 우유가 아주 맛이 좋았습니다. 먹는 것에 집착하는 제 자신이 부끄러워요. 하지만 이게 현실입니다. 웬만한 정전은 그러려니 하고 지냅니다. 막막한 현실 앞에서도 서로 웃으며 대화하고 있어요. 그래야 마음이 덜 무겁거든요. 밝은 세상이 빨리 왔으면 좋겠습니다."

그때부터 기네스북도 놀란 짐바브웨의 하이퍼 인플레이션의 서막이 열리고 있었다.

반값 선언의 폐해

2007년 6월에 되자 무가베는 전격적으로 일상적인 물건을 반값으로 내려 버렸다. 상인들은 반값으로 팔면 원가에도 못 미친다며 진열대에서 상품들을 치웠다. 대형 매장에는 고기가 없어지고, 밀가루와 옥수수, 식용유, 화장지, 기타 일상용품들이 모두 자취를 감추었다. 지하시장은 더욱 더 활개를 쳤다. 반값 가격을 선언한 지 한 달 만에 7,600퍼센트의

우리는 모두 같은 꿈이 있습니다

인플레이션이 발생했다. 그러자 정부는 그 화살을 다른 데로 돌렸다. 치솟는 인플레이션은 폭리를 취하는 악덕 상인들 탓이라며 그들의 행위를 용서할 수 없다는 식으로 왜곡했다.

상품 진열대에서 사라진 달걀이 암시장으로 나왔을 때 한 개에 무려 5만 짐바브웨달러에 거래되었다. 경제가 가라앉긴 했어도 반값 선언 이전에는 일반 생필품을 조금씩 구입할 수 있었다. 하지만 반값 선언 이후 서민들은 굶어죽게 생겼다. 살 수 있는 길은 한 가지뿐. 국경을 넘어 남아프리카공화국으로 탈출하는 길이었다. 2007년 8월 남아프리카공화국 외무부는 불법으로 입국한 짐바브웨인이 300만 명이 넘었다고 발표했다. 이는 짐바브웨 총인구의 4분의 1에 육박하는 숫자였다.

2007년 크리스마스 이브가 되자 현지로부터 더 어두운 소식이 들어왔다.

"상황은 하루가 다르게 어려워져가요. 정부는 부정부패를 소멸시킨다는 명목으로 모든 은행에 시찰단을 파견해서 개인 계좌를 조사합니다. 그뿐만 아니라 암시장을 단속하여 시민들에게 엄청난 불안감을 주고 있어요. 내년에 나올 화폐가 벌써 시장에서 나돌기 시작했어요. 어떻게 나오지도 않은 화폐가 떠돌아다니고 있을까요?"

무거운 마음으로 이정미 활동가에게 잘 버텨 달라는 당부의 답을 써서 보냈다. 그랬더니 현지에서 다시 희망의 끈을 놓지 않겠다는 반응이 왔다.

"내일 무슨 일이 일어날지 모르는 상황에서 하루하루를 살아간다는 것이 무서움으로 다가와요. 여성이어서 더 불안하고 힘들어요. 하지만 제

삶 안에서 가끔 천사의 존재를 경험해요. 그래서 웃음을 유지할 수 있고, 때로는 감동의 눈물을 흘리며 감사하다고 소리 칠 수 있어요."

짐바브웨 중앙은행은 고액 지폐를 새로 찍어냈다. 20만Z달러짜리 지폐에 이어 75만Z달러짜리 최고액 지폐를 발행했다. 고액 지폐를 찍어내면 낼수록 인플레이션은 가속도가 붙는다. 2008년 2월에는 급기야 2,500만Z달러짜리 지폐가 등장했다. 돈이 휴지쪽지나 다름없이 돼 갔다. 당시 3,000만Z달러를 가지고 있어도 햄버거 한 개도 사지 못했으니 인플레이션이 어느 정도였는지 상상을 초월했다.

2008년 3월 초에는 더 암울한 소식이 현지로부터 들어왔다.

"정부는 또다시 물가안정정책을 시행한다고 합니다. 얼마 전 밀가루 회사 사장을 입건한 일이 신문에 실렸답니다. 그 후에 사람들이 먹어야 할 빵마저 가게에서 사라졌습니다. 이제 물건 가격이 천만 단위를 넘어서 억 단위로 계산해야 합니다. 억을 넘어서면 그다음 단위는 무엇인지도 모르겠습니다. 하루하루 숨이 막혀요. 여기에 사는 사람들에게 미래라는 단어는 없습니다."

빛이 없는 세상은 생물체가 살 수 없는 곳이다. 짐바브웨는 태양이 없는 지구촌이었다.

장기 집권 야욕

하라레 거리를 오가면 거대한 건물을 볼 수 있다. 대통령 궁이다. 높은 담벼락 아래 모퉁이마다 무장한 군인들이 삼엄하게 경계를 서고 있었다. 오후 6시가 지나면 대통령 궁 앞 도로는 차량의 통행이 금지된다.

젊은 시절 로버트 무가베는 지금과는 현저하게 달랐다고 한다. 짐바브웨아프리카민족동맹의 지도자로서 게릴라 투쟁을 벌여 독립 후 대통령의 자리에 올랐다. 초창기 그는 백인 소유의 농지를 매수하여 흑인들에게 분배하는 '토지수용법을 실시하여 10여 년간은 안정적인 농업 생산 및 수출로 주변의 다른 나라들보다 경제가 좋았었다. 하지만 어느 정권치고 장기 집권을 하면 부패하기 마련이다. 이른 바 '권력에의 중독'이다. 마약 중독처럼 권력 중독도 한번 맛들이면 여간해서 빠져나오지 못한다.

식민지 통치 시절, 결연히 나라를 구하겠다고 나섰던 엘리트 장교였던 무가베는 1990년대 중반부터 서서히 권력의 맛에 빠져 장기집권의 독재로 접어들었다. 한 예로 공항 건설과 맞물려 대통령이 외국 기업으로부터 수백만 달러를 받았다는 기사가 신문에 실렸다. 이에 독립 투쟁 당시 생사고락을 함께했던 참전 용사 측에서 반발이 거세졌다. 그들을 달래고 회유해야만 집권 가도에 차질이 생기지 않겠다고 판단한 무가베는 백인 소유의 농장을 강제로 몰수하여 참전 용사들에게 나누어 줘 버렸다. 하지만 그들에게는 농업에 대한 노하우가 없었다. 얼마 가지 않아 짐바브웨의 농업 생산성은 형편없이 떨어지고 말았다. 백인들이 농장을 운영할 당시에는 200만 명의 흑인 농부들이 백인 농가에서 일을 할 수 있었으나 농지가 몰수된 이후 흑인들의 일자리는 10분의 1로 줄어들고 말았다. 식량은 부족해지고 국민 다수가 절대 빈곤층으로 전락해 갔다.

가난한 현지인들을 만나보니 그들은 멀건 차 한 잔으로 아침식사를 때운다. 약간 여유가 있는 사람은 옥수수 죽 같은 것을 먹는다. 대부분은 점심식사를 건너뛰고, 저녁이 되면 옥수수를 주원료로 만든 '쌀자'라는 그들의 전통 식사를 한다. 짐바브웨의 쇼나 족은 흑인 중에서 덩치가 아주 크다. 여성들도 가슴과 엉덩이가 큰 사람이 많다. 하지만 크고 풍만한 몸을 가진 것은 영양 상태가 좋아서가 아니다. 단백질은 부족하고 탄수화물만 들어 있는 옥수수 죽을 먹어 속빈 강정처럼 겉만 풍성해 보이는 것이다.

NGO 활동의 중단

2008년 3월 선거를 목전에 두고 무가베는 종신 대통령을 꿈꾸고 있었다. 당시 선거 분위기는 집권 여당이 패배할 공산이 커지고 있었다. 그러자 무가베는 공정선거 감시를 위해 들어오는 국제 선거감시단의 입국을 거부했고 자국의 언론 매체를 통제해 버렸다. 그런 가운데서 치러진 선거에서 무가베는 야당의 모건 창기라이후보에게 사실상 패배하고 말았다. 그러나 무가베 정권은 중앙선거관리위원회에 압력을 넣어 선거 결과를 발표하지 못하게 하더니 한 달 후에 재투표를 해야 한다고 공고했다. 그 과정에서 엄청난 암투가 벌어졌으며, 재투표 결과는 모건 창기라이 야당 후보가 47.9퍼센트를 획득했고, 무가베는 43.2퍼센트를 얻었다. 선거관리위원회는 두 후보 모두 과반수를 얻지 못했다며 결선 투표를 해야 한다는 억지 발표를 했다.

그때부터 무가베 정권은 모든 행정을 마비시킨 채 무자비한 정치 폭력과 관권 선거를 자행했다. 터무니없는 이유를 갖다 대며 모건 창기라이를 세 번이나 구속했고, 야당의 선거 집회에 폭력배를 동원하여 수십 명의 지지자들을 도끼로 살해하는 만행을 저질렀다. 급기야 모건 창기라이는 유권자의 목숨을 담보로 선거를 치를 수는 없다며 결선 투표에 나가지 않겠다고 선언하면서 무가베 측에 선거 연기를 요구했다. 하지만 무가베 정부는 일방적으로 짜놓은 선거 시나리오대로 투표를 강행하여 다시 재집권하게 되었다.

그 과정에서 국제 NGO들은 무가베 대통령의 폭정을 비판하며 야당을 지지하려고 하자 NGO 활동마저 전면 금지해 버렸다. 복지예산 제로인 이 나라에서 NGO들을 쫓아낸다면 국민들의 삶의 질은 더욱 더 떨어지고 만다. 그러나 무가베의 폭정은 그대로 시행되었다. 굶주리는 짐바브웨 사람들을 위하여 3년째 구호 활동을 펼쳐 나가던 우리 단체에도 불똥이 튀었다. 그 무렵 이정미 활동가의 고군분투도 한계에 달하고 있었다. 그리하여 2008년 10월 메리놀 사업회를 통한 우리 단체의 짐바브웨 구호활동은 기약 없는 정지 상태에 들어가게 되었다.

제니스 맥로플린과의 만남

하라레 식물원

아일랜드계 미국인으로 지적인 외모에다 인자한 품성의 제니스 맥로플린은 메리놀 사업회 소속 수녀님이다. 하라레 공항에서 처음 만났는데 손수 운전하여 나를 민박집까지 안내해 주었다. 먼저 쇼나 족 흑인 부부가 숙소를 안내해 주며 필요한 정보를 알려주었다. 정원 안쪽에서 수염이 덥수룩한 백인이 수녀님을 향하여 반갑게 손을 흔들었다. 집 주인인 머린 씨로 영국계 잡지사 편집장이었다. 그의 아내 아이린은 집안일을 하다가 수녀님의 목소리를 듣고 달려 나왔다. 짐바브웨계와 유럽계가 섞인 아이린은 내가 한국에서 왔다는 말에 놀라워했다.

"반가워요. 아주 멀리서 오셨군요"

"네. 아프리카 여행은 처음입니다."

"아, 그렇군요. 첫 소감이 어때요?"

우리는 모두 같은 꿈이 있습니다

"미지의 땅에 내리는 기분이랄까요. 지금 제 마음은 기대와 흥분감으로 한껏 부풀어 있습니다."

짐을 풀어 놓자 제니스 수녀님은 하라레 식물원을 구경시켜 주겠다고 한다. 그분은 대학에서 저널리즘을 전공하고 30년 넘게 아프리카 대륙의 매력에 빠져 살아왔다. 킬리만자로에서 케이프타운에 이르기까지 아프리카 구석구석을 방문했으며, 자연과의 교감을 통하여 인생의 가르침을 추구해 나갔다. 또 자유와 인권에 대한 신념이 아주 강했고, 이방인이면서 짐바브웨의 독립을 위해서 투쟁을 하다가 감옥에 투옥되었으나 외국인이라는 이유로 추방되기도 했다. 한동안 탄자니아에서 생활하다가 짐바브웨가 독립하자 영주권을 받아 현재까지 이 나라에서 살고 있다. 그러니 짐바브웨는 제2의 고향이나 다름없었다.

제니스 수녀님은 마음의 안식이 필요할 때면 하라레 식물원을 찾는다고 한다. 눈앞에 아프리카 특유의 키 큰 나무가 서 있었다. 내가 먼저 말을 꺼냈다.

"아메리카 인디언들은 어려움이 생기면 자연에서 해답을 얻으려고 했대요. 나무, 돌, 바람 등에는 모두 정령이 깃들어 있어 그것을 신성시했어요. 커다란 나무마다 영혼의 숨결이 있어 마음이 혼란스러울 때 그 나무에 가서 자신의 몸을 나무에게 밀착하고 있으면 서로 통한다고 믿었지요."

제니스 수녀님은 "짐바브웨 사람들도 토템 사상이 강해요. 쇼나 족은 태어나면서 자신을 보호해 주는 수호동물을 받게 돼요. 동물의 특성을 통하여 사람의 성격이 드러난다고 믿어요. 예를 들면 아이의 토템 동물이 버팔로라면 강하고 두려움을 모르는 아이가 되는 것이에요."

산책하는 동안 근처에 한국에서 볼 수 없는 키 큰 나무들이 계속 나왔다.

"저 나무가 혹시 바오밥나무입니까?"

"여기는 바오밥나무가 없어요."

"어디에 가면 그 나무를 볼 수 있나요?"

"빅폴(빅토리아 폭포)에 가면 볼 수 있을 거예요."

"잘 됐네요. 프로젝트 모니터링을 마치면 잠시 빅폴 구경을 할 계획이에요(실제로는 비행기 결항으로 빅토리아 폭포는 가지 못했다)."

수녀님의 바오밥나무에 관한 재미있는 이야기가 계속 이어졌다.

"바오밥 나무를 업사이드 다운 트리(upside down tree)라고 해요. 거꾸로 선 나무라는 뜻이지요."

"그 말을 듣고 보니 정말 그렇게 생겼던 것 같아요."

"바오밥나무는 덥고 건조한 기후에서 우뚝 솟아 있습니다. 생긴 형체는 삭막해 보여도 열매는 식용으로, 껍질은 섬유 재료로 쓰입니다. 그 나무는 특징이 있어요."

"그게 뭔가요?"

"바오밥나무는 스스로 병든 부분을 제거해 냅니다. 상한 부분에 폭발을 일으켜서 커다란 구멍을 만들어내지요. 신기하지요."

"마치 외과의사가 환부를 수술하는 것과 같군요."

"아픈 부위를 스스로 제거함으로써 큰 구멍이 난 바오밥나무는 다시 건강을 회복하는 겁니다."

제니스 맥로플린 수녀님이 알려 주는 바오밥나무의 신비로움을 통해

우리는 모두 같은 꿈이 있습니다

가끔씩 내면에 쌓인 묵은 찌꺼기를 청소해야 하겠다는 생각이 들었다.

통가 부족

실베이라 하우스는 짐바브웨 젊은이들을 위한 농업교육, 재활교육, 리더십 교육을 진행하는 곳이다. 제니스 수녀님의 집무실이 그 건물 안에 있었다. 초대를 받아 내부를 구경할 기회를 얻었다. 건물 안에는 공예품을 파는 선물의 집이 있었는데 거기서 통가 부족의 슬픈 사연을 알게 되었다.

통가 부족은 잠베지강 중류에 보금자리를 형성해 왔다. 그러나 국가프로젝트로 카리바 댐이 건설되면서 그들의 터전이 수몰되고 부족은 뿔뿔이 흩어지게 되었다. 자칫 민족 자체가 사라질 운명에 처하게 되자 통가족은 국제인권단체에 도움을 요청했다. 실베이라 하우스에서 통가 부족장인들의 제품을 팔고 있는 것도 그들을 돕기 위함이었다. 그 사연을 알게 된 나는 수제 바스켓 몇 개를 구입했다.

제니스 수녀님은 통가 부족의 사연을 자세히 알려 주었다.

"댐 건설로 인해 고향에서 쫓겨난 그들이 걱정되어 제가 직접 방문해 보았습니다. 먹을 것이 없는 그들을 어떻게 도울 수 있을까 고민하고 있었지요. 그러던 어느 날 통가 부족장은 뜻밖에도 먹을 것보다 자신들의 언어가 사멸되지 않도록 도와달라고 했어요."

"부족의 역사와 문화는 주로 언어를 통하여 구전되잖아요?"

제니스 수녀님은 그들을 돕기로 마음먹고 짐바브웨 정부 관리들을 설득해 나갔다. 관리들은 국가의 분열을 초래한다며 강하게 반대했다. 하지만 부족마다 고유한 문화를 인정해 줌으로써 분열을 줄이고 서로 화합할 수 있다는 논리를 펴면서 설득한 끝에 통가 족이 원하는 언어교육을 지속할 수 있게 되었단다.

한 국가가 다른 국가에 굴복당하면 국민은 자유를 박탈당한다. 짐바브웨 국민들은 식민지 시절 백인들의 저택에서 하인으로 일했다. 그들 중에는 나이가 지긋한 하인도 있었고 새파랗게 젊은 하인도 있었다. 당시 백인들은 하인을 부를 때 나이에 관계없이 모두 "보이"라고 불렀다. 보이란 어린 아이를 부르는 말이 아닌가. 내가 묵었던 민박집의 쇼나 족 부부 조상들은 거의 그렇게 살았을 것이다. 지금은 백인 주인인 머린과 그들 흑인 부부 사이에 '보이'라는 말은 존재하지 않는다. 그들은 서로 다정하게 이름을 불러 준다.

소수 부족인 통가 족이 다수인 쇼나 족 짐바브웨인에게 직접적으로 저항할 수는 없지만 과거 식민지 시절 짐바브웨인들이 '보이'로 취급당했던 사실을 거울삼아 자신들의 언어와 고유한 전통이 소멸되지 않고 좋은 관계를 유지해 나갔으면 좋겠다.

제니스 수녀님은 인권단체의 이사로도 일을 했다. 그러다보니 짐바브웨 정부 관료들은 눈엣가시로 여겨 종종 위협을 가하곤 했다. 하지만 그분은 개의치 않는다. 짐바브웨 독립 운동을 도우며 추방된 경험이 있는 대단한 여성 아니던가. 점심식사 때가 되자 수녀님 옆에 젊은 청년 두 사람이 앉았다. 대학에 다니던 학생들로 학생 운동을 의논하다가 쫓겨 다니는 신세가 되어 실베이라 하우스에서 보호받고 있었다. 가난하고 부패한 나라에 사는 젊은 지성인들은 이중으로 고통을 받는다. 생존을 위한 투쟁에다 인권 탄압과 언론 통제에도 맞서야 하기 때문이다.

실베이라 하우스 내부를 걷다가 한 무리의 젊은이들을 만났다. 그들은 계속 떠들고 웃고 춤을 췄다. 한국인들은 일에 쫓기다가 어려움에 부딪히면 표정이 침울해지지만 아프리카인들은 가난해도 낙천적인 기질을 잃지 않는 듯하다. 제니스 수녀님은 말했다.

"서구가 아프리카 생활방식을 제대로 이해한다면 세상은 좀 더 인간적으로 바뀔 겁니다. 그들은 경쟁과 갈등에서 오는 피로감을 휴식이라는 방법으로 풀지만 여기 사람들은 즐거운 감정으로 해소해 나간답니다. 그래서 심장병과 같은 성인병이 훨씬 적습니다."

실베이라 하우스에서 만난 청소년들. 이들은 배가 고파도 언제나 낙천적이다.

찬타피아와 도로시 부부

고통이 없는 인생은 없다. 어떤 환경에서 살든 사람은 고통을 겪기 마련이다. 때로는 고통을 통하여 상처를 극복하고 사랑을 느낄 수 있다. 제니스 수녀님에게는 다양한 친구들이 있었지만 그들 중에는 고통스런 삶을 살면서도 즐거움을 잃지 않는 중증장애인 부부가 있었다.

하라레의 동쪽 끝 빈민 지역인 뉴 타파라. '리빙 호프 칠드런즈 트러스트(LIVING HOPE CHILDREN'S TRUST)' 라고 적혀 있는 작은 양철집 대문을 열자 휠체어에 의지한 찬타피아 씨가 반갑게 맞아준다. 몇 미터 떨어진 곳에서 그의 아내 도로시가 환한 표정으로 손을 흔들며 우리를 반갑게 맞아주었다. 도로시는 찬타피아보다 장애가 덜한 편이지만 역시 두 다리를 쓰지 못하는 중증 장애인이다. 서른여덟 살의 동갑인 이 부부는 전적으로 타인의 도움을 받아야 일상생활이 가능해 보인다. 하지만 그들은 스스로 열여섯 명의 버려진 어린아이들을 돌보는 보육원을 운영하고 있다.

찬타피아의 말이다.

"나는 장애를 통해 미래에 대한 기대와 욕심을 비웠습니다. 대신 내가 할 수 있는 능력 안에서 좀 더 어려운 아이들을 보살필 수 있습니다."

신체적 장애는 정신적 행복의 한 형식이라고 말하는 찬타피아와 도로시 부부. 그들은 일어서서 걸을 수 없다보니 자연스레 낮은 세상을 바라보고 산다. 아이들을 무척 좋아하고 땅에서 자라는 작은 식물과 생물에 관심이 많았다. 부부는 조그만 텃밭에서 채소를 키우고, 땅콩버터를 만들어 시장에 내다팔고, 또 병아리를 키워서 보육원을 지탱해 왔다.

우리는 모두 같은 꿈이 있습니다

'리빙 호프 칠드런즈 트러스트'는 정부로부터 승인을 받지 못한 미인가 시설이어서 행정적으로 아무런 도움을 받지 못했다. 오히려 정부 관리는 중증 장애인 부부가 어떻게 아이들을 보살필 수 없느냐고 의심을 품었다. 종종 집에 찾아와 부부에게 꿍꿍이 속셈이 있다는 식으로 협박했다. 심지어 대문을 부수어 버렸지만 부부는 굴하지 않았다. 여기저기서 재료를 구해와 수리한 후 보육원을 유지해 나갔다.

찬타피아에게 보육원을 시작한 동기를 물어보았다.

"어느 날 동네 아주머니가 두 살배기 아이를 잠시 맡겼어요. 그런데 해가 져도 아이를 데려가지 않았어요. 다음날에는 데려가겠지 하고 기다렸지만 엄마는 오지 않았어요. 어쩔 수 없이 그 아이를 거두어 키우게 되었습니다. 그 후 동네 아이들을 하나씩 둘씩 돌보게 되었답니다."

실내에는 어린 아이들이 오글오글 모여 있었고 자원 봉사자 여성이 그들을 보살폈다. 영양 상태는 좋아 보이지 않았지만 눈동자는 모두 초롱초롱했다.

찬타피아를 볼수록 눈동자는 아이들을 닮아 순수하고 맑았다. 하지만 그의 이마에는 나이에 비해서 굵고 짙은 주름이 잡혀 있다. 그 주름 속에는 얼마나 힘든 세월이 들어 있을까? 도로시 역시 웃음을 잃지 않았다. 제니스 수녀님이 왜 나에게 찬타피아 부부가 운영하는 '리빙 호프 칠드런즈 트러스트'를 소개해 주었을까? 그분은 한 번도 이들을 도와달라는 말을 하지 않았다. 그렇지만 나는 아이들의 식량과 의료비를 지원하기로 결심했다.

그로부터 1년이 지난 어느 날 제니스 수녀님으로부터 슬픈 소식을 들었다. 찬타피아가 시름시름 앓더니 더 이상 자리에서 털고 일어나지 못하고 세상을 떠났다는 것이었다.

　'찬타피아! 당신은 세상에 태어나 더 이상의 낮은 곳이 없을 정도로 낮은 삶을 살았습니다. 하지만 늘 평온한 미소를 지었지요. 아름다운 미소는 땅에 떨어졌지만 당신이 남긴 향기는 오랫동안 모두의 마음속에 남아 있습니다. 우리는 찬타피아 당신을 더 이상 볼 수 없지만 당신을 통해 세상이 아름답다는 걸 느끼게 됩니다.'

우리는 모두 같은 꿈이 있습니다

긴급구호활동

나르기스 긴급구호활동

2008년 5월 사이클론 나르기스가 미얀마 서남부 지방을 강타했다. 시속 200킬로미터 강풍과 폭우가 이라와디 델타 지역의 모든 것을 휩쓸어 가버렸다. 불어난 강물이 빠지자 논두렁 곳곳에 널려 있던 시신들이 훼손되어 차마 눈뜨고 볼 수 없는 처참한 광경을 드러냈다. 섬마을은 더 끔찍했다. 역겨운 악취가 코를 찌르는 가운데 사망자들이 모래 흙더미에 뒤엉켜 있기도 했다. 생존자들의 목숨 역시 위태로웠다. 여러 날 동안 식수와 먹을 것 없이 버티느라 초주검 상태였다. 가장 피해가 컸던 보칼레이 마을은 주민 1만 명이 한꺼번에 몰살당했다. 현장에 뛰어든 긴급 구호 대원들은 상황이 너무 참혹하여 말문이 막히고 구토를 하는 이도 있었다고 한다.

미얀마 경제의 중심지 양곤은 사이클론의 직격탄을 맞고 도시 기능이 마비되다시피 했다. 전봇대가 쓰러지고 거대한 나무들이 통째로 뽑혀 뿌리가 하늘을 향했고, 주택들은 다 뜯겨 나가 뼈대만 유지하고 있었다. 참변이 발생한 지 20일이 지났는데도 미얀마 정부는 국제 NGO의 인도주의 구호 활동을 거부했다. 이에 유엔은 헬기를 띄워 구호 물자를 낙하하는 방식으로 활동을 하려고 하자 군사 정부는 외국인들을 내쫓으며 나가지 않으면 사살하겠다는 경고까지 했다. 갈수록 사정은 악화되어 생필품이 바닥났다. 그러면서 식수와 기름 가격이 폭등하고 양곤의 일부 상점들은 약탈을 당하자 문을 폐쇄하기도 했다.

　나르기스의 참상을 듣고 있던 우리 단체는 나름대로 도울 수 있는 방안을 강구했다. 규모가 큰 구호 단체들도 미얀마 군부의 비협조로 구호 활동을 제대로 펼칠 수 없는 마당에 우리같이 작은 단체가 어떻게 그들을 도울 수 있을까? 하지만 뜻이 있는 곳에 길은 반드시 있다. 나는 방콕 포콜라레 운동 센터와 접촉 라인을 가지고 있었다. 그곳 책임자 춘 복타이와 메일을 주고받으며 구체적인 지원 방안을 준비해 나갔다. 방콕 센터에는 미얀마 출신 젊은 NGO 활동가가 머물고 있어 그를 통해 긴급 구호 활동을 펴기로 결정했다.

　한끼의식사기금에서 송금한 돈을 그가 직접 소지한 채 피해 지역으로 들어가도록 했다. 외국인 같으면 철저히 몸수색을 당하지만 자국인이어서 별다른 제재 없이 입국이 가능했다.

　먼저 양곤에서 봉사자들을 모아 피해 지역으로 들어간 그는 자금을 배분하여 카나조곤 지역에 임시 캠프를 설치했다. 사람들에게 잠자리와 식사를 제공하고, 피부병과 설사병 등으로 시달리던 환자들을 치료해 나

　　　　　　　　　　　　　　우리는 모두 같은 꿈이 있습니다

갔다. 또 강물로 인해 고립된 지역에는 배를 타고 들어가서 식량과 의복, 의약품을 전달했다.

더운 날씨 때문에 위생 상황이 극도로 나빠지고 있었다. 이라와디 델타지역에는 말라리아와 설사병이 창궐했다. 어떤 곳에서는 전체 어린이 중 20퍼센트가 설사병에 걸리는 초비상 상황이었다. 다행히 우리의 구호 활동가들 중에는 여성 의사가 있었다. 그녀의 이름은 발렌티나. 하늘이 보내준 선물과 같은 존재였다. 발렌티나는 구호 전선에서 뛰어들어 긴급 상황이 마무리될 때까지 몇 달을 고군분투하며 뛰어다녔다. 그녀가 보내온 소식 몇 가지를 소개해 본다.

한 남자가 강풍에 날아온 양철 파편을 맞아 난 상처가 곪아가고 있다. 항생제를 투여하며 감염이 번지지 않도록 치료를 해야 하는데 의약품이 절대적으로 부족하다. 그 사람에게 다량의 약을 써 버리면 다른 환자들에게 돌아갈 약이 없어진다. 어쩌면 좋을까?

발렌티나는 우리 단체에서 보내 준 자금으로는 턱없이 부족하여 자신의 클리닉에 남아 있는 의약품을 몽땅 가져와서 치료에 매달렸다. 그녀가 보낸 또 다른 소식이다.

논두렁에서 치료를 하고 있는데 저쪽에서 한 여인이 넋이 나간 듯 뭐라고 중얼거리고 있다. 여인에게 정신 차리라고 몸을 흔드니 서럽게 울며 말한다. 그녀의 울음소리에 내 눈에서도 눈물이 쏟아진다.

급작스럽게 불어나는 물길에서 여섯 살과 네 살 딸아이의 손을 꼭 잡고 있었는데 거대한 물줄기를 맞고 정신을 잃게 되었단다. 정신을 차려보니 옆에 붙어 있던 자식들이 보이지 않았다. 저만치 떨어져 있던 남편과 세 살짜리 아들마저 나르기스에 휩쓸려 가 버렸다고 한다. 가족 모두를 잃고 홀로 살아남은 그녀의 비통한 심정을 어떻게 설명할 수 있을까. 나르기스의 아픈 기억은 시간이 흐르면서 서서히 잊혀져 갔다. 그로부터 몇 년 후 양곤에서 나는 발렌티나를 직접 만났다. 그녀에게는 나르기스 때 보여주었던 열정이 여전히 남아 있었다. 이제 발렌티나는 가난한 이를 위한 무료 병원 건립을 위해 모금 운동을 벌이느라 여전히 바쁘게 지내고 있었다. 세상은 이런 사람들이 있기에 아직도 살만한가 보다.

톤레 삽 호수 구호 활동

메콩 강은 동남아 최대 강이다. 4,000킬로미터가 넘는 강으로 중국 티베트에서 발원하여 미얀마, 라오스, 태국, 캄보디아, 베트남을 거쳐 남중국해로 빠져나간다. 계절풍 영향으로 매년 메콩 강의 수량은 건기에는 줄어들고 우기가 되면 불어난다. 2011년 유례없는 홍수 피해가 이 지역 국가들을 덮쳤다. 그해 8월부터 11월까지 석 달 동안 집중적으로 내린 비는 캄보디아의 젖줄인 톤레 삽 호수 주변을 온통 물바다로 만들었다.

캄보디아 인구 10명 중 1명은 톤레 삽 호수에 기대어 살아가는데 광범위한 지역에 걸쳐 엄청난 피해가 났다. 인구가 밀집한 마을까지 물이 밀고 올라왔고 급기야 집 안에까지 가득 들어차 사람들은 집을 빠져나와 비닐을 치고 지내야 하는 상황에 처했다. 계속되는 물 폭탄으로 수 백 명의 사망자가 발생했고 전체 농경지의 10퍼센트 이상이 물에 잠기는 대 위기를 맞았다. 유엔 산하 국제기구들, 국경없는 의사회 등 국제 NGO 들이 재난 현장에 뛰어들었다. 2011년 당시 우리는 현지 지부 사무실을 시엠립 시내에 두고 있어 홍수 피해 상황의 한가운데 서 있었다. 그동안 우리 지부에서 돌보아오던 난치병 환자들과 가난한 주민들이 심각한 상 태에 빠지게 되었다. 그들을 위한 긴급구호활동에 들어갔다.

삼살 캄보디아 직원들은 식수와 비상식량, 의약품 등을 준비하고, 재난 지역을 잘 알고 있는 전문가를 모았다. 2011년 10월 29일 새벽 손봉국 지부장과 직원들, 수해 지역을 잘 아는 SCC 스태프들이 함께 구호팀을 구성하여 현장으로 들어갔다. 상황은 톤레 삽 호수에서 50킬로미터 이 상 떨어진 마을까지 물이 들어차 있었다. 보금자리를 잃어버린 이재민들 은 굶주림에 지쳐 버렸다. 우리 구호팀이 보내온 활동 보고를 소개한다.

40대 초반의 여성 소반과 그녀의 아들 넝을 만났다. 그들은 종이 상자와 비 닐로 부서진 지붕과 벽을 틈을 메운 채 도움의 손길을 기다리고 있었다. 소반 의 상태가 나빠 보였다. 물속을 걷다가 독충에 쏘인듯 했다. 넝의 발에도 원인 모를 피부질환이 번지고 있었다. 우리는 생필품을 전달하면서 긴급 처지를 해 주었다. 인근 마을에서는 사렛이라는 여인을 만났다. 오두막으로 들어가자 여 인은 젖은 옷을 말리지도 못하고 그대로 입고 있는데 심한 감기에 걸려 있었 다. 추위에 떨고 있는 여인에게 해열제를 줄 수는 있었으나 나눠줄 수 있는 담 요가 부족하여 안타까웠다.

바땀방 지역은 물이 불어나면서 수심이 2.3미터에 달해 모든 길이 잠기고 가옥은 물론이고 학교와 공공건물까지 침수되었다. 이전에는 차를 타고 들어오던 길이건만 지금은 배를 타고 들어가야 했다. 이웃집에 가기 위해서는 작은 보트가 있어야 했다. 그런 상황이라면 피해지역을 잘 아는 안내인이 꼭 필요하다. 그가 적극적으로 도움을 줄 수 있기 때문이다. 구호팀에는 그런 봉사자가 있어 구호품을 전달해 나가는 데 한결 쉬웠다. 그 과정에서 에이즈에 걸린 여인을 만났다.

아이에게 젖을 물리고 있어 염려가 되었다. 폭이 10센티미터도 안 되는 외나무다리를 타고 집으로 들어갈 수 있었는데 남편은 집을 나가 몇 년째 소식이 없다고 했다. 며칠째 하루 한 끼도 제대로 먹지 못해 배를 곯고 있었다. 그렇지만 자신보다는 젖먹이가 탈나지 않도록 해달라고 애원했다. 에이즈에 걸린 상태로 왜 아기에게 젖을 물리느냐고 누가 감히 말할 수 있으랴.

그로부터 2개월 후 나는 피해 지역 중 한 곳인 푸어맨짜이 마을에 들어갔다. 역시 동네 아이들이 손님을 가장 먼저 반겨준다. 뒤이어 마을 이장이 나타났다.

"좀무립쑤어(안녕하세요)."

"우리 마을은 톤레 삽 호수로부터 수십 킬로미터 떨어진 지역이지만 수해 당시 마을 전체가 물에 잠겨 큰 피해를 입었습니다."

마을 주민 상당수가 장티푸스 등 수인성 질병에 걸려 엄청 고생을 했단다. 그 사정을 들어보니 화장실이 문제였다. 마을에 화장실을 갖춘 집이 딱 한 집밖에 없다보니 사람들은 아무 곳에서 배설을 했다. 바로 그것이

미얀마 긴급구호 현장. 홍수에 불어난 물 위로 희생당한 아이들의 시체가 떠올랐다.

오염의 주요 원인이었다.

　이장의 안내로 몇몇 집을 방문했다. "저기를 쳐다보세요." 이장이 손가락으로 가리키는 곳을 보니 집 상단까지 물이 들어찬 흔적이 남아 있었다. 이장은 큰 소리로 "리다! 잘 지냈어요?"라며 한 여인을 부른다. 여인은 고개만 이쪽으로 돌린 채 말없는 표정이 어두웠다. "나눠 준 구호품은 잘 받았나요?" 역시 표정은 그대로다. "혹시 무슨 문제가 있어요?" 이장이 다시 사정을 물었다. 그러자 여인은 힘없는 목소리로 식량이 한 톨도 남아 있지 않다고 말했다. 홍수 피해로 굶주리다가 식량을 빌려서 버티었는데 구호 식량을 배급받자마자 빌린 식량을 모두 갚아야 했단다. 당장 굶지 말라고 나누어 준 긴급 구호 식량인데 빚 갚는데 다 써 버리다니. 재해는 가진 자는 더 가지게 만들고 없는 자는 더 빈털터리로 만든다는 말이 실감났다.

린디지역 식량지원활동

우리 단체는 구호활동기금을 마련하기 위해서 매년 음악회를 개최해 왔다. 기획에서부터 대관, 출연진 섭외까지 공연 전문가의 힘을 빌리지 않고 우리는 직접 진행한다. 사무국 직원들과 이사들이 발로 뛰며 지출경비를 최소화하면서 적잖은 기금을 마련해 낼 수 있었다.

2010년 사랑의 음악회는 이색적인 기획을 시도하여 이탈리아의 피아니스트 파울로 베르가리를 초청했다. 멀리 유럽에서 초청하는 데 들어가는 비용을 감안하면 적자가 나는 기획이지만 나름 수익금을 마련할 수 있었던 이유는 파울로 베르가리가 출연료를 무료로 하겠다고 약속했기 때문이다.

성황리에 공연을 마치고 기념 촬영을 하던 중 파울로가 물었다. "오늘 수익금은 어떤 사람들에게 도움을 줄 건가요?" 나는 "좋은 곳에 쓰이도록 준비하고 있어요."라고 말할 수밖에 없었다. 아직 어디에 사용하게 될지 내부적으로 결정짓지 못하고 있었던 것이다. 그가 섭섭하지 않도록 "곧 결정될 거예요. 파울로가 한국을 떠나기 전에 꼭 알려 드리겠습니다."라고 말하자 그는 "괜찮습니다. 알려 주지 않아도 됩니다."라고 겸손하게 받아들였다.

공연 다음날 한 통의 전화가 걸려왔다. "대표님 안녕하세요. 서무일입니다. 저를 기억하시겠습니까?" "누구시더라?" 나는 잠시 머뭇거렸다.

이름이 빨리 연상되지 않기도 했지만 통화음이 끊겼다 들렸다 했다. "저소득층 노인들을 위한 사랑의 연탄 배달 프로그램을 함께 했던 사람입니다." 그때서야 누군지 생각이 떠올랐다. "전도사님이군요. 그동안 어떻게 지내셨어요?" "저는 탄자니아 다르살렘에 나와 있습니다." "멀리까지 가셨어요?" "네, 선교 겸 봉사 활동을 좀 하려고요."

당시 탄자니아는 극심한 가뭄으로 식량이 부족한 상태였다. 남쪽 린디주 론도 마을은 시급히 식량 지원을 해 주지 않으면 아사자가 발생할 정도였다. 어떻게 그들을 도울 것인가 고민하던 서무일 전도사는 문득 내가 생각났단다.

아프리카 땅에 있는 사람이 어떻게 우리에게 음악회 수익금이 있는 줄 알았을까! 신기하다! 계획은 사람이 하지만 결정은 하늘이 한다더니. "희한한 일이네요. 그렇잖아도 어제 있었던 음악회에서 수익금이 좀 생겨 어디에 사용할까 생각하고 있었습니다." 서 전도사는 들뜬 목소리로 "그럼 저를 도와주시는 건가요?" "우선 이야기부터 자세히 들어봅시다." 그리하여 여러 가지 상황을 검토한 후 결정을 내리고 나는 파울로 베르가리에게 소식을 전했다. "파울로, 이번 음악회 기금은 탄자니아 긴급 식량 지원에 사용하겠습니다."

서무일 전도사는 프로그램을 진행할 실무자로 장희옥 활동가를 연결해 주었다. 그분은 검은 머리카락보다 흰 머리카락이 더 많아지는 60대를 목전에 두고 있었다. 린디 지역에서 현지인들과 10여 년을 동고동락하며 살아왔단다. 장희옥 활동가가 현지 상황에 대한 내용을 이메일로 보내왔다.

현지인의 주식은 옥수수와 콩인데 가뭄으로 구경조차 못하고 있습니다. 모든 마을이 어렵지만 가장 심각한 곳은 리강가 마을과 남발라피 마을입니다. 마을 당 400여 명이 살고 있습니다. 계속되는 기근으로 식량이 전혀 없습니다. 현재 탄자니아는 소우기에 접어들었으나 예년과 같지 않습니다. 비가 언제 올지 걱정이 이만저만 아닙니다. 나무뿌리로 연명을 하다 보니 모두가 영양실조에 빠져 있습니다. 그들 중 일부는 이미 죽어가고 있습니다.

탄자니아 사람들은 옥수수 가루로 만든 '우갈리'라는 빵에 나물 또는 소스를 찍어서 먹는다. 나와의 통화에서 장희옥 활동가는 이렇게 말했다. "그들은 우갈리를 먹어야 제대로 힘을 쓰고 건강을 유지할 수 있습니다. 석 달간만 우갈리를 먹을 수 있게끔 도와주시기 바랍니다. 그러면 가장 심각한 보릿고개는 지나가리라 생각됩니다."

여성이 혼자 아프리카 오지에서 산다는 것은 정말 힘이 든다. 그녀가 겪었던 끔찍한 사건을 빼놓을 수는 없을 것 같다. 나쁜 의도로 쓰는 것이 아니니 그녀도 이해해 주리라 믿는다. 몇 해 전 강도가 침실에 쳐들어왔단다. 그들은 총으로 위협사격을 하면서 폭행을 가한 후 그녀가 가진 사업자금을 빼앗아갔다. 엄청난 충격을 받은 그녀는 몸이 마비되어 꼼짝할 수 없는 상태가 되었다. 외마디 소리도 지르지 못하고 넋이 나간 채 시간이 흘러갔으나 마을 주민들의 정성스런 보살핌으로 다시 회복하게 되었다. 그 후부터 그녀는 막연한 불안과 불면증에 시달리게 되었다. 하지만 겉으로는 여전히 여장부처럼 행동하니 주민들은 '빅 마마'라고 불렀다.

린디 지역 므외라 부족의 땅은 모래 땅이라 농사에 부적합했다. 하지만 그들은 그곳을 떠나지 않고 전통적인 방식으로 농사를 지으며 살아왔다. 장희옥 활동가는 므외라 족은 기질이 강하지만 욕심이 없어 그들과 오랜 세월 함께 살 수 있었단다.

음악회의 수익금 전액은 당초 결정된 린디 지역의 두 마을 외에 추가로 두 마을을 확대하여 석 달치 옥수수를 배분했다. 긴급 식량 배급이 끝난 후 그녀와 통화를 했다. 내가 홀로 그곳에서 살고 있는 이유를 물었더니 빅 마마는 이렇게 대답했다

"저는 어렸을 때 너무 가난하여 외국 선교사들이 나누어 준 옥수수 죽을 먹고 자랐습니다. 제가 여기에 있는 이유는 지금의 저를 있게 해 준 그분들의 은혜를 되갚기 위해서랍니다."

장희옥 활동가의 삶에서 큰 배움을 얻는다. 새끼 새는 둥지를 버릴 때 날아갈 수 있고, 강은 여러 줄기를 자르면서 바다가 되고, 나무는 꽃이 떨어져야 열매를 맺을 수 있듯이, 인간은 자신을 흙 속에 던져 한 알의 밀알이 될 때 더 큰 성장을 이루게 된다.

거리로 내몰리는
천사들

가난의 1차 희생자

아이들은 지구의 미래라는 말하지만 개발도상국에는 제대로 꽃 피우지도 못하고 버려지는 아이들이 너무나 많다. 채 성장하기도 전에 그들을 짓밟아 버리는 것은 바로 가난이다. 굶주림에 시달리는 아이들은 학교에 가는 것보다 허기를 채우는 일이 더 급선무다. 가난은 먹고사는 문제만 괴롭히는 것이 아니다. 아이들을 가혹한 노동의 현장으로 내몰기도 한다. 어떤 부모들은 자식을 돈과 맞바꾸기도 한다. 그러다보니 개발도상국에는 길거리에서 먹고 자는 아이들이 많다. 세계적으로 1,300만 명의 아이들이 떠돌이 신세로 살아간다. 그들은 쓰레기장을 뒤지는 일에서부터 구걸, 절도, 강도, 매춘, 마약, 소년병, 테러단체에 가입 등을 하기도 한다.

아이들은 영양실조, 각종질병, 위험한 사고에 노출되는 빈도가 높아

우리는 모두 같은 꿈이 있습니다

어린 나이에 죽는 경우가 많다. 운이 좋아 몇 개 없는 아동시설에서 보호를 받는다고 하더라도 그들은 적응하지 못한다. 어릴 때부터 애정 결핍으로 대인 관계 형성이 불가능하고 정신적 외상의 후유증까지 더해 그들의 심리적 고립은 심화될 뿐이다. 구호단체를 통해 그들에게 도움을 주고자 해도 경계하거나 거부하는 경우가 흔하다. 세상에 대한 불신이 얼마나 깊으면 진실한 선의조차 구분하지 못할까

거리의 삶

길거리의 아이들은 구걸에 의존하여 생존할 수밖에 없다. 인도네시아 족자카르타에서 일이다. 메라피 화산폭발 피해자들을 위한 현지 프로그램을 진행하고자 방문했는데, 꽉 막혀 버린 도로에서 내가 탄 차량도 오도가도 못하고 서 있었다. 그때 어디선가 음악 소리가 들려왔다. 야외 콘서트를 할 장소도 아니고 어디지 두리번거리다가 나의 시선은 허름한 옷을 걸치고 악기를 켜고 있는 한 무리의 아이들에게로 고정되었다. 왜 누더기 옷을 입고 연주를 하는 것일까? 그들은 거리의 아이들이었다. 2~3분 정도 연주를 한 후 사람들로부터 돈을 받아갔다. 거리의 아이들 상당수는 비행을 저지르는 일이 많은데 그 아이들은 음악을 통하여 살아가고 있으니 대견스럽게 여겨졌다.

거리의 청소년 중 일부는 구두닦이를 하며 살아가기도 한다. 나는 아디스아바바 길거리에서 만나기로 약속을 했는데 상대방이 제 시간에 나오지 않았다. 오가는 사람을 구경하고 있는데 거리의 아이들이 다가와 신발을 닦으라며 억지로 벗기다시피 가져갔다. "아저씨 신발 아주 멋지

게 닦았어요." 다시 돌아온 신발을 신으니 비에 젖은 신발을 신는 느낌이었다. 랜드로버에다 물을 칠한 후 저급한 구두약을 발라댔던 것이다. 어쩔 수 없지. "애들아 수고했다." 나름 신발을 닦아준 아이들에게 팁까지 얹어 주었다.

캄보디아 프놈펜에서 시외버스를 타려고 기다리고 있었다. 그때 한쪽 다리를 잃은 장애인이 어린 꼬마 둘을 데리고 나타나서 구걸을 했다. 땟국에 절은 옷에 꾀죄죄한 아이들의 얼굴은 동정심을 자아내게 했다. 동행하던 현지 활동가는 내 손을 잡으며 "저 사람은 아이들의 아버지가 아닙니다. 아무 관계도 없는 사람이 길거리의 아이들을 이용하여 앵벌이 시키는 겁니다."고 말했다. 소위 '렌탈 차일드'였다.

인도 뭄바이에는 아이들을 이용한 구걸 수준이 비즈니스 수준이다. 우려스러운 것은 범죄 조직이 어린 아이를 유괴해서 마을의 걸인들에게 대여하고 돈을 받아 챙기는 불법을 일삼는 것이다. 유괴한 아이가 장애 아라면 더 좋다고 한다. 사람들에게 더 큰 동정심을 유발할 수 있기 때문이란다. 정말 잔인한 경우는 유괴한 아이의 귀와 코를 칼로 절단해서 일부러 장애아로 만들어 버리는 극단적인 경우도 있다고 하니 차마 인간으로서 못할 짓이다.

길거리의 아이들은 혼자 떨어져 있으면 생존할 수 없기 때문에 그들끼리 뭉쳐서 배회한다. 그러다 보면 범죄와 같은 심각한 사회 문제를 일으키기 쉽다. 하루는 네팔 고르카지역 아이들에게 보내 줄 도서를 구입하기 위해 카트만두 타멜 거리에 있는 서점을 향하여 걸어가고 있었는데 저만치 벽에 기대어 본드를 흡입하고 있는 아이들을 보았다. 초점 잃은 눈빛으로 팔을 허공에 허우적대고 있는 것으로 보아 환각 상태에 빠져 있었다. 행인들은 무관심했고 순찰 중이던 경찰관도 허구한 날 반복되는 일인 듯 시선을 다른 방향으로 돌린 채 지나갔다.

청소년들이 마약에 빠져드는 경우는 대부분 정서적으로 감당할 수 없을 때 발생된다. 아프리카 대도시의 아이들에게는 시너 중독이 심각하다는 이야기를 들은 적이 있다. 시너는 환각 성분이 강해서 한번 빠지면 종일 시너 생각만 하게 된다. 환각 효과가 떨어지면 금단 증상이 올라와 다시 이 물질을 하지 않고는 못 배기게 만든다. 수중에 돈이 떨어진 아이들은 시너를 구입하려고 절도나 강도 행각에 나서기도 한다.

짐바브웨 하라레에서 20대 청년을 만난 적이 있다. "삼촌 집에 쉬러 왔어요. 여기는 날씨가 좋아 요양하기 좋아요." 그는 감당할 수 없는 정신적 외상의 후유증에 시달려야 했다. 청년은 르완다의 키갈리 출신이었다. 르완다 내전은 투치 족과 후투 족의 정권 쟁탈을 둘러싸고 무려 150만 명이 처참하게 죽임을 당하는 대학살이었다. 그가 아주 어릴 때 부모가 총살당하는 광경을 목격했다. 그 장면은 그를 끔찍한 고통 속으로 몰아넣었다. "눈만 감으면 엄마의 비명과 아빠의 거친 숨소리가 들렸어요. 그 소리를 들을 때마다 숨이 멎고 머리가 빙빙 돌았어요." 바람이 나뭇가지를 흔들기만 해도 누가 잡으러 올 것만 같은 공포에 질렸다. 스스로는 한 발자국도 움직일 수 없게 된 상황에서 친척의 손에 이끌려 콩고민주공화국으로 피신하게 되었다. 그 후 르완다로 되돌아왔지만 온전한 생활로 복귀하지 못하고 비행 청소년의 길로 빠졌다. 길거리의 아이들과 어울려 다니면서 시너 중독에 빠졌다. 그의 소식을 멀리 하라레에 떨어져 살던 삼촌이 듣고 거의 폐인이 된 조카를 짐바브웨에 데리고 가서 요양 생활을 하게 된 것이었다.

집으로 가는 길

거리의 아이들은 막다른 골목에 이르면 극단적인 선택을 하게 된다. 전쟁터로 향하는 것이다. 추정 통계에 따르면 용병으로 참가하는 소년병이 무려 30만 명에 이른다.

그들에게는 기다리는 사람도 사랑하는 사람도 없다. 그날그날 주어지는 대로 먹고 살 뿐이다. 그들에게 생명이나 인권 따위는 중요하지 않다. 전장에서 가장 무서운 대상은 소년병이라는 말이 있다. 성인 군인들은 전쟁을 치르더라도 상대방의 목숨도 자기 목숨처럼 소중하다는 것을 인지하여 터무니없이 죽이기는 쉽지 않다. 하지만 소년병들은 사람 목숨을 파리 목숨처럼 취급한다.

「집으로 가는 길」은 시에라리온 내전 당시 소년병으로 참가했던 이스마엘 베아의 경험담을 엮은 책이다. 뉴욕 타임스는 소년병의 고통스러운 절규를 담아낸 이 책을 2007년을 빛낸 100권의 책으로 선정한 바 있다.

랩과 힙합댄스를 좋아하는 12세 소년 이스마엘 베아는 본의 아니게 내전에 휘말리게 된다. 소년 이스마엘은 가족과 떨어진 채 홀로 일촉즉발 죽음의 위기를 여러 번 겪는다. 피신 길에 고향 사람을 만나 가족의 안부를 알게 된 소년은 흥분된 마음으로 달려가지만 반군들의 무자비한 총질과 약탈, 방화에 가족을 포함하여 마을 전체가 처참한 죽음을 당하는 장면을 목격한다. 그는 분노에 찬 소년병으로 변신하여 피비린내 나는 전쟁터를 떠돌며 수많은 인명을 살상한다. 그는 사람 죽이는 일이 물 한 잔 마시는 것처럼 쉬웠다고 고백한다. 시간이 갈수록 이스마엘은 극심한 편두통에 시달리게 된다. 내면에서는 자신의 행위에 대한 고통의 메아리가 울려오고 있었던 것이다. 맨 정신으로는 아무것도 할 수 없는 상태가 되자 코카인과 같은 마약을 복용하면서 살상을 해댔다. 결국 그는 중증 마약중독자가 되어 수도 프리타운의 재활센터로 보내진다.

극도의 야수성에 길들여진 이스마엘은 치료과정에 적응을 하지 못하지만 계속되는 재활치료 덕분에 점차 정상적인 소년으로 되돌아오게 된다. 그 과정에서 무수한 편두통과 불면증이 그를 괴롭혀 사람을 기피하거나 하루 종일 말없이 우울증에 빠지기도 한다. 기나긴 재활 과정을 성공적으로 마친 이스마엘은 소년병의 참상을 알리는 유엔 회의에 시에라리온 대표로 뽑혀 연설하게 된다.

"저는 가족의 죽음을 복수하고 싶었고, 또 살아남기 위하여 소년병이 되었습니다. 그렇지만 저를 겁내지 않으셔도 됩니다. 이제 소년병이 아니라 그저 어린아이일 뿐입니다. 저는 경험을 통하여 복수는 누구에게도 도움이 되지 않는다는 사실을 배웠습니다. 부모님의 원수를 갚고자 소년병이 되었지만, 제가 복수하려 든다면 또 다른 누군가를 죽이게 되고, 그러면 그 가족이 또다시 복수를 하겠다고 나설 것입니다. 그런 식의 복수는 끊임없는 복수를 불러 영원히 끝이 없으리라는 것을 압니다."

지금도 지구촌 곳곳에서는 전쟁이 벌어지고 있고, 그 가운데는 부모의 전적인 도움을 받아야 하는 앳된 소년들이 굶주린 이리 떼처럼 총질을 하고 있다. 누가 그들을 야수로 만들었는가? 모든 책임은 어른들에게 있다. 평화로운 세상을 건설하기 위해 어른들의 깊은 반성과 자성이 있어야 한다.

여자아이들은 어디로 가는가?

길거리에는 남자 아이들만 있는 것이 아니다. 여자 아이들도 집을 뛰쳐나와 남의 집 가정부로 들어가거나 인신 매매업자들에게 넘겨진다. 또 스스로 매춘부가 되기도 한다. 개발도상국에서 매춘은 불법이지만 쉽게 돈벌이가 된다는 이유로 근절되지 않는다.

15세 소녀 할리(가명)는 두 동생의 생계를 책임지기 위해 밤마다 프놈펜의 스바이 팩으로 간다. 부모는 그녀가 7세 때 에이즈로 사망했다. 미성년자 매춘 천국이라는 오명을 벗기 위해 당국에서는 사창가를 폐쇄했지만 여전히 성업 중이다.

할리가 어떻게 해서 거기에 나가게 되었을까? 어린 동생들을 돌봐주던 이모가 이혼을 하면서 더 이상 돌봐주지 못하게 되었다. 그때부터 할리는 일자리를 찾아 나섰지만 일자리를 주는 사람은 아무도 없었다. 쓰레기더미에서 지내다가 하루는 밤늦게까지 불이 꺼지지 않는 곳을 알게 되었다. 그녀는 선택의 여지가 없었다. 불빛이 보이는 곳을 찾아갔다.

몸무게가 40킬로그램 남짓 돼 보이는 할리. 윤기 없는 머리카락이 가벼운 바람에도 심하게 흐트러졌다. 피곤한 표정이다. "할리, 너에게는 무슨 꿈이 있니?"라고 차마 물어볼 수 없었다. 세상에는 이와 비슷한 일들이 다반사로 벌어진다. 네팔에도, 미얀마에도, 에티오피아에도 또 다른 할리들이 눈물을 흘리며 거리로 나서고 있다.

우리는 모두 같은 꿈이 있습니다

날개가 꺾인 거리의 아이들은 스스로 날아오를 수 없다. 부러진 날개를 치료해 주어야 그들이 다시 날 수 있다. 단지 배부르게 먹고 잠자리에서 편히 자는 것만으로는 해결되지 않는다. 아이들이 거리로 내몰리지 않도록 가정이 안전하게 지켜주어야 한다.

방글라데시 추아당가에 사는 쿠시아 카툰은 초등학교 4학년으로 반에서 1등을 놓치지 않는다. 식구가 모두 여성이었으나 릭샤 꾼인 아버지의 수입으론 입에 풀칠도 하기 어려워 딸 네 명 중 위로 두 명은 열다섯 살에 결혼을 시켰다. 셋째는 다른 사정으로 인도로 보냈다고 하는데 인신 매매업자에게 넘긴 것으로 짐작되었다. 쿠시아의 어머니는 남편이 알 수 없는 병에 걸려 릭샤를 끌 수 없게 되었다며 눈물을 글썽거렸다. 장래에 훌륭한 의사가 되겠다는 쿠시아의 꿈을 어떻게 이뤄준단 말인가?

쿠시아는 "언니들처럼 일찍 결혼하지 않을 거예요. 돈 벌러 멀리 떠나지도 않을 거예요. 나중에 우리 가족과 사회를 위해서 일을 하고 싶어요."라고 말한다. 쿠시아가 거리로 내몰리지 않도록 어른들이 지켜주어야 한다.

아이들은 꿈을 먹고 자라야 한다. 하지만 길거리의 아이들은 그 꿈이 어디에 있는지 모르고 있다. 집에 있는 아이들이든 길거리를 배회하는 아이들이든 그들은 모두 맑은 눈을 가졌다. 길거리의 아이들을 볼 때마다 나는 어른이라는 이유로 그들에게 빚을 지고 있다는 느낌을 지울 수 없다. 아이들은 꽃보다 더 아름답다.

6
나는 왜 이 일을 하는가?

미국 통계청이 운영하는 인구시계는 2013년 1월31일 기준으로
70억6천318만 명이 지구상에 살고 있다고 밝혔다.
유엔식량농업기구(FAO)는 2012년부터 2014년 사이에 만성적인 영양부족에 시달리는 인구가
8억500만 명으로 지난 10년 동안 약 1억 명이 감소했다고 발표했다.

기아의 원인

2013년 1월 31일 기준으로 미국 통계청이 운영하는 인구 시계는 지구상에 70억 6,318만 명이 살고 있다고 밝혔다. 인구 증가분은 선진국보다 개발도상국에서 가파르게 증가하고 있다. 반면 유엔 식량농업기구(FAO)는 2012년부터 2014년까지 만성적인 영양부족에 시달리는 인구가 8억 500만 명으로 지난 10년 동안 약 1억 명이 감소했다고 발표했다. 통계 수치에 가려진 실제 삶의 질은 그리 희망적이지 못하다. 하루 1.25달러 이하로 생활하는 절대 빈곤층이 12억 명이나 된다. 지구촌 전체 인구 8분의 1이 기아의 고통에서 벗어나지 못하고 있는 것이다.

빈곤층 중 가장 취약한 계층은 여성과 아이들이다. 여성은 불평등과 차별적인 사회구조로 말미암아 제대로 먹지도 못한 채 임신과 출산을 하기 때문에 매년 1,700만 명의 저체중아가 태어나고 있다. 이는 높은 신생아 사망률로 이어진다. 이 시기를 넘긴다고 하더라도 아이는 만성적인 영양 결핍으로 인해 성장 발육이 늦어지고 각종 질병에 시달리게 된다.

젊은 층이 선호하는 햄버거는 선진국뿐 아니라 개발도상국의 대도시 가게에서도 쉽게 사 먹을 수 있다. 햄버거는 기본적으로 빵 사이에 고기 덩어리가 들어간다. 그 많은 수요를 충족시키려면 도대체 얼마나 많은 소가 필요할까?

소를 키우기 위해서는 넓은 초지와 방대한 양의 곡물이 필요하다. 전문가들은 쇠고기 1파운드를 얻기 위해 13파운드의 곡물을 소에게 먹여야 한다고 말한다. 돼지의 경우는 6파운드의 곡물을 먹이면 1파운드의 돼지고기를 얻는다. 가브리엘 과드리는 열대림 파괴 → 가축사육 → 햄버거 생산으로 이어지는 연결고리를 '햄버거 커넥션'이라고 명명한 바 있다. 즉 소 사육을 하기 위해 광활한 중앙아메리카의 열대우림이 파괴되었고 그곳에서 생산되는 소고기는 유럽과 미국으로 수출되어 그 대부분이 햄버거 재료가 된다.

숲이 사라지면 지구 온난화가 야기되고 그 피해는 고스란히 가난한 나라로 돌아간다. 기상 이변에 의한 가뭄과 홍수가 더 심해져 가뜩이나 부족한 식량 사정은 더욱 악화된다. 햄버거용 쇠고기 10그램을 얻는 데 사라지는 숲은 1.5평방제곱미터라고 한다. 사람들이 햄버거를 기다리는 동안 인도양의 몰디브나 남태평양의 키리바시에 사는 누군가는 집을 잃고 바닷물에 휩쓸려 떠내려가야 할 처지에 놓였다.

지금부터 기아의 다양한 원인들을 살펴보자.

첫째, 자본주의 경제시스템을 생각해 보지 않을 수 없다. 자본주의가 인류에게 풍요를 가져다준 것은 분명하지만, 굶주린 이리떼의 탐욕은 가진 자들의 착취를 끊임없이 부른다. 미 행정부, 국제통화기금, 세계은행 실무자들이 워싱턴에 모여 개발동상국의 발전 모델로 시장원리주의 경제체제를 적용하도록 합의했다. 이것이 워싱턴 합의다. 정부 규제의 축소, 국가 기간산업의 민영화, 외국 자본에 대한 규제 철폐, 무역 자유화와 시장 개방, 관세 인하와 과세 영역의 확대 등이 합의 내용에 포함되어 있다.

　모든 것을 시장의 흐름에 내버려 두는 신자유주의인데 그렇게 되면 힘이 없는 개발도상국은 어찌 되겠는가. 절대 불공정한 게임이 아닐 수 없다. 헤비급 선수와 플라이급 선수가 아무런 제한 없이 사각의 링에서 싸우는 격이다. 이런 합의는 개발도상국의 기아 상태를 더욱 부추기는 요인이 될 수밖에 없다. 규제 장치가 없으면 약자는 강자의 밥밖에 되지 못한다. 약자와 강자가 공존하려면 운동선수의 체급을 제한하듯 적절한 규제와 조건이 필요하다.

　둘째, 기후변화의 문제이다. 산업화 과정에서 선진국들은 화석 연료를 무분별하게 사용해 왔다. 그 결과 이산화탄소 등 온실가스가 급증하여 지구로 들어오는 빛 에너지는 투과시키면서 우주로 방출하는 빛 에너지는 통과를 막아 지구 온도가 상승하는 이른바 지구온난화가 심각해졌다. 지난 100년 동안 지구는 0.8도가 높아졌다.

　지구 온도 1도 상승은 어떤 의미가 있을까? 일상생활에서 느끼는 온도 1도 차이는 피부로 변화를 느끼지 못하지만 연평균 온도 1도 차이는 꽃이 피고 지는 시기를 바꿀 만큼 차이가 크다. 온도 1도 상승은 지구생물

　　　　　　　　　　　　　　　우리는 모두 같은 꿈이 있습니다

의 10퍼센트를 멸종의 위기로 몰고 간다.

환경 이론이 세분되면서 최근에는 과다한 육식 문명이 지구온난화에 책임이 크다는 주장이 설득력을 얻고 있다. 전 세계 13억 마리의 소들이 방출하는 메탄가스는 전체 메탄가스 방출량의 18퍼센트를 차지하고 있어 이는 이산화탄소보다 지구온난화에 더 큰 영향을 미치는 것으로 알려지고 있다.

세계은행은 '빈곤에 대한 기후변화의 영향력 관리'라는 보고서를 통해서 즉각적이고 포괄적이며 친환경적인 개발을 통하여 온난화를 줄이려는 노력을 하지 않으면 2030년까지 1억 명 넘는 인구가 빈곤층으로 전락할 수 있다고 전망했다.

기후 변화는 기상 이변으로 이어진다. 지난 몇 년간 아시아의 홍수, 유럽의 폭염, 남미의 혹한, 북미 대륙의 폭설 등이 전례 없이 나타나고 있고, 아프리카 대륙의 사막화는 빠르게 진행되고 있다. 사헬 지방으로 불리는 사하라 남부지대는 매년 5킬로미터 내지 10킬로미터씩 사막이 확장되고 있다. 2015년 기준으로 최근 10년간 가뭄과 홍수 등 자연재해는 30년 전에 비해서 두 배로 증가했고 그 피해 규모는 1조 5,000억 달러에 달한다고 유엔 식량농업기구(FAO)가 밝혔다.

기상 이변에 의한 자연 재해가 발생하면 선진국들은 재난 방재 시설을 갖추고 있어 적절한 대처를 해 나갈 수 있지만 개발도상국들은 대처 능력이 매우 취약하다. 그 결과 기아 상태는 급격히 악화되어 국제사회가 긴급 구호에 나서지 않으면 안 된다.

이산화탄소 배출은 강대국들이 대부분 하고 있다. 2013년 이산화탄소 배출량을 살펴보면 중국이 선두이고 다음이 미국이다. 유럽연합은 세 번째로 많이 배출하고 있으며 우리나라도 일곱 번째를 기록했다. 반면 이산화탄소 과다 배출로 인해서 피해를 많이 받는 곳은 주로 개발도상국이다. 방글라데시, 네팔 등에서는 집중호우와 히말라야 빙하가 겹쳐 수시로 수백만 명의 이재민과 사상자가 발생한다. 결국 선진국은 개발도상국에 생태계의 커다란 부채를 지고 있는 셈이다. 각국들은 지구의 평화를 위해서 적극적으로 양보와 협력을 해 나가야 할 때다.

셋째, 내전은 기아를 부추기는 요인이다. 아프리카 국가들은 직선으로 국경선이 그어진 곳이 많다. 왜 그럴까? 그 역사는 베를린 의정서로 거슬러 올라간다. 19세기 유럽 열강들은 앞 다투어 아프리카 대륙으로 진출했다. 벨기에의 레오폴드 2세가 스탠리의 탐험을 계기로 콩고를 지배하자, 프랑스는 세네갈을, 영국은 이집트를 차례로 점령한다. 각국들은 대륙 각지에서 땅 따먹기 하듯 영토를 확장해 나갔다. 경쟁이 치열해지자 독일의 수상 비스마르크는 1884년 아프리카 지배에 관한 쟁점들을 정리하여 '베를린 의정서'를 만들어냈다. 그때부터 각국의 이해관계와 편의에 따라 국경선이 그어지다 보니 아프리카 국가 간 경계가 직선 형태로 생겨났다.

국경선이 잘못 그어지게 되면 심각한 문제가 발생한다. 한 영토 안에 서로 다른 종족, 다른 종교, 다른 문화가 섞여 살다보니 필연적으로 갈등을 불러왔다. 수단 내전, 르완다 내전, 콩고 내전 등이 대표적이다. 내전은 직접 사망자 외에 집단 학살, 잔인한 고문, 집단 강간, 질병 등 참혹하기가 이루 말할 수 없다. 또 수백만 명 이상의 전쟁 난민을 양산한다. 죽고 죽이는 내전 중에 그리고 내전의 후유증으로 국민 전체를 기나긴 굶주림에 허덕이게 만든다.

넷째, 부패의 만연이다. 선진국이든 저개발국이든 나라의 발전을 가로막는 암적인 존재가 부패 문제다. 아프리카에서 석유는 축복이 아니라 저주에 더 가깝다는 말이 있다. 거대 브로커들이 독점적으로 석유사업 이권을 따내기 위해 검은 돈으로 정부 관리들을 매수하고 결탁한다. 천연자원은 권력을 쥔 극소수의 배만 불려주고 국민들을 굶주리게 만든다. 그 나라에 아무리 풍부한 자원이 있어도 국민들에게 혜택이 돌아가지 않는다.

아프리카의 국가 관리들은 기근이 들어도 별 걱정을 하지 않는다. 이유는 국제사회가 대규모 원조를 해 주리라는 것을 알기 때문이다. 국제사회의 원조 때문에 경제 발전이 안 되고 부패 구조가 악순환에 빠진다고 주장하는 학자도 있다. 특히 현금 원조는 현지 정부로 하여금 그 돈을 권력을 지탱하는 데 사용하도록 만든다. 따라서 부패를 척결하지 않고서는 기아 문제를 근본적으로 해결할 수 없다.

다섯째, 선진국의 농업보조금 정책과 개발도상국의 열악한 농업생산시설도 심각한 문제다. 선진국에서 자국 농민을 보호하기 위한 목적으로 농업보조금 정책을 시작했지만 시간이 갈수록 보조금은 농민들에게 엄청나게 과잉 생산을 하게 만들었다. 그 덕분에 선진국 농산물은 아주 싼 가격으로 글로벌 시장으로 팔려나가 가난한 나라에서 생산되는 농산물은 가격 경쟁이 되지 않는 처지가 됐다. 보조금 없이 일하는 아프리카 농민과 보조금을 등에 업고 일하는 선진국 농민이 벌이는 경쟁은 그야

말로 일방적인 게임이다.

풍년이 들어도 과잉 생산된 농산물을 보관할 수 있는 현대식 저장 창고가 없다면 농작물은 골칫거리에 지나지 않는다. 개발도상국들은 농업 기반시설이 열악하여 농작물 관리를 제대로 하지 못하고 있다. 에티오피아는 2001년과 2002년 사상 최대의 수확을 했다. 그럼에도 불구하고 손해를 봐야 했다. 그 이유가 무엇일까? 저장 시설이 부족하여 곡물들이 한꺼번에 시장으로 쏟아져 나왔던 탓이다. 당시 에티오피아는 내수시장이 전 근대적이고 수출 길도 막혀 있어 곡물 시세를 한없이 추락시켰다. 100킬로그램에 10달러였던 가격이 2달러로 급락했고 그 결과 농민들은 뿌린 돈보다 훨씬 적은 돈이 호주머니에 들어왔다. 풍년이 도리어 사람을 잡은 형국이었다.

풍작으로 손해를 본 에티오피아 정부는 그다음 해 농사철이 다가오자 과잉 생산을 막기 위해서 비료 사용량을 대폭 줄였다. 하필이면 그해에는 가뭄이 찾아왔다. 그 결과 1년도 채 지나지 않아 국제사회에 대규모 식량 원조를 요청하는 신세가 돼 버렸다. 에티오피아의 식량 문제는 빈약한 농업 기반 시설에서 기인한 문제라고 할 수 있다.

여섯째, 에이즈와 같은 질병도 기아에 영향을 미친다. 에이즈가 유행한 이래 무려 2,000만 명 이상이 목숨을 잃었다. 항레트로바이러스제가 개발되어 선진국에서는 더 이상 치명적인 질병이 아니라고 하지만 영양 결핍에 허덕이면서 약제를 상시적으로 공급받지 못하는 가난한 지역에서는 여전히 죽음을 피하지 못하는 무서운 질병으로 인식되고 있다.

에이즈 사망자의 60퍼센트 이상이 사하라 이남 아프리카에 집중되어

우리는 모두 같은 꿈이 있습니다

있다. 2003년 그 지역에서 에이즈로 사망한 농민은 700만 명이 넘었다. 가뭄, 재해, 사회 불안으로 기근이 발생하면 수확할 농작물이 없어 사람이 죽지만, 에이즈로 인한 기근은 농작물을 재배하는 농민이 먼저 죽어 농작물을 수확할 수 없게 된다.

일곱째, 부채 문제이다. 개발도상국의 외화부채는 갈수록 늘어나고 있다. 라틴 아메리카의 경우 1980년대 외채 총합이 2,400억 달러에서 1990년대 들어 4,800억 달러로 증가했고 10년 후에는 7,500억 달러에 육박했다. 지난 30년간 라틴 아메리카 대륙은 채권자들에게 해마다 평균 240억 달러를 송금했다. 국가가 벌어들인 돈의 3분의 1 이상을 부채상환에 써야 했다는 뜻이다. 장 지글러는 "외채는 치료하지 않고 방치한 악성종양과 같다."고 말한다. 이 악성종양은 제3세계 국가 주민들을 치명적인 가난과 죽음으로 몰아간다.

외채는 시간이 갈수록 왜 자꾸 늘어나는 것일까? 채무국들은 대부분 농업 제품이나 원자재를 수출하고 자국에 필요한 공산품은 수입해야 한다. 지난 수십 년 동안 공산품 가격은 여러 배 이상 올랐지만 농산물과 원자재 가격은 들쭉날쭉하였다. 자국에 필요한 공산품은 계속 수입해야 하기 때문에 울며 겨자 먹기로 또 외채를 들여와야 하는 악순환에 빠진다. 반면 다국적 기업들이 제3세계 국가에서 거두어 가는 이윤은 실로 엄청나다. 그 이윤을 현지에 재투자하는 액수는 미미하고 대부분 선진국에 있는 본사로 보낸다.

혹자는 부채가 낳은 직접적인 산물이 기아라고 말한다. 상생하는 하나의 지구가 되려면 제3세계 국가의 외채를 탕감해 주는 일이 필요하다.

여덟째, 불평등한 분배가 기아를 악화시킨다. 농업생산기술과 종자개량은 갈수록 좋아져서 더 많은 식량을 수확하고 있지만 왜 굶주림은 해결하지 못하는 것인가? 생산되는 식량에 비하여 인구증가 속도가 빨라서 그런가? 진정한 문제는 식량 분배의 불평등에 있다. 선진국은 농업 생산성이 높은 반면에 수요는 적고 개발도상국들은 선진국과는 반대 상황이다. 선진국에서는 남는 곡물을 활용하여 바이오 에너지를 개발하는 동안 가난한 나라는 먹을 식량이 없어 사람들이 절망 속에서 허우적거린다. 전 세계에서 생산되는 곡물 총생산량은 인구 1인당 하루 2,400 내지 2,700칼로리를 먹는다는 계산 아래 120억 명은 먹일 수 있다고 한다. 식량 분배의 비민주주의가 개선된다면 지구는 분명 더 아름다워질 것이다.

나는 이 책의 여러 곳에서 통계 수치를 언급하고 있다. 그것은 메마른 하소연이나 하자고 수치를 나열하는 것이 아니다. 가난한 사람들이 얼마나 심각한 생명의 위협에 시달리고 있는지를 알리는 차원에서 인용하고 있다.

기아는 개인에게만 고통과 좌절을 가져다주는 것이 아니다. 사회를 무질서하게 만들고 국가를 테러와 전쟁으로 몰아넣는다. 기아의 위력은 군대보다 더 무섭고 파괴적이다. 선진국 국민들은 지구의 긴 역사 속에서 그 어느 때보다 문명의 혜택을 더 많이 누리고 있다. 지구촌 기아 문제를 극복하기 위해서는 선진국들의 노력이 절실하다.

가난이 빚어낸
슬픈 삶

절대 빈곤층

먼저 방글라데시 사례를 소개하며 본론으로 들어가고자 한다. 살마 카툰은 지독한 가난 때문에 갓 태어난 딸을 입양 보내야 했다. 남편이 죽자 생계가 막막해졌고 제대로 먹지 못한 그녀의 가슴에서 젖 한 방울도 나오지 않았다. 생후 2개월 된 딸에게 물만 먹일 수도 없는 일. 아이를 굶겨 죽일 것만 같아 눈물을 머금고 300타카(5,000원)에 남의 집으로 보내야 했다.

살마 카툰보다 더 극도의 생활고를 겪는 여인이 있으니 쉬파리 베굼이다. 그녀는 어린 자식을 위해 극단적인 방법을 선택해서 세간을 놀라게 했다.

"어린 딸이 배가 고파 죽어 가는데 내가 두 눈을 가지고 있으면 무슨 소용이 있나요?"

쉬파리 베굼은 아이의 우유 값을 대기 위해 한 쪽 눈을 팔겠다는 충격적인 광고를 지역 신문에 실었다. 방글라데시에서 장기 매매행위는 불법이다. 하지만 신문사는 이 여인의 처지가 하도 딱해서 예외적으로 받아들였다. 또 영국 BBC 방송은 이런 굶주림의 참상을 전 세계에 타전하여 많은 사람들의 응원을 도출해 주었다.

살마 카툰이나 쉬파리 베굼과 같은 삶의 최하층에 놓여 있는 이들을 절대 빈곤층이라고 부른다. 국제노동기구는 경제계층을 다섯 단계로 구분하고 있다. 하루 1.25달러 미만으로 생활하면 절대 빈곤층, 1.25달러에서 2달러 미만으로 생활하면 빈곤층, 2달러에서 4달러 미만은 준빈곤층, 4달러에서 13달러 미만은 준중산층, 그리고 하루에 13달러 이상으로 생활하면 중산층이다.

절대 빈곤층의 삶은 의식주 및 보건위생, 의료서비스, 기초교육 등 인간생활에서 기초적인 욕구를 충족시키지 못하는 삶이다. 그들은 사랑, 낭만, 예술 등 고상한 정서 생활을 누릴 수 없다. 인구 비율로 보면 절대 빈곤층이 가장 높은 지역은 사하라 이남 아프리카 국가이다. 하지만 절대 빈곤층 수가 제일 많은 지역은 남아시아 국가다.

미국의 경제전문 방송 CNBC는 1.25달러로 음식을 산다면 대체 어떤 종류를 구입할 수 있는지 나라별 음식 리스트를 열거했다. 물가가 가장 비싼 런던에서는 인스턴트 수프 정도를 구입할 수 있고, 한국에서는 떡볶이 한 접시를 살 수 있다. 반면 아프리카 가나에서는 닭고기와 쌀밥 한 그릇을 살 수 있는 돈이다.

절대 빈곤층은 1년 중 상당 기간을 굶주린 채 살아간다. 필수영양소

우리는 모두 같은 꿈이 있습니다

가 부족하기 때문에 쉽게 질병에 걸리고, 작은 감염에도 치명적인 결과를 낳는다. 선진국의 평균 수명과 비교해 볼 때 절대 빈곤층은 30년이나 일찍 죽는다.

일상의 터전은 쓰레기더미

추아당가의 시골마을에 사는 레카 베굼을 만났을 때 나는 놀라지 않을 수 없었다. 20대라고는 도저히 믿기지 않는 주름진 얼굴과 가뭄에 말라버린 밭처럼 피부는 갈라져 있었다. 그녀가 살고 있는 서너평 남짓한 움막은 사람보다 가축이 더 상전이었다. 그녀가 맨바닥에서 잠을 잘 때 흑염소는 집에서 가장 깨끗한 자리를 차지했다. 흑염소를 어떻게든 잘 키워서 시장에 내다팔면 돈을 얻을 수 있기 때문이다.

짐승이 똥과 오줌을 싸 놓은 옆자리가 레카 베굼이 몸 누일 공간이니 그녀의 몰골이 어떻겠나. 짐승 냄새가 그녀의 몸에 깊이 배어 있었다. 남편이 소액 신용 대출을 받아 흑염소를 키우라고 했다는데 그런 인생을 살려고 시집 온 것 아닐 것이다. 거기다가 거동을 제대로 못하는 시어머니의 대소변도 치워야 하니 사람 팔자보다 흑염소 팔자가 훨씬 낫다는 생각이 들었다. 가난은 가족을 해체하는 최대의 적이다.

최빈국의 시골에 사는 사람들은 먹고살 길이 막막해지자 도시 빈민촌이 엄청나게 형성되고 있다. 그렇지만 그들의 삶은 오히려 못한 경우가 더 많다. 갈루노골 보스티에서 한 여인이 쓰레기 더미를 뒤지고 있었다. 지켜보고 있으려니 또 다른 여인이 주변을 배회하고 있었다. 생존을 위한 몸부림이었다. 누가 이런 비극을 만들어냈는가? 쓰레기 더미를 뒤지는 사람들은 수치심이라는 단어를 머릿속에서 지워야 한다. 썩은 음식이라도 뒤져서 먹어야 맥박이 뛰고 호흡을 할 수 있기 때문이다. 거기서 어떻게 인간다운 감정이 생겨나겠는가?

내가 한 여인에게 다가가자 힐끗 한번 쳐다보더니 휑하니 저쪽으로 사라진다. 현지 관계자를 통해서 그 여인과 몇 마디를 나눌 수 있었다. 교사였던 남편이 사망하자 악취 나는 쓰레기장이 그녀에게 일상의 터전이 돼 버렸다. 남편을 잃은 슬픔의 눈물이 채 마르기도 전에 남편의 형제들은 가재도구 등 살림살이를 모조리 쓸어가 버렸다. 그리하여 여인은 졸지에 거리에 나앉게 되었단다.

절대 빈곤층의 사람들은 거의 말이 없다. 겉으로 말이 없다고 아무런 감정이 없으랴. 속에는 말로 다할 수 없는 서러움이 가득 담겨 있을 것이다. 그래서 그들은 초점 잃은 눈으로 말을 하고, 무감동과 무감각으로 마음을 대변하고 있는 듯하다.

무덤에서 사는 사람

아디스아바바에서 차로 한 시간 떨어진 곳에 데브러제이트라는 도시가 있다. 아름다운 호수들이 많아 관광지로 알려진 곳이지만 아이러니하게도 도시에는 특이하게도 무덤에서 살아가는 사람들이 있다. 유칼립투스 나무들이 늘어선 도심을 벗어나 나지막한 언덕을 올라가니 길가에 무덤이 줄지어 있었다. 주변에는 옥토도스 교회가 있는데 사람들은 수도사가 지나가자 그의 몸에 지니고 있는 십자가에 입을 맞춘다. 그렇게 함으로써 신이 자신을 보호해 줄 거라고 믿는다.

무덤에 다다르자 소름이 돋았다. 어떻게 무덤 안에서 사람이 살 수 있지? 우리네 무덤 구조를 연상하면 곤란하다. 그곳의 무덤은 허름한 집의 형태를 이루고 있고 외벽에는 죽은 자와 가족의 이름이 새겨져 있고, 안으로 들어가면 시멘트로 봉해진 무덤이 중앙에 놓여 있다. 나머지는 빈 공간으로 이루어져 사람이 기거할 수 있는 구조다. 노숙자, 부랑자, 오갈 때 없는 노인이나 환자들이 무덤에서 기거하며 지낸다. 그야말로 그들은 세상에서 버려진 이들이다.

직접 살펴보니 무덤의 내부 구조는 제각기 다르다. 섬뜩한 느낌이 들 것 같았으나 막상 들어가 보니 그냥 버려진 폐가와 같은 느낌이 들었다. 교도소의 독방처럼 좁은 곳이 있는가 하면 서너 명이 공동으로 생활할 수 있을 만큼 넓은 장소도 있었다. 1년 내내 씻지 않아 고약한 악취를 풍기는 노인을 만났다.

"왜 여기서 사세요?"

"갈 데가 없으니까."

"먹을 음식은 좀 있으세요?"

"없어. 먹을 것이 생기면 먹고 없으면 말고 그렇지 뭐."

"몸이 아프면 어떡하세요?"

"어떡하긴 이 무덤에 영영 드러누울 수만 있으면 좋으련만."

60년 가까이 그 자리에서 살아왔다는 노인에게 가져간 식빵을 주자 귀찮은 듯 마지못해 손을 내밀었다.

무덤에 사는 한 할머니는 손가락과 발가락이 떨어져 나가고 없었다. 한센병 환자였다. 빵을 받을 때도 손바닥으로 받았다. '할머니' 하고 불러도 아무런 반응이 없다. 시선은 그저 무덤 바닥만 응시하고 있었다.

무덤을 둘러보고 언덕 아래로 내려오는데 마음이 우울해졌다. 지나가는 트럭이 뽀얀 먼지 속으로 나를 가둬 버린다. 인생의 모든 미련을 버리고 초연히 살아가는 무덤 거주자들에게 하루 몇 끼를 먹느냐? 가족은 몇 명이냐? 어디가 아프냐? 는 등 질문은 난센스일 뿐이다. 데브러제이트 무덤에 사는 사람들은 삶의 체온이 완전히 식어 버린 상태였다. 고통도 번뇌도 모두 타 버리고 무의 세계로 돌아가기 위해 준비 중인 듯했다.

모기한테 한방 물렸는데 죽다니

짐바브웨의 구웨루에서 한국인 Y씨 부부를 만났다. 1997년 IMF 때 사업이 부도나자 운명이라고 여긴 부부는 그 먼 곳으로 가서 사진관을 운영하며 지냈다.

"반갑습니다. 오랜만에 한국인을 봅니다. 어떻게 여기까지 오셨나요?"

부부는 일행을 따뜻하게 맞아주었다. 사진관 내부는 상당히 넓었는데 현지인 몇 명이 일하고 있었다.

현지인들은 워낙 가난해서 먹을 것도 없을 텐데 사진관이 잘 운영될까? 의아한 표정으로 현지인들의 실생활에 대해 부부에게 물어보았다.

"여기는 문화 시설도 없고 그런 걸 생각조차 할 수 없습니다."

"돈이 없어 먹고 살기도 벅찬데 어떻게 사진을 찍나요?"

"글쎄 말이에요. 그게 그들의 유일한 낙이랍니다."

인간은 본래 아무리 고통스러운 상황에서도 그 상황을 버틸 수 있는 낙이 있으면 살 수 있다. 군에 입대하는 남자가 지갑에 애인의 사진을 품

우리는 모두 같은 꿈이 있습니다

고 들어가는 것처럼 말이다. Y씨 부부의 설명에 의하면 구웨루 사람들에게 사진은 힘든 삶을 유지할 수 있는 일종의 진통제 같은 역할을 하는 듯하다.

"사람들이 생활이 너무 형편없어요, 사는 게 사는 것이 아닙니다. 불쌍해서 못 보겠습니다."

대부분은 하루 한 끼로 버텨나가는데, 시내에서 조금만 시골로 들어가도 초근목피와 풀잎으로 버티는 사람들이 많단다. 작은 병도 쉽게 큰 병으로 이어지는데 작은 상처에도 영양실조 탓에 저항력이 없어 병을 이기지 못하기 때문이다.

"짐바브웨에서는 병원에 가면 죽는다는 말이 있어요."

사람을 살리는 곳이 병원인데 왜 그곳에 가면 죽는다고 하는가. 병원에 가도 의사가 거의 없고 치료 시설과 의약품이 없으니 병을 낫게 할 수 없다는 사실을 말해 준다. 극소수 부자들은 아프다 싶으면 이웃나라인 남아공으로 간다.

"늘 보이던 사람이 며칠 안 보인다 싶으면 영락없이 죽었다고 생각하면 맞아요."

모기에게 한 방 물리면 조그만 상처가 나지만 저항력이 없는 그들은 세균에게 무방비로 노출되어 종기로 번지고 고열에 시달리다가 죽는다는 것이다. 하루는 Y씨 부부가 운영하는 사진관에 단골이었던 젊은 남자가 찾아와서 애원했다고 한다.

"아내 배가 많이 아파요. 제발 서울로 데려가 주세요."

그는 직감적으로 아내가 죽을 것이라는 것을 알았기에 부부에게 매달렸던 것이었다. 숙소로 돌아오는 밤길에 '프로빈스 병원'이라고 적혀 있는 간판이 보였다. 큰 규모의 건물이었으나 담 너머 안쪽에는 불빛 하나 없이 캄캄했다. 달빛에 비친 희미한 실루엣이 유령 건물처럼 느껴졌다.

굶주림은 수치심도 앗아간다.

절대 굶주림 앞에서는 자존심이고 뭐고 따질 수 없다. 깨끗한 음식인지 더러운 음식인지 구분하지도 않는다. 오염된 환경에서 생활을 지탱하다 보니 몸속에는 기생충이 가득하다. 쓰레기장 위에 생겨난 케냐 나이로비의 고로고초 빈민지역에서는 매일 수만 명이 쓰레기장에서 뭔가를 뒤적인다. 그들은 먹다버린 빵조각, 반쯤 썩은 채소, 말라비틀어진 과일 등을 찾아 봉지에 담아간다. 쓰레기 더미는 고마운 존재다. 쓰레기 더미를 뒤지는 일이 도둑질보다 훨씬 낫지 않나.

고로고초의 한 주민은 "쓰레기통을 뒤지려면 수치심을 버려야 합니다."고 말한다. 수치심! 창피나 모욕을 당했을 때 올라오는 감정이다. 고통스러운 이 감정은 어쩌다 한번 겪으면 아주 괴롭지만 일상생활에서 다반사로 겪게 되면 수치심인지도 못 느끼게 된다.

세계적으로 버려지는 음식물을 돈으로 환산하면 4,000억 달러에 달하는 것으로 추산된다. 유엔 식량농업기구(FAO)는 그냥 버려지는 음식물을 기아에 허덕이는 사람들에게 준다면 약 8억 7,000만 명을 먹여 살릴 수 있는 막대한 규모라고 한다.

우리가 안락한 삶을 누리고 있는 동안에 지구촌 어디선가는 신음을 토해낸다. 눈앞에 보이지 않고, 귓가에 들리지 않는다고 해서 그들의 고통

우리는 모두 같은 꿈이 있습니다

을 모른다고 말할 수 없다. 세상에는 말하지 못하는 슬픔이 얼마나 많은가.

우리는 각자의 경계를 넘어 기아에 시달리는 이들을 따뜻하게 품을 수 있어야 한다. 능력 있는 많은 사람들이 자신의 안위에만 투자하며 만족스러운 삶을 누리는 것은 옳지 않다. 약자들을 울리는 절망들을 못 본 척하지 말아야 한다. 그들도 함께 우리와 같은 삶으로 초대되어야 한다. 책 「희망의 경계」의 저자 프란시스 무어라페는 "우리가 함께 길을 걸어가는 사람들을 발견하고, 또 세상에 새로운 무언가를 창조할 수 있는 시각을 지니게 될 때, 우리 자신이 바로 그 희망"이라고 말한다. 희망은 시련도 이겨낼 수 있는 힘이다. 절망에 놓인 사람들을 품위와 위엄을 가진 존귀한 존재로 바라본다면 세상은 절망보다 희망으로 산란될 것이다.

원조보다는
새로운 모색을

배고픈 사람들

　　캄보디아는 열대 기후대에 속해 있어 사람들의 주거 공간은 이러한 기후적 특징이 반영되어 있다. 1층은 교각을 세워 일정 높이를 띄운 후 2층에 주거 공간을 만든다. 바닥과 벽은 모두 나무로 지어지고 내부 구조는 원룸으로 단순하다. 이것이 캄보디아식 전통 가옥이다. 주민들은 낮에는 주로 아래 공간에서 지내다가 밤이 되면 위쪽으로 올라와서 생활한다.

　전통 가옥 중 제일 볼품없는 집을 방문했다. 소아마비로 한쪽 다리를 저는 퐁 말라이의 집이다. 여덟 명이 한 공간에 사는 대가족이다. 막내는 이제 겨우 생후 6개월 된 쌍둥이다. 먹을 것도 부족한데 한꺼번에 두 명이나 태어나다니. 엄마의 젖은 쌍둥이를 감당해 낼 수 없었다. 그런 처지를 알게 된 지역 NGO에서 아이들이 먹을 분유를 지원해 주고 있다.

"그동안 화전을 일구어 농사를 지었는데 그것도 더 이상 할 수 없게 됐습니다."

집안의 가장인 퐁 말라이의 다리에 염증이 만성화된 것이었다. 그의 아내가 기름과 잎담배를 내다판 돈으로 겨우 생계를 유지하고 있었다. 집 안에 들어서자 어디를 밟아야 할지 조심스러웠다. 바닥 곳곳에 구멍이 뚫려 잘못 디뎠다가는 발이 구멍 속으로 빠질 것 같았다. 하늘은 구름 한 점 없이 맑은데 이 가족들의 미래는 며칠 앞을 내다볼 수 없는 막막한 처지였다.

다음은 녹의 가정을 방문했다. 올망졸망 어린아이 셋이 그와 함께 있었다. 캄보디아는 오랜 내전으로 인해 산에는 수많은 지뢰가 묻혀 있다. 그는 지뢰 사고로 한 쪽 다리를 잃은 상태였다. 거동이 불편한 녹을 대신하여 아내가 농사를 짓고 있었다.

"아이들이 몇 살이에요?"

녹은 머뭇거리며 아이들의 나이를 헷갈려 했다.

"일곱 살, 다섯 살, 네 살. 가만 있자 그게 아니네…"

아이들을 쳐다보며 녹이 되묻는다. 한국에서라면 '아버지가 자식의 나이를 모를 수 있나?'하며 의아하겠지만 그곳에서는 흔한 일이다. 유아 사망률이 높아 어느 정도 클 때까지는 나이도 세지 않고 출생 신고도 하지 않는 경우가 많기 때문이다.

대부분의 주민들처럼 녹의 가족도 하루 두 끼에 소금을 반찬으로 먹는다. 내가 발을 내딛는 곳마다 배고픈 사람들은 왜 그리도 많은지.

죽은 원조

선진국들은 지난 반세기 동안 2조 달러 이상이라는 어마어마한 돈을 개발도상국가에 원조해 왔다. 하지만 기아 문제는 해결되지 않고 있다. 세계은행은 더 많은 원조가 필요하다고 주장한다. 이런 주장에 반기를 드는 학자들도 많다.

원조 공여국은 통상 자신이 세운 기준과 규제를 시행할 것을 요구하면서 모범적으로 잘 지킬 때 원조 효과가 커진다고 믿는다. 그래서 원조금의 사용처를 제한하면서 투명성을 높이고자 한다. 그러나 실상 이 원조금은 엉뚱한 곳으로 새어 나가는 경우가 비일비재하다. 세계은행 보고에 의하면 원조 금액의 85퍼센트가 계획했던 것과 다르게 사용된다. 세계은행의 사무관 폴 로젠스타인은 "세계은행은 발전소를 짓기 위해서 자금을 대고 있다고 생각하지만 상당한 돈은 부패 현장으로, 그리고 사창가로 흘러 들어가고 있다."고 말한다.

원조는 현금 외에도 막대한 구호 물품이 제공되는 형식으로 이루어지는데, 이 경우도 마찬가지다. 아프리카 어느 지역에 모기장 제조 공장이 있다고 가정해보자. 그 공장에서 일주일에 500개의 모기장을 만들어 시장에 내다판다. 공장에서 일하는 10명의 직원들은 각각 15명 내외의 가족이 딸려 있다. 우기가 시작되자 말라리아가 기승을 부린다. 아무리 열심히 일해도 질 좋은 말라리아 퇴치 모기장을 충분히 만들지 못한다. 여기에 할리우드 유명 스타가 홍보대사로 나서 대중모금운동을 전개한다. 그는 단숨에 100만 달러를 모아 우수한 자국산 말라리아 퇴치 모기장 10만 개를 만들어서 아프리카 현지로 보낸다. 그로 인해 말라리아에 걸리는 사람들이 현저히 줄어든다.

여기까지 시나리오는 분명 좋아 보인다. 그러나 시간이 지남에 따라 원조의 후유증이 나타나기 시작한다. 외제 모기장이 시장에 흘러넘치면서 아프리카산 모기장 제조업자는 공장 문을 닫게 될 것이다. 조잡한 모기장은 가격이 폭락하고 또 팔리지도 않기 때문이다. 공장의 폐쇄로 인해 노동자들은 모두 해고되고 그들에게 딸린 식솔들도 굶주리게 된다. 잊지 말아야 할 것은 선진국으로부터 들어온 모기장은 길어야 몇 년 안에 망가져서 더 이상 사용할 수 없게 된다는 점이다.

대부분의 경우 원조에 대한 평가는 단기적으로는 성공적이라는 인상을 심어 준다. 그러나 장기적으로 지속 가능한 성장에 원조가 얼마나 기여했는지 따져보면 안타깝게도 부정적인 측면이 드러난다. 일부 전문가들은 원조는 양날의 칼과 같다고 말한다. 기아를 해결하기 위한 원조가 거꾸로 기아를 부추기는 꼴이 되기 때문이다. 잠비아의 경제학자 담비사 모요는 원조의 패러독스를 지적하며 '죽은 원조'를 대신하여 아프리카의 경제성장에 실질적으로 도움이 되는 대안으로 무역 확대, 외국인 직접투자, 소액 금융과 저축 등을 제시하고 있다.

원조보다는 자체 변화를

개발도상국의 식량 문제를 다루는 유엔 산하의 대표적인 두 기관으로 유엔식량농업기구(FAO)와 세계식량계획(WEP)이 있다. 전자는 긴급 구호에 대비해서 식량을 비축하고 있고 후자는 기근이 발생했을 때 배급하고 집행하는 역할을 한다. 이 기구에서 일하는 사람들은 도움이 필요한 나라의 사회구조가 어떤지 별로 묻지 않는다고 한다. 왜냐하면 굶주리는 이들에게 식량이 주어지지 않고 권력의 편에 서 있는 자들의 잇속만 채워 주는 결과를 낳는 경우가 비일비재하기 때문이다. 이런 방식은 기득권의 배만 불려 줘서 부당한 사회구조를 고착시킬 뿐이다.

방글라데시에 홍수 피해가 났을 때 한끼의식사기금에서 긴급 식량 지원을 한 적이 있었다. 그때 만났던 유엔 관리가 했던 말이 기억에 선명하다.

"열심히 하는 것은 좋아요. 너무 철저하게 하지는 마세요. 어차피 과정보다 결과가 중요하니까요."

국제사회의 대표적인 공적 기간인 유엔의 담당 관리조차 이런 말을 한다면 원조는 죽은 거나 다름없다.

유엔 식량특별조사관이었던 장 지글러는 원조보다 개혁을 내세운다. 개혁이란 부패한 사회 시스템을 정비하고 투자환경 개선을 위한 법과 제도의 변화를 이끌어 내는 것을 가리킨다. 아프리카는 임금은 매우 낮고 투자 기회가 높아 이론상으로도 외국인 투자지로 적합하다. 하지만 외국인 직접투자가 유입되지 않는 이유는 극복해야 할 장애물이 너무나 많기 때문이다. 내가 아는 한 사업가가 아프리카 잠비아에서 구리 관련 사업을 하려고 현지에 들어갔다. 하지만 그는 두 손 들고 말았다. 매장되어 있는 지하자원을 알아보기 위하여 현지를 방문하면 광물이 어디에 매장되어 있는지에 대한 기본적인 정보를 알 길이 없다고 불만을 토로했다. 또 현지 기관에 물어도 도와주려 하지 않는단다. 이러한 낙후된 투자환경이 조속히 개선되어야 한다. 개발도상국 스스로 변화를 추구하

우리는 모두 같은 꿈이 있습니다

지 않는 한 가난의 굴레에서 쉽게 빠져나오지 못한다.

빈곤 퇴치는 정의로운 행동이다.

세계에서 가장 부유한 500명의 소득과 가장 가난한 5억 명의 소득을 비교하면 전자가 후자보다 훨씬 많다. 갈수록 빈익빈 부익부의 현상이 심화되고 있다. 현재의 경제시스템이 유지되는 한 부는 극소수의 사람들이 독식하게 될 것이다.

인류 공동체가 다같이 번영의 길로 나아가자며 채택한 유엔 밀레니엄 개발목표는 어떻게 되었는가? 지난 15년간 세계는 더 복잡해지고 혼란스러워졌다. 가진 자와 가지지 못한 자 사이에는 극단적인 불신이 쌓이면서 전쟁, 폭력, 테러 등으로 얼룩졌다. 분열되고 파괴되어가는 지구촌에 어떻게 하면 새로운 평화를 구축할 수 있을까? 유엔은 각국 대표들이 모인 가운데 2016년부터 향후 15년간 '세계의 변화-지속가능 개발을 위한 2030 의제'를 채택했다. 그러나 이러한 선언만으로 병든 지구가 건강해질 수는 없다.

2007년부터 2008년 중반까지 국제 곡물 가격은 유례없이 폭등했다. 그 이유에 대해 금융자본의 투기세력 때문에 벌어진 일이라고 설명하는 이들이 많다. 영국 일간지 인디펜던트는 식량 가격 폭등에 기름을 부은 것은 골드만 삭스가 주범이라고 보도한 바 있다. 지구촌 시대에 한쪽에서 부는 바람은 저쪽 끝까지 영향을 미친다. 작은 미풍이 거대한 회오리를 일으키는 나비 효과에 의해 방어벽이 취약한 곳은 순식간에 무너진다. 곡물 가격이 뛰면 절대 빈곤층은 앉아서 굶어 죽을 수밖에 없다.

기득권 세력에게 각성을 촉구하지 않는 프란치스코 교황은 가진 자의 힘이 만들어 낸 세계화가 없는 자를 배려하고 도와주며 눈물 흘리는 법을 빼앗아갔다며 탄식하며, 올바른 정신적 가치와 문화를 짓누르는 이기주의와 분열을 일으키는 무한경쟁의 사조에 맞서 싸워야 한다고 말했다.

  빈곤 퇴치는 가진 자의 여유로운 행동이 아니라 인간의 존엄한 권리를 회복시키는 정의의 차원에서 바라보아야 할 것이다. 부자나 가난한 자나 할 것 없이 인권은 누구나 다 소중하다. 가난한 사람들이 자신의 목소리를 낼 수 있을 때 평화는 진정으로 다가올 것이다.

우리는 모두 같은 꿈이 있습니다

먹는 것 다음은
아프지 않는 것이다

말라리아 소동

빈민가 음식은 대체로 불과 기름을 이용하여 튀긴다. 신선하지 못한 식재료를 가지고 살균과 동시에 오랫동안 두고 먹기 위함이다. 젊은 세대들이 즐겨 찾는 프라이드키친도 알고 보면 빈민가에서 유래했다. 미국의 노예제도 시절 가난한 흑인들은 백인들이 먹다 남긴 닭다리를 모아 기름으로 튀겨서 칼로리를 보충했는데 이것이 프라이드 치킨이 생겨난 기원이다.

나는 우리 단체의 해외 지부를 방문할 때마다 종종 라면을 챙겨간다. 가져가야 할 짐이 많지만 라면을 빠뜨리지 않는 것은 모두가 고대하는 식품이기 때문이다. 현지인 직원들이 오히려 더 국산 라면을 보면 환장을 한다. 이 라면이 중앙아프리카 지역에서는 인기 음식의 차원을 넘어서서 말라리아 치료약으로 통하고 있단다. 현지에서 구호 활동을 하는 활동가는 사실이라고 말한다. 그 이유가 뭘까? 영양이 부실한 상태에서 말라리아에 걸리면 환자는 고열에 시달리면서 축 늘어지게 된다. 이때 매운맛의 한국산 라면을 먹고 나면 칼로리 보충뿐 아니라 매운 맛으로 땀이 나면서 열이 내리기 때문이다. 일리가 있는 말 같기도 하다.

내가 겪은 해프닝을 소개한다. 에티오피아의 지방 도로를 달리다가 날이 어두워져 외딴 곳에서 밤을 묵게 되었다. 그 지역은 랑가노라는 곳이었다. 칠흑 같은 밤에 자동차 헤드라이트에 의지한 채 지도상에 나와 있는 리조트를 찾아갔다. 숲속을 헤치고 도착해 보니 아주 낡은 목조 건물이었다. 숙소의 창문은 크게 틈이 벌어져 모기들이 들락거렸고 샤워장은 퀴퀴한 냄새가 올라왔다. 벽에는 여기저기 모기를 때려잡은 핏자국들로 얼룩져 있었다. 리조트 직원에게 말라리아 유행지역이냐고 물으니 그는 "노 빔빔."이라며 절대 말라리아 모기는 없다고 강조했다. 아무래도 의심스러운 기분이 들었다. 일행 중 한 사람이 랑가노 근처에서 살았던 지인을 알고 있다며 그에게 전화를 걸어 확인하더니 "비상! 비상! 여기는 말라리아 위험지역이래요. 주변에 호수가 있고 지금은 습도가 높아 고위험지역에 속한대요."라고 말하는 게 아닌가. 그러면서 그는 "근처에 미국계 병원이 있는 데 얼마 전 직원이 말라리아에 걸려 죽었데요. 이후부터 외국인 간호사들은 말라리아 예방약을 먹지 않으면 불안해서 일을 할 때 손을 떨 정도라고 해요."라고 말했다. 갑자기 일행들에게 말라리아에 대한 공포가 엄습했다.

아프리카 말라리아의 원충은 아시아 쪽보다 독하다. 치사율이 꽤 높은 것으로 알려져 있다. 일행은 모두 다섯 명인데 방은 세 개뿐이었고 방 하나는 모기장이 비치되어 있지 않았다. 리조트 직원에게 모기장을 더 달라고 하니 없다고 했다. 말라리아 고위험 지역이고 눈앞에 모기가 날아다니는데 모기장 없이 어떻게 편히 잠을 잘 수 있겠는가. 모기장을 주지 않는다면 다른 곳으로 옮기겠다고 강력하게 말하자 그는 기다리라는 말을 하고 잠시 후 어디선가 모기장을 구해서 갖다 주었다. 이것으로 문제가 해결된 것이 아니었다. 모기장을 천장 고리에 연결해야 하는데 천장이 지나치게 높아 모기장을 고리에 걸어보니 침대를 완전히 덮지 못하고 공중에 뜬 상태가 됐다. 끈의 길이가 더 긴 모기장을 달라고 요구해 본들 직원은 완강하게 없다고 할 것 같아 일행은 나름대로 기지를 발휘해 내야 했다.

"운동화 끈을 모두 빼내요. 끈을 서로 묶어서 모기장 줄과 연결해 봅시다."

그렇게 하니 모기장의 길이가 충분히 늘어나 침대를 덮을 수 있었다. 모기장은 왜 그리 작은지. 조금만 몸부림을 쳤다가는 모기장 밖으로 나가 모기 밥이 될 것 같아 얌전하게 자야 했다.

비오는 소리가 요란하게 들려 눈을 뜨니 새벽 4시가 조금 지났다. 모기장은 모양새를 그대로 유지하고 있었으나 나의 왼쪽 팔이 가려워 쳐다보니 아홉 군데나 붉게 물린 자국이 나 있었다. 이럴 수가! 모기장 바깥에는 모기 몇 마리가 사람의 피를 빨려고 호시탐탐 노리고 있었다. 모기장 안으로 들어온 모기가 있는지 휴대폰으로 불빛을 비춰가며 살펴봤지만 다행히 없었다. 아침이 되자 피부 상태를 자세히 확인할 수 있었다. 물린 자국은 그 자리만 붉게 변했고 주변은 부어오르지 않았지만 가려움은 더했다. 의학적으로 모기가 물면 즉시 가렵고 주변부가 부어오르지만 벌레에 물리면 붉게 자국이 남으면서 시간이 갈수록 더 가려운 경향이 있다. 내 팔에 난 자국은 베드 버그(쥐벼룩 일종)가 원인이었다. 휴우! 일행은 샤워는커녕 대충 세수만하고 급히 리조트로부터 줄행랑을 쳤다.

말라리아 퇴치상황

말라리아, 에이즈, 에볼라 등의 치명적인 전염병은 왜 아프리카에 많은가. 질병과 가난은 불가분의 관계에 있다. 가진 것이 없어 제대로 먹지 못할뿐더러 가난하면 주거환경이 비위생적이고 질병에 대한 개념이 희박하다. 또 가난한 이들은 질병에 걸려도 돈이 없기 때문에 적절한 치료를 받지 못해서 치명적인 결과에 이르는 경우가 허다하다.

말라리아가 갈수록 기승을 부리자 2000년 아프리카 정상들이 모여 말라리아 퇴치를 위한 '아부자 선언'을 하게 된다. 2010년까지 말라리아 감염을 절반으로 줄이는 것을 목표로 정하고 질병에 대한 정보 확산과 치료적 지원, 국제 원조 등을 통해 말라리아와의 전쟁을 진행해 나갔다. 그 결과 많은 사람들을 말라리아로부터 생명을 지켜낼 수 있었다. 그렇지만 2010년 세계적으로 2억 1,900만 건의 말라리아가 접수되었다. 그 중에 66만 명이 사망했는데 안타깝게도 사망자의 80퍼센트 이상이 5세 미만의 아동이었다.

아동들을 말라리아로부터 지켜내는 일이 무엇보다 중요하다. 말라리아는 농촌 지역에 사는 빈곤 아동들에게 가장 심각한 문제이다. 가장 좋은 방법은 이런 아동들을 방충모기장 안에서 잠을 자게 하는 것이다. 이렇게 하면 말라리아에 의한 사망률을 80퍼센트까지 감소시킬 수 있다고 한다. 아프리카 대륙에서 방충 모기장에서 잠을 자는 5세 미만 아동 비율을 보면 전체의 20퍼센트 정도밖에 되지 않는다.

말라리아 유행 지역에 업무차 가거나 관광을 가는 경우 예방약을 꼭 먹어야 한다. 여러 질병에 대한 백신이 개발되어 있지만 말라리아는 그렇지 못하다. 출발 2주 전에 주 1정씩 복용하고 현지에서 주1회 1정을 복용하고 귀국 후 4주까지 주 1정씩 복용하도록 되어 있다. 나는 초창기 시절 구호 현장을 방문할 때 라리암을 복용하곤 했으나 어지러움과 구역질 등 부작용이 있어 먹는 것을 포기했다. 대신 모기에 물리지 않기 위하여 최대한 노력을 한다.

한센 병 환자들

방글라데시 울리뿔의 나환자촌을 방문했다. 고대로부터 사람들은 한센 병을 두려워했다. 원인과 치료법을 알지 못한 채 몰골이 흉측해지면서 몸에 마비가 오는 끔찍한 병이다 보니 사회로부터 외면당한 채 환자들은 평생을 외롭게 살아가야 한다. 나는 소록도를 몇 차례 방문했다. 병사지대에 들어가면 만령당이라는 곳이 있다. 한센 병 환자들이 죽으면서까지 서러움을 지우지 못하는 곳이다. 연어도 북태평양의 망망대해를 헤엄쳐 다니다가 죽을 때는 자신이 태어난 고향으로 회귀하는데 나환자들은 그런 기회조차 없다. 만령당 추모 비석에는 육신은 갈기갈기 찢어졌지만 죽어서 머리만은 고향 땅을 향해서 누워 있겠노라고 적혀 있다.

울리뿔은 소록도의 환경과는 많이 달랐다. 환자들을 마을 공동체로부터 쫓아내지 않고 일반인과 섞여서 살아가고 있었다. 류수혜 소장의 안내로 생활촌에서 거주하는 한센 병 가족들을 만났다. 그들이 가진 것이라곤 걸치고 있는 옷가지 몇 점과 식기류가 전부였다. 류 소장이 맨발로 뛰어가는 남자를 부른다. "막수드! 신발을 신지 않으면 여기서 생활할 수 없어요." 그는 발가락이 썩고 2차 감염까지 와서 고름과 함께 악취를 풍겼다. 나환자용 신발은 문화생활 이전에 치료용으로 그들에게 꼭 필요하다. 하지만 신발을 주어도 맨발로 살아온 습성 때문에 많은 환자들이 신발을 신으려 하지 않는다. 어떤 환자는 덜렁거리는 엄지발가락이 떨어지지 말라고 실로 묶은 상태로 다니고 있었다. 류 소장은 신발을 신지 않으면 도로 회수하겠다고 소리치면 그들은 잠시 신다가 다시 벗어 버리곤 한단다.

나무 그늘에 앉아 있는 여자 환자에게 다가갔다. 사혜라는 절단된 두 다리를 드러내 놓은 채 불편한 기색이었다. 그녀는 나균이 무릎까지 침범하여 섞어가는 무릎을 절단하고 의족을 제공받았다. 그러나 오랫동안 착용하다보니 의족의 마모된 면이 무릎에 닿을 때마다 통증을 가했다. 그래서 사혜라는 틈만 나면 의족을 풀어놓고 앉아 있었다.

나는 또 미얀마 예난정에서도 비슷한 한센병 환자를 만난 적이 있다. 사람이 건강하지 못하면 제대로 사는 삶이라고 할 수 없다. 그는 사회로부터 격리된 채 숲 속 오두막에서 홀로 지내고 있었다. 손가락과 발가락이 뭉개지고 일부는 떨어져나가고 없었다. 나환자용 신발이 있었으나 새 것 그대로였다. "새 신발이네요. 언제 제공받았어요?" "4년쯤 돼요." "왜 신발을 신지 않고 방에다 두고 있어요?" "아까워서요." 2차 감염을

우리는 모두 같은 꿈이 있습니다

막기 위해 제공해 준 신발인데 모셔다 두기만 하면 어쩌나. 그 역시 맨발로 지내던 습관 때문에 신발을 신지 않았다.

난치병 환자들

캄보디아의 이야기로 넘어가자. SCC 시엠립 센터의 지부장 킴 쑤워는 보통의 캄보디아인과 달리 키가 크고 건장한 체구의 소유자다. NGO 활동가 이미지보다 야전군 지도자 이미지를 풍겼는데 그의 경력이 좀 특이했다. 크메르 루주 공산독재 때 당국에 잡혀가서 구타와 고문을 당한 끝에 오른쪽 어깨를 크게 다쳤다. 구사일생으로 탈출하여 태국 국경지대로 도피한 후 간호 업무와 사회복지 업무를 익혀 SCC에 합류하게 되었다. 내 직업이 의사라고 말하자 그는 킬링필드 당시 캄보디아 전역에서 살아남은 의사는 마흔 명이 채 안 되었다고 말한다.

킴 쑤워와 함께 시엠립 주 시골마을을 돌며 난치병에 시달리는 환자들을 둘러보게 되었다. 그는 생긴 외모에 비해 유머 감각이 매우 뛰어났다. 내가 "난치병이 무슨 뜻입니까?"라고 묻자 킴 쑤워는 "의사 선생님이 그걸 몰라요! 난치병은 난리를 치는 병이 아닙니까! 하하하."

우리가 만난 첫 번째 환자는 신경염 증세를 보였다. 어느 날 식사 후 갑자기 복통, 설사, 허리 통증이 일어났고 이어 하지 위축 및 마비 증세가 생긴 후 더 이상 걸을 수 없게 되었다. 병원에서는 정확한 병명을 모르겠다고 해서 스스로 민간 요법으로 지금까지 지내고 있었다. 두 번째로 만난 환자는 중환자실에 누워 있어야 할 정도로 쇠약했다. 가슴과 팔 다리 등은 건조하면서 딱딱하게 굳어 있었다. 한눈에 봐도 생명이 얼마 남지 않았다는 것을 느낄 수 있었다. 환자의 부인은 결핵이라고 말했으나 말기 에이즈 환자였다. 치명적인 질병에 걸리면 누구나 커다란 고통을 겪지 않을 수 없다. 그리고 외면하고 싶다. 개발도상국의 의료 여건은 선진국에 비해서 너무나 열악하기 때문에 예사롭지 못한 질병에 걸린다는 것은 죽음을 의미하는 경우가 허다하다. 특히 가장이 중병에 걸리면 현실은 참담해진다. 소득이 끊기면서 가족들은 생계가 막막해지면서 빈곤의 악순환이 대물림된다.

세 번째 환자는 결핵환자였다. 그의 부인도 결핵에 걸려 이미 사망했다. 그는 조금만 움직여도 숨을 몰아쉬어야 했고 피골이 상접할 정도로 말라 있었다. 결핵약을 복용해 왔으나 내성이 생겨 효과가 별로 없었다. 문득 나는 인턴 시절이 생각났다. 새벽 2시경, 결핵 병동으로부터 급히 연락이 와서 허겁지겁 달려가 보니 엄청난 각혈을 한 채 환자가 숨져 있었다. 왜 그 당시 기억이 떠올랐을까? 눈앞에 보이는 환자의 운명이 그와 닮아 보였던 탓일까.

질병으로 고통받는 아이들도 만났다. 쁘렉쭈루 마을에 사는 뽀이 뽓의 아버지는 에이즈로 사망했고 어머니와 함께 생활하고 있다. 키가 작고 체구가 왜소했지만 하얀 이를 드러내며 인사를 해 올 때는 순박한 소년 그대로의 모습이다. 시엠립의 앙코르 아동병원에서 에이즈 치료약을 타서 복용하고 있는데 그의 소원이 뭐냐고 물으니 "친구들이 달리기를 하고 강에서 수영을 할 때 저는 구경만 해야 합니다. 힘이 없어 친구들처럼 그렇게 할 수 없어요. 빨리 병이 완쾌되어 친구들과 달리기를 하고 수영도 하고 싶어요."라고 말했다.

소소돔 마을에 사는 노브 쓰레일니앙 역시 부모한테서 에이즈를 물려
받은 상태였다. 그의 꿈은 난치병에 걸린 아이들을 고쳐 주는 의사 되는
것이다. 몇 달 전 아버지가 사망한 후 가족들은 하루 두 끼를 먹는데 어
떤 날은 건너뛰기도 한단다. 항에이즈약제는 독성이 강해서 기본적으로
영양이 풍부한 식사가 필요하다. 식사를 제대로 하지 못하면 약을 견뎌
내기 어렵다. 우리가 당장 해 줄 수 있는 일이라곤 아이의 등을 토닥거
려 주며 용기를 북돋워 주는 일밖에 없었다. 사람에게 먹는 것 다음으로
중요한 것은 아프지 않고 사는 것이다.

세상에 태어나기까지

창립총회

2004년 11월 1일. 낮부터 긴장감에 올라왔다. 이해관계가 얽힌 것도 아니고 재미있는 이벤트도 아닌데 몇 사람이나 참석할까. 그래도 많은 사람들이 참석해 주었으면 하는 마음이 가득했다. 한 사람씩 창립총회장으로 모여들기 시작하더니 저녁 7시 한끼의식사기금 창립총회 개회 선언이 있을 무렵에는 200석 강당은 사람들로 꽉 들어찼다.

참석한 이들은 거의 모르는 얼굴들이었다. 신문 기사를 보고 찾아온 아저씨, 가게 문을 일찍 닫고 왔다는 아주머니, 좋은 일에 동참하겠다는 공무원 부부, 카메라까지 들고 나타난 젊은이 등등. 참석자 중에는 암 수술을 받은 지 얼마 지나지 않은 여성이 있었다. 남편의 부축을 받으며 찾아온 이분과 대화를 나누었다.

"이제야 어려운 사람들에게 관심을 가지게 되네요. 건강할 때는 자신

우리는 모두 같은 꿈이 있습니다

밖에 몰랐는데 지금 생각하니 부끄러워요. 사람은 고통을 통해서 조금
씩 철이 드나 봐요."

그 말에 뭉클 하는 느낌이 올라왔다. "영혼이 담긴 말씀 같아요."

창립총회를 알차게 꾸미기 위해 '케냐의 어머니'로 불리는 유우금 수녀
님을 모셨다. 가난한 아프리카 사람들에게 평생을 헌신하신 분이다. 그
분의 삶에 관한 책을 읽고 알게 되었지만, 사실 일면식도 없는 사이였다.

"저희가 국제구호단체를 창립하게 되었습니다. 그동안 아프리카에서
생활해 오신 경험담을 들려주실 수 있을까요?"

수녀님은 흔쾌히 승낙해 주셨다. 당시 수녀님의 상황을 알고는 더 감사
드리지 않을 수 없었다. 우리의 창립총회 날 그분은 필리핀에서 휴가를
보내기로 계획이 잡혀 있었다. 멀리 부산까지 와서 강연료도 없이 경험
담을 이야기해 달라고 한다면, 웬만한 사람들은 난색을 표할 것이다. 유
우금 수녀님은 자신이 꼭 가봐야 할 곳으로 여기셨다.

수녀님의 경험담은 가난한 이들과 함께해 온 낮은 자의 삶이 그대로
녹아 있었다.

"그들과 살면서 어느 누구와도 불편해 하지 않았어요. 그들은 자연과
일체가 되어 살아가는 사람들이에요. 우리가 살아가는 데 중요한 것은
그가 태어난 이치에 따라 살아가는 게 아닐까 싶어요. 나는 그곳에 살면
서 중요한 것을 깨달았어요. 함께 살면서 서로에게 필요한 것을 나누며
사는 관계라는 거였어요."

창립총회가 끝나고 헤어지는 자리에서 유 수녀님이 말씀하셨다.

"이 길은 험한 길입니다. 고달프고 외로워도 포기하지 마세요. 세상에

는 힘든 사람들이 많아요. 그들에게 눈물을 닦아주는 손수건이 되세요."

오순절 평화의 마을 진료봉사

우리 단체가 출범한 지 12년째 접어들었다. 처음 시작 할 때 지금의 상황을 미리 알 수 있었다면 나는 죽었다 깨어나도 이 길을 갈 엄두를 내지 못했을 것이다. 조그만 눈뭉치를 경사진 눈 위에 굴렸는데 그 눈뭉치가 굴러가면서 덩치가 점점 커져서 브레이크 없이 계속 굴러가는 형국이다.

지나온 시간들이 파노라마처럼 그려지면서 해가 갈수록 벅찬 느낌표로 다가온다. 내가 무슨 마음으로 대뜸 국제구호단체를 구상해 냈는지. 무슨 봉사동아리도 아니고. 더군다나 구호사업을 전업으로 하는 전문가도 아니면서 어떻게 지금껏 유지해 올 수 있었을까 생각하면 기적과도 같은 일이 아닐 수 없다.

지금부터 이 세상에 태어나게 된 동기와 관련하여 내 개인적인 경험들을 돌아본다. 오순절 평화의 마을 진료봉사, 외국인 노동자 진료를 하면서 겪었던 애환들, 미완에 그친 아프간 난민촌에 대한 지원경험 등이 한 끼의식사기금을 만들게 된 주요 배경으로 떠오른다.

나는 17년간 '오순절 평화의 마을'을 정기적으로 방문하면서 정신질환으로 고통 받는 이들과 인연을 맺어왔다. 그곳에는 가족들로부터 버림받거나 가족들이 감당할 수 없어 벼랑 끝으로 내몰린 환자들이 모여 살고 있다. 지금도 기억 속에 남아 있는 환자들이 제법 있다. 자신의 그림자를 하느님의 그림자라고 여기며 그림자를 밟으면 지옥에 떨어질 것이라며 불안에 떨던 환자, 평화의 마을에서 키우던 개를 몰래 끌고나가 시

우리는 모두 같은 꿈이 있습니다

골 장에서 팔아먹고 미안해서 조그만 강아지를 사 가지고 돌아온 환자, 생각을 너무 많이 해서 중풍이 올 것 같다는 강박증에 시달리며 종일 자신의 머리를 감싸고 다니던 환자 등등.

　나만 보면 자판기에서 커피를 뽑아달라고 조르던 조현병 환자가 있었다. 급한 약속 때문에 진료를 마치자마자 차를 운전해서 나오는데 예의 그 환자가 쫓아오고 있었다. "커피 마시고 싶어요?"라고 내가 말하자 그는 무조건 차에서 내리라고 했다. 그리고 손을 붙잡고 자판기 쪽으로 갔다. "의사 선생님께 커피를 뽑아 드리고 싶어요."라고 말한다. 커피가 나오자 그는 침을 꿀꺽 삼켰다. "커피 우리 나누어서 마실까요?" 절대 안 된다며 나 혼자 다 마시란다. 커피를 마시고 싶지만 참고 있는 모습이 역력했다. 순박한 환자의 영혼과 공감하는 일보다 더 급한 일이 어디에 있으랴.

　내가 매번 '오순절 평화의 마을'에 들어서면 마당에서 놀던 환자들은 달려와 "선생님 안녕하세요. 그동안 잘 지냈어요."라며 어설픈 목소리와 몸짓으로 인사를 한다. 그리고 내가 진료를 마치고 떠나갈 때도 역시 "선생님 다음에 또 올 거지요. 약속해요. 기다릴게요."라며 말한다. 그 말들이 언제 들어도 정겹고 마음을 울리게 했다.

　그러던 어느 날 늘 아름답게 느껴지던 삼랑진 철교 아래로 흐르는 낙동강의 낙조가 흐리게 보였다. 진료를 마친 보람과 자연의 매력에 빠져 한껏 충만된 기분 속에 집으로 향하고 있었을 터인데 그날만은 달랐다. 알 수 없는 미지의 세계로 내 마음이 치닫고 있었다. 그것의 실체가 무엇인지 당시로서 알 수 없었다. 차 안 라디오에서 흘러나오는 가난한 지구촌에 대한 방송에 귀를 기울이고 있었다. 내면에서 희미하게 꿈틀대는 기운이 있었지만 그 실체가 국제구호단체라는 것은 훗날에야 의식할 수 있었다.

외국인 근로자 무료진료소 활동

부산 전포동에 위치한 외국인 근로자 인권센터. 그곳은 매주 일요일마다 50평 남짓한 공간에서 이방인 근로자들이 베트남어, 뱅골어, 인도네시아어 등으로 떠들어댄다. 그곳에서 무료의료봉사활동을 했던 시절이 있다. 그 일 역시 국제구호단체의 태동에 일부 영향을 미쳤다. 십여 명의 전문의로 구성된 우리 진료팀은 당번을 정해서 외국인 근로자들에게 무료 진료를 했다. 약 3년간 봉사하면서 애환도 많았지만 기억 속에 남아있는 몇 가지 에피소드가 있다.

베트남 출신 응우엔 도우가 무료진료소에 진찰 받으러 왔다. 한 눈에 봐도 곧 쓰러질 정도로 병색이 완연했다. 청색증이 나타나는 것으로 보아 심장이 좋지 않은 것으로 판단하고 나는 심장 전문의에게 의뢰했다. 답이 오기를, 서둘러 심장수술을 하지 않으면 생명이 위험하다는 것이었다. 우리는 '응우엔 도우 구출작전'에 들어갔다. 그는 불법 체류자였으므로 의료보험적용을 받을 수 없어 수술비로 무려 1,500만 원이 필요했다. 돈을 마련하기 위하여 뜻있는 사람들이 한자리에 모여 역할 분담을 정했다. 스카프를 만들어 팔고, 언론사에 성금요청을 하고, 병원 측에 진료비 감면을 호소하는 등 다각도로 활동을 벌여 그를 무사히 수술시킬 수 있었다. 그가 다시 활력을 되찾은 것을 보면서 느낀 기쁨은 내 삶에 커다란 영향을 미쳤다.

하지만 두 번째 에피소드는 슬픔으로 끝났다. 파키스탄 출신 근로자가 심한 두통과 고열을 동반하는 증세로 내가 근무하는 병원에 입원했다. 진단은 결핵성 뇌막염이었다. 유감스럽게도 그는 입원한 지 열흘 만에 세상을 떠나고 말았다. 결핵성 뇌막염은 조기에 치료하지 않으면 대부분 사망하는 무서운 질병이다. 그는 매일 장시간 일을 해야 했으므로 조기에 진료를 받지 못한 게 안타까웠다. 비보를 듣고 달려온 유족들은 눈물을 쏟은 후 "그동안 돌보아 줘서 고맙습니다."는 인사를 진료진에게 남기고 돌아갔다. 사랑하는 사람의 갑작스런 죽음 앞에서 넋이 나갔을 법한데 겸손하게 인사를 하니 진료진이 도리어 몸 둘 바를 몰라 했다. 남편의 시신을 안고 돌아가는 아내의 뒷모습이 내 마음을 아프게 했다.

언젠가 크리스마스였다. 가족들과 외식을 하던 중 외국인 근로자 인권센터에서 도움을 청하는 전화가 걸려왔다. "외국인 한 사람이 가슴 통증을 호소하며 쓰러졌어요." 심근경색증일 가능성이 높았다. 촌각을 다투는 응급상황이었다. 급히 큰 병원으로 옮겨야겠는데 센터 관계자들은 어떻게 할지 모르고 있었다. 의료지식 몇 가지를 주지시킨 후 즉시 응급진료가 가능한 대형병원을 찾아 입원할 수 있게 해 주었다. 그 덕분에 그는 회복할 수 있었다.

코리안 드림을 안고 이 땅에 와서 일하다가 어떤 이는 병마에서 회복하고 어떤 이는 운명을 달리했다. 그들과의 애환을 통하여 내 속에서는 더 넓은 세상과 소통하고픈 느낌이 점점 더 자라나고 있었다.

난민촌 지원과 마리아폴리에서 얻은 영감

9·11 테러는 세계인을 충격에 빠뜨린 비극이었다. 테러의 배후 조종자 오사마 빈라덴 체포과정에서 탈레반 정권이 그의 인도를 거부하고 보호하자 미국은 아프가니스탄을 침공하여 많은 희생자를 낳았다. 그로 인하여 아프가니스탄인들은 조국을 떠나 파키스탄 국경지대 페샤와르에 난민촌을 형성하게 되었다. 그 무렵 한국의 여성 인권활동가 한 사람이 난민촌을 방문하고 돌아와서 "아프간 난민촌 아이들에게 교육 지원을 약속했어요. 나는 돈이 없으니 여러분들이 해결 좀 해 주세요."라며 나를 포함한 여러 명에게 도움을 청했다.

내용인 즉 유니세프에서 난민촌 아이들에게 학교를 지어 줄 테니 운영자금은 한국의 NGO에서 맡아주겠느냐는 제안을 받고 그 인권 활동가는 즉석에서 "예스."라고 대답을 해 버렸단다. "열악하기 그지없는 환경을 접하다보니 저도 모르게 그만 뜨거운 감성이 올라오지 않겠습니까? 난민촌 아이들은 종일 빈둥거리며 쓰레기통을 뒤지는가 하면 틈만 나면 물건을 훔치고 심지어 마약에도 손을 대고 있었어요."

나는 매달 100달러씩 송금하게 되었다. 그런데 몇 달 후 갑자기 송금 창구가 막혀 버린 것이었다. 미국이 파키스탄 은행을 통하여 탈레반 정권으로 비밀자금이 들어간다는 정보를 잡고 파키스탄 은행을 통한 송금을 차단해 버렸다. 좀 있으면 풀리겠지 하는 생각으로 지내다가 나는 송금하는 일을 잊어버리고 지냈다. 시간이 한참 지난 후 불현듯 생각이 떠올라 은행에 확인해 보니 송금 창구는 벌써 열렸다고 했다. 그러나 더 이상 송금하지 못하고 그대로 넘어가 버렸는데 그 일이 마음에 걸리곤

했다. 역설적인 말이지만 이 기억은 내가 국제구호단체 결성을 자극한 무의식적인 배경 중 일부가 아닐까 생각된다.

속리산에서 열린 여름 마리아폴리에 참석했다. 그 행사는 포콜라레 운동의 연례행사로서 연령, 신분, 종교에 관계없이 모든 사람들이 한데 모여 사랑과 일치의 마음으로 새로운 삶을 살고자 하는 의미를 가지고 있다. 삶의 방향을 새롭게 쇄신하기 위해 나는 거기에 참여하게 되었다. '새인류운동' 부스 앞에 섰는데 담당자가 '원격 입양'에 관한 내용을 설명해 주었다. 원격 입양이란 일대일 결연과 비슷하다고 보면 된다. 나는 이라크나 아프가니스탄 아이들과 교류를 가져 보았으면 하는 생각을 했지만 아쉽게도 그쪽과는 연결되지 않아 원격 입양에 가입하지 않고 돌아섰다.

마리아폴리를 마치고 집으로 돌아오면서 가슴속에는 뭔가를 해 보고 싶은 열망이 강하게 올라왔다. 열망이란 대개가 일시적으로 불타오르다가 곧 식어 버리지만 나의 열망은 그렇지 않았다. 시간이 가면서 더 강해지면서 점점 실체가 그려지기 시작했다. 그리하여 2004년 9월 뜻있는 지인들이 모여 발기인 대회를 열었고 그해 11월에 한끼의식사기금이라는 국제구호단체가 결성되었다.

세계개발원조 총회 참석

국제구호단체를 만들고 보니 우리와 비슷한 일을 하는 단체가 세상에는 무수히 많다는 것을 알았다. 이 분야에 비전문가이면서 초보자로서 열심히 배우고 경험하려고 애썼다.

과거의 원조는 공여자 측이 주도하는 방식이었으나 그런 방식으로는 목표 달성을 할 수 없다는 경험을 여러 전문가들이 깨달았다. 개발 원조는 수혜원국이 원하는 것을 스스로 선택할 때 성공할 가능성이 높다는 것을 인식하고 원조 목표의 설정과 실시 체계를 수혜원국이 주도하도록 바뀌고 있다.

2011년 11월 부산 벡스코에서 세계개발원조 총회(HLF-4)가 개최되었다. 이 행사는 개발 원조 분야에서 가장 큰 행사로, 비유하자면 스포츠에서 올림픽과 같은 수준이다. 부산 HLF-4의 주요 의제는 2005년 파리 선언과 2008년 아크라 행동 강령에서 설정한 2010년 공약과 목표의 이행 평가 및 심화 방안을 논의하고, 원조를 넘어 효과적 개발을 위한 국제적 여론을 도출하는 것이었다.

160개 공여국과 협력 대상국의 정상 및 장관급 인사, 70개 국제개발기구 수장들과 NGO 등 2,000명 이상이 참석하는 대규모 행사이다 보니 정부는 많은 시간을 들여 준비를 했다. 또 행사가 부산에서 열리다 보니 이 분야 지역 전문가들도 행사에 차질이 생기지 않도록 최대한 지원을 아끼지 않았다. 나도 지역 자문위원으로서 일을 도왔다. 그 덕분에 세계개발원 총회에 초청받아 회의에 참석할 기회를 얻었다.

총회 첫날 '파리 선언 이후 진전 상황'에 대한 전체 회의를 참관했고 분과 세션에서는 '투명성과 예측성'의 주제로 열리는 회의장에 들어갔다. 분과 세션에서 여섯 명의 연사가 발표를 했다. 첫 번째 발표자인 존 랑곰바 르완다 재무장관은 2005년에 자국의 정부 예산이 80퍼센트의 원조로 채워졌다며 그 비중을 줄이려고 노력한 끝에 2010년에는 40퍼센

우리는 모두 같은 꿈이 있습니다

트 수준으로 낮출 수 있었다고 말했다. 2015년에는 전체 예산 중 원조액은 30퍼센트까지 낮추도록 노력할 것이라는 고무적인 말을 했다. 두 번째 발표자인 시에라리온의 사무라 카마라 재무장관은 선진국들이 경제위기로 갑자기 원조를 줄이거나 중단하면 아프리카 국가는 원조를 예측할 수 없다며 경제 흐름이 좋지 않은 시점에서 원조의 지속 가능성을 어떻게 담보할 수 있겠느냐며 공여국 관계자들에게 답변을 요구했다. 그러자 세 번째 연사로 나온 피터 박스터 호주 국제개발청 대표는 공적개발원조(ODA)는 3년 내지 5년으로 중기적으로 집행하고 있으며 매년 투명성 헌장을 발표하고 있다고 대응했다. 그러면서 그는 "수혜원국과 공여국이 공동으로 계획을 짜고 예측 가능한 계획을 세워야 합니다. 우리는 지표에 근거한 국가별 예산을 반영하고 있다. 개도국의 사정으로 정권이 바뀌면 원조 시스템을 재조사해 보아야 한다."고 역공을 폈다.

세 사람의 발표가 끝나자 회의의 모듈레이터가 일어나서 개발도상국들은 원조로 받은 돈을 국가 예산에 포함시키고 있어서 예산 규모가 작은 국가일수록 해외 원조에 더 큰 영향을 받고 있음을 주지시키면서 공여국은 원조 이행의 구체적인 일정을 밝혀야 한다고 개도국의 입장을 부연 설명했다. 네 번째로 나선 앤 시필라이난 핀란드 국무장관은 선진국의 입장인 호주 대표의 주장에 동조하면서 원조의 투명성을 피력했다. 그는 "원조는 정치적이 아니라 실무적으로 진행되어야 한다. 수시로 수혜원국과 대화를 해야 하며 다른 공여국과의 대화도 중요하다."고 말했다. 이어 카일 피터스 세계은행 총재가 나서서 국제개발협력에서 공여국의 수가 늘어나고 있으며 특히 신흥 공여국의 역할이 커지고 있다는 말을 했다. 더불어 원조에 투입되는 돈 일부가 계획과는 다른 곳에 사용되는 것을 막기 위한 부패 척결을 위한 대책이 시급하다고 지적했다. 마지막 여섯 번째 연자로 나선 마리아 안토니에타 보그란 온두라스 부통령 역시 원조에 대한 정보를 투명하게 공개하고 있다는 주장을 폈다.

원조 이론들을 고위급 국가 책임자들이 실제로 나서서 주장하는 내용을 들으니 아주 실감나게 와 닿았다. 막연하게 듣던 원조의 실제를 들으면서 나는 새로 눈을 뜨는 기분이 들었다.

단체의 이름 속에 담긴 의미

우리 단체의 이름은 일반 명사를 고유명사화해 지었다. 정관을 보면 기아, 전쟁, 자연재해 등으로부터 고통 받는 가난한 지구촌에 인종, 종교, 문화, 이념의 차이를 넘어서서 휴머니즘 정신으로 사랑의 나눔 활동을 한다고 나와 있다. 그런데 사람들은 종종 묻는다.

"한끼의식사기금은 가난한 사람들에게 식사를 제공하는 단체입니까?"

"단순히 그런 말이 아닙니다. 한 끼라는 말에는 여러 의미가 함축되어 있어요."

먹지 않고 생존할 수 없는 인간의 원초적 고통으로부터 삶의 고차원적인 단계에 이르기까지 함께 나누고자는 차원에서 우리는 '한 끼'라는 용어를 선택하였다.

먼저 수혜자의 입장을 고려한 '한 끼'는 하루 한 끼나 두 끼를 겨우 먹는 사람들, 즉 지구촌에서 가장 가난한 이들을 우선 수혜자로 삼겠다는 뜻이다. 후원자들의 나눔 방식을 가리키는 '한 끼'는 여유가 있을 때만

우리는 모두 같은 꿈이 있습니다

나누는 것이 아니라 한 달에 한 끼 정도는 자발적으로 굶고 그 돈으로 가난한 이들과 나누자는 뜻이다. 즉 적극적인 나눔을 가리킨다.

구호 활동이란 단순히 없는 자를 도와주는 일이 아니다. 물질적으로 넉넉한 사람 중에는 정신적으로 빈곤한 사람이 있고, 반대로 물질적으로 빈곤한 사람 중에 정신적으로 풍요로운 사람도 있다. 따라서 물질의 소유 정도로 사람을 평가해서 안 된다. 그동안 아프리카와 아시아를 다니면서 물질적으로 가난해도 정신적인 평화를 유지하는 사람들을 보아왔다. 내가 저들의 처지에 놓인다면 마음의 평화를 유지할 수 있을까 하는 생각을 해 볼 때도 있다. 구호 활동은 서로에게 부족한 것을 나눈다는 마음으로 임한다. 이것은 동정이나 연민이 아니라 평화를 위한 행동이다. 구호 활동의 목표는 모두가 더 나은 세상에서 함께 평화롭게 사는 데 있다.

지부 설립 과정에서
겪었던 난관

국제개발협력 NGO

빈곤이란 단순히 소득이 낮다는 것만을 의미하지 않는다. 의식주의 결핍과 더불어 사회 환경 등 기본적인 인프라스트럭처가 부족하고, 불공정 제도, 사회적 참여의 배제, 인권의 상실 등을 두루 포함한다. 개발도상국들은 빈곤에서 탈피하기 위해 경제성장에 전력을 쏟고 있지만 행위 능력의 신장, 인간 개발에 필요한 기초적인 사회 서비스, 재난에 대한 취약성의 개선, 남녀 차별 개선, 환경의 지속 가능성 등이 함께 개선되어야 한다. 이런 일련의 테마를 공유하며 추진해 나가는 영역을 국제개발협력이라고 말한다.

국제개발협력은 경제협력개발기구(OECD)를 비롯하여 각국 정부, 유엔 및 국제기구, 개발협력 NGO들이 주된 역할을 해 나간다. 개발협력 NGO는 그 역할이 증대되고 있다. 1999년 헤이그에서 열린 세계평화

우리는 모두 같은 꿈이 있습니다

국제회의 때부터 NGO와 시민사회가 개발정책 분야에서 본격적으로 목소리를 높이기 시작했는데 그 배경에는 정부 주도의 개발협력정책이 성과를 내지 못했다는 반성이 있었다.

개발협력 NGO는 가난한 지역을 직접 파고들어 주민들의 자발적 참여를 유도해 냄으로써 정부 주도 방식으로 수행하기 어려운 프로그램들을 효율적으로 수행하는 장점을 가지고 있다. 또 프로그램 운영에서 유연성이 있고 특화된 노하우를 가지고 있어 원조 효과를 더 높일 수 있다. 한끼의식사기금은 개발협력 NGO다. 우리 단체는 2004년 11월 창립된 이후 방글라데시, 캄보디아, 에티오피아 세 나라 정부에 공식 등록된 NGO지부를 운영하고 있다.

삼살 에티오피아 설립 과정

본부 사무국에서 NGO 등록을 위한 노력을 기울여 왔으나 주한 에티오피아대사관, 에티오피아 한국대사관, 외교부 등의 복잡한 행정 절차, 업무 혼선, 담당자 공석 등으로 마무리 짓지 못하고 계속 일이 꼬이기만 했다. 등록 작업을 시작한 지 10개월이 흘러갈 무렵 에티오피아 정부 담당자로부터 한국 정부의 추천서를 제출하면 NGO지부 등록이 완료된다는 통보를 해 왔다. 이제야 마무리가 되는가 보다 했는데 외교부와 에티오피아 한국대사관에서는 추천서를 써 준 전례가 없다며 코이카에 가서 알아 보란다. 어째서 이 일이 코이카 소관이란 말인가. 답답한 쪽이 우물을 판다고 본부 사무국의 담당자가 에티오피아 정부 측에 왜 추천서가 필요한지 확인해 보니 2009년부터 에티오피아에서 국제 NGO

등록 절차를 밟으려면 반드시 추천서를 요구하게끔 법에 명시를 했단다. 그 법의 시행 후 현재까지 한국의 어느 구호 단체도 에티오피아 정부에 NGO 등록을 한 사례가 없었던 것이다. 그 사실을 한국대사관과 외교부에 알려주니 그런 개정 법령에 대해서 아는 바가 없으니 또다시 직접 근거를 제시하라고 요구했다.

하는 수 없이 아디스아바바 지부 사무실의 현지인 직원 히왓을 시켜 에티오피아 외교부에 들어가 법령집을 구한 후 그 내용을 대사관에 보냈다. 이것으로도 해결이 되지 않았다. 업무 담당인 K영사는 우리 단체를 잘 모른단다. 그동안 하옥선 지부장이 세 번이나 찾아갔건만. 결국 나는 2013년 6월 아디스아바바 한국대사관을 직접 방문하여 접견실에서 K영사와 마주 앉았다. 서류를 뒤적거리던 그는 "내 방에 있는 다른 서류를 검토해 봐야겠으니 좀 기다리세요."라고 말하며 나간 후 한참 만에 돌아왔다. 그에게서 담배 냄새가 풍겼다. 그와의 계속 엇박자 대화가 이어졌다. "코이카와 함께 진행했던 사업들이 필요합니다." "그건 보내 드린 서류에 다 들어 있지 않습니까?" "나는 그런 거 못 봤어요." 동석해 있던 하 지부장이 보내준 메일의 날짜까지 알려주자 K영사는 메일이 삭제되었는지 현재 남아 있지 않다고 잡아뗐다.

그날 회의에서 다시 코이카 사업 관련 자료를 보내주기로 하고 K영사는 내용을 확인하는 즉시 추천서를 써 주겠다고 약속했다. 자료를 모두 보내고 한 달이 지났으나 아무런 조치가 이루어지지 않았다. 그 사이에 그는 다른 나라로 발령이 나서 떠나버렸다.

그러나 세상에는 어려움을 주는 사람만 있는 게 아니다. 업무를 인계

받은 후임자는 전임자와는 달리 NGO 등록 업무를 신속하게 처리해 주었다. 그리하여 한끼의식사기금은 에티오피아 정부에 국제 NGO로 등록이 마무리될 수 있었다. 그분이 누군지는 한참 후에 우연히 알게 되었다. 2015년 5월 내가 아디스아바바 공항에서 입국 비자를 발급받지 못해 애간장을 태우고 있을 때 문제를 해결하기 위해 달려왔던 바로 그분이었다. 사공효식 영사께서 두 명의 직원을 대동하고 공항 안으로 들어와 이미그레이션 책임자에게 나의 입국 과정에 하자가 없다는 것을 적극적으로 대변해 주었다. 심지어 금지 구역 안까지 들어와서 설명하다가 경고를 받으면서까지 자국민을 보호하려는 그의 태도에 나는 깊은 감명을 받았다.

그때까지만 하더라도 그분이 삼살 에티오피아의 NGO 등록 과정에 주요 역할을 했는지 전혀 몰랐다. 우여곡절 끝에 입국한 후 다음날 코피아 주최의 친목 행사 자리에 다시 사공효식 영사를 만나게 되었다.

"어제는 정말 감사했습니다. 영사님 덕분에 일이 잘 해결되었습니다."

"별 말씀을요. 제가 아무런 도움도 돼 드리지 못한 걸요."

"어제는 경황이 없어 제 소개도 제대로 하지 못했습니다."라며 내가 명함을 건네자 그는 웃으며 "한끼의식사기금은 제가 잘 알아요. NGO 등록 절차를 제가 처리를 했었지요."라고 말하는 것이었다. 아! 그랬구나. 그분께 다시 한 번 진심으로 감사를 드렸다.

삼살 캄보디아 설립과정

캄보디아 지부의 설립 과정 역시 수월치 않았다. 2011년 말에야 마무리되긴 했지만 그 나라 정부 관리들은 밥 먹듯이 약속을 어겼고 사소한 트집을 잡아 일처리를 미루었다. 약속한 시각에 사무실을 찾아가면 실무자는 무조건 자리에 없는 식으로 대했다. 어렵사리 서류 작업이 캄보디아 외교부를 통과하게 되었지만 다음 단계인 정부의 해당 부처에서 실무적인 등록 절차는 차일피일 미루어지기만 했다.

삼살 캄보디아의 사업 성격상 NGO 등록은 복지부나 교육부 쪽이 적절했다. 손 지부장은 복지부를 택했다. 그 과정에서 지부 사무실에 실사를 나오겠던 프놈펜 관리들은 정한 날짜에 한 번도 나타나지 않았다. 지부장을 비롯하여 스태프들은 종일 기다렸지만 아무런 연락이 없어 그다음날 복지부에 연락해 보면 일이 생겨서 나가지 못했다며 다시 날짜를 정해 주었다. 하지만 이번에도 그들은 오지 않았고 지부에서는 그들을 기다리느라 아무 일도 하지 못했다. 같은 상황이 반복됐다. 그들은 누가 들어도 군색한 변명만 늘어놓았다. 알면서도 왜 그런 유치한 짓을 하는 것일까?

이런 식으로 진행되다가는 몇 년이 지나도 지부 설립은 요원할 것 같다는 판단 아래 손 지부장 일행은 직접 프놈펜으로 향했다. 복지부 담당자를 찾아가니 어디로 갔는지 매일 자리에 없었다. 안 되겠다 싶어 장관 비서를 직접 찾아갔다. 그동안의 경과를 말하니 인상을 찌푸리며 "담당 공무원들이 현장에 가보지도 않고 거짓 통보만 했군요."라고 말했다. 하지만 비서의 본심 또한 알 수 없었다.

개발도상국에서 이런 행태의 이면에는 부패와 연관이 있음을 짐작해 볼 수 있다. 실사 목적으로 정부 관리가 출장에 나서면 리베이트가 뒤따르는데 우리 단체에서는 일절 뒷돈을 주지 않으니까 차일피일 밀린다는 게 손 지부장의 설명이었다.

장관 비서는 담당자를 근무 태만으로 보직 해임하고 다른 사람으로 교체해 일을 처리할 테니 조금만 기다려 달라고 했다. 여러 번 속고 당하다 보니 손 지부장은 장관 비서의 말도 신빙성 있게 들리지 않았다. 하지만 다른 방도가 없으니 일단 기다려 보기로 하고 시엠립으로 돌아왔다. 역시 약속한 날에 실사단으로부터 아무런 연락이 없었다. 손 지부장은 세 번째로 복지부를 찾아갔다. 장관 비서와의 면담을 요청했으나 거절당했다. 그러고는 지정된 부서가 따로 있으니 그쪽으로 가라고 하여 찾아갔더니 담당 공무원은 미소를 지으며 빨리 인가를 받고 싶으면 1,000달러를 내라는 말을 했다.

"공식적으로 NGO 등록비용 2,000달러를 이미 냈는데 무슨 말을 하는 겁니까?"

"다른 단체들도 그렇게 처리합니다."

추가로 요구하는 1,000달러는 소위 말하는 급행료다. 정해진 비용 외에 따로 뒷돈 거래가 사회 저변에 널리 깔려 있었다.

나는 복지부를 통한 NGO 지부 설립은 접으라고 지시했다. 그러나 상황은 난감해졌다. 지부 설립을 포기할 것이냐 계속 추진할 것이냐? 그동안 진행해 온 사업들을 원만하게 추진하려면 지부 등록을 해야 했다. 모든 게 엉터리로 처리하는 상황에서 어디까지 물러서야 할 것인가. 삼살 캄보디아의 프로그램은 교육 분야가 많아 교육부로 방향을 돌려서 NGO 등록을 재신청해 보기로 새로 계획을 세웠다. 막상 교육부 건물에 들어선 손 지부장은 복지부의 분위기와 많이 다름을 느꼈단다. 다행스럽게도 우리는 급행료 관행에 휘둘리지 않고 NGO 등록 절차를 마무리 지을 수 있었다. 모든 절차를 마치고 나니 앓던 이가 쏙 빠진 기분이었다.

삼살 방글라데시의 설립 과정

방글라데시에서 NGO의 힘은 실로 엄청나다. 농업 기술 보급뿐 아니라 도로 건설, 학교 운영, 의료 지원, 여성 개발 등 사회 전반에 걸쳐 막강한 영향을 미치고 있다. NGO가 사회 발전에 기여한 바가 크지만 그 부작용도 따른다. 해외로부터 들어오는 구호사업 자금이 들어오면 일부 NGO는 가난한 사람들을 구호하는 데 모두 쏟지 않고 형식적인 사업 결과 보고를 한다거나, 때로는 현장에 나가 보지도 않고 사무실에 앉아 계획을 짠다. 어떤 경우에는 사업 자금이 NGO 자체 자산으로 변질되는 경우도 있다. 따라서 방글라데시 정부 부처 내에 NGO뷰로가 있어 그곳에서 NGO 설립뿐 아니라 관리 감독을 총괄하고 있다.

에티오피아와 캄보디아에서는 지부를 설립하는 데 엄청 애를 먹어야 했지만 삼살 방글라데시는 결론부터 말하면 아주 쉽게 절차를 마칠 수 있었다. 이유는 공무원들의 협조와 투명한 관행이 아니라 전혀 다른 이유에 의해서 이루어졌다. 우리 단체 최초 해외 지부인 삼살 방글라데시를 등록할 당시 전혀 경험이 없었던 터라 어떤 과정을 거쳐 등록 절차가 완료되는지 알지 못했다. 우리가 제출한 서류들이 담당 공무원의 책상 서랍 속에서 잠만 자고 있다는 사실조차 한참 후에야 알게 되었다. 그런데도 어떻게 빨리 추진될 수 있었던 것은 뜻밖의 조력자가 있었기 때문

우리는 모두 같은 꿈이 있습니다

이다. 삼살 방글라데시의 지부장 마슈카의 형부인 모집은 국가 공무원으로 있었다. 우리가 지부 설립을 추진하려고 할 무렵에 그는 NGO뷰로의 장관 비서실로 옮겨가게 되었다. 이걸 행운이라고 말해야 하나. 모집이 우리의 NGO지부 등록을 위한 모든 절차와 정보를 자세히 알려주어 큰 어려움에 부딪히지 않고 빠른 시간 안에 마무리 지을 수 있었다.

2009년 5월 나는 NGO뷰로 장관을 만날 기회를 얻었다. 중요한 일이 산적해 있을 부처 장관이 일개 NGO의 승인 여부를 판단하기 위해 나를 만나 준 것은 아닐 터, 추측하건데 모집이 한국의 NGO에 대해서 장관에게 소개하여 간담회 형식의 자리를 만든 듯했다. 수천 개에 이르는 방대한 NGO를 총괄하는 주무 장관을 만나본다는 것 자체가 의미가 컸다. 장관 집무실은 에어컨이 잘 돌아가고 있었다. 하싼 장관은 "비서로부터 한끼의식사기금 이야기를 들었습니다. 그동안 방글라데시에서 어떤 일들을 해 왔습니까?"라고 물었다. 나는 우리 단체가 설립된 이후 최초 구호사업 대상국으로 방글라데시를 선택하게 된 경위, 진행했던 사업 내용을 설명해 나갔다.

장관은 우리 단체의 성격에 대해서도 물었다. "종교적인 배경이 있나요?" 우리는 특정 종교와는 무관하다. 무슬림이든, 기독교인이든 누구든 구분하지 않고 인도주의 정신으로 다가가고 있다는 점을 강조했다. 장관은 적극 동의해 주었다.

함께 자리한 실무국장 한 사람이 "요즈음 방글라데시에서 인터내셔널 NGO 등록 절차가 아주 까다로워졌어요. 드문 일이긴 하지만 NGO를 통해 들어온 자금이 테러 집단의 자금으로 흘러들어가는 경우가 있습니다." 유럽의 어느 NGO에서 그런 짓을 하다가 적발된 적이 있단다.

간담회는 한 시간 동안 이어졌다. 그 정도이면 장관으로서 꽤 관심을 표명했다는 생각이 든다. 삼살 방글라데시는 2009년 6월 방글라데시 정부에 정식 인터내셔널 NGO로 등록하게 되었다.

나는 왜
이 일을 하는가

사과 반쪽으로도 배가 고프지 않았다.

돌멩이로 비석 맞히기 놀이를 하던 아이들은 수업 시작을 알리는 벨이 울리자 일제히 교실로 들어간다. 어른들은 삶의 무게에 짓눌려 살지만 아이들은 움직일 기운만 있으면 마냥 즐겁다. 선생님이 가르쳐 주는 대로 열심히 노래와 율동을 하고, 틈만 나면 깔깔거린다. 센터 내 부엌에서 점심식사를 준비하는 냄새에 남자아이들 몇몇은 한 눈을 팔다 선생님께 주의를 듣기도 한다.

식사시간이 됐다. 일렬로 줄을 서서 배식을 받는 아이들의 표정이 신난다. 모든 아이들이 자리에 앉아 허겁지겁 깨끗이 음식을 비우는데, 두 소녀의 모습이 눈에 띄었다. 그 아이들의 그릇에는 음식이 절반 이상 남아 있는 것이었다.

'참 늦게도 먹네. 음식이 입에 맞지 않나?'

속으로 생각하는데, 두 소녀는 호주머니에서 비닐봉지를 꺼내더니 남은 음식을 담는 것이었다. 왜 먹다말고 음식을 모으면 것일까? 내가 그 모습을 유심히 보고 있자 NGO 관계자가 설명을 해 주었다.

"저 두 소녀는 자매입니다. 항상 음식을 다 먹지 않고 싸가지고 집으로 가져가요."

"무슨 사연이라도 있습니까?"

"네. 아파 누워 있는 엄마와 어린 동생에게 나누어 주려고 저렇게 챙겨 가는 거랍니다."

"엄마와 동생에게 음식을 주기 위해 자신의 몫으로 나온 음식을 먹지 않으면 배가 고플 텐데. 센터에 여분의 음식은 없나요?"

센터에서는 따로 음식을 챙겨 주려고 했지만 소녀들은 충분하다며 끝내 더 이상 받아가지 않는단다. 아이의 마음이지만 남들보다 추가로 도움을 받는 것을 싫어하는 태도가 대단하다는 생각이 들었다. 그 정도 자존심이면 장차 커서 세상에 가치 있는 사람이 될 수 있으리라.

위 장면들은 캄보디아 시소폰에 위치한 어느 개발협력 NGO를 방문했을 때 본 모습들이다. 시소폰의 두 자매는 가진 것이 풍족한데도 더 많은 것을 원하는 우리들의 삶을 되돌아보게 만든다.

모든 행위에는 도움과 나눔이 작용한다. 질병에 감염되어 열이 나면 해열제와 수액 공급을 받아야 호전되고, 교통사고로 출혈이 심하면 수혈을 받아야 생명을 지킬 수 있다. 질병이 발생하면 의학적 도움을 받아야 회복될 수 있다. 태양이 없다면 어떻게 될까? 식물이 광합성을 할 수 없어 초식 동물의 먹이가 없어지면서 생존할 수 없게 된다. 초식 동

우리는 모두 같은 꿈이 있습니다

물이 사라지면 이들을 잡아먹는 육식 동물의 먹이가 없어져 이들도 죽게 되고 결국 인류도 생존할 수 없게 된다. 이렇게 도움과 나눔은 자연의 질서와 같다.

짐바브웨 구호 활동을 갔을 때 일이었다. 이른 새벽에 오지 마을로 떠나야했기에 전날 밤에 식빵을 구입해 두었다. 점심때가 되어 먹을 것을 찾으니 사과 두 개만 나왔다. "이상하네. 분명히 내가 직접 식빵을 가방에 챙겨 넣었는데." 내가 빵을 찾는 모습을 본 김희균 이사가 "아, 그거 내가 처리했는데요." "혼자 그걸 다 먹었어요?" "그게 아니라... 길거리에 누워 있는 걸인이 딱해 보여 몽땅 주어 버렸어요." 역시 김 이사는 휴머니스트다. 덕분에 일행 네 사람은 두 개의 사과를 반 조각씩 나누어 먹으며 남은 일정을 소화해 나갔다. 신기하게도 그날 오후 내내 사과 반쪽으로도 허기가 느껴지지 않았다. 까닭은 무엇이었을까? '함께 나눈 빵은 본디 그 빵의 맛이 아니다'는 생텍쥐페리의 표현처럼 우리의 식사용으로 준비된 식빵이 정말 필요한 사람과 나누어 주었으니 일행은 사랑으로 충만되어 배가 전혀 고프지 않았던 것이다.

노먼 베순의 의사론

'노란 숲 속에 두 갈래로 길이 나 있었다. 두 길을 다 가 보지 못하는 것을 안타깝게 생각하며 오랫동안 서서 구부러진 한 쪽 길을 내려다 볼 수 있는 곳까지 멀리 바라다보았다. 그리고는 다른 길을 택했다. 그 길은 풀이 우거졌고 발자취도 적어 누군가 더 걸어가야 할 길처럼 보였기 때문이다.'

나는 로버트 프로스트의 시 '가지 않은 길'을 좋아한다. 지난 10여 년 간 남들이 가지 않은 길을 가게 된 내 마음의 배경과도 같은 시다. 나는 일반 의사들과 다른 삶을 살아왔다. 구호 현장에서 다녀오면 예민한 체질 탓으로 종종 눈병, 습진, 설사 등을 얻어온다. 또 해외에서 돌아오자마자 진료에 임해야 하는데 첫날은 컨디션이 정상이 아니다. 정신과 환자들과의 장시간 면담을 하는 것이 고역이기도 하다. 하지만 나는 한끼 의식사기금 일을 하는 것이 즐겁다.

나의 삶에 대하여 어떤 사람은 수고가 많다고 말하고 또 어떤 사람은 딱하게 바라보기도 한다. 스스로 생각해 봐도 허우적대고 있는 기분이 들 때가 있다. 구호 사업은 가난한 사람들을 위해 하는 일이다 보니 변수가 많다. 어떤 때는 스트레스가 잔뜩 쌓인다. 그럼에도 이 일을 좋아한다. 어려운 순간이 지나고 나면 드러나는 것보다 보이지 않는 곳에서, 거창한 것보다 소박한 것에서 진정으로 소중한 가치를 배우게 된다.

훌륭한 의사들이 많지만 나는 닥터 노먼 베순을 좋아한다. 그는 캐나다 출신으로 탁월한 흉부외과 의사이면서 공중보건제도의 확립에 앞장섰던 보건의료 전문가다. 그의 전기를 읽으면서 의사라는 직업에 대한 강한 매력을 느꼈고 삶의 방향을 정하는 데 힌트를 얻었다. 그의 '작은 의사, 보통 의사, 큰 의사론'은 새겨볼 만하다. 닥터 노먼 베순은 질병은 돌보되 사람을 돌보지 못하는 의사를 작은 의사라고 했고, 사람을 돌보되 사회를 돌보지 못하는 의사를 보통 의사라고 했으며, 질병과 사람, 사회를 모두 파악하고 고치는 의사를 큰 의사라고 표현했다.

항구에 정박해 있는 배는 안전하지만 늘 거기에 머물러 있다면 배로서

우리는 모두 같은 꿈이 있습니다

가치가 없어질 것이다. 진료실과 집을 오가며 안락한 생활에 머물러 있는 것은 내가 의사가 되고자 했던 동기와는 동떨어진 모습이라는 것을 느꼈다. 내 생각에, 시간과 여건이 허락된다면 의사가 NGO 활동을 하는 것이 잘 어울린다고 여긴다. 구호 단체는 가난한 사람들을 위해서 존재하는 곳이다. 의사가 구호 단체의 대표를 맡으면 장점이 많다. 의료지원 분야와 보건위생 분야는 누구보다 잘 추진할 수 있다.

지금 지구촌에는 12억 명의 가난한 사람들이 도움의 손길을 애타게 기다리고 있다. 사랑이 위대한 것은 혼자 할 수 없는 일을 함께 해서 이루어내기 때문이다. 나는 매일 세수를 하면서 접하는 비누에서 아름다운 교훈을 발견한다. 비누는 제 살을 풀어서 깨끗하게 해 주고, 비누는 자신의 몸체를 소진시키면서 은은한 향기를 풍긴다. 비누의 지혜를 본받으면 그 사람은 성숙해 질 것이다.

6개월 사이에 두 번이나 찾아온 시련

연간 주어진 휴가를 쪼개어 구호 현장을 다녀오면 가족들과 함께 휴가 갈 시간이 없어 늘 미안하다. 그렇지만 아내와 두 딸은 내 처지를 잘 이해해 주었다. 하루는 아내가 "우리 결혼한 지 25주년인데 해외여행 같이 가 볼까요?"라고 제안했다. 흔쾌히 좋다고 말했지만 지키지 못할 약속이라는 것을 알고 아내는 더 이상 그 말을 꺼내지 않았다.

매일 병원 진료가 끝나면 나는 한끼의식사기금 사무국으로 달려간다. 특별히 중요한 일이 생기지 않는 한 나의 발걸음은 마치 자석이 붙은 양 본부 사무국으로 향한다. 하지만 내가 이 일에 집중하기 가장 어려운 경우는 가족 중에 누가 아플 때이다. 한번은 대학을 다니는 작은딸이 도서관에서 공부하던 중 무심코 귀 아래쪽에 멍울이 만져졌다. 개인의원에서 진찰받고 약을 처방받았으나 변화가 없어 대학병원에서 정밀검사를 했다. 진단은 이하선(침샘) 종양으로 나왔다. 문제는 이 종양이 안면 신경이 지나가는 정중앙에 위치하고 있어 수술 시 안면 신경 마비가 올 가능성이 높다는 충격적인 말을 듣게 되었다. 구안와사라. 입이 한쪽으로 돌아가고 심하면 눈마저 일그러지는 흉측한 몰골이 될 수도 있다는데 스무 살의 딸이 그렇게 변한다는 것은 상상할 수 없는 충격이었다. 마음에 커다란 돌이 들어앉은 듯 했다. 아무 일도 손에 잡히지 않았다. 종양 자체는 서서히 자라는 특징이 있어 이 분야 권위자를 찾아 세브란스 병원에서 수술받기로 했다. 그러나 대기 환자가 많았다. 빨리 수술을 받고 싶었지만 초조하게 기다려야 했다. 그 기간에 멍울은 더 자라 안면 신경을 더 압박하는 느낌이 들었다. 아버지의 심정이 이럴 진데 딸의 마음은 오죽했을까. 하지만 작은딸은 의연하게 자신을 추스르는 능력을 가졌다. 심리적 압박이 컸을 텐데도 남녀 혼성 합창동아리 정기 공연에서 솔로 역을 해내는 저력을 보여 주었고 학기말 시험도 무난하게 치러냈다.

기다림 끝에 수술을 받았다. 회복실에서 나오는 딸에게 달려가 가장 먼저 얼굴을 쳐다보았다. 입이 돌아가지 않았는지, 눈이 처지지 않았는지, 아, 다행이었다. 얼굴은 이전과 달라지지 않았다. 말을 시키면 입이 삐뚤어 질 수 있어 몽롱한 아이에게 억지로 "아, 오, 으, 이." 말을 시켜 보았다. 입모양도 그대로다. 눈을 크게 뜨게 하고 윙크도 시켜 보았다. 역시 이상 없었다. 이렇게 고마울 수가. 가정에 평화가 찾아왔다. 하지만

우리는 모두 같은 꿈이 있습니다

잠시 또 다른 충격이 앞을 가로막고 있을 줄이야. 6개월 후 이번에는 아내에게 엄청난 일이 일어났다. 아내는 정기적으로 유방암 검진을 받아왔다. 매번 이상이 없었으나 병원에 다른 일이 있어 왔다가 검진을 받았는데 악성 종양이 발견되었다. 불행 중 다행으로 임파선이나 다른 부위로 전이는 전혀 없었다. 유방암 1기로 진단받고 유방 부분 절제술을 받게 되었다.

나는 아내의 손발이 되어 식사를 챙겨 주고 머리를 감겨 주는 등 사소한 일까지 수발하며 병실에서 잤다. 유방 부분 절제술로 인한 보완 요법으로 아내는 33번에 걸쳐 방사선 치료를 받았다. 방사선 치료가 거듭될수록 몸은 무거운 납덩이로 눌러 놓은 듯한 상태가 되었다. 치료를 받고 귀가하면 한참을 누워 있어야 기운을 차릴 수가 있었다. 그런 가운데서 아내는 우리 단체의 창립 10주년 사랑 나눔 음악회에 기여하고 싶어했다. 심한 두통을 안고서도 사람들에게 전화하고, 만나고, 자선 음악회 취지를 설명하면서 여러 장의 공연 티켓을 해결해 주었다. 거기에다 음악회 당일 직접 무대에 올라가 사회까지 보았다.

6개월 사이에 네 사람의 가족 구성원 중 두 사람이 큰 수술을 받는 수난을 겪었다. 그렇지만 나의 가족은 무사히 회복할 수 있었다. 한 친구가 나에게 말했다.

"그건 한끼의식사기금 일을 열심히 한 데 대한 보상이야."

내 마음대로가 아니라
뇌 마음대로

봉사활동은 과연 즐거운가?

남을 위해서 자신이 가진 모든 것을 내놓고 봉사활동을 하는 사람들이 있다. 남을 돕는 행위에서 진정 즐거움을 느낄 수 있을까? 어떤 사람들은 봉사활동 자체가 즐거움을 주는 것이 아니라, 착한 행위를 했다는 만족감이 즐거움을 주는 것이라고 말한다. 이들은 홉스의 심리학적 이기주의를 바탕으로 봉사활동의 근거를 설명한다. 걸인에게 돈을 주는 것은 그를 도우려는 것이 아니라 돈을 받고 기뻐하는 걸인을 보는 데서 오는 즐거움을 느끼는 것이라고 주장한다. 이 논리대로라면 가난한 이를 위하여 평생을 바친 마더 데레사는 자기만족을 위한 이기주의자에 지나지 않는다. 정말 그런가? 전 세계 사람들이 마더 데레사를 성녀로 추대하지 누구도 이기주의자라고 손가락질하지 않는다. 봉사활동이나 자선 행위를 심리학적 이기주의로 바라보는 관점은 정말 세상의 고민을 혼자

우리는 모두 같은 꿈이 있습니다

짊어진 철학적인 궤변에 불과하다.

　실제 봉사활동을 하다보면 즐거운 감정이 올라옴을 체험한다. 나는 십수 년간 정신질환을 안고 살아가는 사람들의 안식처 삼랑진 오순절 평화의 마을을 방문하여 정기적으로 진료봉사를 했다. 비가 내리는 날 창가에 서서 밖을 바라보던 환자가 "나무들이 배가 고파 하늘에서 비를 내리게 합니다. 새들이 목욕을 하고 싶어 비가 내리는 거지요. 산도 목이 마르는가 봐요." 비를 보고 이렇게 아름답게 표현할 수 있을까. 정신병만 아니었으면 그는 분명 문학가가 되었을 것이다. 그들에게 진료를 해 주고 집으로 돌아올 때면 몸이 피곤해지는 것이 아니라 마음이 평화로워지면서 내적 충만감을 느낄 수 있었다. 이런 현상은 왜 생기는 걸까? 뇌과학의 발달로 그 이유에 대한 설명이 가능해졌다.

내 마음대로가 아니라 뇌 마음대로

　복잡한 인간의 심리현상을 뇌 과학으로서 증명할 수 있는 시대로 접어들었다. 기능성 자기공명영상과 양전자단층촬영을 통해서 과거에는 상상할 수 없었던 심리현상이 뇌 활동의 결과라는 사실이 밝혀지고 있다. 인간의 뇌에서는 140억 개의 신경세포가 정신활동에 관여한다. 복잡한 신경회로망으로 연결되고 신경전달물질들이 수용체와 결합하여 생각과 감정, 행동을 조절한다. 만약 신경전달물질의 신호전달과정에 이상이 생기면 정신장애가 발생한다. 가령 세로토닌이 부족하면 자기조절능력이 떨어져 공격적으로 변한다. 과학자들은 이런 정신활동을 두고 뇌의 전기 자극이 만들어내는 일종의 프로그램이라고 말한다. 즉 생각과 감정은 신경전달물질들이 만들어내는 화학반응이라는 얘기다.

중년의 여성이 진료실에 찾아와서 "제가 무슨 콩깍지가 씌었는지 모르겠어요."라고 탄식했다. "우리 부부는 하나부터 열까지 서로 달라요." 결혼한 지 10년이 넘었지만 지금까지 서로 자기 주장만 되풀이했단다. 왜 이런 현상이 생겼는가에 대한 해답을 구하려면 뇌한테 물어보아야 한다. 인간의 두뇌는 입력된 정보대로 작동한다. 사람이 자기만의 방식을 반복하는 것은 그가 살아오면서 학습된 정보만이 뇌에 들어 있고 배우자가 원하는 정보는 하나도 들어 있지 않기 때문에 아무리 배우자에게 잔소리를 하고 바가지를 긁어봐야 상대는 변하지 않는다. 뇌가 어떤 행위를 통하여 즐거움을 얻게 되면 그 행위를 계속 하려는 경향이 있다. 이 쾌락반응은 대뇌보상회로와 연관이 있다. 대뇌보상회로는 전전두엽과 변연계에 자리 잡고 있는 연결고리로 복측피개영역에서 내측전전두엽과 측중격핵으로 연결되는 신경회로망이다.

대뇌보상회로의 쾌감 반응은 도박이나 약물중독에서 비슷한 현상을 일으킨다. 필로폰과 같은 마약을 투여하면 복측피각부위에서 측중격핵에 이르는 도파민 분비를 촉진시켜 보상회로에 중독현상이 일어나게 하는 것으로 알려져 있다. 반대로 휴가를 다녀온 사람들이 일을 더 잘 것이라고 여기지만 실제로 일시적인 무력감이 느껴지는 데 이 보상회로에 자극이 고갈되어서 나타나는 현상이라고 할 수 있다. 더 흥미로운 사실은 자원봉사활동이나 구호단체에 기부하는 이타적 행위도 보상회로를 자극하는 것으로 알려지고 있다. 한 실험에서 여학생들에게 100달러씩을 나누어 준 후 자유롭게 돈의 일부를 가난한 사람들을 돕기 위한 식량은행에 기부할 것인지 선택하도록 주문한 후 기능성 자기공명촬영으로 뇌 상태를 확인했다. 그 결과 기부를 선택한 여학생들의 대뇌보상중추는 기부를 선택하지 않은 여학생들에 비하여 의미 있게 활성화되었다. 이것은 무엇을 의미하는가? 남을 돕게 되면 뇌가 직접적으로 쾌감을 일으킨다는 사실이다. 따뜻하게 안아준다든지, 일에 대한 성취감을 느낀다든지, 성적 쾌감을 경험할 때도 이 보상중추가 작동하는 것으로 밝혀지고 있다.

이타적인 행동을 했을 때의 변화

사람이 사랑에 빠지면 합리적인 생각을 하지 못하고 우매한 짓을 종종 저지른다. 눈 앞에는 오직 사랑하는 사람만 어른거릴 뿐 뭐가 옳은 행동인지 구분을 못할 때가 있다. 이런 현상 역시 뇌의 특정부위에 생화학적 변화를 일으킨 결과다. 존스홉킨스대학 연구팀은 사랑에 빠지면 보상회로의 복측피개영역에서 도파민이 분비되어 측중격핵, 전전두피질, 배측선조체, 편도체 등으로 분비가 증가하고, 동시에 이성적 판단에 중요한 역할을 담당하는 전전두엽피질의 도파민 활성도는 떨어지게 된다고 발표했다. 이 때문에 사랑에 빠진 사람은 콩깍지가 씌어 이성적 판단을 잘하지 못하고 나중에 가서 후회하는 경우를 볼 수 있다.

이타적 행동이 삶에 어떤 영향을 미치는지에 대한 연구들이 있다. 다수의 연구결과는 정신건강에 긍정적인 영향을 미치는 것으로 나온다. 캘리포니아대학 정신과교수 리사 에일러는 "남을 측은하게 여기는 착한 행동은 사회적 유대관계를 강화하여 더 건강한 일상으로 이끈다."고 말하면서 남을 돕는 마음이 부족하면 외롭거나 고립된 노년을 보낼 확률이 높아진다고 덧붙였다.

본능적인 쾌락을 추구하는 인간이 일견 남을 배려하는 행위를 통해서 기쁨과 만족을 얻는다는 것은 납득이 안 갈 수 있다. 하지만 뇌 과학은 이 문제의 해답을 제시해 준다.

기부행위를 통해서 느껴지는 기쁨과 말초적인 즐거운 감정은 서로 그 뿌리가 다르지 않다는 설명을 앞서 언급했다. 하지만 이들이 작용하는 과정에서 보상회로만 관여한다고 보지는 않는다. 인간의 뇌는 정교하고 복잡한 구조로 이루어져 있어 미묘한 감정의 차이를 구분해 낼 수 있는 것은 여러 부위들이 서로 네트워크를 이룬 결과라고 할 수 있다. 어떻게 기부로부터 오는 만족감과 성적인 만족감이 똑같다고 할 수 있겠는가? 듀크대학 연구팀은 붉은 털 원숭이를 대상으로 이타적 행위가 뇌에 어떤 반응을 일으키는지 조사해 보았다. 연구팀은 붉은 털 원숭이에게 '주스 나누기' 게임을 고안하고 뇌에 전극장치를 연결해서 어떤 행동을 할 때 뇌의 어느 부위가 활성화되는지 관찰했다. 실험결과 이기적인 행동과 이타적 행동을 했을 때 뇌는 서로 다른 반응을 일으켰다고 발표했다. 나아가 이런 근거를 바탕으로 사람을 대상으로 연구를 했는데, 자신에게 이로움이 전혀 없는 데도 다른 사람을 도우려는 이타심은 후부상측두구 부위와 연관이 있는 것으로 나타났다.

뇌의 신비는 아직 정확한 실체가 밝혀지지 않고 있다. 조금씩 베일이 벗겨지고 있지만 현 단계에서 섣불리 단정 지을 수 없는 뇌의 영역들이 많다. 이타적 행위를 했을 때 그 행위를 관장하는 뇌의 부위가 따로 있다는 증거들이 속속 나오고 있다. 연구의 끝은 어딘지 모르겠지만 봉사활동이나 자선행위는 내적 가치를 추구하는 인간의 의지가 반영된 행위라고 볼 때 보상회로와 다중으로 연결된 상위 내지 수평 신경네트워크가 존재하리라 여겨진다.

날이 밝아오는 때

　　　　아내나 아이가 아프면 내 몸은 비록 한끼의식사기금
사무실에 있으나 머릿속은 아내와 아이에 대한 걱정으로 가득 차 있었
다. 일과를 마치고 밤이 되면 몸과 마음은 물 먹은 스펀지처럼 무겁고 축
처졌다. 그렇지만 시련이 없는 사랑은 없다. 우리의 삶은 때로 어두운 골
짜기를 헤매다가 시간이 지나면 밝은 햇살을 맞게 된다. 나 역시 새로운
평화를 맞이했다. 근심과 두려움의 탁한 물을 퍼내니 그 자리에는 믿음
과 평화의 맑은 물이 솟아났다.

　지금까지 걸어왔던 이 길을 계속 나아갈 수 있는 것은 하느님께서 내
려 주신 백배의 상이라고밖에 달리 설명할 길이 없다. 아시아, 아프리카
의 오지를 다니며 가난한 지구촌 사람들에게 다가간 보상으로 나의 가
정에 평화의 선물을 보내 주셨다고 믿는다.

　노벨 평화상 수상자 시몬 페레스는 '날이 밝아오는 순간'에 대하여

랍비의 비유를 들어 설명했다. 랍비가 제자들에게 날이 밝아오는 순간을 어떻게 알 수 있느냐고 묻자 한 제자는 "양 떼 사이에서 개를 가려낼 수 있을 시간입니다."라고 말했다. 또 다른 제자는 "멀리서 보아도 올리브 나무와 무화과나무를 구분할 수 있어야 날이 밝았다고 할 수 있습니다."고 대답했다. 제자들의 대답이 마음에 들지 않자 랍비가 말했다. "저쪽에서 한 이방인이 우리에게 다가오고 있을 때 우리가 그를 한 형제로 받아들여 모든 갈등이 소멸되는 그 순간이 밤은 끝나고 날이 밝은 순간이다."

날이 밝는다는 것은 어두움을 밀어내고 평화가 그 자리를 차지한 것을 가리킨다. 가족들의 어두운 밤이 끝나자 나는 기쁨의 아침을 맞이할 수 있었다. 아직은 캄캄한 밤중인 기아의 현장에도 빨리 희망의 아침이 오기를 고대해 본다.

우리는 모두 같은
꿈이 있습니다

초판 1쇄 인쇄 | 2016년 03월 10일
초판 1쇄 발행 | 2016년 03월 20일

지은이 | 윤경일
펴낸이 | 김정동
펴낸 곳 | 서교출판사

등록번호 | 제 10-1534호
등록일 | 1991년 9월 12일
주소 | 서울시 마포구 성지길 25-20 덕준빌딩 2F
전화번호 | 3142-1471(대)
팩시밀리 | 6499-1471
이메일 | seokyodong1@naver.com
홈페이지 | http://blog.naver.com/sk1book
ISBN | 979-11-85889-18-4 03810

서교출판사는 독자 여러분의 투고를 기다리고 있습니다. 출판 관련 원고나 아이디어가 있으신 분은
seokyobooks@naver.com으로 간략한 개요와 취지 등을 보내 주세요. 출판의 길이 열립니다.